永恆之血 I
神祕夢境
MYSTERIOUS DREAM
ETERNAL BLOOD

目錄

序章

一八二零年，英國東部存在著一個人口約莫數千多的小鎮。雖然鎮內的經濟發展繁榮，鎮民每天的生活卻是提心吊膽。

在這個時期，封建社會存在的階級觀念極爲嚴重，由貴族統治百姓是再平常不過的事。要是敢違背或抗拒貴族的命令，不是迎來死亡的下場，就是遭受到非常殘酷的對待。一般來說，即使百姓心存不忿，都會選擇噤若寒蟬，絕對不敢貿然與貴族對抗。

處於十九世紀的年代，羅馬風和哥特式的建築相當流行，到處都能捕捉到兩種設計風格的蹤影。位於高聳的教堂鐘樓旁，坐落著一幢採用西歐羅馬式設計的大型宅邸。大廳內部的裝潢非常優雅輝煌，四周牆壁貼上歐陸大花紋圖案的牆紙，天花板上懸掛著一盞由數千顆水晶淚珠製成的吊燈，織工精美的酒紅色地毯鋪蓋在華貴的地板上，一直延伸至中央的寬敞弧形樓梯，盤旋而上。

樓梯間的牆壁上整齊地鑲嵌著數盞古銅色的六角壁燈，柔和的橙黃光線映照著掛在壁上兩幅油畫肖像，主人公分別是一位衣著得體、舉止沉穩優雅的男士和女士。他們都擺著一副莊重嚴肅的表情，兩片嘴唇抿成一條細線，沒有流露出半分笑容。

順著階梯步上二樓，映入眼簾是一條長而寬闊的甬道，兩側由胡桃木製成的房門全都緊緊閉著，只有位於左邊中間的雙扇門半敞開著，沒有完全關上——那裡是主人的書房，能清楚聽見裡面傳來兩位男士的交談聲。

放眼望去，一位高大深沉的中年男人腰背挺直地佇立在窗前，那雙如潭水般幽深的藍眸正眺望著遠方的某一點，剛硬的臉龐冷峻緊繃，沒有洩露出任何情緒。他的衣著整齊端莊，精壯厚實的身軀被蓬鬆的白色襯衫包裹住，外層罩上一件灰色的鈕扣馬甲，下半身配搭深綠色的格子馬褲和黑色皮鞋。

一位梳著深褐色鬈髮的男子站在他的旁邊，手臂斜貼於胸前，微微彎著腰，擺出一副恭敬客氣的姿態。

「親愛的賽柏特先生，我們伯爵大人希望你能找個時間到他府上一趟，把你的最終決定親口告訴他。」他低垂著頭，語氣雖然敬重有禮，嘴角卻挑起宛若狐狸般狡猾的笑容。「至於是關於什麼事，我相信先生是再清楚不過了。」

「嗯，我知道了。麻煩你替我轉告伯爵，我明天就會去拜訪他。」被稱為賽柏特的男人沒有把視線轉向他，只是用低沉的嗓音開口回應。

接著，該名男子向他微微鞠躬後，便往後退開幾步，轉身離去。

與此同時，一位相貌溫婉秀麗的女子邁著優雅的步伐，提著厚重的蓬蓬裙襬踏進書房，長度及腰的棕色鬈髮隨著步調輕輕擺動。當那位陌生男子與她擦身而過時，她不著痕跡地以眼角偷覷他一眼，繼而將視線投放在賽伯特的身上，慢慢踱步到他的身旁。

待陌生男子徹底遠離書房後，她才緩緩開口，以謹慎的語調問道：「你還是堅持決定不做那件事嗎？」

「我的劍是用來殺戰場上的敵人，可他現在卻要我殺害無辜的人，這完全違背我的宗旨。」賽伯特側身看著她，果斷的聲音裡透露出絕不動搖的堅定，「妳很清楚的，夫人。」

「我明白你的想法。只是……要是得罪了伯爵大人，我們是不可能過上平安的日子。」夫人的面容隱約染上幾許擔憂，占據在心頭的不安越發強烈。

「聽著，如果妳希望——」

尚未等他把話說盡，夫人便著急地搖頭，當即打斷他，稍顯激動的語氣毅然堅決：「我不會離開的，這件事不應該由你一個人來承擔。既然我當初選擇要嫁給你，那不管遇到任何狀況，我都會與你共同面對。」

「好吧，我知道了。只是我現在最擔心的，就是我們的兒子……」說到這裡，他不由皺起眉頭，略顯沉重地嘆息一聲，「能幫我叫傑瑞德過來一趟嗎？」

夫人張了張嘴，本來還想說些什麼，但最後只是點點頭，便提著裙擺旋身離開。望著她的背影漸漸消失在視野範圍內，賽伯特的心底油然升起一股濃烈的愧疚感。如果當年沒有答應伯爵大人的邀請，擔任軍隊領袖的職位，而是選擇與妻兒過著平穩安逸的生活，或許就不會發生現在這種進退兩難的情況。

在這個爾虞我詐的階級社會下，任何人的好意都是帶有目的性。當你是一枚有利用價值的棋子自然會深得重用，享盡榮華富貴；然而當你拒絕成為他們的棋子，換來的就是唾棄，甚至性命不保。

正當他為此感到懊悔不已，繚亂的思緒剎那間被輕輕的敲門聲給截斷。他抬頭望去，看見一位眉目俊朗的年輕男子正邁著緩慢的步伐走進來。少年擁有高挑的身材，皮膚白皙乾淨，長著一雙與賽柏特相同的澄藍色眼睛，配上黑色蓬鬆的微鬈短髮，看起來格外英俊迷人。他上身穿著蓬鬆的條紋襯衫，酒紅色的領結工整地繫在衣領上，下身配搭深褐色的吊帶馬褲與棕色短靴，如此斯文的休閒裝扮，令他渾身瀰漫著溫文儒雅的氣息。

這位男子就是——

傑瑞德・賽伯特。

「父親是有事要找我嗎？」傑瑞德來到他的身前停下腳步，一臉恭謹地問道。

「嗯。你曾經提過想到大伯父那邊學習釀紅酒的，對吧？」賽伯特把雙手交疊放在身後，一瞬不瞬地注視著他，深沉若海的眼眸嚴密地掩蓋住所有情緒，「我已經跟他商量過，明天一早就可以起程前往他居住的小鎮。」

「真的嗎？父親你是真讓我去嗎？」一個月前，他向父親提出這個請求時，父親的態度顯得不甚願意，認爲他需要專心一致學習軍事上的知識，不應該浪費時間在其他興趣上。此後，他都沒有再向父親提起這件事。然而，父親此刻的同意著實讓傑瑞德喜出望外，臉上交織著興奮與雀躍的表情。

「去吧，多學點東西未嘗不是一件好事。」賽伯特點點頭，平平的語調裡毫無波瀾起伏。

「謝謝父親。要是等我學會釀紅酒，一定會親手釀給你品嚐的。」傑瑞德的嘴角揚起欣喜的弧度，信誓旦旦地對他保證。

「我會期待著這天的到來。」賽伯特向來是一位嚴肅威權的父親，對著兒子甚少展露笑容，此刻的神色卻罕見地溫和了幾分。不過只是一閃而過，他很快便恢復往日的面無表情，「快去收拾一下，準備要帶過去的東西。」

「是的。」

看著兒子滿懷著期待的心情離開，賽伯特輕輕地舒了一口氣，眼底閃過一抹微不可察的擔憂。但願此事不要牽涉到傑瑞德就好，他哥哥深受君主的賞識，負責管理皇室的酒窖，擁有地位身分的象徵，奧斯特伯爵不會敢貿然在他的地方搗亂，相信能夠替他好好守護著傑瑞德的。

一天的時間過得很快，轉眼間便來到隔天清晨。宅邸其中一側鏤空的雕花鐵門隨著「喀嚓」一聲被緩緩打開，提著棕色行李箱、頭戴灰色高帽的傑瑞德率先從裡頭走出來，他的母親則尾隨在身後，替他送行。

當來到一輛停靠在路邊的四輪黑色箱型馬車旁，傑瑞德緩緩停住步伐，滿懷依戀不捨的心情轉身面對母親。

「到了大伯父的家，記得要好好照顧自己，知道嗎？」夫人抬起溫暖的手掌覆上他的臉頰，瞳仁中轉動著疼愛的光芒。

「母親請放心，我一定不會讓妳和父親擔心的。」

言畢，他微微彎起唇角，對她展露出爽朗的弧度。夫人的心底當然清楚，他是希望透過這個笑容讓她寬心，於是趕快將憂色從臉上抹去，綻放出一抹溫暖的微笑。

「時間也差不多了，上車吧。」

傑瑞德向母親點點頭後，便小心翼翼地踏上馬車。等待他坐穩，坐在車廂頂上的馬車伕隨即甩了一下轠繩，讓前頭的馬兒提起馬蹄，拉著車輛慢慢往前走動起來。夫人的雙眼一直注視著逐漸遠離的馬車，即使它已經在視線盡頭變成模糊的黑點，依然沒有將目光收回來。

她知道無論心底有多麼不捨，但讓他離開這個決定……

只是爲了要守護他。

◇◇◇

馬車遠離小鎮後，一路沿著寬敞的樹林路徑穩當地行駛著。每當車輪輾壓路面時，便會發出規律的吱嘎聲，連同馬蹄走動的噠噠聲在寧靜的郊外環境下顯得格外清晰。由於馬車需要抵達的目的地是另一個城鎮，路程自然相對比較遙遠。仔細算算時間，傑瑞德已經離開原本的小鎮超過十個小時以上。

雖然馬車伕曾經在中途多次停車歇息，但始終難敵倦意來襲。他抬頭望向漆黑如墨的夜空，再低頭把視線投向僅靠著月光照明的路面。經過一番仔細考量，他再次勒住馬匹，停下馬車。

「先生……」馬車伕以略帶疲憊的聲音試探性地問道，「我看外面的天色已經很晚，如果不介意的話，我們可否先在這裡休息一晚？」

傑瑞德稍微拉開廂壁上的小窗口，抬頭瞧了天空一眼，認爲他提出的請求合理，於是點頭同意：「也好，就在這裡休息一個晚上。」

「好的，好的。謝謝先生。」馬車伕面露感激的神色，並且向他承諾道，「我保證明天一早會準時啟程的。」

之後，馬車伕將車輛停靠在某處叢林的空地上，並把馬兒牢牢地拴在一棵粗壯的樹幹上。待安頓好馬兒後，他便安靜地坐下來，頭靠著樹幹閉目睡覺。至於傑瑞德則坐在車廂裡歇息，把頭斜靠在車壁上，微微合上雙眼。一股濃重的倦意很快就像潮水般襲來，令他的意識逐漸模糊，陷入昏昏欲睡的狀態。

時間一分一秒地流逝，當傑瑞德快要被拖進夢鄉之際，外面卻驀然傳來馬車伕驚慌的聲音，把他從半睡半醒間徹底喚醒。

「啊——」

當聽見淒厲的慘叫聲劃破寧靜的夜空，傑瑞德深感不妙，趕緊打開小窗口，探頭一看。結果，他發現馬車伕一動不動地躺臥在地上，頸動脈的位置上有兩個血跡斑斑的刺孔。他的眼睛瞪得溜圓，臉色蒼白如紙，皮膚變得凹陷乾枯，像是全身的血液被一下子抽乾似的。

傑瑞德被嚇得大驚失色，身體無法遏制地顫抖起來，眼中盡是對未知危險的驚懼。他多麼希望眼前的景象只是一場幻覺，因爲他看見屍體身旁正站著某個可怕的怪異生物——他擁有一雙血紅色的眼睛，嘴唇間露出兩顆鋒利的獠牙，兩排潔白的牙齒沾滿鮮紅的血液。濃郁的血腥臭味毫無阻隔地鑽進傑瑞德的鼻腔裡，使一股強烈的噁心感從胃部湧上。

「老天，你……你是什麼……」無盡的恐慌自他心底蔓延開來，兩排牙齒不停咯咯打顫，連話都說不完整。

那個生物沒有理會他的話，二話不說地衝上前，單手將他從馬車裡揪出來，毫不留情地摔落到地面，接著張大嘴巴撲到他的身上。傑瑞德感覺到對方的尖牙狠狠刺進他的脖子裡，繼而合上嘴唇，瘋狂地啜飲他的血液，一股麻痺般的刺痛感頓時竄上全身。

他拚命地扭動身體掙扎，但對方的力氣比他想像中還要大，即使用盡渾身的力量，也無法將眼前的生物推開。很快，他感覺四肢軟弱無力，呼吸越來越困難，就像快要窒息一般。他的意識漸漸變得模糊，視線裡的景物全都在天旋地轉。

就在傑瑞德昏迷過去的前夕，他隱約看見一道如疾風般的黑色身影飛快地衝過來，將生物的身體用力扯開甩到地上。由於雙目開始失焦，他無法認清那是什麼東西，只知道有一團像被打上馬賽克的朦朧東西在快速閃動。接著，一聲嘶啞的哀嚎闖入耳際，他便完全失去意識，墜入黑暗的深眠中。

當他甦醒過來時，發現自己躺臥在一張柔軟的皮革沙發上。左右環顧一周，他恍然意識到，自己正身處在一間由原木建造而成的房屋裡。這裡的環境極爲昏暗，全屋的窗戶幾乎都用木板封了起來，只有少量的微弱光線從外面透射進來。

房屋的面積不大，裝潢雖然簡陋，但擺放在裡面的物品都收拾得乾淨整齊，而且一塵不染。由此可以推斷，屋主絕對不是那種不修邊幅的人。噢，不，老天，他現在不應該花心思去想這些無關緊要的事情，他需要知道自己到底身在何處？爲什麼會來了這裡？

「這裡到底是什麼地方？」他用手撐著沙發，慢慢坐起身，警惕地環視著四周。不知道爲什麼，他感覺到身體似乎產生了一些難以解釋的變化，不由自主地伸手撫摸著喉嚨，皺起雙眉自語道，「爲什麼我會覺得……」

「覺得喉嚨無比乾渴？」一道略顯沙啞的男性嗓音頃刻間傳來，接下傑瑞德未說完的話，嚇得他渾身一顫。循著聲音來源望去，他注意到一位陌生的中年男子正提著平穩的腳步，從某個陰暗角落走過來。他身穿棕色的長風衣，披著一頭不長不短的黑色鬈髮，唇上的鬍子被修理整整齊齊，硬朗的面容不見半分表情。「或許你需要這個。」

隨著話音落下，傑瑞德看見他從旁邊的木櫃上，拿起一個裝著紅色液體的橢圓形酒瓶，以不疾不徐的步調走到自己的面前。他拔開軟木塞，直接朝傑瑞德遞過去，沒有半句解釋。

酒瓶一被打開，濃郁刺鼻的血腥氣息馬上撲鼻而來。意識到裝在裡面的是血液，他登時被嚇得呆若木雞，一臉驚愕地瞪大雙目盯著男人。

「爲……爲什麼要把這個給我？」

他不懂，爲什麼他居住的地方會存放著血液？他是什麼變態殺人魔嗎？但問題是，爲什麼要拿血給他喝？不是應該給水才是正常嗎？

雖然覺得男人的舉動很莫名奇妙，但不知道爲何他心中卻產生一股衝動，想立刻搶過他手上的酒瓶，一口氣喝掉裡面的血液。而且，他很驚訝自己居然對於那股惡臭的血味毫不感到噁心。

「雖然我感到很遺憾，但我必須要告訴你，現在你的身分是吸血鬼。」男人的臉色始終淡然冷靜，沒有夾雜多餘的情緒，聲線清晰而穩定地喊出他的全名，「傑瑞德・賽柏特。」

第一章　夢境的祕密

二零一七年

布克頓鎮是一個位於英國東部加斯達郡內的小鎮，人口雖然不算特別稠密，但當地依然具備完善的醫療配套及治安制度，務求讓鎮民安心在這裡定居。由於小鎮沒有鐵路設備，主要的交通工具均以汽車為主。因此，基本上每間房屋旁邊都會設置一個車庫，用來擺放他們的車子。

現在正值深夜，小鎮內一片寂靜。尤其住宅區一帶，街道上空無一人，每間房屋的燈光都已經熄滅，只有路邊的街燈仍散發著薄弱的光芒。

一輪銀色的月光高掛在夜空中，淡柔的光線穿過某間臥室的窗戶，灑落到正平躺在床上安睡的少女身上。微光映照著她細膩光滑的臉蛋，一頭秀麗的微鬈棕色長髮隨意散落在柔軟的枕頭上。少女長得端正清秀，擁有一種與生俱來的純樸氣質，渾身上下散發著自然的美感，絲毫不需要胭脂的粉飾。

突然間，她的眉頭糾結成一團麻花，面容變得痛苦扭曲，彷彿正被某個可怕的夢境纏繞著。

「戴維娜，人類的命運……就掌控在妳的手中……」

一道虛弱而低沉的中年男聲冷不防地闖入少女的意識，把她硬生生地拉進一個神祕又詭異的畫面裡。隨著漆黑的迷霧消散，出現在她眼前是一張陌生恐怖的臉孔。他的雙眼閃爍著令人不寒而慄的緋紅亮光，唇外暴露出兩顆長而鋒利的獠牙，讓她不禁聯想起傳說中的嗜血怪物——

吸血鬼。

「妳必須要做出正確的選擇……利用妳的力量……打破這一切……」

不知道是受傷還是什麼原因，他雙膝跪在地上，頭往上仰起，面容看起來痛苦扭曲。他把嘴唇抿得很緊，彷彿剛剛那番隱含著深意的言詞，是藉由心靈傳遞給她，而不是透過雙唇說出來。

恍惚間，一道宛若閃電似的身影迅速飛奔到他的身後，動作快到幾乎只有模糊的殘影。少女清楚看見那個背對著她的人影俯下身，毫不猶豫地對準男人的脖子用力咬下去，腥紅的血液即時從皮膚表面澎湃湧出。接下來，那道人影毫不留情地用雙手一扯，男人的頭顱就這樣被硬生生撕扯下來。鮮血如水柱般高高噴出，血淋淋的人頭霎時滾落到地上——

「啊——」

少女立刻被嚇得驚醒過來，高聲地發出尖叫。她連忙從床上坐起身，拚命地環顧四周，大口大口地喘著粗氣，額頭布滿細碎晶瑩的汗珠。

這時候她才發現，剛剛那只是一場惡夢。

望見床頭電子時鐘的時間顯示著凌晨三點，少女伸手摀住胸口，安心地吁了口氣。老天啊，為什麼又是這個奇怪的夢？為什麼連續一個月以來，她都重複做著同一個夢？為什麼對方會知道她的名字？最讓她感到奇怪的是，這個夢……

很真實，就像是確實發生過一樣。

◇◇◇

在小鎮某處較為偏遠的郊區，坐落著一棟建築架構與維多利亞時期非常相似的雙層房屋。它的外觀和造型龐大飽滿，呈三角形的陡峭屋頂鋪蓋著深灰色的瓦片，左右兩邊分別豎立著一個高高的煙囪。房屋的外牆被宛似魚鱗般的淺藍色木瓦片覆蓋著，弧度優美、裝飾著楣梁的凸窗間隔一致地鑲嵌在屋面的四周。

房屋第二層有一個被鏤空花紋欄杆圍繞的小陽台，而底層寬闊的門廊同樣被精緻的欄杆包圍著，數根雕刻著花紋的白色石柱矗立在門廊邊緣，用以支撐上方的尖形屋頂。一張黑色庭園長凳被放在左側的門廊上，正門前設置著一個暗灰色的台階。整體的設計看起來充滿復古的英倫情懷，又帶點現代風的味道。

在這個深夜時分，一位穿著黑色毛衣、年約四十多歲的男人正佇立在大廳的窗前，臉色凝重地看著天上半圓的月亮，一種看不懂的情緒在那雙深邃的眼睛裡翻湧著。

此時，一陣輕微的腳步聲從某個方向由遠而近傳來，將他從沉思中拉回現實。

男人轉頭望去，發現迎面走來是一位留著細碎黑髮、擁有白皙膚色的俊美青年。他慢慢來到男人的身旁停住步伐，看見對方面露嚴肅的表情，不由頗感奇怪，於是小心翼翼地開口詢問：「吉爾伯特先生，是不是發生什麼事了？」

「嗯。」這位被稱呼爲吉爾伯特先生的男人點點頭，微皺起眉頭，緩緩回答道，「巫師們終於追蹤到那位能夠感應萊特爾死況的人。」

「眞的？」青年的面容在不經意間洩漏出幾分緊張，著急地追問。

「嗯，相信巫術的感應絕對不會有錯。與我們一起去找萊特爾的兩位巫師當時不是在他的血液中發現，他在遇害前曾經找過巫師施展連結術，把當時發生的畫面記錄到某個人的腦海中嗎？後來，他們用萊特爾的血液在一個魔法吊墜中施下咒語，只要有人能夠感應到他的死況，吊墜就會產生強烈的反應。在他們傳遞過來的紙條中提到，這個情況已經持續一個月，而根據他們的追蹤結果，這個人正正住在布克頓鎮裡。」吉爾伯特先生低頭看著手上的羊皮紙條，眼神染上一份複雜的色彩，語氣裡隱含著些許難以置信，「只是，這種感應能力居然是出現在一位人類女孩的身上，眞是有點不可思議。」

「吉爾伯特先生，如果我說希望能……」青年垂下眼簾，一副欲言又止的模樣。

吉爾伯特先生微微吐出一聲嘆息，畢竟萊特爾是他的養父，心裡自然明白對方對他的重要性，於是點頭表示同意。

「去吧。可一定要記得，別讓任何人察覺到你的身分。」

「我會小心的。」青年點點頭，謹愼回應道。

夜越來越深，黑夜徹底籠罩整個布克頓鎮，萬物彷彿陷入沉睡般變得寧靜祥和，只剩下一輪細細的彎月懸掛在高空上，利用淡薄的光芒照亮著靜謐的夜空。

◇◇◇

外面的天色漸漸亮起，明媚的陽光透過窗戶盡情流淌進某間房屋的臥室，帶來絲絲暖意。一位穿著白色皺褶襯衫，配搭貼身牛仔褲的少女定定地站在梳妝鏡前，以纖瘦的肩膀把手機夾在耳邊，一邊用著橡皮筋將棕色的秀髮綁成高馬尾，一邊與朋友訴說著昨晚夢見的奇異景象，表情頗顯苦惱和困惑。

「哎，妳都懂得說啦，既然到頭來只是一場夢，又爲什麼要那麼認眞？」

手機彼端傳來一道清甜爽朗的女聲，語氣聽起來不甚在意。自上個月以來，對方已曾多次提起這個詭譎的夢境，她早就把內容聽得滾瓜爛熟。但既然沒有任何怪異的事情發生在對方的身上，她始終認爲不需要過度緊張。

少女回到床邊坐下，雙眉憂心地皺起，一股無以名狀的惴惴不安霎時湧上心頭：「可是這個夢已經跟隨著我一個月，妳覺得算是一件正常的事嗎？再說，我總覺得那個畫面很眞實，就像是眞的看見……」

「看見類似吸血鬼的生物？噢，拜託，妳還眞以爲自己在看《暮光之城》，還是在拍《吸血鬼日記》啊？」對方聞言，立刻以略帶調笑的口吻反問，隱晦暗示她的想法毫無根據，相當滑稽。

「好吧。」少女悄悄嘆息一聲，隨意地聳肩答道，「或許眞的是我想太多。」

「不是或許，是絕對就是。」她顯然不希望少女繼續糾纏關於夢境的事，於是乾脆把話題轉移開來，心情顯得雀躍興奮，「妳不要再想這些有的沒的，還是想想看，待會要參加哪個學會或者報名什麼類型的聯誼活動吧。」

「噢，眞是的。看來妳的腦子裡，現在就只會想到與玩樂有關的事情。」

少女雖然嘴上抱怨著，唇邊卻瀰漫出淸淺的笑意，原本因爲怪異夢境而產生的困擾轉眼間一掃而空。

「那是當然啦。我們才剛上大學，自然要好好放輕鬆，盡情享受大學生涯的美好生活。」對方的語氣裡盡是理所當然，彷彿在說著一件再平常不過的事，「不說了，妳快點整理東西吧。我跟老爸再過一個街口就到妳家。」

「好吧，待會見。」

掛斷電話，少女把手機放進褲袋裡，目光很自然地轉落到擺放於床頭櫃上的花紋相框。她伸手輕輕把它拿起來，端到眼前。

照片裡，一位綁著雙馬尾、相貌可愛的小女孩騎在中年男人寬闊的肩膀上，粉撲撲的小臉蛋堆滿純眞快樂的笑容。男人的皮膚有些黝黑，下巴留著稀疏的絡腮鬍，渾身散發著成熟穩重的魅力。

他似乎被女孩的歡樂給感染，整張臉孔笑得燦爛生輝，露出兩排整齊潔白的牙齒。站在他們旁邊是一位盤著髮髻的溫婉女子，她的面容溫和親切，雙手緊挽男人的臂彎，歪著腦袋，對鏡頭掀起甜蜜幸福的笑靨。

毫無疑問，這是一張溫馨的家庭合照。而對少女來說，已經是一段既遙遠，又讓她無比想念的回憶。

她對著照片中的黑髮中年男人，微笑道：「早安啊，爹地。」

將相框放回原位，她緩緩下床，拿起放置在書桌旁邊的灰色行李箱，接著扭開門鎖離開臥室。

她的名字叫戴維娜．貝拉米，今年十九歲。今天就是她正式要踏入大學的重要日子。早就聽聞大學的校園生活多姿多彩，讓她一直很期盼這天的來臨。對她來說，最幸運當然就是能跟自己最好的朋友，也就是剛剛與她通話的——埃絲特．佩恩就讀同一所大學。

她們從高中開始認識，三年的友情培養出一種無聲的默契，令兩人的關係變得親密無比，自然讓她格外期待與好友在大學裡展開的新生活。

戴維娜拎著行李箱步下樓梯，朝著客廳的方向邁進。一路來到開放式廚房，她才慢慢停住步伐，定定注視著一抹站在料理台邊的身影。身穿碎花淡橘色長裙、盤著蓬鬆髮髻的女人正把長紙盒裝的牛奶倒進馬克杯裡，繼而端起來品嚐一口。當她的眼角瞥見戴維娜的身影時，唇角泛起淺淺的微笑。

「嘿，甜心。」女人面露慈祥的神色，溫暖的嗓音從嘴裡溢出，「早啊。」

「早安。」戴維娜把行李箱放到一旁，對她報以一笑，輕輕呼喊出聲，「媽。」

這是她的母親——羅莎琳．貝拉米。雖然她已經有四十歲，但其實從外貌看起來頂多只有三十歲而已，而且她喜歡穿顏色較爲鮮艷的衣服，自然更替她添上一份年輕的感覺。

「東西都收齊了嗎？有沒有再檢查一下？」從小就是這樣，無論事無大小，羅莎琳總是對她無微不至，甚至貼心到會讓她懷疑，母親是否忘記她已經長大了？

「媽，我只是到大學的宿舍住而已，又不是真的搬出去，不用那麼緊張。」戴維娜看著她，無奈地咕噥道。

「妳從小都沒有離開過家那麼長的日子，我還眞擔心妳會不習慣。」羅莎琳的雙眸裡浮現出一抹溫柔，柔聲問道，「要吃點早餐再出門嗎？」

「不了，佩恩先生應該快把車子駛到這裡。」戴維娜搖搖頭，笑著回應道。

「好吧。來，再讓媽抱一下。」

語畢，羅莎琳便張開雙臂，把女兒擁入懷裡。戴維娜也伸出雙手，緊緊回抱著母親，把眼睛輕輕閉上，安靜地感受著她懷抱帶來的溫暖——那種只屬於母親獨特的溫度。

「要是在大學裡發生什麼有趣的事，隨時都可以打回來跟我說。還有，記得要經常留意身邊有沒有什麼好對象，我可是很期待妳在長假搬回來住的時候，會看到有個男朋友陪在妳的身邊。」羅莎琳的嘴角微微含著笑意，以半打趣半認眞的口吻說道。

「噢，妳怎麼說到大學是個用來談戀愛的地方？」戴維娜離開母親的懷抱，嘟囔嘴說道。

羅莎琳抬手撫著她柔順的髮絲，言語間流露出眞誠的關懷：「媽只是希望，妳能早點找到一個像我這麼疼愛妳的男生。」

「嗶嗶嗶——」

戴維娜尚未張口回應，響亮的汽車喇叭聲剎時從窗外傳來，看來埃絲特和她的父親已經順利抵達房屋外的車道上。

拖著行李箱走下台階，戴維娜不時回望仍站在門廊處的羅莎琳。對母親投以一個安心的微笑，她便伸手打開車門，不再遲疑地坐進車廂的後座。

佩恩先生幫她把行李放置於後車箱裡，接著大步走到門廊前，與羅莎琳簡短地交談幾句。只見她朝他微微點頭，並且揚起嘴角，回以一抹感謝的微笑。

待重新坐回駕駛座上，他俐落地發動引擎，雙手轉動方向盤，讓車子轉彎，向前直駛而去。望著車窗外往後倒退的風景，以及母親漸漸變得模糊的身影，戴維娜的心中雖有不捨，卻又充滿著一份難以言喻的期待。終於——

她要離開家，正式迎接大學的生活。

◇◇◇

聖帕斯大學是一所師資優良的學院，位於偏遠的北部郊區，超過十幢以上高高矮矮的大型建築物疏落地分布在偌大的校園內。雖然每一幢大樓主要採用現代主義的建築風格，卻還是能夠隱約捕捉到古典藝術的影子，例如摻雜了羅馬式的半圓拱設計、哥特式的尖肋拱頂、巴洛克時期著重的曲面雕刻等等，無論外觀還是結構都別具特色。

雖然聖帕斯大學不算是國內排名尖端的學校，可良好的校風卻讓每年的收生率都非常高。據說，不少社會的知名人士都是從這所大學畢業的。

「噢，老天！總算是讓我等到夢寐以求的大學生活。」

戴維娜和埃絲特各自拖著行李箱，緩緩行走在種滿常綠喬木的林蔭小徑上。環顧著校園內優美的環境以及各式各樣的建築，埃絲特的雙眼頓時閃亮發光，毫不掩飾興奮澎湃的心情，可想而知她對於開學日的來臨已經期盼許久。

「小埃！戴維娜！」正當兩人的視線四處遊走時，一道如清泉般乾淨的嗓音自她們的身後響起。

兩位女生反射性地轉頭回望，發現一抹熟悉的男性身影正站在不遠處朝她們招手，臉上綻放著如夏日豔陽般溫暖燦爛的笑容，那頭燙鬈的金色短髮在陽光照射下，閃爍著耀眼的亮光。他上身穿著印有骷髏骨的黑色T恤，下身配搭膝蓋破洞的牛仔褲和褐色皮靴，不知道是否想刻意打扮出時尚的一面。

「傑森！」埃絲特的雙眼裡明顯掠過幾分驚喜，連忙轉身衝過去，張開雙臂緊緊擁抱他。

望著好友情不自禁地飛撲向他，戴維娜的嘴角不由牽出會心的淺笑，一邊無奈地搖頭，一邊慢悠悠地踱步到兩人的身旁。對了，差點忘記提及這位男生。他叫傑森，是埃絲特的男朋友，他們已經相戀一年。每次只要他出現，埃絲特很自然就會露出像小女孩一般甜蜜撒嬌的表情。

「哎，我這顆電燈泡眞是有夠刺眼的。」戴維娜撇撇嘴，刻意出聲抱怨，言語中卻全是開玩笑的意味。看到這對情侶同時有默契地露出尷尬的笑容，她忍不住抿嘴輕笑，識趣地暫時離開，「我先到處走走，你們慢慢聊吧。」

由於學校坐落在郊區，四處被青翠的綠樹和灌木叢包圍，籠罩著一股大自然清新的氣息。戴維娜向來就很喜歡親近大自然，站在這裡特別帶給她一種很舒服的感覺。

她踏著不急不慢的步調，來到一棵茂盛挺拔的大樹下，不由自主地伸手撫摸著粗實的樹幹，彷彿只要透過輕輕的觸碰，便能感受到一股屬於它的氣息。從小到大，每當置身在大自然的環境下，她渾身就會充滿一種莫名的力量。那是一種很奇怪的感覺，連她自己也難以解釋清楚。

收起這種困惑的心情，戴維娜深深地呼了口氣，打算繼續到處欣賞校園的環境。殊不知剛轉身，卻差點迎面撞到一個人，嚇得她的心臟快要跳出來。

「老天啊！」後退一步，看清對方的容貌後，她才伸手撫著胸口，重重鬆了口氣，略微抱怨道，「你嚇倒我了。」

出現在她的眼前，是一位身材頎長挺拔的青年，有著一頭黑碎短髮，額前柔軟的瀏海垂下，隨著微風輕輕拂動。他的五官長得稜角分明，特別那雙湛藍色的眼睛清澈乾淨，宛若蔚藍天空般美麗。青年身上的衣著簡潔俐落，純白T恤搭配黑色休閒褲，突顯出他頗爲健壯的體格。

「我很抱歉，只是……我的東西在妳的腳下。」

在說話的同時，他伸出手指指向戴維娜的腳底。她下意識地低頭一看，才發現一枚銀色戒指被踩在她的右腳下。

她趕緊把腳挪開，彎腰撿起地上的戒指，微帶歉意地說道：「噢，對不起，我不是故意的。」

那是一枚銀色的寬面鋼製指環，沒有任何裝飾的雕刻花紋。當她用指尖擦拭著表面的灰塵時，恰好看見指環內側刻著Jared Sibert這個英文名字。

「傑瑞德．賽柏特？」戴維娜喃喃地將名字唸出，然後把戒指遞還給他，微覺有趣地說道，「你的戒指很有個人風格，很少人會把全名刻在上面的。」

傑瑞德沒有作出回應，只是將戒指重新套回指上，略顯隨意地問道：「沒猜錯的話，妳是修讀心理學系的吧？」

「哇，」戴維娜的嘴邊不自覺浮現出笑意，聲音中帶著些微驚喜，「你怎麼知道的？」

「猜的，我也是修讀心理學的。」他不以爲意地聳肩，語氣聽起來平淡無奇，「既然妳知道了我的名字，是不是也可以讓我知道妳的名字？」

「當然可以。」她直爽地回答，並主動朝他伸出右手，微笑地道出自己的名字，「戴維娜。」

「很高興認識妳。」傑瑞德禮貌地伸手與她相握，輕輕點頭致意。

讓戴維娜感到吃驚的是，他的手居然冰冷得像掉進冰窖裡似的，毫無溫度。但奇怪的是，今天的天氣並沒有很冷，他的手沒有熱度是正常的嗎？

後來，她猜想是因爲個人體質的關係，就沒有再特別深究下去。畢竟他們只是剛相識而已，也不好意思因爲好奇心而刺探太多。不過此刻讓她更爲關注的，反倒是傑瑞德的表情。

他在握住她的手時，表情明顯愣怔了一下，雙眸緊緊鎖住她的右手，神色閃爍著幾分訝異。戴維娜自然察覺到他有些不對勁，眼裡頓時溢滿困惑。是出了什麼問題嗎？

「怎麼了嗎？你——」戴維娜皺起眉頭望著他，略感奇怪地問道，「你的樣子看起來好像怪怪的。」

傑瑞德頃刻間回過神來，鎮定地搖頭否認：「喔，沒什麼。」趁著現在和她對視著，他必須要把握這個難得的機會。想到這裡，他那雙藍眸定定地鎖住她的瞳孔，緩緩張開嘴唇，清晰而緩慢地吐出每一個字，「把妳最近夢到的東西都告訴我。」

「呃……」戴維娜對於這句莫名其妙的話感到有些錯愕，神情變得呆若木雞，一時間不知道該給予什麼反應。片刻後，她稍微扯開嘴角，擠出一抹尷尬的笑容，「想要了解別人的夢境是件很有趣的事，但這是我的私隱，我是可以拒絕回答的，對吧？」

她的回答令傑瑞德感到頗爲驚詫，不經思考便把直覺的想法脫口而出：「妳平常是有喝馬鞭草？」

「不，我幾乎都不喝與馬鞭草相關的飲品。怎麼了嗎？」戴維娜沒有猶豫，直接否認。

她此言一出，傑瑞德顯得相當震驚，雙眼瞪得圓滾，整個人像當機一樣無法思考。吸血鬼擁有精神控制這種特殊的能力，只要一瞬不瞬地注視著人類的眼睛，對他們清晰下達指令，他們就會按照吸血鬼說的話行事，意識徹底受到他們的控制。

除非人類體內的血液混合了馬鞭草，才能夠對這種控制免疫。

然而，戴維娜明明沒有喝馬鞭草的習慣，可精神控制卻完全沒有發揮出效用，到底是爲什麼？他還是第一次遇到這種異常的情況，腦袋瞬間陷入一團混亂。那是不可能的，怎麼可能精神控制會對她沒有效用？她只是人類，不可能自身擁有抵抗的能力。

「你還好嗎？爲什麼你看起來好像很愕然一樣？」對於他在短短三分鐘的對話裡，兩次露出驚愕的情緒，她實在感到一頭霧水，不知道該對他擺出怎樣的表情。難道他平常結識朋友都會這樣嗎？

「噢，我很抱歉說出這種失禮的話。」她的聲音總算喚回傑瑞德的思緒，他佯裝出一副尷尬的表情，聳聳肩解釋，「因爲我最近沉迷看佛洛伊德的《夢的解析》，常常都會不自覺詢問別人的夢境，希望妳不要介意。」

「原來是這樣。」幸好她並沒有產生疑心，面露頓悟的神色，微笑地搖頭。「沒關係，當然不會。」

「戴維娜！」傑瑞德還沒來得及開口再說話，已經被一道甜美且充滿活力的聲音給截斷。戴維娜下意識地望向某個方向，瞧見埃絲特正在對面朝著她招手，高聲呼喊道，「我們在這邊啊。」

「噢，我的朋友在那邊等我，我要先離開了。」戴維娜將視線挪開，重新投回傑瑞德的身上，嘴角揚起淡淡的笑意，禮貌周到地向他道別，「雖然不知道我們是否同班，但我相信總會再碰面的。」

說完，她便拖著行李箱轉身離開。等到她逐漸遠去，傑瑞德的視線從她的背影上收回來，低頭看著剛才握住她的手，愕然和不解的情緒再度侵襲他的心頭。

很奇怪。儘管根據吉爾伯特先生提供的線索，是這位女孩能夠感覺到萊特爾先生的死況，可她明明只是個普通的人類，爲什麼她身上好像擁有一種特殊的力量似的？不僅僅是精神控制失效的問題，就連他剛剛握住她的手時，都感受到一股奇異且無法說明的感覺？到底是爲什麼？

「怎麼了？開學第一天就有人追求妳了嗎？」還沒等戴維娜走近，埃絲特已經迫不及待衝到她的身旁，親暱地挽著她的手臂，熱切追問起來。

「不要胡說，只是剛剛認識了跟我同系的同學而已。」戴維娜趕緊擺擺手，著急否認道。

「何不乾脆把同學變成男朋友?」埃絲特朝她擠擠眼，打趣般的說道，「我們現在都已經上大學，當然要把握這個時間好好談戀愛，而且我覺得剛剛那位男生挺帥的啊。」

「妳說出這種話不怕傑森會生氣嗎?」話落，戴維娜故意衝傑森眨眨眼，故作提醒道，「嘿，傑森，你可要好好看管你的女朋友，別讓她隨時跟別人跑走。」

「不不不，傑森你可不要誤會，不管其他男生有多麼帥，我保證我的目光只會放在你的身上。」埃絲特焦急地對著旁邊的男友做出保證。向來是個鬼靈精的她，自然不會讓如此敏感的話題繼續延續下去，乾脆直接轉移焦點，「對了傑森，我們剛剛不是說週末要去約會的嗎?你都還沒告訴我想要安排什麼節目。」

「我們要去看電影嗎?聽說安妮．海瑟薇最新的電影已經上映，她不是妳最愛的女演員嗎?」傑森微笑地揉著她的頭髮，寵溺地問道。

趁著這對小情侶討論著週末的約會計劃時，戴維娜有些好奇地轉過頭，打算看看傑瑞德是否還停留在原地，殊不知早已不見他的蹤影。

她無奈地聳聳肩，在心中暗忖道：算吧，還是別想了。

◇◇◇

此刻的傑瑞德已經來到宿舍的走廊上，朝著被分配的寢室號碼前進。來到門前，他伸手轉開門鎖，然後邁步走進去。由於學校規定每間寢室需要兩個人共同使用，所以裡面自然會有兩張單人床。在兩張床的旁邊各自放著一個木製的床頭櫃，讓學生放置他們日常需要的用品，楓木色衣櫃以及白色書桌分別靠著牆壁擺放。在寢室裡可以找到筆記本電腦、小冰箱等等的電器，提供的設備非常齊全。

傑瑞德本來以為踏進寢室，會遇見一位不認識的室友，沒想到出現在眼前，會是一抹熟悉的慵懶身影。那位青年留著一頭栗色短髮，前額的瀏海以髮油往後固定梳起，配搭兩枚戴在耳垂上的黑曜石耳釘，突顯出一種魅力有型的氣息。

他交叉雙腿坐在床上，雙手橫握手機，目不轉睛地盯著螢幕畫面，明顯沉醉於某款充滿刺激性的手機遊戲中，不時傳來機關槍響起的嘭嘭聲。

趁著遊戲要闖進下一關的空隙時間，他抬起頭望向傑瑞德，像是故意般朝他揚揚手，主動打招呼道：「嗨，我的好室友，請多多指教。」

「別告訴我，你是跟著我來的。」傑瑞德冷冷地掃他一眼，把門在身後帶上，「雷克斯。」

「當然不是，我可是徵得吉爾伯特先生的同意。」雷克斯的嘴角扯開得意的弧度，刻意上揚語調回答。下一秒，他忍不住嘟囔地抱怨起來，「拜託，伙計。人類的校園生活那麼好玩，你怎麼可以不帶著我來？」

「聽著，我不是來玩的，雷克斯。」傑瑞德的眸光變得凌厲尖銳，咬字冰冷清晰地警告道，「你要是抱著玩的心態，就馬上給我滾回去。」

「好的，好的，就當我沒說吧。眞是個無趣的傢伙。」雷克斯攤手聳肩，擺出一副無奈的樣子，並且就事論事地繼續說道，「反正讓你跟人類住在同一間寢室裡，不能確保不會發生任何麻煩的事，還倒不如讓我當你的室友。」

傑瑞德沒有啟唇回應，只是提起腳步，走到書桌前整理他的個人物品。這種沒表示的反應，在雷克斯眼中看來就是表示——

他同意了。

「萊特爾先生的事調查得怎麼樣？」

「已經找到那位女孩。」當提到調查一事，傑瑞德手邊的動作頓時僵住，腦海裡不由回想起十五分鐘前與戴維娜相識的畫面，語氣裡帶著些許惘然，「只是她……有點不可思議。」

「怎麼說？」

他轉回身望著雷克斯，說出剛剛碰到的奇怪狀況：「我本來是想用精神控制，讓她說出夢到的一切，但不成功。她似乎能夠抵擋這種能力。」

雷克斯把雙臂環在胸前，疑惑地提出猜測：「會是因爲她平常有喝馬鞭草的習慣嗎？」

「我問過她，她說沒有。我相信她並不知道我的身分，要不然我跟她握手的時候就已經洞悉出來，所以我不認爲她在撒謊。」傑瑞德緊鎖著眉頭，對於當中的原因依然毫無頭緒。

「那就眞的奇怪。如果只是人類的話，又怎麼可能沒有辦法對她使用精神控制？」雷克斯蹙起眉頭，同樣對此事感到大惑不解。

「總之，現在要調查出萊特爾先生的死因，相信需要跟她的關係變得更親近，才能夠順利從她口中套出線索。」對於事情變得複雜化，傑瑞德的眉宇間隱藏著一絲苦惱，卻又顯得無可奈何。

「那就別著急，先好好享受大學生活吧，雖然我們已經經歷過無數次的畢業。」雷克斯很自然地換上隨意的態度，接著下床走到他的身旁說道，「吶，這是特地爲你準備的。」

傑瑞德轉頭回望，看見雷克斯把握在手裡一個小型玻璃瓶遞給他，裡面盛載著血紅色的液體，如同致命的毒藥般深深引誘著他。他呆呆地注視著瓶中的液體，不由自主地狂舔乾燥的嘴唇，卻始終沒有主動接過瓶子，只是有所顧慮地皺起雙眉。

雷克斯見狀，無奈地嘆了口氣，乾脆開口解釋：「不用擔心，新鮮的兔子血來的。早上在樹林裡看到這位小可愛的出現，就覺得你應該會需要新鮮的口感。」

「噢，謝了。」

他的話總算讓傑瑞德鬆一口氣，安心地把它接過來，扭開銀色瓶蓋，仰頭把血液一飲而盡。他心裡很清楚，自己是不能喝下人類的血液，否則後果將會不堪設想。自己曾經也是人類，所以他是絕對——不希望傷害人類。

◇◇◇

不曉得學校是否知道戴維娜和埃絲特是朋友，居然分配兩人同住在一間寢室裡，這個消息足足讓她們興奮許久，好不容易才讓這份激動的心情鎮定下來。

很快，夜幕籠罩著整片天空，月牙從雲層中探頭而出，為大地散發著淡淡的銀光。晚上時分，男女宿舍的窗戶幾乎全都亮起燈光，可見大部分學生已經回房休息，戴維娜和埃絲特當然也不例外，早已經回到寢室裡，忙碌地整理著她們的行李。

「我覺得伯母真的很關心妳，難怪妳們的感情會這麼好。」埃絲特把摺疊整齊的衣物擺放到衣櫃裡，然後轉頭望向戴維娜，語氣裡盡是滿滿的羨慕。

回想起剛才戴維娜收到她母親打來詢問狀況的電話，一股酸溜溜的感覺不由在埃絲特的心中冉冉升起。

「拜託，那叫過度緊張，我已經是成年人，絕對有能力可以照顧自己的。」戴維娜撇撇嘴，語氣略帶些微抱怨。倒不是說，她不希望母親對她如此細心體貼，只是有時候過分的關心，反而會讓她覺得自己根本沒有眞正長大，還沒有完全脫離母親的庇護。

「妳難道沒有聽過，孩子在父母心裡永遠是長不大的嗎？」埃絲特大步地走到她的床沿坐下，一副理所當然地說道。隨後，她垂下眼簾，試圖遮蓋眸中的憂傷，有些失落地說道，「總比我好吧。我媽總是因爲工作丟下我和爸在家裡，就算有時候打電話給她，想聽到她的聲音，她卻會用各種理由，在不到一分鐘的時間內掛線。」

「妳之前不是說過，很淸楚妳媽是爲了家庭，才會選擇到城市工作的嗎？」

埃絲特只是低垂著頭，咬著嘴唇沒有應答。看見她整個人頓時變得垂頭喪氣，戴維娜便來到她的身旁坐下，伸手攬住她的肩膀，希望能給她一點點安慰。身爲她的摯友，又怎麼可能不了解她難過的原因？

「嘿，別這樣啦。就算佩恩夫人經常不在妳的身邊，妳還有佩恩先生，還有傑森，最最最重要的是……妳還有我啊。嗯？」

「是啊。」埃絲特被她的話逗得歡笑起來，輕輕拍了拍她的手背說道，「有妳這個好朋友陪著我，確實是挺重要的。」

兩位女生不禁相視而笑，三年的友情令她們只需要一句簡單的話，甚至一個眼神的傳遞，已經能夠洞悉對方內心真實的想法，這大概就是真正的好朋友才會有的默契。

時間轉眼間來到深夜，整個校園徹底陷入寧靜的氛圍，只有窗外不時傳來樹葉被微風吹得窸窣作響的聲音。躺在床上的戴維娜本來正睡得香甜，沒想到那個充滿著疑團的夢境，卻毫無預兆地再度從腦海裡浮現而出，令她的雙眉因不安而糾結成一團。

在夢中，她依然看見那位被殺的吸血鬼痛苦地跪在地上，雙眼被緋紅色的亮光覆蓋，兩顆鋒利得如鋸齒般的獠牙從上唇間暴露出來。下一刻，一道快如閃電的身影猝然衝到他的背後，咬破他脖頸的皮膚後，再將他的頭顱殘忍地扯下來，鮮血隨即噴灑到地面上。儘管她努力想看清楚那道身影的模樣，可惜周圍的光線實在太昏暗，只能僅僅看到他的背影。

令人意想不到的是，這次終於讓她發掘出更多畫面——

那道高大的身影在失去頭顱的身體前蹲下來，並伸手探進對方的衣服口袋裡，取出一個透明閃耀的東西。看起來像是……

一顆鑽石？

就在這個時候，一陣細碎的腳步聲驟然從不遠處響起，看來是有人正從某個方向走過來。當她意識到聲音越來越近，越來越響亮，已經迫不及待想察看，到底走過來的會是什麼人。

然而事與願違，夢境的畫面開始變得零碎模糊，戴維娜霎時感到頭痛欲裂，額角滲出細微的冷汗。就在疼痛的感覺越發劇烈時，她猛然從夢中驚醒過來。

果然！又是這個栩栩如生的夢境，只是實在沒想到原來它還有後續的發展。打從她夢見這些畫面開始，當中的影像只是不斷重複上演，從來沒有新畫面的出現。

而現在這個變化，到底是意味著什麼？

她緩緩從床上坐起身，腦中的思緒混亂不堪，越來越覺得這不單純只是一個夢，更像在告訴她某件事情的發生經過。

若然說，吸血鬼眞的存在於這個世界上，會有這樣的可能性嗎？

第二章　似夢似真

隨著黑夜消退，黎明的太陽緩緩從東方的地平線升起，令原本灰色的天空逐漸明亮起來。儘管早晨已經來臨，戴維娜依然躺在床上輾轉反側，苦惱地思索著夢境中的景象。

她一整個晚上都無法入睡，腦袋混亂得像一團打結的毛線球，實在不懂，更猜不透她夢到的那些畫面到底是真實，還是純粹屬於由夢境虛構出來的假象。如果是後者，又爲什麼連續一個月以來都會夢到相同的畫面呢？

她伸手拿起放在床櫃上的手機，看了看螢幕上顯示的時間，發現距離上課只剩下半個小時左右。她立刻甩甩腦袋，把這些紊亂的想法拋出腦外。現在還是上課比較重要，畢竟是第一天的課堂，要是遲到的話，絕對會在教授面前留下不好的印象。

第一節課堂是主修的心理學課。在一間容納三十人的教室裡，戴著黑色粗框眼鏡、年約四十多歲的男教授正站在黑板的旁邊，滔滔不絕地發表著他對心理學的見解和看法。

他是葛蘭教授，三十五歲時已獲得教授的名銜，曾多次獲邀請參加由英國心理學會主辦的研討會，被譽爲心理學界的奇才。至今，他已在網上撰寫和發表了將近一百篇學術論文，並擔任多本頂尖期刊的編輯。他四年前出版的著作《論心理學對人類的影響》更獲得世界各地資深人士的好評，被英國心理學雜誌評選爲最富成就的教育心理學家之一。因此，對心理學有濃厚興趣的學生都希望能夠跟他學習。

戴維娜坐在教室裡中間的位置，一隻手托著腦袋，另一隻手轉動著原子筆。雖然她的目光盯著寫滿文字的黑板，事實上卻在發呆。一直被夢境困擾的她，腦袋不時會浮現出昨晚夢到的各種畫面。

頃刻間，教室的門被「咔嚓」一聲打開，將戴維娜飄遠的思緒拉回來。她反射性地把視線轉向門口，看見一道修長的身影踏著從容的步伐走進來，短暫地打斷了課堂的進行。這一刻，所有人的目光全都集中在他的身上，讓他瞬間成爲班上格外「獨特」的人。

「對不起，我遲到了。」傑瑞德緩緩啟唇，語氣出奇平靜，聽起來完全不像在道歉。

「賽柏特先生，請問你能跟大家說說看，誰是亞歷山大．貝恩嗎？」葛蘭教授托了托眼鏡望著他，一臉嚴肅地向他提問道。

「亞歷山大．貝恩是一位十九世紀蘇格蘭的哲學家、心理學家以及教育家，對於心理學來說有著很重要的地位。他是首位使用『心理學』這個詞語的人之一。當時的心理學尚未成爲獨立的學科，亞歷山大．貝恩認爲心理學應該獨立於哲學和生理學之外。他將實驗方法應用於心理學研究，特別是在感知、注意力和記憶等領域。此外，他對語言和言語的研究影響也很深遠，提出了『聯想理論』，認爲人類的思維和言語能力是通過聯想來實現的。他還對動機和情感做出了研究貢獻，認爲動機是推動人們行動的力量，而情感是個體對於外界刺激的反應。總括來說，亞歷山大．貝恩的貢獻非常多元化，對現代心理學的發展產生了深遠的影響。」本來葛蘭教授並不認爲傑瑞德會懂得回答這條問題，但他卻能流暢地把答案完整說出來，確實出乎對方的意料之外。接著，他更故意提高語調，挑眉問道，「請問教授還需要讓我說出更多與亞歷山大．貝恩相關的事跡嗎？」

戴維娜能看出來，葛蘭教授雖然感到有些不甘心，卻只能無奈地搖搖頭，不再理會他，重新面向學生們繼續講課。

如此看來，傑瑞德的答案顯然完全正確。

傑瑞德不著痕跡地瞥了戴維娜一眼，徑直走到她身旁的空位坐下來。他把斜掛在肩膀上的黑色背包放到腳下，輕輕翻開放置在桌上的課本，目光專注地盯著黑板。

「沒想到你會這麼厲害，居然對亞歷山大・貝恩這位心理學的人物這麼清楚。」戴維娜主動開口與他搭訕，語帶欽佩地說道。要是被詢問的對象換作是她，肯定會不曉得該怎麼回答。

「只是之前有在參考書上看過，就把看到的都記住了。」傑瑞德沒有顯露出太多表情，只是聳肩回應。

「所以，你平常都會花時間研究心理學？」戴維娜單手托腮，頗感興趣地追問。

「不然怎麼可能會選這個學系？」他側過頭，若有似無地瞄她一眼，輕描淡寫地反問道。

戴維娜沒有再開口回應，但視線依然停留在他的身上。她不得不承認，傑瑞德確實是一位很有趣的男生，先是昨天猜對她修讀心理學系，剛剛在面對教授的時候，又沒有半分怯場，表現得自信淡定。在他的身上總有一種難以言喻的神祕感，令她不由自主對他產生好奇心，渴望了解他到底是一個怎樣的人。

◇◇◇

昨晚的夢境總讓戴維娜覺得很困擾，於是決定下課後，到圖書館裡翻找與吸血鬼相關的書籍。縱使無法確定會否得到實質的幫助，但總比坐著什麼都不做來得好。

下午的圖書館裡坐著兩兩三三的學生，他們全都低頭安靜地翻閱著手中的書本。一踏進裡頭，戴維娜便直接走到超自然科學系列的書架前，只見上面整齊地排列著各式各樣稀奇古怪的參考書籍。她的視線飛快地掃過每一本書脊，仔細地挑選著合適的書本。

就在經過第二個書櫃時，其中一本書的名稱深深吸引住她的目光。她沒有半分猶豫，伸手從架上取出那本外表有些殘舊的牛皮封面書籍，封面上的書名用英文潦草寫著《Dream of the Vampire》。

吸血鬼夢境？那是什麼意思？會是跟夢境有關的嗎？

「吸血鬼夢境？」一道突如其來的男聲劃破了寧靜的空間，讓戴維娜頓時嚇了一跳。

轉頭一看，她才發現那道清冷的嗓音是來自傑瑞德——他正站在她的身後。她一臉愕然地盯著他，嘴唇微微張開，但沒有出聲，只是在心中暗忖道：奇怪，他是什麼時候站在這裡的？她好像……沒有聽到腳步聲的靠近。

不過很快，戴維娜便把這些疑惑的想法拋開，皺起眉頭，微帶抱怨的語氣說道：「噢，眞是的。你每次出現總是會嚇倒我。」

傑瑞德沒理會她的怨言，雙眸緊緊盯著她手中的書本，開口問道：「怎麼？想要研究吸血鬼？」

「這個……」被他這樣一問，她也不知道該如何回答，於是有些不自然地解釋道，「也不是啦。只是這陣子，有一件很奇怪的事發生在我的身上，所以希望了解當中的原因。」

「奇怪的事？是關於什麼的？」傑瑞德迅即追問，語氣中帶著微不可察的急迫。

「如果我說出來，你一定會覺得我是瘋了。」

「這個世界上本來就有很多奇怪卻又無法解釋的事，難道不是嗎？」傑瑞德的表情依舊紋風不動，彷彿在保證，無論她接下來要說什麼，他都不會取笑她。

「這麼說也是。」她點頭表示認同，接著聳聳肩說道，「那好吧。」

戴維娜將手上的書本抱在胸前，隨意走到前面靠窗的位置坐下。而傑瑞德也跟著坐在她的旁邊，一直保持沉默，耐心地等待著她述說夢中的內容。

她把懷中的書放到長桌上，用纖細的指尖輕輕拂過牛皮書封，嘴唇緩緩開啟：「在最近一個月以來，我總是做著一個很奇怪的夢。在夢裡，我會看見一雙紅色的眼睛，一點都不像戴上隱形眼鏡，千眞萬確是一雙血紅色的眼睛。而且，他的嘴巴長著兩顆很長、很尖的獠牙，完全是吸血鬼才會擁有的特徵。最可怕的是，在我沒有任何心理準備的情況下，看到一道身影快速衝過來，咬了他的脖子一口，並且狠狠扯下那個吸血鬼的腦袋，他的頭顱……就這樣掉了在地上……」

「然後呢？」傑瑞德緊緊注視著她，小心翼翼地追問起來，眼中隱約閃過幾分焦急。

「然後，我看見那個人從吸血鬼的口袋裡找出一個類似鑽石的東西，其實也不能確定是不是鑽石啦。之後，我聽到另一陣腳步聲響起，但還沒看到是誰走過來，就已經從夢中驚醒過來。」

傑瑞德緊抿著嘴唇，蹙起眉頭，良久沒有說話，令戴維娜以爲他一定是覺得她在發神經，才會露出這副無語的表情。

戴維娜伸手托腮，斜視了他一眼，口吻略帶開玩笑的意味：「瞧你這副樣子，心裡肯定是在吐槽，上天啊，這女的爲什麼不去看精神科醫生吧？」

她的話沒有預期讓傑瑞德笑出來，他的神情依然顯得有些凝重，緩緩開口問道：「妳難道沒有想過，那個夢境如此眞實，有可能是……眞的發生了這樣的事嗎？」

「好吧，我告訴你，這眞的一點都不好笑。」戴維娜禁不住「噗哧」一聲笑了出來，簡直覺得他是在開天大的玩笑，「吸血鬼什麼的，也太不科學了吧？雖然一向是有研究說，世上眞的有吸血鬼的存在，可根本就沒有科學根據啊。更何況，如果吸血鬼眞的存在，我們又怎麼可能會過得那麼平安啊？」

隨著她的話音落下，口袋裡的手機冷不防地震動起來。她下意識地掏出手機，當瞥見熟悉的來電顯示，便快速地滑動接聽鍵。

「喂，埃絲特？我在圖書館啊。」戴維娜把手機放到耳邊，聆聽著好友甜美的聲線從另一端傳來。她抬頭瞥向掛在牆上的時鐘，才恍然發現已經是下午一點，「現在嗎？那好吧，我這就過去。」

要知道吸血鬼的聽力相當敏銳，即使聲音是從很遙遠的地方傳來，他們也能夠聽得一淸二楚，更別說是手機彼端的聲音。正因如此，傑瑞德能一字不漏地把埃絲特的說話內容全都聽進去，大致就是：她和傑森正在飯堂裡等著戴維娜，因爲感到肚子餓，催促她趕快過去。

「不好意思，傑瑞德。」切斷通訊後，戴維娜匆忙拿起桌上的書本，從座椅上站起身，略帶歉意地說道，「我朋友在等著我，要先走了。」

「一起吧。」沒料到傑瑞德也跟著站起來，把雙手插進褲袋裡，語調顯得非常隨意，「反正我也要去飯堂。」

「嗯？你也是去飯堂？」戴維娜先是稍顯驚訝，轉而換上高興的表情，笑著對他說道，「那還眞巧，我也是要到飯堂找我的朋友。如果你沒有約其他人的話，不如一起吧？順道我可以介紹兩位朋友給你認識。」

「我無所謂。」

◇◇◇

來到午飯時間，寬敞的飯堂裡坐著不同年級的學生，各種美食誘人的香氣肆意在空氣中到處飄散，令人垂涎三尺。開懷暢快的談笑聲溢滿整個環境，使四周完全淹沒在熱鬧嘈雜的氛圍中。跟隨著傑瑞德的腳步踏進飯堂，戴維娜邊走邊到處張望，似乎在尋找著兩位好友的身影。

「嘿，戴維娜！」

就在這個時候，一道熟悉甜美的嗓音恰好從某個方向傳來。戴維娜循著聲音望去，當捕捉到埃絲特笑容可掬地朝她揮手的畫面，馬上踩著輕快的步調，朝她和傑森的方向邁去。她動作自然地拉開兩人對面的餐椅落坐，並把肩上的紅色手提包隨意掛在椅背上。

瞥見傑瑞德依然站在旁邊，遲遲沒有坐下，像是不自在地扯了扯斜背包的肩帶，於是她稍微拉開旁邊的座椅，對他表現出歡迎的態度。

「坐吧，我們都是很隨意的。」她半開玩笑地對他說道，「不要介意我們有點吵就可以了。」

「謝謝。」他禮貌地點頭道謝，安靜地坐在她旁邊的空位上。

「嗯？看來這一位是──」埃絲特刻意拖長尾音，別有深意地瞄向傑瑞德，唇角俏皮地彎起，問道，「戴維娜新認識的朋友？」

「他是傑瑞德，是我在心理學課認識的同班同學。」戴維娜主動伸出手，微笑著簡單幫雙方做個介紹，「這一位是我從高中就認識的好朋友，埃絲特。旁邊就是她的男朋友，傑森。」

「希望我的出現，沒有打擾到你們。」傑瑞德朝他們微微頷首，神情頗顯拘謹。

「當然不會啦，我們可是很開心戴維娜向我們介紹她新認識的朋友。」埃絲特主動對他釋出善意，面容露出愉快的笑意，「你說對吧，傑森？」

「沒錯。雖然我們三個是高中的同班同學，現在卻在大學裡修讀不同學科，能互相認識大家的新朋友，自然是一件很棒的事。」傑森馬上點頭認同，笑著附和道。

「噢，戴維娜，既然現在有人陪妳，我想妳應該不介意我跟傑森利用這段時間享受二人世界吧？」話落，埃絲特俏皮地朝她擠擠眼，接著親暱地挽起男友的胳膊，看著他說道，「走吧，傑森。你剛剛不是說，想要在陽光沐浴下享用午餐的嗎？」

傑森的神情略帶些許迷茫，顯然還處於一頭霧水的狀況中，但埃絲特絲毫不給他發言詢問的時間，趕緊拉著他站起來，快步轉身離開。她在臨走前還刻意回頭，對戴維娜展露出意味深長的笑容，後者只能報以無奈一笑。

她清楚好友是在製造機會撮合她和傑瑞德，然而她真是想太多了。他們才剛認識一兩天，頂多只能算是普通朋友，又怎麼可能會發展成那種關係？

「不好意思，她只是想找個藉口跟傑森約會，希望你不要介意。」她略顯尷尬地對傑瑞德解釋道，為了盡快打破這股不自然的氣氛，只能迅速轉換話題，「對了，你要出去點餐嗎？」

正當傑瑞德準備開口應答之際，一道略帶慵懶的男聲陡然響起，無意間打斷了他還沒說出口的話。

「喔，傑瑞德，原來你也在這裡。」

就算他不轉過頭，當然也知道來者是誰。穿著白色圓領T袖，套上一件黑色夾克的雷克斯在發現傑瑞德的身影後，便快步朝他的座位走去。

「他是你的朋友嗎？」戴維娜把視線投向雷克斯，好奇地問道。

「是啊，我是他的朋友雷克斯，同時也是他的室友。」雷克斯沒有等兩人同意，徑直來到他們對面的椅子坐下來，接著朝戴維娜賣弄地眨眨眼，說道，「妳一定就是戴維娜，對吧？傑瑞德這個傢伙有在我的面前提過妳。」

「有……提起過我嗎？」她有意無意地瞥了傑瑞德一眼，小心翼翼地重複道。

傑瑞德那雙帶著壓迫感的藍眸即時掃向雷克斯，冰冷的眼神銳利如箭，彷彿在警告他：別在這裡給我搗亂，雷克斯。

「呃，沒什麼，只是提到妳是一位很可愛的女生而已。」注意到他的眼神越發陰沉，雷克斯只好尷尬地乾笑幾聲，試圖隨意帶過這個話題。

「是嗎？」戴維娜的視線不自覺地投向傑瑞德，表情顯得有些不好意思。

「雷克斯，我想你應該差不多要去上課了。對吧？」察覺到氣氛隨著他不經腦的話變得越來越侷促，傑瑞德朝他挑高一邊眉毛問道，聲音雖然平靜無波，言語間卻暗藏淩厲森然。

「噢，那個，確實是差不多了。」

雷克斯的嘴角微微抽搐，一滴冷汗沿著背脊悄然滑落。他本來只是想跟傑瑞德開個玩笑，不過他似乎已經忘記，對方的性格可是相當認眞嚴肅，從來不接受耍幽默這一套。

刻意清清喉嚨，他便從座位上站起來，對著戴維娜微笑道：「無論如何，很高興認識妳，戴維娜。我相信，我們之後還會經常見面的。」

面對他臉上溢滿燦爛的笑容，她只能尷尬地回以一笑，沒有開口回應。

雷克斯再次朝她眨眨眼睛後，便轉身離去。望著他推門走出飯堂的背影，戴維娜的眉頭稍稍蹙起，眼底劃過幾絲迷茫。不知道是否受到錯覺的影響，她總覺得對方那句「之後還會經常見面」似乎隱含深意，就像很確定他們往後一定會有所接觸。但……

這是爲什麼呢？

◇◇◇

坐落在小鎮偏遠郊區的維多利亞式雙層房屋是吉爾伯特夫婦在一年前剛抵達布克頓鎮時購買的。這裡的環境舒適清幽，遠離鎮內的喧囂以及燈光的籠罩，能夠盡情享受大自然的景觀。

他們在宅邸的前方打造了一個雅緻的庭園，遍地鋪滿油綠綠的青草，不同種類的花朶在低矮的灌木叢上爭相綻放，洋溢著沁人心脾的清新氣息。幾個裝著綠色觀葉植物的陶罐擺放在由石板鋪成的小徑兩旁，翠綠的嫩葉在陽光照耀下，閃爍著如同綠寶石般的光點。

「爸，爲什麼不讓我跟著傑瑞德和雷克斯一起去調查萊特爾先生的死因？」

屋內原本靜謐無聲，一道略帶抱怨的女性嗓音卻突然間劃破了寧靜的氛圍。只見在宅邸的客廳裡，一位身穿粉紅色T袖和牛仔短褲的年輕少女正趴在沙發上，放下手中的時裝雜誌，不滿地鼓起腮幫子，看著站在窗前的吉爾伯特先生，金色的波浪長髮隨著她的動作輕輕搖曳。

「沒有他們兩個在這裡陪我，我都悶得快發慌了。」

「他們這次是去辦正經事，並不是去結識朋友。由他們兩個去接觸那個女孩已經有夠冒險，妳很清楚我們的身分要是被發現，後果會有多麼嚴重。」吉爾伯特先生側身看著金髮少女，言語間帶著一絲警告，「小莎。」

「切，我倒不認爲雷克斯是抱著辦正經事的態度。」卡瑞莎不爽地嘟囔道，然後從沙發上坐起身，面露不解的表情拋出疑問，「但我不懂，爲什麼你跟傑瑞德都覺得萊特爾先生的死很奇怪？我們在他的身上發現有狼毒，很明顯整件事就是和狼人有關啊，爲什麼還要繼續調查？」

「不，這件事恐怕沒有那麼簡單。」吉爾伯特先生輕輕地搖著頭，面容覆蓋上一層說不出的凝重，「雖然我們和狼人的關係向來不算友好，但只要我們沒有做過傷害他們的事，他們是不會貿然傷害我們的。我從來沒有聽萊特爾提過，他和狼人之間結下深仇大怨，照道理來說，狼人是不可能會動殺機的。」

「所以是有人故意謀殺萊特爾先生，然後嫁禍到狼人的身上？」卡瑞莎試著提出假設。

「我們當時並不在現場，根本不知道事情發生的確實情況。或許現在，就只能靠那位人類女孩的幫忙。」吉爾伯特先生狀似懊惱地吐出一聲嘆息。

「說起來眞奇怪，爲什麼萊特爾先生要尋求巫師的幫助，把他當時被殺的情況連結到一個人類女孩的腦海裡？」卡瑞莎困惑地皺著眉，臉色肅顯迷茫，「難道她擁有什麼不爲人知的超能力嗎？」

「我也不太淸楚這一點。但我相信，萊特爾會找她肯定是存在著某種特別的理由。」

說完，吉爾伯特先生把雙手置於背後，視線轉向窗外，神情複雜地注視著未知的遠方。見他沒有再說話，陷入一陣壓抑的沉思中，卡瑞莎只能無奈地輕嘆口氣，繼續趴在沙發上，無聊地翻閱著手上的時裝雜誌。

◇◇◇

在布克頓鎮的邊緣處有一片蒼翠繁茂的森林，四周的樹木枝葉茂盛，粗壯挺拔的樹幹如同雕刻著紋路的巨柱般密集地矗立在林地。低矮的灌木叢、嫩綠的苔蘚以及濃密的蕨類植物在森林裡隨意生長，偶爾會看見美艷奪目的野花點綴在其中增添不同的色彩，空氣裡到處飄散著花朵幽香的芬芳與泥土濕潤的氣息。

今天的天氣變化無常，午後的天空沒有維持早晨的蔚藍澄澈，反而變得潮濕陰鬱。厚重的雲層覆蓋著整片天空，把溫暖的太陽完全遮擋著，森林四處瀰漫著微涼的寒意，令整個環境變得幽深詭祕。

沿著森林的小徑一路往前走，約莫十五分鐘後便會抵達一個面積不大的湖池。湖水清澈透明，能夠清楚看見一些小魚兒在水中活躍地游來游去。一位身穿禦風輕便外衣，頭戴卡其色休閒帽的男人正坐在湖邊，手裡握著一根黑色釣竿，雙目牢牢地注視著清淺的湖水。他一邊輕鬆地哼著調子，一邊耐心地等待著湖中的魚兒上鉤。

忽然，他身後的草叢間出現動靜，傳來一陣「窸窸窣窣」的怪異聲響。男人不禁轉過頭，順著聲音的方向察看，卻一無所獲。

「是誰？」他奇怪地皺起眉頭，開口問道，「誰在這裡？」

然而沒有得到任何回應，他只聽到自己的回音。男人以為是自己多疑聽錯，於是不再探究剛才聽到的聲音，轉回頭繼續悠遊自在地釣魚。

就在這個時候，後面的草叢再度傳來窸窣的聲響。男人再次轉頭回望，依然沒有捕捉到任何東西。

於是這一次，他決定放下釣竿，起身走過去，打算看個究竟。他小心翼翼地邁開雙腿，朝著草叢走近。每往前踏出一步，他心頭的緊張便越發加劇，彷彿認爲有什麼東西會從草叢中跳出來一樣。

「無知的人類就是注定要成爲獵物。」

正當他快要接近草叢處時，一道幽幽的女性嗓音霍然從他的身後響起。她的聲音聽起來陰寒刺骨，宛如冷冽的寒風般襲來，使人頭皮發麻。

男人旋即轉頭，驚慌得面容失色，連忙後退幾步，顫抖著聲音問道：「妳……妳是誰？」

「我一直就在等著像你這麼可口的美食。」出現在男人的眼前，是一位披散著紅色鬈髮的女人。她正一步步地逼近他，深紅的眼睛裡閃爍著飢渴的光芒。當她的視線轉移到他脖頸的血管時，不由舔了舔嘴唇，露出一抹令人不寒而慄的笑容。

「什……什麼？」

男人本想轉身逃跑，不料被腳下的石頭絆倒在地上。他趕緊翻過身，驚慌地挪動屁股不停往後退，無盡的恐慌溢滿在他的臉上。

紅髮女人已經按捺不住飢餓感，迅捷撲到男人的身上，咧嘴露出白森森的尖牙，對準他的脖子用力刺下去，鮮紅濃稠的血液隨即湧出皮膚表面。當她的嘴唇微啟，原本潔白的牙齒已被血液染紅。她瘋狂地撕咬著他的脖頸，大口地啜飲著血管內鮮甜的血液。對她來說，那就像是世界上最美味的食物，不管有多少都不會覺得滿足。

「啊——」

一道淒慘的尖叫聲響遍整個森林，最後靜止下來，只剩下一隻烏鴉在森林上空飛過，拍著翅膀發出

「呀呀」的叫聲。

◇◇◇

深夜時分，待確保埃絲特徹底陷入熟睡後，戴維娜才悄悄地從床上坐起身，輕輕打開旁邊的抽屜，取出今天從圖書館裡借來的書，把它放到膝蓋上。她點開手機的電筒來照明，繼而把視線投放在書本上。它的封面是用駝色牛皮製成，裡面的紙張因爲有些年頭而變得泛黃，隱約透出一種古典懷舊的味道。

戴維娜不由自主地伸手撫摸著書封，當指尖觸碰到使用打凸效果的書名時，一股莫名的緊張突地從她的心底湧出。直覺告訴她，現在距離解開夢境的謎底僅差一步，必須要靠她自己親手揭開。

輕輕翻開頁面，前面主要是描述關於吸血鬼的由來以及擁有的特徵，她沒有特別認眞，也沒有花太多時間去細看。直至視線掃到其中一行文字，她才開始專注地閱讀起來。

「在你決定要繼續看下去之前，請先問問自己是否相信這世上存在著吸血鬼。如果你選擇相信，那麼請繼續細心閱讀接下來的文字。在夢境中出現吸血鬼的景象，絕對不是一件奇異的事，一般人認為他們會出現在你的夢裡是代表著壞事情的發生，但事實上還有另一種說法——你夢見的畫面是代表著某件已經發生或即將會發生的事情，只是你不曾知道這些生物的存在。簡單來說，出現在你夢境裡的吸血鬼是千真萬確存在於現實中。至於為什麼你能夠夢見那些景象，最有可能的解釋就是，當中某些東西或人物與你有著緊密的聯繫，間接讓你感應到當時的情況。」

看到這裡，戴維娜不禁皺起眉頭，一抹迷茫從綠眸裡傾瀉而出。不可能吧，就算世上眞的有吸血鬼的存在，可她並不認識他們，又怎麼可能會跟他們有著緊密的聯繫？

她感到越來越困擾和迷惑，本來以爲書中的內容能夠解開纏繞已久的謎團，結果到頭來只是令她的思緒更爲混亂。究竟她的夢境代表著什麼？爲什麼她能夠夢見那些畫面？

最重要的是——

到底要怎樣做，才可以找出夢境的眞相？

第三章　不單純的案件

早晨，清爽的秋風輕輕吹拂著校園每個角落，令四處飄散著一股輕微的寒意。在這種微涼的天氣下，估計許多人都不願意太早起床，只想賴在溫暖的被窩裡睡覺。

偏偏窗外傳來麻雀吱吱喳喳的吵雜聲，喚醒了原本睡得深沉的戴維娜。她迷迷朦朦地睜開雙眼，慢慢從床上坐起身。當她的視線往旁邊望去，發現隔壁床上的被褥疊放得整整齊齊，相信埃絲特早已起床去找傑森。

她打了個哈欠，抬手揉著惺忪的眼睛。幸好昨晚沒有做那個奇怪的夢，才能讓她舒服安穩地睡上一覺。

經過一番梳洗，戴維娜簡單地套上一件藍色小外套和緊身牛仔褲，接著便離開宿舍，往飯堂的方向前行。才剛開學沒多久，現在這個時間飯堂裡還不算很多人。倘若不是上早課的學生基本上不會太早起床，裡面只有幾位三年級和四年級生一邊吃著早餐，一邊埋頭苦幹地自習。

戴維娜隨手拿起一個用紙盒包裝好的三明治，大步地走到收銀處排隊付款。之後，她發現埃絲特和傑森正坐在某個位置上低頭看著手機，臉上紛紛露出驚訝和不可思議的表情，於是三步並作兩步地朝他們走近。

「嘿，你們在看什麼？」她拉開他們對面的餐椅坐下，一邊啃著手上的三明治，一邊好奇地問道。

「妳沒有看今天的新聞嗎？」埃絲特抬頭看著她，直接把手機遞到她的面前，「先看看吧。」

戴維娜伸手接過手機，只見上面顯示著一則剛剛新鮮出爐的新聞報導。細閱內容一番，她困惑地皺著眉頭，啟唇讀出以粗體顯示的大標題。

「動物襲擊案件？」

「嗯。上面寫是在布克頓森林裡發生的。據說有一個男人在釣魚的時候，被一隻巨大的野獸……呃，現在還沒查到是熊還是狼給咬死的。」說到這裡，埃絲特不禁害怕地打了個哆嗦，「光想到這些動物在鎮上跑來跑去都覺得可怕。」

「其實在森林裡會出現這些野獸並不奇怪，但最神奇的是，那個男人是因爲失血過多而死亡的。可如果是野獸的話，不是應該會把他直接給吃掉嗎？」傑森蹙起雙眉，把雙臂抱在胸前，奇怪地道出心中的疑問。

聽見這個頗爲合理的分析，戴維娜禁不住一怔，腦海裡即時浮現出一個很瘋狂的想法。因爲失血過多而死？分明就像吸血鬼電影裡才會出現的情節，難道不是嗎？

「戴維娜！」看見她面露呆滯的模樣，於是埃絲特伸出手，在她眼前晃了晃，呼喊道，「妳在想什麼想得那麼入神？」

「啊？」她的思緒頓時被拉回來，趕緊微笑著回應道，「沒……沒什麼。」

雖然口上是這樣說，可不安的情緒卻止不住地縈繞著她的心頭。她不知道該如何形容這種感覺，只是直覺告訴她，事情絕對沒有新聞上所寫的那麼簡單。

◇◇◇

中午來臨，猛烈刺目的陽光灑落大地，使早晨的清涼瞬間被炎熱取代。戴維娜沿著戶外籃球場的邊緣信步而行，腦袋裡仍思索著那樁關於動物襲擊的案件，陷入一副心不在焉的狀態。畢竟昨晚才翻閱了那本與吸血鬼夢境有關的書，現在又剛好發生和吸血鬼殺人如此類似的案件，也難怪她會忍不住胡思亂想。

「小心！」突然間，她身後傳來一道焦急萬分的聲音。

當戴維娜轉身回望，發現傑瑞德已經擋在她的身前，雙手穩穩地接住一顆籃球。她驀地瞪大眼睛，一瞬不瞬地盯著他寬闊的背影。只見下一秒，他快速地抛出手中的籃球，讓它順利地落回站在籃球場上的鬈髮男孩手中。對方明顯感到非常愕然，似乎沒想到他的力氣居然會這麼大，但很快就被隊友拉著他的肩膀，重新投入練習中。

「傑……傑瑞德？」戴維娜頓時愣住，壓根沒料到他會毫無預兆地出現，待思緒稍微反應過來，立刻對他說道，「噢，剛剛謝謝你。」

「有什麼事嗎？」傑瑞德隨即轉身望著她，平淡的聲線裡沒有任何情緒波動，「連球砸過來都看不到。」

「你有看今天的新聞嗎？我是說關於動物襲擊那則頭條新聞。你認爲殺死那個男人的會是哪一種兇猛的野獸？」她沒有直接回答他的問題，而是假裝隨意地問。

「這麼積極想替警方破案，妳未來是想當警察嗎？」傑瑞德把雙手插進上衣口袋裡，以半開玩笑的口吻反問。

「你要知道這一點都不好笑的。」

戴維娜故意擺出一副埋怨的表情，然後轉身，緩緩向前行走，傑瑞德則安靜地跟在她的身旁。兩人漸漸遠離籃球場，令拋在身後的歡鬧聲變得越來越模糊。

「難道你不覺得很奇怪嗎？」

「奇怪？」

「嗯。雖然說野獸襲擊人類不是不可能發生，但僅僅因為失血過多而死確實有點怪異，完全跟電影或小說裡，吸血鬼殺人的情節一模一樣。」戴維娜輕輕蹙起眉頭，把雙臂環抱於胸前，毫不隱諱地說出心中的疑惑。

從她口中聽到「吸血鬼」三個字，傑瑞德的身體明顯變得僵直，心頭猛地一震。他將目光投向她，神情掩不住錯愕。若然讓她懷疑此事和吸血鬼有關，他跟雷克斯的身分不就會很容易被她——

傑瑞德趕緊斂去臉上的驚愕，裝作若無其事地隨口問問：「妳不是說，不相信世界上有吸血鬼的嗎？」

「我當然知道這個想法很不正常，只是整件事眞的很奇怪，也發生得很突然。不過也有可能是我想太多了，既然警方已經證實屬於動物襲擊的案件，又怎麼可能會是吸血鬼做的？」戴維娜不由咧嘴，嘲笑自己會產生如此荒謬的念頭。接著，她饒有興趣地望向傑瑞德，對於他對事情的看法感到好奇不已，「那你呢？你相信世界上存在著吸血鬼這種超自然生物嗎？」

「我早已經說過，世界上什麼事情都有可能發生。」他只是直視著前方，沒有看她的臉，輕描淡寫地回應。

事實上，傑瑞德根本不想繼續糾纏這個話題。他本來就是吸血鬼，卻在這裡討論對吸血鬼的存在相信與否，不是很諷刺嗎？

就在這個時候，他突然想起昨天她在圖書館裡找到一本關於吸血鬼夢境的書，爲了盡快查出萊特爾先生的死因，他需要從她口中探出線索。任何關於她夢境的事，他都必須要一清二楚。

傑瑞德有意無意地瞥她一眼，試探性地開口道：「提到吸血鬼，妳昨天不是在圖書館裡借了書嗎？怎麼樣？有什麼發現嗎？」

見戴維娜露出愁眉不展的表情，便知對夢境的了解毫無進展，她只是略顯挫惱地回應道：「也不能說對揭開夢境的謎底眞的有幫助。坦白說，我反而被書中的內容搞得越來越糊塗，它就說到吸血鬼是眞實存在一樣……」

就在傑瑞德安靜地傾聽她訴說著書中的內容時，他的鼻子像是聞到什麼似的，身體猛然一顫，冷不防地停住腳步。喔，不。老天在上，這股強烈的氣味是——

鮮血腥甜的香味。

順著血味飄來的方向望去，他的目光鎖定在一位配戴眼鏡的短髮女孩身上。她正坐在休閒小徑的木製長椅上，似乎是剛才翻閱手中的書本時，不小心被鋒利的紙張割傷，殷紅的血液從指尖細小的傷口中溢出，輕微的刺痛感令她忍不住皺眉咬唇。

雖然只是一道淺淺的血口子，卻讓傑瑞德全身的血液沸騰，對人血強烈的飢渴剎那間在心底被挑起，恨不得衝上前把她體內的血液全都給吸光。當這個念頭於腦海裡浮現，他感覺到如雕像破裂時的裂紋在臉龐上若隱若現，嘴裡的獠牙蠢蠢欲動，垂在身側的雙手不自覺握緊成拳。

不，他絕對不能服從心頭那股黑暗的慾望！

「傑瑞德？」半晌，空氣中傳來戴維娜略帶困惑的呼喚聲。發現他突然停下步伐，眼睛緊緊地鎖住某個方向，於是她轉回身朝他走近，關心地詢問，「你怎麼了嗎？沒事吧？」

傑瑞德的心思瞬間被拉扯回來，雖然憑著腳步聲，能聽到她已經重新回到他的身旁，卻不敢正面望向她。他只是用力地深吸口氣，拚命壓抑住快要破繭而出的嗜血念頭，某種難以忍耐的渴望讓他備感折磨。

「我……我沒事。抱歉，我忘了還有事要做，先走了。」

不等戴維娜再開口，他便徑自轉身，急速地邁步離開，留下她一臉茫然地站在原地。

「嘿，傑瑞德！」

等到反應過來，戴維娜連忙衝著他的背影高聲呼喊。但他沒有理會，彷彿沒有聽見一般，自顧自地繼續往前走。望著他匆忙離去的背影，她疑惑地蹙起眉頭，心裡隱約湧起一股不尋常的感覺。剛剛傑瑞德是怎麼了？他的表情看起來絕對不像沒事。

◇◇◇

當傑瑞德回到寢室，看見雷克斯正懶洋洋地靠在床頭上，單手枕於腦後，另一隻手拿著血袋津津有味地啜飲著，絲毫沒有抱持警戒之心，甚至露出無比享受的表情——用「享受」這個詞語來形容並不奇怪，畢竟血液對吸血鬼來說是世上最美味的食物。

「你不應該那麼張揚的，雷克斯。」傑瑞德瞇起散發著寒氣的眼眸，言語間明顯帶著警告意味，

「別讓我後悔把你留在這裡。」

「放心吧，我可是檢查過外面沒有人，才會這麼安心在這裡『用餐』的。」雷克斯把血袋封口從唇上移開，笑眯眯地看著他回應，認爲他的擔心是沒有必要的。

傑瑞德無言地翻了個白眼，擺出一副懶得理他的模樣，然後脫下身上的灰色外套，隨意地放在床邊，徑直走到一個靠牆而放的小型冰箱前。他輕輕將門打開，彎腰取出裝著猩紅色液體的寶特瓶，扭開瓶蓋後緩緩喝了好幾口，總算把剛剛產生的飢餓感壓抑下去。

「對了，你有看那則新聞嗎？」雷克斯的目光有意無意地瞄向傑瑞德，漫不經心地拋出提問。他啜飲了一口血袋裡冰涼的血液，再開口補充四個字，「動物襲擊。」

「怎麼了？」

「你跟我都很清楚不可能是什麼野生動物攻擊人類吧。」雷克斯不禁拋給傑瑞德一個白眼，明知道他要問什麼，卻還要故意反問他。下一秒，他斂去臉上不正經的表情，鄭重其事地提出自己的想法，「你猜會是塞貝斯做的嗎？」

「不，我不認爲是他。」傑瑞德搖搖頭，語氣裡帶著幾分肯定，「塞貝斯並不愚蠢，很清楚什麼行爲會對自己造成不利。就算他痛恨人類，但決定要下手的話就不會明顯留下屍體。」

「所以說，是別的吸血鬼做的？」雷克斯伸手扶額，故作懊惱地說道，「噢，要是眞的有其他吸血鬼在人類世界裡搗亂，事情可就麻煩了。」

「如果是我，絕對不會單純用這兩個字來表達。」傑瑞德話中的諷刺意味非常濃厚，殺了人又怎麼能只用搗亂兩個字來形容？

「你打算坐著不管嗎？」雷克斯無奈地撇撇嘴，佯裝隨意地問道，「我是說，起碼也查查看是誰做的吧。」

「既然下午沒有課，我們就回去一趟，看看吉爾伯特先生那邊有沒有什麼可靠的線索吧。」

語畢，傑瑞德微微側過頭，將目光焦點飄向窗外的遠方，眼底深處隱藏著一抹憂慮。他就這樣靜靜地凝望著窗外，抿唇不再說話，連旁邊的雷克斯也猜不透他當下的想法。

動物襲擊……

這種類型的事件從未在這個鎮上發生過，兩人都衷心希望背後不是隱藏著什麼巨大的目的或陰謀。

◇◇◇

一隻褐灰色的小麻雀站在吉爾伯特宅邸的屋頂上，啾啾地鳴叫幾聲後，便拍打著雙翅從房屋的窗前飛過。幾片輕盈柔軟的羽毛從牠的身上掉落，隨風飄蕩在空中。

在宅邸寬闊明亮的客廳裡，卡瑞莎正安靜地坐在沙發上，姿態優雅地把剛沖泡好的琥珀色紅茶倒進精美的骨瓷茶杯裡。坐在對面的雷克斯則是一臉無奈地看著她，完全沒有辦法理解爲何在這種嚴肅的氛圍下，她居然還有心情悠閒地品嚐紅茶。至於傑瑞德依舊保持一貫的沉默，雙目深沉地注視著前方某一點，面露凝重的神色，彷彿在暗自思考著什麼。

自三人在沙發上落坐後，吉爾伯特先生就一直背對他們站著。由於他剛剛去了參加鎮議會的特別會議，身上依然穿著整齊筆挺的灰色西裝。他一臉凝重地拿起放在大理石圓桌上的報紙看了看，眼眸裡不禁透出幾許擔憂。上面顯示的正正就是今天的頭條新聞——動物襲擊案件。他緊閉嘴唇，低頭思索一陣子後，緩緩轉過身，目光不偏不倚地投落在傑瑞德和雷克斯的身上。

「你們是因爲昨天有人類受到吸血鬼的攻擊，所以特地回來一趟吧？」吉爾伯特先生直截了當地對他們問道。

「現在外面的風聲很緊，那些警察到處查找那頭襲擊人類的野獸，相信夫人應該要再過一陣子才能回來吧？」雷克斯沒有回答他的提問，只是皺一下眉頭，略帶關心地問道。

「嗯。本來她是計劃明天回來的，不過現在發生了這種事，她也希望與其他吸血鬼調查一下，到底是誰那麼明目張膽襲擊人類。」吉爾伯特先生點頭回應，稍頓了一下繼續補充，「畢竟在布克頓鎮裡，從來沒有發生過吸血鬼殺害人類的案件，背後的動機可能不單純。萬一是來自吸血鬼群體式的計劃，事情可就麻煩了。」

「也就是說，你也希望能查出襲擊人類的吸血鬼是誰嗎？」雷克斯下意識地追問。

「沒錯。雖然我們同樣是吸血鬼，可我絕對不希望發生這種公然傷害人類的事。如果可能的話，我會想找出到底是誰做的，始終發生這種事對我們來說也是很不利。」吉爾伯特先生的神情極其嚴肅，鄭重其事的語氣像在表明事態的嚴重程度，「別忘了，我們也是吸血鬼，這件事隨時存在著身分被曝光的危機。」

「吉爾伯特先生，你有什麼頭緒嗎？對於人類討論那樁動物襲擊的案件。」久久沉默不語的傑瑞德終於開口發問，他還故意加重「動物襲擊」的語音，不知道是否想藉此諷刺人類的無知。

「我在想，會不會是剛被轉化的吸血鬼新生做的。」吉爾伯特先生緊鎖著眉頭，深思熟慮地分析著，「你們也很清楚，新生的自我控制能力非常弱，對人類的鮮血最沒有辦法抵抗。」

「我也是抱著相同的想法，只是，如果事情真的跟新生有關，那麼背後肯定有吸血鬼轉化他們。」傑瑞德把雙手抱在胸前，低著頭陷入思考，「但對方會是誰？」

一直安靜地啜飲著紅茶的卡瑞莎終於把手中的骨瓷茶杯放下來，抬頭輪流掃視三人，棕色的瞳仁閃過猶豫，緩緩開口道：「說實話，我還以為你們會懷疑……」

注意到她欲言又止，傑瑞德顯然已猜到她接下來要說的話，於是直接拋出一個名字來：「塞貝斯，對吧？」

「嗯。七十多年前，他不是說過會對人類進行大報復嗎？那番話始終讓我覺得很不安，彷彿只要找到方法能夠徹底剷除人類，他都會不惜一切去做。正因如此，才讓我聯想到事情可能與他有關。」說出此話時，卡瑞莎的臉龐不由閃過一絲憂慮。當年塞貝斯露出那副憎恨人類的表情，直到現在還徘徊在她的腦海裡，難免會讓她產生這個想法。

「雖然我明白那場折磨對他來說是個難以忘懷的痛苦，但我衷心希望事情與這孩子無關。」吉爾伯特先生深深地嘆息了一聲，無奈的語氣中摻雜著幾分淡淡的同情。

傑瑞德、雷克斯和卡瑞莎只是面面相覷，沒有再發言，陷入窒息般的沉默中，令整個氣氛變得相當壓抑。

◇◇◇

咯咯。

傑瑞德站在吉爾伯特先生的書房門前，曲起指節輕輕敲了敲門，待後者回應一聲後，才扭開門鎖走進去。

書房的空間偌大，一張雙人的布沙發和長方形小茶几放置在室內的中央，靠牆處擺放著寬大的辦公桌和舒適的轉椅。兩個高大的書櫃分別豎立在辦公桌兩旁，架上放滿各式各樣的書籍，猶如置身在小型圖書館一般。

吉爾伯特先生是一位愛書之人，尤其對於歷史類型有著濃厚的興趣。每次翻閱到記載著上世紀事蹟的書本，都會讓他回憶起以前發生過的種種事情，帶給他一種緬懷過往的感覺。

「喔，傑瑞德。有什麼事嗎？」看見走進來的是傑瑞德，坐在辦公椅上的吉爾伯特先生隨即站起來，主動朝他走過去。

「吉爾伯特先生，我有件事想跟你確認一下。」傑瑞德把門關上後，雙手插進褲袋裡往他踏前一步，語帶試探地問道，「我從那個女孩的口中，探出了一些關於萊特爾先生被殺害後的事。不久前，她提到在夢境裡，看見殺害萊特爾先生的那個吸血鬼從他身上拿走了一個類似鑽石的東西，你會知道那是什麼嗎？」

「鑽石嗎？」吉爾伯特先生微蹙起眉頭，陷入一陣思索，其後面露疑惑的神色回答，「我從來沒有聽萊特爾提過關於鑽石的事。那個女孩有沒有形容是一顆怎樣的鑽石？」

「我想可能因爲當時的光線太暗，她並沒有看得很清楚。」傑瑞德搖著頭說道。

「這樣吧，你說的那顆鑽石我會找人打聽一下，看看能不能找到什麼重要的線索。」吉爾伯特先生伸手摸著嘴唇上的鬍子，眼底閃過一抹複雜的光芒，略顯憂慮地繼續說道，「只是……我現在最擔心的是，殺害萊特爾的兇手是與這次襲擊人類的事件有關。如果是眞的話，恐怕事情就變得不簡單。只怕他們是想破壞人類世界的和平，你也知道，並不是所有吸血鬼都願意與人類和平共處的。」

「我明白。」傑瑞德淡淡地回應，聲音裡毫無情緒的起伏，「我也不希望吸血鬼的存在，只會爲人類帶來無盡的傷害。」

待傑瑞德離開書房後，吉爾伯特先生重新坐回辦公椅上，腦海裡還在思考著剛才他提到的那顆鑽石。一顆鑽石？到底是什麼東西？爲什麼萊特爾會擁有這個東西？難道殺害他的人就是爲了要得到這顆鑽石？只是——

爲什麼他從來都沒有聽萊特爾提過？

◇◇◇

隨著夕陽慵懶西沉，夜幕降臨，色澤如同白蠟般的彎月高高地懸掛在墨色的天空上，周圍點綴著耀眼得像寶石似的繁星，在夜空閃爍著晶瑩柔和的光輝。

「咔嚓」的開門聲在女生宿舍的三樓響起。當戴維娜推門踏進寢室後，雙目因驚訝而瞪得溜圓，彷彿被眼前的景象給嚇倒。只見在埃絲特的床上擺放著一件又一件紅色、藍色、橘色……各種色彩和款式的洋裝裙，而這些裙子的主人公仍然站在衣櫃前翻找著衣服，明顯是還沒找到她心儀的服裝。

「妳把衣服翻出來是要做什麼？」戴維娜主動朝她走近，好奇地問。

「明天可是學校的迎新舞會，妳居然不知道？」埃絲特快速地回頭瞥她一眼，頗為吃驚地反問。當她轉回頭繼續翻找著滿意的服裝時，語聲中激蕩著無限的愉悅，「我已經約好傑森當我的男伴，妳呢？」

「我？」戴維娜訝異地指著自己的鼻子，然後對她微微一笑，不甚在意地聳聳肩，「我都沒有打算——」

「不許不去。」埃絲特旋即停下手上的動作，轉身面向好友，伸出纖細的食指指向她，假裝生氣地板起臉來。接著，她雙手叉腰，擺出一副理所當然的姿態解釋道，「妳想想看，這是我們第一年的大學生活，我們當然要以新生的身分參加舞會啊。更何況，我都已經替妳挑選好禮服。」

語畢，她迅速轉頭，從衣櫃裡抽出一件掛在衣架上的淡藍色連衣裙，在戴維娜面前調皮地晃來晃去。當然啦，她眞正的目的只是想吸引對方一起參加舞會。畢竟是第一年的迎新舞會，若然錯過這麼有意義的日子，難道不是很可惜嗎？

「妳看，是不是很漂亮啊？」埃絲特的嘴角挑起饒富深意的笑容，刻意提高語調問道，「我看妳和傑瑞德不是挺投契的嗎？找他跟妳一起去，妳不認為是個好主意嗎？」

「妳想太多了，我們眞的只是剛認識沒多久啦。」戴維娜眞的是徹底被她給打敗了，居然無時無刻都在想著如何撮合她和傑瑞德。是有這麼焦急想看到她談戀愛嗎？

「那就更好，這絕對是一個能讓你們加深認識的好機會，難道妳不認同嗎？」埃絲特故意用手肘撞了撞她，朝她擠擠眼問道。

戴維娜沒有再出聲回應，只是露出無奈的莞薾。這樣看來，她是注定逃不過要出席舞會的命運。不過倘若真的要去，她除了傑瑞德還可以找誰呢？只是……如果找他的話，他會答應嗎？

於是趁著埃絲特到浴室沐浴時，戴維娜拿起放在床頭櫃上的手機，從通訊錄中翻找出傑瑞德的手機號碼。雖然內心依然存在著猶豫與掙扎，但最後她的指尖還是朝著撥通鍵按下去。

手機聽筒隨即傳來「嘟嘟」的機械語音，約莫等待三秒終於被成功接通，彼端很快便響起傑瑞德那道磁性低沉的嗓音。

「哈囉？」

「嘿！傑瑞德，是我。」戴維娜故作輕鬆地道出自己的身分，然後深深地吸氣，儘管緊張到手心冒出汗來，她仍鼓起勇氣對他問道，「那個……明天晚上是學校舉行的迎新舞會，你……會去嗎？」

「怎麼了？」他似乎不太理解她話中的意思。

「我的意思是，如果你去的話，有興趣……跟我在一起，不，是……有興趣當我的男伴嗎？」戴維娜的舌頭像是打結似的，連話都說得不完整。她長這麼大都沒有邀請過男生陪她去參加舞會，根本就不曉得該如何開口。

「……」話筒彼端傳來一陣沉默，對方並沒有作出任何回應。

「呃……那個，從開學以來，我認識的男生好像只有你一個，所以才會想——」由於他持續沒有說話，戴維娜頓時變得尷尬起來，有些不自然地解釋道，「要是你不願意也沒關係的——」

「幾點？」他打斷她未盡的話，簡短地問道。

「嗯？」難道他的意思是——

「告訴我幾點，在哪裡等，我才能夠準時到達。」傑瑞德不緊不慢地對她解釋。

聽見他的答覆，戴維娜不自覺地綻放出喜悅的笑容，沒有絲毫猶豫地回答：「喔，那就晚上七點，在學校禮堂的門口等吧。」

掛斷電話，她嘴角的弧度不由自主地越發加深，欣喜的情緒溢於言表，心中總算是鬆一口氣。本來還擔心他會拒絕她的邀請，不過現在得到他的回應，確實讓她打從心底高興起來，令她滿懷期待的心情，等待著明天舞會的到來。

第四章　難以抗拒的誘惑

一年一度的迎新舞會往往是學生們最期待的日子，除了男女共舞的環節外，當然少不了各種精彩的表演項目以及抽獎活動，因此大家都討論得十分熱烈。尤其一年級新生更是感到特別興奮緊張，畢竟今年是他們第一次參加大學舉辦的舞會，自然覺得倍感新鮮。

在等待上課的期間，女生們討論著晚上要穿什麼類型的晚禮服，男生們則討論著找到哪一位女生擔任舞伴，每張臉孔都溢滿高興的神情，看來已經在默默倒數著夜晚的到來。

唯獨戴維娜一直處於心不在焉的狀態。她伸手托著腮幫子，視線自然地落到坐在前方的傑瑞德身上，心頭不禁泛起悶悶的感覺。她會感到忐忑並不是沒有理由，因爲他很明顯對迎新舞會的話題毫不感興趣，只是一邊安靜地聆聽著從無線耳機傳來的音樂，一邊專注地翻看著桌上的參考書。

戴維娜把手機從口袋裡翻出，本來想給他發個簡訊，卻又擔心會打擾到他。左思右想一番，她最後還是把早已打好的文字給刪掉。看見他壓根不關心舞會的話題，她不禁生起一絲疑惑：他眞的會出席晚上的舞會嗎？

好不容易等到下課的時間，她看見傑瑞德快速地收拾好個人物品後，便匆忙地離開教室，像是有點趕時間似的。於是，她趕緊拿起放在桌上的手提包，如同箭一般衝出教室，試圖要追上他的腳步。

「等一下，傑瑞德。」

聽見有人在呼喊自己的名字，傑瑞德隨即停步，下意識地轉過身來。只見戴維娜正朝他小跑過來，似乎有什麼話要對他說。

偏偏這個時候，褲袋裡的手機恰好響了起來。他掏出手機，低頭看了一眼螢幕上顯示的名字，俊眉不禁微微皺起，臉上浮現出遲疑的神色。但最後，他還是選擇接聽對方的來電，把手機靠放到耳邊。

「小莎？」他輕聲呼喚著卡瑞莎的暱稱，問道，「有事嗎？」

聽見「小莎」這個親密的稱呼很自然地從他的嘴裡脫口而出，戴維娜不由愣怔了一下，腳步漸漸放慢下來。她從來不知道，原來傑瑞德的身邊有一位那麼親近的女性朋友，心裡莫名產生一種難以形容的感覺。但其實也沒有什麼好奇怪的，畢竟他們並不是很相熟，她又怎麼可能知道他認識多少女性朋友？

想到這裡，她的嘴角悄悄滑開一抹自嘲的弧度。

「傑瑞德，現在你旁邊有人嗎？我接下來要說的話，不方便讓其他人聽到。」手機彼端傳來卡瑞莎小心謹慎的聲音。

傑瑞德偷偷瞥了旁邊的戴維娜一眼，然後將手機從耳邊稍微移開，對她說道：「抱歉，我先去聊個電話，有什麼晚點再說吧。」

她尚未來得及開口回答，他已經重新將聽筒貼到耳邊，轉身走開。發現他離去的步伐有點急促，戴維娜的雙眸裡頓時閃過失落，心裡滿不是滋味的。

走得那麼快，是有什麼事情那麼重要嗎？

◇◇◇

傑瑞德踏上樓梯的階級，躲藏到轉角處的黑暗角落。由於這條樓梯直接通往教學樓的天台，平常不會有太多人經過，而他似乎是知道這一點，才會選擇來這裡與卡瑞莎進行通話。停下腳步，他故意壓低自己的聲量，避免接下來的對話會被任何人聽到。

「是不是動物襲擊的事找到線索了？」他直截了當地對她問道。

「嗯，是我母親傳送過來的消息。她在布克頓森林裡，發現了一具女吸血鬼的屍體，心臟被插上了木樁，看來動手的人是知道她的身分。」卡瑞莎的聲音裡帶著幾分凝重，看來事情並沒有那麼簡單，「不過最奇怪的是，發現她的時候已經被人埋進土裡，所以我父親猜想有可能是吸血鬼獵人做的。畢竟會追殺吸血鬼的，也只有他們。」

「獵人會介入這件事一點都不奇怪，相信在案件發生後，他們也很自然聯想到事情跟吸血鬼有關。」傑瑞德並沒有對這個消息感到很意外，顯然認為這樣的發展合情合理，臉上的神情依然緊繃嚴肅，「我比較想知道轉化她的那個吸血鬼到底是誰。」

「你懷疑，轉化她的吸血鬼就在布克頓鎮裡？」她不確定地詢問。

「如果那個新生對人類鮮血的需求那麼迫切，肯定是剛被轉化沒多久。既然如此，轉化她的吸血鬼就一定不可能在其他地方。」傑瑞德明顯進行過一番認真的思索，縝密地分析起來，「既然他有了第一個目標，自然就會有第二個、第三個，如此類推。」

「可他的目的到底是什麼？這樣做不是會引起更多人的注意，容易讓他的身分曝光嗎？」卡瑞莎不解地提出心中的疑問。

「或許，要引起更多的注意——」話到這裡，他的語氣從平穩轉為銳利，充斥著對敵方強烈的戒備，「就是他真正的目的。不過能夠那麼小心行事，沒有讓人發現他的身分，無可否認是一位高手。」

「怎麼會有這麼奇怪的目的？」卡瑞莎對此仍然感到疑惑不解，但很快她便轉開話題，漫不經心地對他問道，「對了，你們在那位人類女孩身上查到什麼了嗎？」

「是找到一些眉目，只是要得到更多的線索，還需要一點時間。」傑瑞德照實地回答。

「哎，爲什麼我就不能跟你們一起享受大學的生活？」卡瑞莎輕嘆一口氣，略感納悶地說道，「我也想和這位不可思議的女孩當個朋友。」

「我跟雷克斯到這裡來，已經存在著很大的風險。要是連妳也跟過來，萬一被人捕捉到任何蛛絲馬跡，恐怕會讓情況變得更麻煩。」傑瑞德用和緩的語氣細心地對她解釋。畢竟他只是爲了調查萊特爾先生的死況而暫時過來這裡，可不希望讓任何人察覺到異常生物的存在，令事情陷入複雜化的處境。

「你跟我父親是串通好的吧？竟然說出一模一樣的話。」卡瑞莎不滿地嘀咕道，其後佯裝有意無意地詢問，「話說回來，雷克斯不在你的旁邊嗎？」

「嗯，不在。有事找他？」傑瑞德簡短的字句間隱含深意，彷彿很肯定她是想要找他一樣。

「算了，沒事。你告訴他，別只懂得結識女生，明明他是個吸血鬼，本來就不應該與人類有太頻密的接觸。」任誰都能聽出，卡瑞莎不悅的語氣中帶著一份淡淡的酸澀，「免得到時候惹上不必要的麻煩。」

「妳又不是不清楚他的性格，要他不靠近女生又怎麼可能？」傑瑞德語帶調侃地反問道。稍作停頓，他的臉龐染上些許不易察覺的哀傷，微帶感慨地繼續說道，「更何況，我們曾經都是人類。」

他的聲音莫名變得很輕，宛如一陣微風似有若無地拂過，沒有留下半點痕跡。「人類」這個詞語對他來說已經很陌生遙遠，他幾乎都快忘記自己不屬於這個身分有多久了。

「可現在不管怎樣，我們都不可能變回人類的。而人類和吸血鬼的差別，你是很清楚的，不是嗎？」卡瑞莎無可奈何地吐出一聲嘆息。她心裡很清楚，轉化成吸血鬼已經是無法改變的事實，要重新以人類的身分生活，根本是不可能。

傑瑞德登時沉靜下來，沒有再繼續說話，每一幕過往以人類身分生活的畫面，猶如電影般在他的腦海裡重新放映。曾經的他，也是生活在一個完美幸福的家庭裡；曾經的他，也只是一個正值青春期的普通男孩；曾經的他，也只是希望與父母每天過著平凡開心的生活。

但這一切都只是曾經，屬於一段回不去的回憶。現在的他，卻是讓人類感到毛骨悚然的吸血鬼。倒不是說他討厭這個身分，只是在心底深處……仍渴望著擁有人類平凡的生活。

「先這樣吧，小莎。」他緩緩閉上眼睛，深深地吸了口氣，強行將內心那股憂傷壓抑下來，「不說了，要是被人偷聽到就麻煩。」

切斷通訊，傑瑞德重新將手機塞回褲袋裡，並再次警惕地環顧著四周，再三確定沒有人停留在附近，才放心地轉身大步離開。

沒想到就在他的身影遠離後，樓梯上方卻傳來「吱嘎」的開門聲，看來是天台的大門不知道被誰打開了。緊接著，寧靜的樓梯間響起一陣「啪嗒、啪嗒」細碎的腳步聲。不一會兒，暗角處便出現一道高大的黑影，可惜此人背對著光線，無法看清他的樣貌以及臉上的表情，只能捕捉到他穿著被燙得筆直的恤衫和黑色西裝褲。

「看來，要找出轉化他們的吸血鬼才是重點。」一道低沉沙啞的男聲忽地自空氣中傳來，若有深意地喃喃低語。

◇◇◇

離開通往天台的樓梯，傑瑞德重新回到教學樓的走廊上，一手握著掛在單肩上的背包肩帶，一手插著褲子的口袋，緩步朝著出口的方向前進。不久前下課的人群已經陸續散去，從他身邊來來往往的只有零星的學生，令廊道上的環境變得空蕩寧靜。

當他經過牆壁的校園資訊板時，無意中瞥見一抹眼熟高挑的身影——是戴維娜的朋友傑森。他正觀看著貼在資訊板上不同社團的招攬海報，每張的設計各有特色，有些甚至加上有趣的標語口號，務求吸引學生加入自己的社團。而傑森的視線很明顯專注地投放在某個位置上，看來已經選定心中的目標。

「打算參加社團嗎？」傑瑞德改變前行的方向朝他走近，以清淡的嗓音問道。

傑森聞聲轉頭一看，詫異發現迎面走來的是傑瑞德。雖然早前經過戴維娜的介紹，彼此算是互相認識，但兩人幾乎沒有任何交集，所以對方會主動過來搭訕，讓他感到很是驚訝。

「噢。」他收起訝異的情緒後，用輕鬆的語調回答，「是啊，你也感興趣嗎？」

「不，我沒有要參加社團的想法。相比起一群人聚在一起，我比較享受單獨一人的寧靜。」傑瑞德悠悠啟唇，聲音平淡無波，不帶任何情緒。

「你簡直是酷斃了，果然跟傳聞說的一樣，特別有性格。」一抹欣賞的光芒從傑森的眼中傾瀉而出，唇畔咧開爽朗的弧度，發自眞心地說道，「說眞的，我會喜歡和你這種類型的人做朋友。」

「考慮好要報名哪一個嗎？」「熱情」這個詞語向來會讓傑瑞德感到渾身不自在，於是趕緊打消對方對他產生的興趣，略顯隨意地問道。

「其實我早就選定了。」

傑森毫不猶豫地指著貼在左上角的海報——校報社的社團招募。說實話，從一般人的角度來看，這張海報平平無奇，毫無特色，純粹利用報紙的圖案來製作，中間擺著一幅卡通人物坐在筆記型電腦前打字的圖像，下面寫著一句很霸氣的紅色粗體標語「為社會發聲，由學生做起」。

「我本來就是修讀傳播系的，對於撰寫文章特別感興趣。」他的雙眼緊盯著海報，懷著滿腔的熱誠說道。

「原來你也是修讀傳播系。那你應該認識雷克斯．莫里斯，對吧？」傑瑞德挑高一邊的眉毛，饒富興味地問道，隨後簡單補上一句，「他是我的室友。」

「你是說，那個經常在課堂上泡妞的男生嗎？」或許是雷克斯的泡妞舉動實在給傑森留下了非常深刻的印象，很自然地換上了一種半開玩笑的語氣，「我的老天，這位老兄真的是太厲害了，上課第一天幾乎已經把全班女生的電話號碼都拿到手。」

傑瑞德的唇角悄悄挑起微不可察的弧度，並沒有對這個消息感到意外。依照雷克斯積極進取的性格，他沒有這樣做的話，太陽就會從西邊升起來。要是這個消息讓小莎知道了，她不氣壞才怪。

「會修讀傳播系是因為想當記者嗎？」傑瑞德把話題帶回對方的興趣上，不以為意地問道。

「這是我的理想。在高中的時候，我已經幫忙出版校園報刊，甚至還因此被同學找麻煩。」看見傑瑞德的眼底閃過些許疑惑，於是他聳聳肩解釋，語氣裡摻雜著無奈與嘆息，「因為報導了與校園吸毒，還有霸凌的各種議題，令他們在學校裡做的壞事曝了光。這當然讓他們感到很不爽，於是就故意設計陷害我，讓校方把我踢出校報社，阻止我再亂寫文章。但這正正是我最想要做的事情，報導事情的真相。

在這個世界上，有太多的眞相往往被虛假的故事所掩蓋，但我們是有權利知道每一個眞相的，該受到懲罰的人就應該要受到懲罰，而不是用虛假的謊言去包庇那些壞分子。可惜無奈的是，外面的社會卻總是充斥著這樣的問題，所以我才希望能夠當上記者，替這個社會揭露黑暗的眞相。」

聽見他這番話，傑瑞德突然沉靜下來，臉色略顯凝重。每次發生吸血鬼襲擊人類的案件，不正正就是被他們利用虛假的故事掩蓋實情嗎？只因爲他們不能讓人類發現自己的身分，卻往往罔顧人類的安全，沒有讓他們就此加以防範，才會導致相同的事情循環發生。如果說主動傷害人類的吸血鬼可惡，那他們這種隱藏眞相的行爲，難道就不是一種罪行嗎？

「我好像說太多了，是吧？」注意到他緊抿著嘴唇，久久一語不發，傑森有些尷尬地摸摸鼻子，主動打破由自己造成的沉默。下一秒，他彷彿想起某件重要的事情一般，用帶著探詢意味的口氣問道，「對了，你會出席今晚的迎新舞會吧？」

「爲什麼這樣問？」

「我聽埃絲特說，你答應了戴維娜要當她的男伴，但她好像很擔心你不會出現一樣。」

傑瑞德不由皺起眉頭，露出困惑不解的神情。他昨晚不是親口答應她了嗎？她明明還跟他約好時間，爲什麼會突然產生這樣的想法？

雖然他向來很抗拒參與這種熱鬧嘈吵的活動，但爲了要進一步取得關於她夢境的線索，他是絕對不會錯過任何一個能夠接近她的機會。

◇◇◇

天色由最初的湛藍逐漸轉為艷麗的橙紅，最後被墨黑籠罩覆蓋。一年一度的迎新舞會隨著夜晚的到來終於揭開序幕。據說，有不少情侶都是經過這場舞會認識而相戀的，所以不論男女都會在這天悉心打扮，希望能夠在舞會上找到自己的心儀伴侶。

在前往學校禮堂的路途上盡是擁擠喧鬧的人潮。女士們顯然經過精心打扮，將秀髮梳理成不同的樣式，穿著優雅精緻的晚禮服裙，臉上點綴著清新淡雅的妝容；男士們則穿著整齊而筆挺的西裝，把鬍子刮得乾乾淨淨，展露出帥氣有型的一面。他們都有說有笑地聊著天，步伐一致地朝著禮堂的方向前進，整個校園霎時洋溢在熱鬧歡樂的氛圍中。

其中一抹跟隨著人群移動的身影屬於戴維娜。她今晚穿著淡藍色的抹胸長洋裝，突顯出漂亮白皙的鎖骨和肩膀，展現罕見的性感。她上身的胸衣呈現簡約的褶皺感，主要用蕾絲和珠片做裝飾，裙身由層層疊疊的網紗組合而成，配搭弄成中分瀏海的棕色長髮，替她添上一份成熟優雅的感覺。

走在她旁邊的埃絲特將金色髮絲編織成麻花辮盤在頭上，身穿淡綠色單肩短洋裝，薄薄的蕾絲肩帶展現出若隱若現的優美。她上身抹胸的部分呈桃心領口型，上面點綴著釘珠和立體花朵樣式的蕾絲，一個小小的蝴蝶結繫在腰間，修身的設計勾勒出她腰部的曼妙曲線。洋裝下半身是飄逸的前短後長裙襬，以柔滑的布料製成，外層再覆蓋一層網紗，配上她白皙纖長的小腿，盡顯女性嬌俏動人的魅力。

「傑森！」

當埃絲特將視線掃向禮堂的方向，發現傑森已經站在門前等待著她——他穿著一套修身的黑色禮服，配上同色系的蝴蝶領結，渾身散發著儒雅的氣質。埃絲特迫不急待地衝上前，在他的面前轉了一圈，唇畔泛起甜蜜的弧度。

「你覺得我這身打扮怎麼樣？」她朝他眨眨眼睛，帶著調皮的語氣問道。

「在我的眼中，妳無論穿什麼都這麼好看。」傑森伸手攬住她的肩膀，溫柔的微笑裡流露出專屬於對她的寵溺，「妳今晚打扮得很漂亮。」

這番話聽得埃絲特心裡甜滋滋的，俏臉綻開滿足的笑靨，接著收回心神，轉頭望向戴維娜，疑惑地問道：「妳確定沒有跟傑瑞德約錯時間嗎？怎麼還沒有看見他出現啊？」

「我也不知道……」

戴維娜抬頭四處張望，視線快速地掠過周遭的人群，但沒有從中找到傑瑞德的身影。當低頭看見手機螢幕上的時間已經轉到七點，她的眼中悄然劃過一絲失落。明明已經來到約定的時間，但他卻沒有出現。難道……是突然不想來了？

想到這裡，她忽然憶起傑瑞德在稍早前收到一位女生的來電，他當時還稱呼對方做小莎。會是因為他臨時答應這個女生當她的男伴，才沒有過來找她嗎？

「戴維娜，妳會不會是誤會了些什麼？妳今天總是說傑瑞德不在乎這場舞會，我倒不這麼認為啊，他今晚的打扮可是超帥的。」埃絲特用肩膀輕撞了她的左肩一下，讓她從胡思亂想中回過神來。

戴維娜馬上順著她的視線望去，看見傑瑞德正踩著平穩的步伐朝著她走過來。他身穿一套優雅的深藍色禮服，配上淺藍色的花紋領帶和棕色皮鞋。明明只是很常見的宴會造型，卻讓他整個人煥發著難以形容的男性魅力，如同一位標準的倫敦紳士。

戴維娜猛然呼吸一滯，迎上了他那雙湛藍色的眼睛，如海水般清澈透明，不由自主地往前踏出腳步。恍惚間，兩人已走到對方的身前，只差一步，似乎就要互相碰到。

在近距離之下，戴維娜從他的身上聞到一股香草和檸檬混合起來的香氣，令人覺得很舒服。

「……」

經過一陣短暫的沉默，兩人才注意到自己的失態，於是僵著身子後退兩步。

儘管戴維娜的神色不甚自然，但還是故作輕鬆地說道：「嘿，你來啦。」

「抱歉，我應該要比妳早一點來到的。」他的薄唇輕輕開合，低沉渾厚的聲音如同大提琴般悅耳。

「沒關係。」戴維娜馬上搖頭表示沒有介意，嘴角漾開蘊含喜悅的笑容，先前的失落悵然已經一掃而空。

「嘿，既然妳的男伴已經出現，我跟傑森就不做電燈泡了。」埃絲特把她這副開心的模樣盡收眼底，來到她的身旁故意用手肘輕撞她，並且投給她一個頗有深意的眼神。接著，她回到男友的身邊挽著他的手臂，滿臉興奮地說道，「我們快點進去跳舞吧，傑森。」

她連忙朝傑森使了個眼色，讓他立即明白過來，露出會意的笑容，對戴維娜說道：「我們先進去。待會見吧，戴維娜。」

在他們走進禮堂之前，埃絲特還故意轉回頭，俏皮地對戴維娜眨一下眼睛，後者只能無奈地回望著她。眞是的，她簡直是把製造機會給兩人的舉動當成一種樂趣。

把心思從埃絲特的身上收回來，她的目光重新投向傑瑞德，唇邊盡是止不住的笑意：「老實說，我本來很擔心你不會出現的。」

「爲什麼？昨晚不是答應妳了嗎？」面對她臉上的歡喜，傑瑞德依舊沒有露出笑容，但語氣沒有很冷淡，聽來輕鬆自然，「我可不會做臨時爽約這種混帳的事情。」

「可是你的朋友——」戴維娜的眼睛有意無意地瞟向站在不遠處，正與女生們搭訕的雷克斯，不甚確定地問道，「你不用先過去跟他打個招呼嗎？」

雷克斯今晚穿著整齊的白色西裝，額前的瀏海用髮蠟往後梳起，露出光潔無暇的額頭，展現如往常般清爽帥氣的形象。下一秒，他的唇角蕩開一抹勾魂攝魄的迷人笑容，俯身湊到某位女生的耳邊說悄悄話，逗得她抬手掩著嘴發出「咯咯」的笑聲。

戴維娜見狀，忍不住在心裡暗忖道：這麼會逗女生開心，他絕對是一位經驗老道的情場高手。

「跟女士們聊天聊得那麼投入，妳認爲他會有空閒的時間理會我嗎？」傑瑞德的語氣裡分明帶著調侃的意味，接著抬頭瞄了禮堂門口一眼，淡淡地說道，「我們進去吧。」

語畢，他表現出紳士風度，向她抬起半彎曲的手臂。戴維娜對著他莞爾一笑，伸出白皙的小手輕輕挽住他的胳膊，然後伴隨他的腳步，一同走進喧鬧無比的禮堂。

◇◇◇

禮堂的大門向兩邊敞開，金屬門把上各自掛著一個用紫色緞帶繫成的蝴蝶結。一串串粉紅色的水晶珠簾懸掛在門頂上方，每當有人走進來便會發出「叮叮噹噹」清脆悅耳的聲響，如同掛在商店門口的鈴鐺，表示歡迎參加者的到來。

放眼望去，整個場地掛滿絢麗繽紛的氣球和彩帶，各種裝飾物主要採用鮮明的色彩，例如粉色、橘色、紅色等等，以配合舞會鎖定的「青春浪漫」主題，令四周滲透著一股熱情與活力的氣息。由於禮堂採用暖色系的燈光，不會讓人產生過於刺眼的感覺，視覺感受相對較爲舒服。

兩人才剛步進禮堂，歡樂喜悅的氣氛隨即撲面而來。迎新舞會的吸引力果然是非同凡響，整個禮堂已經擠滿人群，有些學生三五成群地圍在餐桌前，一邊啜飲著會場提供的酒精飲料，一邊有說有笑地閒聊著，愉快的笑聲不絕於耳；一些學生則安靜地站在一旁，專注地觀賞著一對對正在翩翩起舞的男女，身體不自覺地伴隨著音樂輕輕搖擺。

優美的鋼琴樂曲透過安裝在會場各處的揚聲器流淌而出，緩慢的旋律輕柔動聽，使整個舞池瀰漫著浪漫舒適的情調。

站在中央的男女們互相凝視著對方的眼睛，跟著節拍輕輕晃動腰肢，身軀時而分開，時而相擁，頗有默契地配合著彼此，共同踩出曼妙又華麗的舞步，唇邊綻放著沉浸在愉悅中的笑容。

「美麗的小姐，請問我有榮幸跟妳共舞一曲嗎？」傑瑞德把左手置於背後，朝戴維娜優雅地伸出右手，做出標準的邀舞手勢。

「當然。」

戴維娜露出微笑，將手放到他的掌心上。傑瑞德牽著她的手帶領她走進舞池，然後轉回身面向她。當他用另一隻手輕輕環住戴維娜的纖腰，她下意識地將右手搭在他寬闊的肩膀上，令兩人的身體頓時靠得很近，只剩一點點的距離就要貼合在一起。戴維娜極力忽略於心底湧現的緊張，抬起眼睛迎視他的雙目，身體跟隨著柔和的節奏搖曳輕擺。

「前陣子妳向我提起的那個夢，之後還有繼續看到其他奇怪的畫面嗎？」傑瑞德佯裝不經意地主動開口。

「我怎麼覺得你好像對我那個奇奇怪怪的夢很感興趣啊？」戴維娜笑著隨口反問。對於他會追問關於夢境的事確實令她很意想不到，畢竟夢見吸血鬼被殺是一件多麼荒唐的事。

「只是覺得很神奇，想知道這個夢是不是有著什麼含義。」爲免她起疑，傑瑞德只好聳聳肩，假裝出一副漫不經心的模樣。

「我還以爲夢見那些恐怖的畫面，你會覺得我是個神經病。」戴維娜以半開玩笑的語氣開口回應，接著搖搖頭，神情染上些許困惑，「暫時都沒有再夢見其他的畫面了。說起來這個夢也是挺奇怪的，明明連續一個月以來，我只是夢見相同的畫面，可最近居然會讓我探索出更多的影像。」

傑瑞德沒有再說話，陷入一陣靜默的沉思中，凝重的神色裡夾雜著某種令人琢磨不透的情緒。不知道爲什麼，每次只要她提到關於夢境的事，他都會露出這種奇怪的表情，彷彿很在意那個夢似的。可這也沒有道理啊，這個夢又與他無關，他沒有理由要這麼重視這件事。會是她想太多了嗎？

「對了，如果不介意的話，能跟我說說關於你的事嗎？」戴維娜試圖改變話題轉換氣氛。明明他們是在參加一場歡樂的舞會，她不希望把重點都放在那個詭異的夢境上，錯過能夠深入了解他的機會。

「我的事？」他面露迷茫地重複道。

「嗯。」她擔心傑瑞德誤會她是個好管閒事的人，於是趕緊著急解釋，「我沒有要刺探私隱的意思，只是自認識你以來，我都沒有聽你說過任何關於你的事，讓我覺得有點好奇。」

「我的事……」傑瑞德把目光從她的身上移開，眼底深處浮現出不易察覺的傷感，「沒有什麼值得說。」

「你不要怪我這樣問，你不怎麼愛笑是不是有什麼理由？」問題脫口而出後，戴維娜似乎認爲自己有些失禮，略顯尷尬地補充道，「我這樣問沒有其他的意思，只是覺得跟你相識以來，都沒有見過你露出那種真摯開心的笑容。」

傑瑞德的身體猛然一震，俊臉閃過幾分愕然，像是沒料到她會戳中內心不願提起的事。但僅僅是一瞬間，他便恢復到之前那張面目表情的臉孔。

「沒什麼，只是習慣了。」

他輕啟薄唇，語氣淡漠得散發著疏離感，令氣氛剎那間凝滯起來。她明顯感覺到——他不想繼續聊這個話題。

就算傑瑞德沒有說出口，她也能夠猜到他是因為曾經發生過一些不愉快的事，才會變成一個不喜歡笑的人。至於是關於什麼，她不敢問出口，害怕會觸碰到他心裡的傷口，無意間讓他回想起難過的回憶。

「……」

經過一陣短暫又令人窒息的沉默，他總算再次啟唇出聲：「我的父母都在一場意外中喪失性命，本來我也難逃一命，是我的養父救了我，並且撫養我長大的。只是後來……他也因為意外而去世了，自此就只剩下我一個人。」

傑瑞德的聲音輕得如同飄浮在空氣中的煙霧，讓人覺得很不真實。他幾乎是不由自主地對她說出自己的往事。當然，那只是他根據經歷的事實而編織出來，可是會主動與她分享過去的傷疤，連他自己也感到很是詫異。

戴維娜意識到剛剛的提問讓他間接想起過世的父母，表情顯得慌亂無措，慌忙地向他道歉：「噢，我很抱歉。我不知道你的父母已經——」

「沒關係，這已經是很多年前的事了。」

儘管他擺出一副不甚在意的樣子，她卻不相信他沒有感到一絲難過。提起父母過世的事又怎麼可能會沒事？這對任何人來說都是一份難以忘懷的傷痛。

在接下來的一段時間裡，兩人只是安靜地跟隨著音樂的節奏起舞，沒有再與對方說過半句話。尤其戴維娜更是覺得尷尬又愧疚，剛剛問了不該問的問題，現在就算想轉換話題也不知道該如何開口，只好保持沉默。

忽然間，附近傳來「鏗鏘」玻璃杯落地碎裂的聲音，霎時引起全場的注意。隨著舞池的男女紛紛停止舞步，戴維娜本能地轉過頭，順著聲音的來源望去，驚覺某位男士狼狽地跌坐在地上，玻璃碎片和淺黃色的液體濺得滿地都是。他的掌心因不慎壓到玻璃碎片而被刺傷，鮮血隨即從傷口中滲出。

當傑瑞德的雙眼捕捉到艷紅的色彩，馬上把頭撇向另一邊。濃烈的血腥氣味毫無阻擋地鑽進他的鼻腔，令嘴唇裡兩顆鋒利的尖牙變得疼痛難忍，渴望從唇縫中顯露出來。

傑瑞德緊緊地咬著牙，垂在身側的雙手漸漸握成拳頭，拚命壓抑著自心底升起那股吸血的衝動。他相當清楚要是在這麼多人面前暴露身分，會是一件非常糟糕的事。

「嘿，傑瑞德，你還好嗎？」戴維娜回過頭時察覺出他的異樣，立刻皺眉關心地詢問。

「很抱歉，我忽然覺得很不舒服，我想我需要先離開。」

用很趕急的速度把話說完後，傑瑞德直接鬆開她的手，轉身奪門而出，完全沒再多看她一眼。戴維娜連忙邁步追上去，然而他行走的速度實在太快，根本追不上他的腳步。當她步出禮堂後，已經不見他的蹤影。

就在這個時候，她想起禮服的口袋裡放著自己的手機，於是馬上把它翻出來，嘗試撥打他的手機號碼。

電話彼端持續陷入等待被接通的狀態，令戴維娜緊張到心都懸起來。後來她重新再撥，幸好這一次他總算接聽了。受到擔心與著急的影響，她還沒等他開口說話，便連珠炮發地追問：「嘿，你怎麼就這樣走掉？你是去哪裡了？如果你不舒服，我可以陪你去醫務室……」

「不必了，我回宿舍休息一下就可以。我很抱歉就這樣離開，也很抱歉影響到妳參加舞會的興致。」不知道是不是錯覺的影響，傑瑞德的聲音聽起來跟平常很不一樣。她也說不出是哪裡不對勁，可直覺就是認爲他的口氣裡隱藏著幾分慌張。

只是——

爲什麼他會產生這樣的情緒？

「別這麼說，你不舒服當然要回去好好休息。但你確定自己一個人眞的沒問題嗎？」最後戴維娜選擇忽略那份奇怪的感覺，把所有心思放在他的身體狀況上。

「剛剛雷克斯有出來找我，我現在跟他在一起，不用擔心。不說了，我之後再跟妳聯絡吧。」

接著不等她再說些什麼，傑瑞德便徑自切斷通訊，把手機從耳邊拿下來。他像是疲憊地閉上眼睛，抬手揉著眉心，重重地吐出一口氣。

此刻的他已經離開了禮堂，獨自走在回去宿舍的校園小徑上。他隨便找了一張長木椅坐下來，雙眼無神地盯著前方的地面，表情透露出難掩的惆悵與苦惱。

由於整間學校的師生都去了參加迎新舞會，這裡完全不見半個人影，四周寧靜得毫無半點聲響。這樣的環境讓傑瑞德感到格外舒服自在，站在人群中聆聽著各種吵鬧的聲音，對他來說反而是一種折磨。

「我都還沒出現在你的面前，就已經說我在陪著你？拿我來當擋箭牌，難道不需要先得到我的同意嗎？」這道略帶玩味的聲音屬於雷克斯的。他正踩著緩慢的步調朝傑瑞德走近，分明是偷聽到他剛剛與戴維娜的對話，於是故意提高音調問道。

「我現在沒有心情跟你開玩笑。」傑瑞德沒有把目光轉投到他的身上，只是用冷沉的聲音回應道。

「到現在還是對人血難以抗拒吧？」看到他的表情滲透出一絲煎熬，雷克斯的語氣中帶著明顯的關心。他慢慢走到傑瑞德的身旁坐下來，收起平常的嬉皮笑臉，換上異常正經的模樣。剛剛看見傑瑞德匆忙地離開禮堂，雷克斯就知道他一定是發生什麼事，於是一直尾隨著他。

「嗯。」傑瑞德疲乏地閉上眼睛，沉重的語調裡摻雜著幾分挫敗，「明明這一百多年以來，我都在控制著自己只喝動物血液，可是每次只要看到人類的鮮血，那種慾望……對人血的慾望還是會很強烈。」

「我們是吸血鬼，無法抗拒人類的血液也是很正常的。」雷克斯不以爲奇地回應著他的話，心裡很清楚他會那麼痛苦，全因爲他一直不敢正視對人血的需求。但雷克斯只是輕輕嘆了口氣，沒有把這番話說出口，並抬手拍了拍傑瑞德的肩膀，語氣裡帶著些許安撫的意味，「就再忍耐一下吧。只要等到戴維娜·貝拉米能夠完全夢見萊特爾先生被殺死的情況，我們就算是功成身退，可以離開這裡了。」

「嗯。」

「不過要是眞的找到殺害萊特爾先生的兇手，你打算怎麼做？」雷克斯側過頭瞄他一眼，試探性地問道。

「我會親手把他的頭顱扯下來，就像他對萊特爾先生做的一樣。雖然我不知道他們之間是否有什麼恩怨，可萊特爾先生始終是我的救命恩人……我的父母那麼盡力保護我，就是爲了要讓我活下來，要不是因爲他，我早已經不在這個世上。可是這個垃圾居然讓他受到那麼殘忍的對待，無論是任何理由都無法原諒。」

傑瑞德的聲音因憤怒而顫抖，放在大腿上的雙手漸漸捏成拳頭，指甲深深陷入掌心裡。他不帶任何感情地繼續說道：「無論殺死他的是誰，我都要他付出同樣的代價。」

看見他的眼神裡閃爍著悲痛和憤怒，雷克斯的心裡不禁泛起一絲難過。曾經的傑瑞德已經承受過一次家人被殺害的經歷，現在又讓他再次經歷同樣的事情，也難怪他會產生這麼激動和強烈的情緒。

看見與自己感情深厚的對象被人無情地殺害，試問有誰能夠無動於衷？

第五章　坦白

就這樣，迎新舞會於昨天晚上圓滿結束。轉眼間便過去一個星期，無論是上課還是在飯堂用餐的時間，在戴維娜的身邊總會看到傑瑞德的身影。雷克斯偶爾會參與到他們的話題中，令聊天的氣氛變得明亮歡樂。不過有時候當他說的話太無聊或者製造出尷尬的氛圍，就會被傑瑞德用凌厲的眼神威脅他離開。

隨著相處的日子逐漸增加，傑瑞德和戴維娜開始慢慢變得熟絡。儘管傑瑞德平常比較沉默寡言，但戴維娜卻覺得跟他相處起來很舒服，不會產生不自然的尷尬感。或許正因為這樣，她才會渴望著能夠與他成為交心的朋友。

令人遺憾的是，動物襲擊的案件再次在布克頓鎮上發生，引起大家熱烈的討論和關注。是次襲擊案件發生在夜晚，據說一名女子開著車駛上郊外的高速公路時，聽到旁邊的樹林裡傳來一些怪異的聲音，於是決定下車探個究竟，不料卻遭到野獸的攻擊。與上次的案件一樣，那位女死者都是因為失血過多而死去的，脖子上有著兩個像是齒痕的刺洞。

警局在隔天發出聲明，表示對於這種類型的案件高度重視。他們承諾會加強防範以及全力調查，務求盡快找出攻擊人類的野獸，防止再有鎮民遇上同類型的襲擊事件。

某天早上，傑瑞德和雷克斯決定前往事發地點進行調查，希望藉著吸血鬼異於常人的能力找出可疑的線索。縱使案發現場早已被警方利用黃色警示帶圍封起來，並且安排了三位警員到處巡邏監察，但透過吸血鬼的精神控制能力，要把他們支開絕對不是一件困難的事。

今天的天色不明朗，耀眼的陽光被厚重的雲層遮擋住，令天空覆蓋著一層陰鬱的灰暗。兩人正行走在林間一條狹窄的小徑上，當他們的鞋底踩到厚厚軟軟的樹葉時，會聽見腳下發出天籟般的簌簌聲。

「哎，這件事到底有完沒完啊？明明上次襲擊人類的吸血鬼已經身亡，怎麼現在又來一個？」雷克斯把雙手交叉環在胸前，表情浮現出一絲懊惱。

「這件事本來就不簡單。你想想看，布克頓鎮一直以來都沒有出現過吸血鬼攻擊人類的事，現在卻接二連三的發生，你覺得背後的動機會單純嗎？」傑瑞德依舊保持波瀾不驚的神色，對此不感到奇怪。

「難道在背後搞鬼的吸血鬼是眞的想讓人類起疑心嗎？」雷克斯鎖著眉頭，頗爲不解地問道，「這樣做，他可以得到什麼好處？」

「我不知道，但我認爲他是有全盤的計劃，那些吸血鬼新生或許只是被他拿來當作擋箭牌，目的是要轉移別人的視線，讓他可以安全順利地進行背後的計劃。」話到此處，傑瑞德銳利地瞇起雙眸，沉冷而凝重地繼續開口，「正因爲這樣，我們必須要盡快找出這個混帳，避免讓更多人類因他而受到傷害。」

雷克斯緊閉著雙唇，沒有再開口回應，陷入苦惱的沉思中。本來以爲上次吸血鬼襲擊人類只是偶然的事件，沒想到事情比他想像中還要複雜許多。

◇◇◇

十一月份是楓葉盛開的季節，也是象徵踏入冬季的前夕。位於北區湖畔的郊區樹林盛開著澄紅的楓葉，景色美得令人陶醉，宛如一幅色彩絢爛的油畫。

戴維娜和埃絲特肩並肩地走在鋪滿落葉的林蔭路徑上，正沿著通往外面道路的方向前進。

「秋天到來，果然最適合來樹林裡，將楓葉的美景變成一幅素描畫。」望著一片片楓葉從樹上悄然飄落，埃絲特的眼中明顯閃過興奮的光彩。由此能推斷，她非常享受秋天這個季節。片刻後，她收回視線，扭過頭望戴維娜一眼，頗爲感激地說道，「幸好妳願意一早陪我出來。」

埃絲特很熱愛畫畫，尤其喜歡寫生素描。秋季的來臨，令她心血來潮想到樹林一趟，安靜地坐在樹底下繪畫楓葉盛開的景色，於是趁著今天她跟戴維娜都沒有課堂，開著車子來到這裡。

「話說傑森最近是在忙什麼嗎？」戴維娜回望她一眼，有些奇怪地問道，「他很少會不跟我們一起出來的。」

「他最近不是加入校報社了嗎？」提起傑森，埃絲特的表情顯得有些無奈，聳聳肩，納悶地回答道，「聽說社長要他們遞交一份新聞稿，藉此決定下期報刊的主題。傑森一直覺得，這陣子發生的動物襲擊案件有古怪，這幾天不停熬夜查看相關的新聞報導，甚至還在尋找曾經在其他城鎮發生過的相似案件。」

「坦白說，最近頻頻出現這種死亡案件，還眞令人擔心，明明布克頓鎮從來沒有發生過這種類型的案件。」戴維娜蹙起眉毛，略顯憂色地說道。

「誰能保證那些野獸不是從別的城鎮過來獵食？現在唯一能肯定的是，我們的小鎮已經變得不再安全。」順利走出樹林，埃絲特的雙腳踏上柏油路面，朝著停泊在路邊的銀色汽車走近，並下意識地往褲袋摸去，赫然發現某樣很重要的東西不見了。「糟糕了，我的車鑰匙呢？」

「妳是不是記錯，放了在別的地方？」戴維娜試著提出另一個可能性，鎮定地問道。

「噢，大概是我剛剛坐下來畫畫的時候，不小心掉了在地上。」埃絲特抬手輕拍額頭，擺出一副恍然大悟的樣子，「妳等我，我現在馬上回去找。」

看見她迅速把黑色的便攜畫袋放在車頂上，準備動身離開，戴維娜急忙抓住她的胳膊：「嘿，妳打算自己回去找嗎？」

「沒問題啦，只要沿著剛才的路走回去，應該很快能找到的，反正我們又沒有走很遠。妳就在這裡等我吧。」

對她展露一抹爽朗的笑顏，埃絲特便轉身往回頭路走。雖然好友絲毫沒有半點憂慮，可戴維娜的心底卻隱約湧現不安的情緒。倘若她沒有記錯，最近那樁動物襲擊的案件就是在附近發生的，自然會讓她產生一份難以言喻的擔憂。

不過既然現在是大白天，應該不會有什麼問題吧？

◇◇◇

傑瑞德把雙手插進上衣的口袋裡，沿著樹林的路徑漸漸來到案發現場。爲了節省時間，他和雷克斯決定分頭進行調查，不過他此刻的思緒似乎不在尋找線索上，而是在深思著上一樁襲擊案件。

在第一次的案件中，那個吸血鬼是在白天下攻擊人類的。照道理來說，一般的吸血鬼是不可能在白天活動，除非他們擁有像破曉指環這種東西的保護。而破曉指環是必須要經過巫師的施咒才能夠達到保

護的效果，這就證明──

有巫師站在敵方的陣營。

令他感到費解的是，巫師向來都不願意與吸血鬼有任何交集，又怎麼會選擇幫他們殘殺人類？

忽然間，他感覺到身後似有黑影一閃而過，瞬即轉頭察看，然而沒有捕捉到任何蹤跡。他的雙眼細瞇起來，保持著高度的警戒掃視四周一圈，轉身往前邁步直走，眼裡溢滿防備的神色。

他分明感應到，這裡飄散著吸血鬼的氣息。

傑瑞德豎起雙耳，仔細地搜索著周圍細微的聲音，除了風吹草動的聲響以及蟲鳴鳥叫，當中還夾雜著「啪嗒啪嗒」的聲音。那是一種正在急速奔跑的腳步聲。

「啊──」

正當傑瑞德以爲已經找到線索，一道刺耳的女性尖叫聲卻毫無預警地從前方傳來。他的視線反射性地掃向聲音來源處，神情略帶罕見的緊張。

「該死的！」

他忍不住低聲咒罵，猶如一陣疾風似的朝著前面的路直奔，心底油然升起幾分急迫。

與此同時，站在柏油路上的戴維娜同樣聽到尖叫聲劃破寧靜的空間，嚇得渾身一激靈。她瞪大雙眼，使勁地掃視著四周，最後視線定定落在側面樹林的深處。

倘若沒有聽錯，聲音是從裡頭傳來的。

俗話說得沒錯──

人總是敵不過好奇心的。

儘管她知道應該把自己的安危放在首位，不要牽扯進任何危險中，然而雙腳卻不聽使喚，小心翼翼地順著聲音的方向前進。

她沒有辦法置身事外。要是那邊真的發生了命案，總會需要有人報警求助的。

◇◇◇

憑著吸血鬼驚人的移動速度，傑瑞德眨眼間已經來到聲音的來源處。他在前方的空地上看見一位身形瘦削的男子背對著他，雙手緊緊抓住女人的胳膊，伏在她的肩上，瘋狂地啜飲著藏在脖頸底下溫熱的鮮血。

女人痛得面容扭曲，奮力掙扎抵抗，卻始終徒勞無功。殷紅的血液順著她的脖子往下流淌，令一股濃郁的血腥氣味在空氣中瀰漫開來。

情急之下，傑瑞德彎腰從地上拾起一根幼長的樹枝，用單手輕鬆的將它折斷，毫不猶豫地將其中半截向著男人飛射出去。尖銳的樹頭不偏不倚地刺中肩胛骨的上方，痛得他拔出獠牙，仰頭發出一聲哀嚎。

傑瑞德看準這個時機，衝上前將他從女人的身前拉開來。緊接著，一陣沉悶的撞擊聲響起，他揪著對方的衣領猛力推進，令他的後背重重地撞到厚實的樹幹上，大量樹葉因劇烈的震動而掉落下來。

他用單手掐住男人的脖子，對他齜牙咧嘴，故意展露出猙獰的面容。由於對方剛成爲吸血鬼沒多久，而傑瑞德已經在世上生存了一百多年，論力量自然比他強得多。

藉由眼角的餘光，他瞥見這位吸血鬼的食指上戴著一枚銀色戒指，中間鑲嵌著一顆小小的青金石。果不其然，這個傢伙是因爲戴著破曉指環，才能夠那麼明目張膽地在白天下傷害人類。

「說！是誰轉化你的？」傑瑞德半瞇起藍眸，刻意用略帶威脅的語氣問他。

男人只是悶哼一聲，沒有回答提問。他緊咬著牙齒，雙目怒瞪著傑瑞德，死命地掙扎起來，試圖要擺脫他的束縛。傑瑞德沒有分毫猶豫，隨即把手上另一根樹枝，狠狠地插在他的胸口上。

一股強烈的刺痛感立刻從胸腔處傳來，令他痛得皺眉蹙額，難受地哀嚎出聲：「啊——」

「不要再讓我問第二遍。」傑瑞德以冰冷的聲線作出警告。

「就……就……直接殺了我吧，我……很辛苦……」他痛苦地咬著牙，從牙縫間擠出這幾個字。

「什麼？」對於他主動求死的行爲，傑瑞德感到頗爲詫異。

男人趁著他稍微走神，低吼一聲，使勁地推開他，伸手把樹枝直接捅進自己的心臟。下一秒，他兩顆眼珠瞪得老大，從嘴裡發出淒厲的慘叫聲。

傑瑞德本想上前阻止他，可惜一切已經太晚。只見他的身體往後一仰，直挺挺地倒在地上，全身呈死灰的顏色，並且漸漸浮現出無數的裂紋。他死去了——

當然，是以吸血鬼的身分死去。

傑瑞德不敢置信地看著地上的「屍體」，似乎還沒從震驚中回過神來，但心底卻很清楚自己沒有時間理會太多。因爲——

他神色一凜，快速地轉身，將視線轉投到倒臥在一旁的女人身上。只見她的面容蒼白扭曲，眉頭緊蹙成一團，微弱地呼吸著，臉上布滿疼痛難耐的表情。

傑瑞德急忙奔到她的身旁蹲下來，仔細地檢查著她的傷勢。由於她的皮膚被獠牙刺穿，脖子上呈現出兩個明顯的刺洞，大量鮮血仍不斷從傷口處流出，就連她躺臥的地面也被鮮血給染紅。

看著赤紅的血液持續湧出，他感覺口乾舌燥，血管像有一條火熱的銀線在裡面燒灼般，令內心莫名生起一股衝動，想要撕破她的喉嚨，吸盡她體內全部的血液。他緊咬著牙齒，拚命把對鮮血的慾望壓回心底，並且提醒著自己現在要做的是……

救她。

恰好這個時候，戴維娜來到距離兩人不遠的一棵橡樹下。當她注意到傑瑞德的身影，立即悄悄地後退幾步，躲藏在粗壯的樹幹後面，眼裡閃爍著些微驚愕。為什麼他會在這裡出現？

結果她還沒想出個所以然來，下一幕的畫面直接讓她瞠目結舌，整個思緒徹底陷入空白，再也無法正常思考。

她清楚看見傑瑞德的嘴唇往後掀起，露出兩顆長而鋒利的牙齒，然後低頭咬破自己的手臂，讓暗紅的血液從自製的傷口中湧出。他用另一隻手托著女人的後腦，將手臂湊到她的嘴邊，使血液緩緩流進她的口中。

不一會兒，女人居然神奇地睜開眼睛，脖子上的傷口開始迅速癒合起來。看見眼下這一幕，戴維娜抬手摀住嘴巴，難以置信地瞪大雙瞳。

老天在上，這到底是怎麼回事？

等到對方的神智逐漸恢復清醒，傑瑞德連忙將她從地上拉起來，讓她坐起身面向他，並把雙手輕輕搭在她的肩膀上，一瞬不瞬地直視著她的眼睛。

「告訴我，妳不會記得剛才發生的事。妳只是剛好經過這裡，然後不小心迷路，妳並沒有受傷，現在的妳只想趕快離開。只要在這裡向左轉，往前面的小路一直走，就會走到路口的位置，到那裡召計程車回家吧。」他在試圖消除她受傷的記憶，那道低沉的嗓音彷彿具有催眠的魔力。

「我並不記得剛才發生的事，只知道現在需要離開。」望著他那雙沒有眨動的眼睛，她像機械似的點點頭，用茫然的語氣回答。

女人在收到他的指令後，便撐著身子站起來，轉身往左邊的路徑離開。望著她的背影逐漸遠離，傑瑞德才安心地吁了口氣。幸好剛剛附近沒有其他人類經過，不然事情就會變得非常棘手。

他慢慢走回那具吸血鬼的屍體旁邊，蹲下身，有意無意地瞟了他手上的破曉指環一眼。趁現在還沒被人發現，他得盡快把這具「屍體」給處理掉。

正當傑瑞德打算脫下他的戒指時，一陣踩在樹葉上的腳步聲陡然自身後響起。他旋即提高警覺，急速站起來並且轉身，不料映入眼簾的卻是一抹熟悉的嬌小身影。

「戴維娜？」她突如其來的出現著實殺他一個措手不及，意外和驚訝在他的臉上盡顯無遺。

「告訴我，這個……是什麼東西？」她小心謹慎地踏出步伐，伸手指著躺在地上那具「屍體」。她看見自己的手在顫抖著，就連聲音也抖得相當厲害，無法說出完整的句子，「還有，你……你剛剛……我明明看見你把血……把血……」

糟了！爲什麼偏偏看到事情發生的會是戴維娜？他並沒有辦法對她使用精神控制，根本不可能消除她的記憶，讓她忘記剛剛看到的事情。

傑瑞德平和地舉起雙手，對她示意自己絕無惡意：「聽著，戴維娜，我可以解釋這一切的，但我需要妳……」

「你不是人類，對吧？你——到底是什麼東西？」戴維娜沒有等他說完便出聲截斷，渾身因害怕而顫抖不已，但她不允許自己在這個時候亂了陣腳，故作鎮定地質問著他。

她當然不是沒有猜到他的身分，只是需要聽他親口說出來。

「正如妳想的那樣。」傑瑞德輕輕地吸了口氣，那雙藍眸流動著複雜難懂的光芒，一字一頓地把三個字清晰地說出來，「吸血鬼。」

「所……所以你的朋友雷克斯也是……」

「對，沒錯。」傑瑞德無力地點頭，直接坦承道。

「老天哪，那是不可能的。這……這怎麼可能？你們怎麼可能會是……」戴維娜下意識地抬手摀嘴，驚訝得瞪圓雙眸，覺得這些不合理的真相徹底顛覆著她的認知。

我的上帝，他是吸血鬼？一直以來她不敢相信會存在於這個世界上的東西，居然現在活生生地站在她的面前，這一定是在逗她的，對吧？

「聽著戴維娜，我跟雷克斯從來沒有想過要傷害妳。我們只是知道，在妳的夢境裡出現我養父死的畫面，所以才想接近妳，希望了解整件事情的狀況而已。」傑瑞德試圖用較為緩和的語氣向她解釋著，或許是希望藉此獲取她一點點的信任。

「養父？」戴維娜從嘴裡喃喃地複誦這兩個字，接著皺起眉頭，不甚確定地提出疑問，「你是說，一直以來出現在我夢境裡被殺的那個吸血鬼，是你的養父？」

「沒錯。」傑瑞德毫不猶豫地點頭，改以正色的神態回答，「我的養父在一個月前被殺死了。準確點來說，他是被吸血鬼殺死的，但我們一直沒有頭緒殺害他的兇手到底是誰。而妳的夢境正正是關鍵，我們需要得到妳夢境的幫助，幫我們找出整件事情的發生和經過。」

「不。」戴維娜的眼中明顯流露出幾分恐懼。她一邊搖著頭，一邊往後退，以堅決的口氣拒絕，「我幫不了你們，我沒有這樣的能力。」

她不要捲進他們的事件裡。她不能再聽下去，也不能再跟一個吸血鬼站在一起，這樣實在太可怕、太荒謬了。

她要走，現在就必須要從這裡離開。

她不假思索，本能地轉身逃跑。不料才踏出一步，傑瑞德已經轉眼間來到她的面前，嚇得她的心臟差點要跳出來。她根本沒有設想過，他的速度會快得如此驚人，就像擁有某種超能力一樣。

「無論妳想知道什麼，我都可以告訴妳，戴維娜。」他的語氣雖然稱不上威脅，卻帶著一絲不容抗拒的意味，「只是，現在的妳不能離開。」

戴維娜沒有開口回應，腦袋在急速運轉起來，總覺得有些地方不對勁。她下意識地抬起眼眸，望向廣闊無際的天空。天色依然是白蒙蒙一片，太陽躲藏在雲朵後面不願意探出頭來，她實在很討厭這樣的天氣。然而這並不重要，重點是——

光！對了，她記得之前在書上看過吸血鬼是害怕陽光的，一旦照射到陽光他們就會燃燒起來，最後化為灰燼。就算沒有陽光，他們的身體在白天下也會變得很虛弱。這實在太詭異了。站在有光的地方，怎麼可能會沒有對他造成任何影響？

「我有理由需要知道，為什麼你會不怕光，還可以在白天下走動？」她深深地吸一口氣，努力用平靜的聲線對他問道。

「是破曉指環保護著我們，這枚戒指擁有巫師的咒語，能夠讓我們在有光的地方不會受到傷害。」當傑瑞德提到『破曉指環』四個字時，輕輕地撫摸著右手一枚銀色菱格紋路戒指，上面鑲嵌著一顆色澤亮麗的青金石，彷彿在向她暗示，這就是他口中提到的破曉指環。

「巫──巫師？你在逗我嗎？這世上……居然還有巫師的存在？」戴維娜再度瞪大眼睛，整個人被震撼到無以復加。

「不僅僅有巫師，還有狼人、吸血鬼獵人……噢！更糟糕的話可能還有惡魔。不過當然啦，惡魔只是傳說來的。」開口說話的是雷克斯，她不知道他是什麼時候走過來的，又或許他一直都躲藏在這裡，只是她沒有察覺而已。

「最後的惡魔沒有必要說出來吧？」傑瑞德斜瞪雷克斯一眼，語聲略帶不滿。拜託，這個時候還在嚇唬她？

「我只是說有這種可能性而已。」雷克斯聳聳肩，把雙臂抱在胸前，擺出不甚在意的態度。

「戴維娜──」傑瑞德踏出兩步跨到她的身邊，她卻後退一步避開他的接觸。

「不要！不要……碰我。」戴維娜馬上將身子往後縮，手握成拳按在胸口上，表現出對他們強烈的戒心。她用帶著顫抖的聲線問道，「你們到底……想怎麼樣？」

「我剛剛已經向妳解釋過，是因爲我的養父──」

「那爲什麼只有我能夢見？」戴維娜的聲音激動得近乎尖銳，連指甲都嵌進掌心裡，但她似乎沒有意識到這一點。

她心裡很害怕、很慌張，不知道自己該如何接受他們的話。她居然在這段時間裡跟兩位吸血鬼相處，卻完全不知情。而且現在還告訴她，一直以來出現在她腦海裡的那個夢境是跟他們有關的？他們早就知道這件事？

「戴維娜，我需要妳相信我們。我們不是要來傷害妳，只是需要妳的幫助。」傑瑞德希望她能夠冷靜下來──儘管是不太可能，可萬一在這裡讓其他人發現他和雷克斯的身分，事情就會變得更麻煩。

「我要怎麼相信你們？你明明早知道我夢境的事，卻假裝什麼都不知情。更何況，你們可是會喝人血的──」話到這裡，戴維娜不禁打了個哆嗦，腦海裡驀然浮現出「動物襲擊」四個字，臉上的神情轉為惶恐，「老天哪！難道之前那些所謂的動物襲擊是……」

「是吸血鬼做的沒錯，但不關我們的事。我們本來就是想調查清楚，才會到這邊來的。」雷克斯把雙手慵懶地枕在腦後，採取慢條斯理的態度為他們澄清。坦白說，他真的很討厭明明是與他們無關的事，卻硬要把罪名加在他們的身上。

但現在的戴維娜根本什麼都聽不進去，只是猛烈地搖頭，張嘴胡亂喊著：「夠了！你們都瘋了，什麼吸血鬼、巫師的，實在太荒唐了。我不能再聽下去──」

她轉身拔腿欲逃，可惜不成功，雷克斯的身體轉眼間已經擋在她的面前，繼而攤開手掌，把一種銀色粉末撒在她的臉上。剎那間，一股倦意如同潮水般襲來，令她的眼皮開始變得沉重，整個身體快要向前倒下。幸好雷克斯及時張臂接住她，讓她小心地靠在他的臂彎裡。

「你這是在做什麼？」傑瑞德一臉不悅地瞪著他，厲聲質問道。

「放心吧，那只是令人類產生睡意的催眠粉末，不會有任何危險的。像剛剛那種情況，無論你說什麼，她都不會聽得進去的。」雷克斯從嘴裡溢出一聲輕嘆，改爲認眞的態度對他解釋道，「就先帶她回去吧。我想讓吉爾伯特先生對她說明一切，她會比較容易接受。」

見傑瑞德沉默不語，嚴峻地緊閉著嘴脣，雷克斯不禁萌生起一股奇異的感覺。如果他沒有猜錯的話，傑瑞德分明是在擔心這個女孩，可他好像還是第一次會那麼在意一個人類。

「哎，如果我們能夠對她使用精神控制的話，就不必這麼麻煩了。」雷克斯露出一副無奈的表情，小聲地咕噥道。他皺眉看向傑瑞德，丟出內心的疑問，「我都現在都覺得這件事很古怪。我們明明是可以隨意控制人類的思想，爲什麼偏偏沒有辦法對她使用這種能力？」

「確實很奇怪，從來就沒有發生過這麼不尋常的事。或許在她的身上，眞的擁有某種特殊的力量。」

傑瑞德的雙眸緊緊鎖定著失去意識的戴維娜，眼神越發深邃迷離。現在被她發現他們是吸血鬼的身分，卻又無法消除她的記憶，這下可眞麻煩。

「戴維娜！」一道高聲的叫喊冷不防地從附近傳來，口吻聽起來相當焦急，「妳在這裡嗎？」

「是戴維娜的朋友，不能讓她看到現在的情況。」傑瑞德警惕地瞟了一眼聲音的來源處，語聲裡隱含著些微焦灼，「雷克斯，快點把戴維娜的手機拿給我。」

「喔。」

雷克斯簡單回應一聲後，立刻從她的口袋裡翻出手機，朝傑瑞德拋過去。

傑瑞德用雙手穩穩地接住手機，只見上面顯示著數通未接的來電，全都是來自埃絲特的。

在利用戴維娜的指紋解鎖後，他迅速打開熟悉的通訊軟體，點開跟埃絲特通訊的訊息欄，手指飛快地在螢幕上敲下幾行字，然後按下傳送鍵。

看見對方在幾秒後傳來回覆，他終於重重的鬆了口氣，目光再次轉回戴維娜的身上，聲音聽起來有些疲累：「把這裡清理乾淨，我們就回去吧。」

◇◇◇

在意識陷入黑暗的期間，一幕未曾發生過的畫面從戴維娜的腦海裡浮現而出。奇怪的是，這個場景並不屬於一直以來纏繞著她的夢境，而且出現在裡頭的人物也不是其他人，而是她自己。

在這個夢裡，她看見自己站在一個陌生的庭園裡，那是一個她從未去過的地方。這裡的花床苗圃顯然是經過悉心的規劃，寬闊的石板小徑上稀疏地擺放著數個栽種著觀葉植物的陶罐，左右兩旁是一塊碧綠的青草地，上面一排排四季常青的灌木叢被修剪得整整齊齊，盛開著嬌艷奪目的花朵。整個庭園都被高大的樹木包圍著，隱約能夠捕捉到在她身後是一棟洋溢著維多利亞情懷的宅邸。

夢裡的時間應該是晚上，整個天空都是漆黑一片，沒有看見月亮或耀眼的星光。夜晚的風勢頗大，能夠清楚聽到呼呼的風聲，就連樹葉都被吹得沙沙作響。

儘管狂風把她的頭髮吹得凌亂，但雙目依然堅定地注視著前方，一隻手緊握成拳頭放在胸口上，彷彿在等待著什麼出現，眼神裡盡是著急和期待。

是什麼？到底她在等待著什麼？

不久，一道模糊不清的身影從遠方慢慢朝著她迎面走來。當她發現這抹修長的人影後，唇角不由自主地掀起欣慰的笑容，接著輕啟雙唇，像是在呼喊某個人的名字。

然而她還沒來得及聽清自己在呼喚著誰，已經從夢中清醒過來。睜開雙眼，戴維娜發現自己正躺在一張柔軟的綠絲絨沙發上，於是困惑地眨眨眼睛，愼重地思索著現在身在何處。

「總算等到妳醒過來了。」

正當她還在整頓著混亂不堪的思緒時，一道輕柔悅耳的女性嗓音陡然間傳進她的耳中——但有點不對勁，聽起來不像是埃絲特的聲音。那……到底是誰？

她條件反射地扭過頭，看見身穿深藍色洋裝裙的卡瑞莎正坐在她對面的沙發上。她無意間瞥見放在茶几上的歐式茶壺和茶杯，於是在心裡猜測：她應該很享受泡茶的時間。

戴維娜竟發覺視線無法從這位女生的身上挪開，她從來沒有見過這麼美艷動人的女生。當然啦，在電視上看到那些擁有絕美臉蛋的女明星絕對是另一回事。

眼前的女生長得有點像混血兒，長長的眼睫毛下是一雙棕色的瞳孔，精緻的五官猶如芭比娃娃般迷人，全身的皮膚細白光滑，配上柔順的金色波浪鬈髮，更突顯出她那份獨特優雅的氣質。儘管戴維娜同樣身爲女生，也不得不承認她眞的長得非常漂亮。

「妳是誰？我爲什麼會在這裡？我明明記得……」

戴維娜撐著手肘坐起身，抬手撫摸著額頭，努力回想著失去意識前發生的事。就在下一剎那，她想起了傑瑞德——想起他和雷克斯是吸血鬼的事，猛然瞪大眼睛，身體畏縮地往後移動，看起來像受到驚嚇似的。直覺告訴她，需要與這位女生保持一定的距離，甚至是——

更遙遠的距離。

「吸血鬼？妳也是吸血鬼嗎？」

「有必要這麼害怕嗎？又不是所有吸血鬼都會無緣無故傷害人類的。再說，如果我真的要傷害妳，早就在你昏睡過去的時候已經動手了，好嗎？」看見她那副害怕得縮在一角的模樣，卡瑞莎無奈地斜睨她一眼，撇撇嘴問道。

「那妳告訴我，這裡到底是哪裡？你們爲什麼要把我帶到這裡來？」戴維娜頓時感到徬徨無助，不假思索地對她大喊大叫。她不知道自己現在到底在哪裡，也不知道他們到底有著什麼目的，自然會讓她產生一股害怕的情緒。

「依照剛剛的情況，我們不這樣做的話，怎麼知道妳會不會大叫大喊，把我們的事全都說出去？」雷克斯不急不慢地從樓梯處走過來，收起往日的嘻皮笑臉，換上一副正經凝重的神態，令她一時間難以適應，「戴維娜，妳要明白讓其他人知道我們的身分是一件多麼危險的事。」

戴維娜這時才發現，在客廳前方靠牆的位置上有一條裝著實木欄杆、往上延伸的直式樓梯，應該是通往位於二樓的臥室。然而這間房子的裝潢是如何根本就無關重要，她現在可是跟三個吸血鬼待在同一個空間裡，這種事眞的快讓她發瘋了。

「你們出現在人類的身邊，難道不是更危險嗎？」戴維娜即時從沙發上站起來，不忿地高聲反駁。明明是應該要理直氣壯的，但她的聲音卻不爭氣地顫抖起來，「你們……你們可是會……」

「吸人血？」走在雷克斯旁邊的傑瑞德瞭然地接下她的話，挑高眉毛問道，「妳是想說這個，對吧？」

「我們是需要用血液維持生命沒錯，但並不代表我們會傷害人類。起碼我們幾個就不是，像傑瑞德都只是喝動物血液而已。」卡瑞莎單手托著下巴，沒好氣地向她解釋，言語間有意無意地諷刺著她的無知，「更何況，就算我們真的吸人血，也不代表我們會殺人啊。哎，你們人類的思想就是這麼古板，總是一成不變的。」

「咳咳！」

就在她的話音剛落，身穿白色襯衫和黑色西褲的吉爾伯特先生從走廊的轉彎處走進客廳，刻意地清清嗓子，試圖引起他們的注意。

「小莎，不能對客人這麼無禮。」他將日光射向卡瑞莎，語氣中隱含責備的意味。

「明明是她先在這裡大吵大鬧的，關我什麼事？」卡瑞莎撇撇嘴，小聲地嘀咕道。

戴維娜忍不住將目光轉投到這位男人的身上，他的年紀不算特別大，看起來約莫四十歲左右，臉上不見半點皺紋，唇上兩撇小鬍子修剪得整整齊齊，渾身充滿著成熟穩重的氣息。

不過這一點都不奇怪，因爲她很清楚對方同樣是吸血鬼，年紀當然不止四十歲。但不知道爲什麼，吸血鬼總是可以把外貌保持得那麼好，難道就是因爲不會變老的關係嗎？

「妳就是戴維娜．貝拉米？」吉爾伯特先生踩著半緩的步伐來到她的面前停下來，啟唇以低沉的嗓音問道。

「你是……」戴維娜的眼裡閃過一絲迷茫，下意識地退後幾步，拉開與他之間的距離。

意外的是，面對著眼前這位男人，她居然沒有感到一絲害怕，甚至出奇地產生難以言喻的親切感。

「我是卡瑞莎——」吉爾伯特先生稍作停頓，飛快地瞄了卡瑞莎一眼，繼續自我介紹，「也就是那位女孩的父親，妳可以叫我吉爾伯特先生。」

「吉爾伯特先生？」她喃喃複述道。

「我保證會向妳解釋所有事情，也會解答妳內心的疑問。只是，我希望妳能夠表示對我們的信任。」吉爾伯特先生的雙眸緊盯著她，語氣內斂而穩重，讓她的心情稍微鎮定下來。下一秒，他再度啟唇，吐出對她的稱呼，「貝拉米小姐。」

「我可以怎麼相信你們？」她嘗試鼓起勇氣，直視著他的眼睛問道。

「傑瑞德應該向妳提過，我們是靠著破曉指環才可以在白天下活動的吧？如果沒有這枚戒指，我們在陽光下將會被燒成灰燼。」言畢，他直接把指上的破曉指環摘下來，朝戴維娜遞過去，語調平穩且謹慎，「在我還沒有回答妳所有問題之前，這枚戒指就交由妳來保管。妳認爲怎麼樣？」

卡瑞莎一聽此言，霍然從沙發上站起身，滿臉不爽地問道：「爸，你怎麼可以爲了她冒這種風險啊？」

「既然我表示出對妳的信任，同樣的，我希望妳能夠試著去相信我們。」他沒有理會女兒的不滿，繼續試圖讓戴維娜卸下高漲的戒心，「妳很清楚我們是不會傷害妳的，難道不是嗎？」

「我——」

戴維娜緊緊咬著下唇，心裡似乎還在猶豫著。她不知道該如何回應他，更不確定自己是否能夠相信他們。不，應該是說，她能夠相信傳說中的吸血鬼嗎？

她的眼睛不由自主地掃向被捏在他指間那枚厚實的金黃銅戒指，雖然款式跟傑瑞德的不一樣，但中間同樣鑲嵌著一顆清澈且毫無雜質的青金石。

戴維娜久久沒有說話，慎重地思考著自己需要怎麼做。結果，她只是輕輕地搖搖頭。

「我知道這枚戒指對你們的重要性，我不認識你，沒有理由要把你重要的東西拿走。」接著，她深吸一口氣，盡量讓自己的情緒平靜下來，繼續緩緩說道，「我只是想知道，傑瑞德的養父——」

說到這裡，她有意無意地瞄了傑瑞德一眼。只見他斜靠在牆邊，雙臂交叉抱於胸前，眼睛只是望著前方的某一點。儘管她剛剛提到他的名字，都沒有抬起眼來看她。

「也就是我腦海裡的夢境到底是怎麼回事？」她收回目光，重新投放在吉爾伯特先生的身上。

「這要從一年前開始說起……」

吉爾伯特先生一邊把戒指重新套回手指上，一邊以平靜的語調說道。

「我們是在一年前搬到這裡生活的。而萊特爾——也就是傑瑞德的養父，不是一個這麼愛定居的人。他喜歡到不同的城鎮逛逛，順便可以結識其他吸血鬼。這樣當我們有事需要支援的時候，也可以容易取得他們的幫助。」他的視線從戴維娜的身上移開，飄向窗外未知的遠方，聲音頓時輕盈得宛如清風拂過，蘊含著無盡的緬懷與惋惜，「只可惜在一個月前，我們與萊特爾失去了聯絡，他就像人間蒸發一樣，不管哪裡都沒有他的消息。當我們找到他的時候，發現他已經死去，也就是妳在夢中見到的情況。」

「可爲什麼我會夢見這件事？這根本就跟我沒有任何關係啊。」

戴維娜的聲音陡然高昂起來，情緒顯得激動萬分。再怎麼說，她跟吸血鬼根本扯不上一丁點的關係，爲什麼偏偏只有她會夢見——或者能夠感應到他被殺的景象呢？這不是很奇怪嗎？

「我很抱歉在這件事上沒有辦法作出解釋。」吉爾伯特先生的聲音裡透露出深深的歉意，爾後無奈地嘆息一聲，「老實說，我也非常好奇妳擁有這種能力的原因。只是，現在的我還查不出當中的理由。」

「還有那些所謂的動物襲擊呢？」戴維娜緊接著追問，帶著半信半疑的語氣問道，「眞的……都跟你們沒有關係嗎？」

「妳必須要知道，這個世界上不僅僅只有我們幾個吸血鬼。當吸血鬼的血液灌輸到人類的體內，假若他們在二十四小時內死去的話，就必須要喝下人類的血液才會順利轉化成吸血鬼，否則他們只能等待死亡的來臨。我們不可能知道，到底有多少人類被轉化成吸血鬼，更沒有辦法控制他們的行爲或思想，我很希望妳能夠理解這一點。」

吉爾伯特先生的表情變得鄭重嚴肅，口氣極其認眞。縱然他知道這個問題的嚴重性，只可惜世上存在著太多的吸血鬼，要阻止他們轉化人類根本是一個不可能的任務。

「照你這麼說來，吸血鬼襲擊人類的事還會再次發生，是嗎？」戴維娜對他的回應卻感到有些氣憤，帶著指責的語氣質問，「你們也是吸血鬼，難道就不能做點什麼嗎？難道看到人類因爲吸血鬼無辜地死去，你們可以假裝什麼事都沒有發生過嗎？」

「聽著戴維娜，我們從來就不希望人類因爲吸血鬼而遭遇不測。」一直處於沉默狀態的傑瑞德倏然開口。他終於把目光投射到她的身上，雖然臉上沒有任何表情，聲音卻透露出不容置疑的堅定，「無論妳相信與否，我們從來都是希望與人類和平共處。」

「一點都沒錯。貝拉米小姐，妳要相信不是我們不想做點什麼，而是我們不希望打草驚蛇。」吉爾伯特先生的眸底流露出濃厚的憂色，耐心地解釋著，「一次的襲擊可能是偶然，但如果連續發生兩次，分明就是經過預謀的。而我從一開始就不認爲萊特爾被殺是單純的，所以在襲擊事件發生後，我一直在懷疑他的死是和背後計劃攻擊人類的吸血鬼有關。我只是擔心在血族當中，有人在暗地裡進行著某種計劃，而這個計劃是有可能爲人類世界帶來危險。這也是爲什麼我們需要調查萊特爾的死因，希望查出他們的計劃是什麼。」

戴維娜微微張開嘴，努力想要答話，但思緒卻混亂得幾乎要打結。所以吸血鬼襲擊人類的動機並不簡單，是另有意圖的？而且他們還要殺害更多人類？而在夢境中，殺掉傑瑞德養父的吸血鬼也有可能跟這些事情有關？

上帝啊！這一切實在讓她感到太複雜了！

「我不能確定——」她皺起眉頭，眼底劃過幾分迷惘，不甚確定地啟唇出聲，「我的意思是，不是我不想幫你們。而是那個夢境從來都是斷斷續續的，我沒有辦法確定什麼時候才會夢見完整的畫面。」

這時，戴維娜感覺到口袋裡傳來輕微的震動，於是連忙把手機掏出來，低頭一看，發現螢幕上顯示著「埃絲特」三個字，不禁心頭劇震。對了，自從她在樹林裡撞見傑瑞德後，就一直沒有跟埃絲特聯絡，難不成對方還在那裡等著她嗎？

「老天！」她伸手摀著額頭，微微驚呼一聲，略帶焦急地說道，「聽著，我現在就要回去。我需要回去找我的朋友，她不知道我去了哪裡，我怕她會——」

「我倒不認爲有需要擔心，傑瑞德早就幫妳搞定了。」雷克斯乾脆截斷她未盡的話，一臉漫不經心地說道。

「什麼意思？」她有點摸不著頭腦，困惑地問道。

「我想，我需要對妳說聲抱歉。我剛剛用妳的手機，給妳朋友發了個簡訊，讓她知道妳是在安全的情況下離開的。」傑瑞德的聲音如往常般平淡，完全聽不出半分歉意，「妳不需要害怕，她會擔心妳的安全。」

「那埃絲特呢？她回到學校了嗎？」戴維娜順勢著急地追問。

「在剛剛那種情急的狀況下，原諒我沒有辦法顧及妳的朋友。」傑瑞德聳聳肩，語氣依舊沒改。

「我看這樣吧。傑瑞德，妳和雷克斯就先送她回去好了。」吉爾伯特先生把目光轉投到傑瑞德的身上，表情溫和而沉穩，「畢竟從這裡回去學校也是需要一段時間。」

傑瑞德先把目光掃向雷克斯，再快速瞥了一眼戴維娜，然後直接轉身離開客廳，踏上寬闊的廊道朝著玄關處前行，用淡漠的語調丟出兩個字。

「走吧。」

在離開的期間，戴維娜總算能安心地仔細觀察著室內的環境以及各種傢具擺設。客廳的空間相當寬敞和舒服，天花板上懸吊著古典的燭台式吊燈，地板上鋪著精緻的花紋地毯，中央位置擺放著兩張對擺的三人座沙發，包圍著一個白色的長方茶几，一部液晶電視機被放置在靠著側面牆壁而立的矮櫃上。

整個格局布置相對簡單，沒有夾雜太多華麗奢侈的東西，加上四面牆壁均選用淡綠色的花紋壁紙，反倒營造出清新淡雅的感覺。

走出連接客廳的拱門，她踏上一條長長的寬闊廊道，往左右張望一番，看見兩邊的牆壁上分別掛著幾幅顏色鮮明的油畫。不少古董擺設和工藝品被放置在實木的置物架上，歐式復古的壁燈一路延伸到玄關處，讓整個環境瀰漫著濃厚的文藝氣息。

戴維娜原本以爲吸血鬼會喜歡住在比較陰森黑暗的地方，從來沒想過會是那麼新穎舒適，不由在心裡暗忖道：看來吸血鬼還蠻跟得上人類的潮流科技嘛。

當他們走出房屋的門口，經過前面　個小庭園時，戴維娜赫然瞪大眼睛，當場愣住。這裡看起來怎麼這麼熟悉？同樣是碧綠的青草地，開花灌木上種植著絢麗多彩的花朵，小徑兩旁擺放著精緻的陶罐盆栽，四周被茂密的樹木包圍著——

這個庭園不就是在剛剛的夢境裡，她所站的那個地方嗎？為什麼會——

「有什麼問題嗎？」傑瑞德回身瞥她一眼，不帶任何情緒地問道。

「沒……沒什麼。」戴維娜的思緒登時被拉扯回來，趕緊搖頭回答道。

「沒事的話就上車吧。太晚回去，妳的朋友會擔心。」話落，傑瑞德便伸手打開車門，毫不猶豫地坐上駕駛座的位置。而雷克斯則坐在他旁邊的副駕駛座上，動作自然流暢，彷彿已經習慣坐上這個位置。

戴維娜使勁地甩了甩頭，想把各種奇怪的想法拋出腦海。她快步地跟上兩人，打開車門坐進車廂裡。待她繫上安全帶後，傑瑞德便發動引擎，雙手轉動方向盤，讓車子離開私人車道，往公路直奔而去。

坐在車裡的三人基本上是零交流，誰都沒有開口講過半句話。除了雷克斯實在受不了這種氣氛，偶爾會用口哨吹著不成調的曲子，試圖舒緩車內壓抑的氣氛。

吉普車抵達聖帕斯大學已經是傍晚六時多，而戴維娜就在十分鐘前接到埃絲特打來的電話。幸好她剛上車的時候，打開了通訊軟體查看傑瑞德於稍早前發送給埃絲特的簡訊——

『剛剛樹林附近發生了命案，警察經過我們那邊的時候，把我帶回警局協助調查。無論我多麼堅持要等妳回來，他們都認爲我待在那裡很危險。』

慶幸的是，埃絲特真的隨隨便便就聽信這個謊言，沒有追問下去。否則，她都不知道還要編織多少個謊言才能夠隱瞞真相。

下車後，雷克斯大大地伸了個懶腰，令旁邊的傑瑞德忍不住賞他一記無奈的白眼。

「哎，我現在可是超口渴的，很需要到飯堂點杯飲料來喝。」爲了製造氣氛，雷克斯用極其誇張的語氣說道，接著伸手拍了拍傑瑞德的肩膀，朝著他擠擠眼睛，「那送女生回宿舍這件事，就交給你這位紳士做好了。我在飯堂等你。」

之後，雷克斯習慣性地把雙手交疊放在腦後，邁著輕鬆的步調朝飯堂的方向前進。傑瑞德不禁輕嘆了口氣，心裡很清楚他根本就是故意的——

故意找藉口讓他跟戴維娜獨處。

「其實……」

戴維娜本來是想說不必送她回去的，但還沒把話講出來，已經被傑瑞德開口打斷了。

「走吧，我送妳回去。」

戴維娜只能把要說的話硬生生吞回肚子裡，對他點點頭後，便轉身朝著通往宿舍的方向前進。一路上，傑瑞德只是安分地跟在她的身後，沒有發出聲音打擾她。默默聆聽著自己和他的腳步聲，戴維娜忽然覺得格外壓抑和沉重，從來沒想過與他的關係會變得那麼陌生，隔著一段無法跨越的距離。

吸血鬼——

她從來沒有想過這三個字會出現在自己的世界裡，現在的她應該要怎麼面對他？還是說，不去面對會比較好？

眼看快要抵達宿舍，戴維娜深深地吸了口氣，停步轉身面對他，決定把考慮已久的話全都說出來。

「傑瑞德，我答應會保守你們的祕密，我也可以答應要是再夢到關於你養父的死，會主動告訴你們。但是……」戴維娜稍微停頓片刻，心裡還在猶豫不決。她不想說一些會傷害到他的話，畢竟她並沒有討厭他，只是知道自己繼續與吸血鬼來往，絕對是一件很瘋狂的事。於是在想好適當的用詞後，她才謹慎地繼續說下去，「我不想和你們有任何關係。當然啦，我不是說討厭你們，就只是……我是人類，你們的事情我眞的不想知道，也不想理會。我也不敢想像要是讓其他人知道我跟『你們』來往的話，他們會怎麼……怎樣去理解。你……能明白我的意思嗎？」

「我懂的，妳是有權利拒絕跟我們有任何交集。而實際上，我也不希望妳繼續跟我們接觸，我們的世界……太危險了。」

說到這裡，傑瑞德的臉龐隱約閃過一道陰影，藍眸裡晃動著她無法解讀的情緒。戴維娜覺得他埋藏著許多她不知道的祕密，而這些祕密……肯定比她想像中還要更沉重。

「謝謝你能夠理解。」戴維娜輕輕地吁了口氣，嘗試改用較爲輕鬆的口吻說道，「那我們以後在學校裡碰面的話，就只是假裝認識點個頭吧。」

不等他再回應什麼，她便旋身欲要離開，沒想到他卻在這個時候開口叫住她。

「嘿，戴維娜！」

她的腳步頓時一滯，緩緩轉過頭來望向他。

傑瑞德的眼神裡透露出著明顯的擔憂，繼續說道：「我只是認爲需要提醒妳，妳和妳的朋友都要注意安全。妳也知道，在這個小鎮裡不僅僅只有我們幾個吸血鬼的。」

戴維娜對他展開一抹感激的微笑，點頭回應：「我會的，謝謝。」

說完，她便轉回頭，大步地朝著宿舍的正門走去。她沒有回過頭看他，也沒有停下腳步，就這樣直接推門走進宿舍裡，並且在心裡不斷告訴自己——

這樣做是對的。

◇◇◇

走進飯堂，傑瑞德的視線在裡面掃視一周，很快便找到雷克斯的身影，徑直地走到他對面的座椅上落坐。他顯然是故意找了一個附近沒有人坐的位置，認爲方便他們談正經事。只見雷克斯正用吸管休閒地啜飲著桌上的葡萄汁，表情略顯散漫。

「你確定葡萄汁眞的能夠讓你止渴？」傑瑞德朝他揚起一邊的眉毛，言語間像是在諷刺他剛剛下車時說的那番話。

「我認爲你看起來有些失落。」雷克斯沒有回答他的問題，而是故意向他調侃道，接著無奈地聳聳肩，假裝出一副瞭然於胸的模樣，「讓我猜猜看，戴維娜應該跟你說，她不想接觸我們的世界，只希望過著人類那種所謂的——平凡生活，對吧？」

「我不認爲有什麼問題，她本來就不應該參與我們的世界。」傑瑞德的語氣裡盡是淡漠，表現得毫不在意。

「那你現在有什麼打算？」雷克斯抬起眼皮望他一眼，略顯隨意地問道，「想要離開這裡，回去了嗎？」

「我不確定，畢竟人類受到襲擊的事，我們還沒有查到什麼線索。」傑瑞德的神情瞬間正色起來，聲音轉爲凝重，「某程度上，戴維娜說得沒錯。我們確實不應該再讓這些事繼續發生。」

「說就容易，我們現在只知道他們那邊有巫師的幫助，其他的連一點頭緒都沒有，能做些什麼啊？」雷克斯撇撇嘴，鬱悶地咕噥道。

傑瑞德只是淡淡地瞥了他一眼，沒有再理會他。他低頭把玩著折射出光芒的戒指，神情顯得若有所思，那雙深邃的藍眸裡隱藏著令人捉摸不透的情緒。

窗外的天色越來越暗，太陽已經悄然下山，輪到月亮探出頭來。夜晚的降臨令外面的環境逐漸變得寧靜，只剩下黯淡的月光和幾顆稀疏的星星陪伴著靜謐的黑夜。

第六章　死亡才是遊戲的開始

時間如飛箭般快速流逝，眨眼間便迎來開學後的第二個週末。早晨，明媚的陽光透過窗戶傾灑進寢室，溫暖的光線盡情照射在戴維娜的臉上，令她不由自主地睜開雙眼。她迷迷糊糊地把視線投向窗外，恍然發現天色已經亮起來。

她抬手揉著惺忪的眼睛，慢慢從床上坐起身，並下意識地扭過頭，看見隔壁的床鋪上空無一人，放在枕頭上的被子疊得整整齊齊的。對了，她都快忘記埃絲特提過今天會跟傑森出去約會的。

戴維娜抬手撥弄著凌亂的髮絲，然後把放在床頭櫃上的手機拿起來。回想起來，她已經有好幾天沒有和母親聯絡，趁著今天是週末，打給她、跟她聊聊天也好。

想到這裡，她迫不及待地點開通訊簿，眼睛快速地在一連串的名字裡掃來掃去，不一會兒便翻出母親的電話號碼，毫不猶豫地按下撥通鍵。聽著彼端傳來「嘟嘟」的語音，她的心中不禁生起一絲期待，期盼著聽到屬於母親溫暖的嗓音。

每逢週末的早上，某個電視頻道都會播出一個由著名大廚主持的烹飪節目，她母親可是這個節目的忠實粉絲，因此戴維娜知道她肯定會有空檔接電話的。

「嘿，戴維娜？」果然如她所料，手機另一端馬上傳來羅莎琳親切的嗓音，她用柔和的聲調詢問道，「今天可是週末，怎麼會那麼早起床打給我？」

「沒有啦，就……突然間有點想念妳。」戴維娜單手抱膝，把下巴抵在膝蓋上，用著輕鬆的語調問道，「媽，妳又在看早上播出的烹飪節目嗎？」

「是啊，妳又不是不知道我一直很喜歡看那個主持人教授的菜式。」羅莎琳的聲音裡帶著柔和溫暖的笑意。下一秒，她像是想起某件很有趣的事情一般，有些急不可待地對女兒分享道，「對了，跟妳講一件好笑的事。妳的露西阿姨昨天晚上說要親自過來下廚，結果她做的菜根本全都不能放進口裡，害得我們最後要叫外賣披薩作晚餐。」

「這樣看來，她的廚藝還是沒有半點進步。」戴維娜的嘴角忍不住向上揚起，半開玩笑地回應。

「不可否認，這是事實，不過我當然不會那麼直接跟她說啦。可妳知道嗎？她居然連自己都怕了昨晚炮製的地獄菜式，說之後來我們家的時候，還是由我來下廚比較好。」

「哎！聽妳這麼一說，我也突然好想吃妳煮的菜。」戴維娜有些納悶地抱怨著，「說實話，學校的飯菜真的不怎麼樣。」

話到此處，她的眼底不禁流露出思念的神色，語氣中蘊含著幾分懷念。雖然剛開始她是很渴望離開家，與朋友們展開有趣的大學生活，可經過前幾天發生那一連串瘋狂的事情，現在的她卻莫名想念母親，想念家裡的一切，很想回到她沒有發現「那些事情」的日子裡。

「那等妳放假回來住的時候，我給妳弄一頓大餐，妳覺得怎麼樣？」羅莎琳發出會意的笑聲，語氣溫柔得如同春風般令人舒服。戴維娜向來很喜歡聽到她的聲音，能夠帶給她一種安撫的力量，讓堆滿在腦海裡的煩惱暫時一掃而空。停頓半晌，她故意打趣地追問女兒，「那妳最近過得怎麼樣？在學校裡有認識到什麼好男生嗎？」

母親的話令戴維娜頓時一愣，某個名字倏然閃在她的腦中一閃而過——傑瑞德。

現在回想起來，他們在過去的三天裡，就像變成陌生人一樣，沒有開口與對方說過半句話，也沒有像以前那樣，在上課和用餐時間總是坐在一起……

下一秒，她趕緊晃晃腦袋，提醒自己不應該再想這些事情。

「哪有認識什麼男生？」她的唇角扯起僵硬的弧度，故作幽默地答道，「我常常都跟埃絲特走在一起，我還擔心他們會誤以爲我是喜歡女生。」

「所以我總是說，妳跟埃絲特是命中注定的好朋友。」羅莎琳被她的話逗得樂不可支，明亮的笑聲顯得更爲歡樂，「難得今天是假期，就好好跟埃絲特他們出去玩樂吧。祝妳有愉快的一天。」

「嗯，妳也是。」

切斷通訊後，戴維娜把手機放回櫃面上，慢慢把臉埋在雙膝之間，深深地吐出一口氣。如果她可以把所有事情全都讓母親知道，那該有多好？

只可惜她不能這樣做。她不能把關於吸血鬼的事情告訴任何一個人。一方面是因爲答應了傑瑞德，而另一方面是，就算她說出來也不會有人相信這麼荒唐的事情。

接著，她用力地猛甩頭，想把那些糟糕可怕的事情全都拋在腦後，並且在心裡提醒著自己——妳不是屬於他們的世界，所以不要想了，關於他們的事通通都不要再想了。

◇◇◇

週末的學校散發著冷清的氛圍，大家不是出去小鎮廣場玩樂，就是去了參加不同社團舉辦的聯誼活動。不過這一點都不奇怪，難得等到放假的日子，誰會願意逗留在無聊的學校裡？

戴維娜推門踏進飯堂，直接走到收銀台前點了一份早餐。正當她左右顧盼一番，想找個位置坐下來的時候，卻無意間瞥見雷克斯——他穿著純白T恤和黑色緊身褲，正低頭玩著手機，依舊是一副慵懶的表情。

讓她感到奇怪的是，傑瑞德並沒有坐在他的旁邊。正確來說，她沒有在飯堂裡看到傑瑞德的身影。

難道因為今天是週末，所以他出去了嗎？可為什麼雷克斯又會在這裡？

下一秒，她猛然醒覺過來，搞不清自己為什麼要找傑瑞德。他人是否在這裡，根本就跟她沒有任何關係。明明剛剛才答應自己不要再理會他們的事，她現在又是怎麼了？

她連忙把目光從雷克斯的身上移開，獨自走到某個空座位上落坐，動作像貓一樣安靜，彷彿不希望讓對方發現她。而事實上，雷克斯早已經注意到她。

雖然他還在低頭佯裝著玩手機，但時不時會把視線投放在她的身上，眼底劃過幾分意味深長。

戴維娜拿起盤子上的三明治吐司悶悶地啃咬著，表情顯得無精打采。埃絲特和傑森去了約會，那她一整天可以在學校裡做些什麼呢？沒有好友陪在身邊，她又沒有興趣參加活動，現在已經知道她的夢境是跟吸血鬼有關的，也不用刻意再調查什麼。這樣的話，她應該要做些什麼來打發時間呢？

正當她苦惱地左思右想時，放在桌上的手機突然嗡嗡的震動起來。當她瞥見螢幕上顯示的名字，嘴角微微露出幾分笑意，先前的苦悶全都一掃而空。她把手機拿起來，隨意滑動接聽鍵，把聽筒靠到耳邊。

「怎麼了？現在的妳不是應該像個熱戀中的女孩一樣，在享受著一場甜蜜的約會嗎？怎麼會有多餘的時間理會我啊？」她佯裝漫不經心地問道。

「現在不是說這個的時候，我有一個好消息要告訴妳。妳知道嗎？在網路上爆紅的格子樂團今晚會到廣場某間酒吧裡進行演出，妳要過來看嗎？」手機彼端隨即傳來埃絲特顯得激動又興奮的聲音，裡頭還夾雜著街道上各種嘈雜聲。

「平常熱愛聽他們音樂的，好像是妳而不是我。」戴維娜輕輕地咬了一口手上的吐司，有些無奈地說道。

「拜託！今天可是週末，難道妳眞的要整天待在學校裡嗎？」埃絲特的語氣中帶著一絲抱怨，接著連珠炮似的丟出一連串的話來，「之前妳不是說我因爲傑森而拋下妳嗎？現在證明我並不重色輕友，妳卻反而要拒絕我？」

「好啦，好啦，開玩笑的。」戴維娜忍不住抿嘴一笑，爲了避免再被她嘮叨，乾脆答應下來，「那我晚點過來找你們。」

「好極了，就這樣說定了。」埃絲特顯然對這個答覆感到相當滿意，換上俏皮的語調對她說道，「我們會等妳來，記得要準時喔。」

戴維娜把手機放回桌上，用手托著腦袋，輕輕嘆了一口氣。其實她根本就沒心情去看什麼表演，但又不想待在學校裡胡思亂想，或許到外面走走逛逛會是個更佳的選擇。

然而她並不知道，雷克斯已經把她們的對話全都聽進耳裡。他的唇角微揚，掀起一抹高深莫測的弧度，彷彿在腦袋裡產生出某個有趣的想法。隨後，他從座椅上站起身，在手機上飛快地按下某個電話號碼，然後把話筒放在耳邊，大步朝飯堂的門口走出去。

◇◇◇

艾迪林街位於布克頓鎮的中心地帶，是一條經常出現街頭表演，又開著各式各樣酒吧的街道。每到夜晚，這裡總會特別多人聚集，大家都會約朋友出來喝酒聊天，放鬆辛勞一整天的心情。

其中一間命名爲「皇者派對」的酒吧特別搶眼，它的招牌用火紅色的霓虹燈製成，很容易吸引大衆的眼球。雖然酒吧的裝潢相對單調，沒有特別花巧的裝飾擺設，空間卻寬敞舒適，一般的娛樂設施也十分齊全，例如有桌球檯、飛鏢場等等，提供各種類型的消閒活動。

而今晚，這裡的氣氛比起其他酒吧更爲熱鬧，幾乎全場爆滿。最主要當然是因爲網路人氣超紅的格子樂團將會在這裡進行演出，他們是演奏重金屬搖滾的樂隊，常常都會在影片排行榜中捕捉到他們的蹤影。此刻坐在酒吧裡的客人，大部分都是慕名而來觀看他們的現場演出。

接近傍晚六點半，戴維娜依照埃絲特傳送給她的地址，來到酒吧門口與她和傑森會合。三人推門踏進酒吧後，特意挑選了吧檯旁邊的一張圓桌前坐下，並向附近身穿白色制服的酒保點了半打啤酒。

「既然妳們兩個現在都在這裡，我想給妳們看一樣東西。」

言畢，傑森迫不急待地從褲袋裡掏出手機，手指在螢幕上不停遊走。接著，他把手機放到桌面上，將螢幕送到她們的面前。兩位女生立刻湊上前一看，只見顯示在上面，是幾篇來自其他小鎮的動物襲擊新聞報道。

「噢，你還在爲校報社撰稿的事，而在搜集資料嗎？」發現傑森仍在追查這類型的新聞，戴維娜顯得有些心虛，於是假裝隨意開口問他。

「沒辦法，下星期就是交稿的日子，我一定要把握時間。」傑森聳聳肩，有些無奈地回答道。他的語氣聽起來不像在抱怨要做這件事，反而是抱怨時間太少，「言歸正傳，妳們覺得這幾篇新聞報導，跟我們最近看到的動物襲擊報導有什麼分別嗎？」

「沒什麼特別啊，不都是野獸襲擊人類的新聞嗎？」埃絲特滑動著手機螢幕，連續閱讀幾篇新聞報導，覺得內容平平無奇。

「這正正是問題所在，小埃。」傑森的視線輪流掃視著戴維娜和埃絲特，神情變得頗爲嚴肅正經，鄭重其事地解釋起來，「在其他小鎮發現的同類型死亡案件都被視爲動物襲擊，但根本沒有任何一篇報導提到是哪種野獸，他們警方和鎮長的處理手法跟我們的幾乎是一模一樣，這不是很奇怪嗎？難道沒有人會覺得這些死亡案件很可疑嗎？而最令我百思不解的是，涉案死者的死因主要是因爲失血過多，連日來我不斷在網路上搜尋，甚至到圖書館裡翻找相關的書籍，根本沒有資料顯示有任何一種野獸是以吸食血液爲生，他們又怎麼能確定是野獸造成這種死亡現象？我認爲這些所謂的當權者，肯定是在故意隱瞞著什麼。」

而事實上，利用虛假故事掩飾眞相的，是另有其人——

戴維娜在心中暗暗補充道，可惜她不能讓傑森知道這個瘋狂的眞相。而爲免自己會洩露出任何破綻，她只能讓這個話題盡快結束。

「這樣看來，你也調查得挺深入的。不知道的話，還以爲你已經是一位記者。」戴維娜一邊佯裝開玩笑地調侃道，一邊將剛剛酒保送來的啤酒緩緩倒進玻璃杯中，湊到嘴邊連續喝了好幾口。

「眞是抱歉，我是不是對妳們造成困擾了？每次只要看到這些充滿疑點的新聞報導，我就會不由自主想深入了解更多，希望能夠拆解背後的眞相，可能因爲這樣，而造成一種太沉迷的現象吧。」傑森用食指摸摸鼻子，略顯尷尬地露出笑意。雖然他現在還沒眞正當上記者，日常卻已經開始出現這種職業病，讓他更認爲自己是屬於記者這份職業。

「我倒覺得這是好事啊。倘若傑森將來眞的要當上記者，不是很應該要保持這種探求眞相的精神嗎？」埃絲特的眼神裡綻放出欣賞的色彩，對於男友的理想絕對是給予百分百的支持。

「話說回來，傑瑞德是不在學校嗎？我以爲妳會叫他一起過來的。」傑森拿起盤子裡的爆米花放進嘴裡咀嚼，濃郁的焦糖香味肆意在他的味蕾上瀰漫開來，「上次他還主動來跟我聊天，感覺他可以加入我們，成爲四人組合。」

「就是啊，怎麼我發現妳最近跟傑瑞德都沒有任何來往？」埃絲特迅速將焦點轉移到戴維娜的身上，皺起好看的眉頭，奇怪地問道。

「他最近都在忙，而且我很少會主動找他的。」提到傑瑞德，戴維娜的表情明顯有些不自然，之後更有意無意地岔開話題，「別說他了。要跟我分享你們今天的約會旅程嗎？」

看見她的嘴角勉強地擠出笑容，埃絲特和傑森快速交換了一個眼色，心裡清楚知道她和傑瑞德肯定是鬧翻了，於是識相不再在她的面前提起這個名字。

數分鐘後，酒吧的大門再次被打開來。只見走進來的是兩位青年的身影——傑瑞德與雷克斯。

雷克斯輕鬆地吹了聲口哨，眼中跳躍著興奮的火光。酒吧對他來說並不會感到陌生，甚至是一個他很喜歡來的地方。

而傑瑞德的心情卻是截然相反，皺眉擺著一副不悅的表情。他向來就不喜歡人多熱鬧的地方，聽到裡面傳來各種嘈雜的聲音，不禁讓他生起煩厭的情緒。

「這就是你說要來酒吧的原因？」傑瑞德的雙手插著褲袋，隨意地斜睨了旁邊的雷克斯一眼，沒好氣地繼續問道，「只是爲了要看女生？」

他的話說得一點都沒錯。此刻的雷克斯正目不轉睛地注視著一位人類女生，對方有著一把如瀑布般傾瀉而下的金紅色秀髮，身穿性感的黑色洋裝短裙，精緻的臉蛋化上淡淡的妝容。他把眼眸微微瞇起，緊鎖住她的身影，一副想要走過去搭訕的樣子——當然前提是，如果傑瑞德不在旁邊的話。

「當然不是啊。」雷克斯咧嘴而笑，露出整排潔白的牙齒，伸手一把搭上他的肩膀，隨便向他瞎掰了一個理由，「我可是爲了你好，你不知道嗎？偶爾喝喝酒是可以幫助我們壓抑對血液的慾望。」

「你再這樣下去，我看小莎又要來向我抱怨的了。」傑瑞德沒有看著他，只是用意有所指的語氣說道。

「她？爲什麼？」雷克斯皺起眉頭，不解地問道。

傑瑞德只是聳聳肩，沒有回答他的問題。不過有時候他眞的懷疑，雷克斯到底是眞的不理解，還是只是假裝出來而已？

「話說回來，你們提到的那個演出會在幾點開始啊？」

……

通過異常敏銳的聽力，一道清晰的女生嗓音迅速鑽進他的耳際。傑瑞德一下子就認出是屬於誰的，馬上把眼睛掃向聲音來源的方向。果然，他一眼就看見戴維娜坐在十二點鐘的方向，眼神倏地微微收緊，臉色頓時沉了下來。

「雷克斯，我想你已經忘記「我們」是擁有異於常人的聽覺和視覺。」

說完，他便轉身，徑自朝著門口的方向離去。本來雷克斯還不理解他話裡的意思，可當他同樣聽到戴維娜說話的聲音時，便意識到自己的目的被發現了，心裡不禁咒罵自己一句。

「喂，你要去哪裡？」雷克斯迅速跟上他的步伐，抓住他的胳膊問道。

「回學校。」傑瑞德簡潔俐落地回應，臉上不帶絲毫表情。

「既然都已經來了，為什麼不坐下來……」

「雷克斯，我知道你在想什麼。但她只是個人類，不可能和我們成為朋友的。而且她已經表明得很清楚，我們不應該再打擾她的生活。」傑瑞德轉過頭瞪著他，聲音裡莫名帶著一絲怒意。他都不知道自己為什麼要生氣，只是知道——

她不會想看到他們。

「我們現在哪算打擾她啊？我有說要過去跟她打個招呼之類嗎？」雷克斯的樣子依然毫不正經，更饒富意味地向他問道，「還是你想這樣做？」

「我沒有心情跟你開玩笑。」傑瑞德的語氣中分明蘊含著警告的意味，表情冷峻得如同堅固的寒冰，「要不要繼續待在這裡隨你喜歡，但不要算我。」

他冷冷地甩開雷克斯的手，頭也不回地轉身推門離開。

看著他決絕地踏出酒吧的背影，雷克斯把雙手放進上衣的口袋裡，喃喃嘆息道：「哎！你越是這副樣子，不就代表越心虛嗎？」

他不禁轉過頭，目光有意無意地瞟向戴維娜，最後只是無奈地嘆了口氣，轉身徑直離開酒吧。

然而兩人都沒有察覺到在酒吧裡的某個角落，有一雙靈動的眼睛持續盯著他們的身影，眸底隱約湧現某種微妙的情感。從他們走進來的那一刻，她就已經透過良好的聽覺捕捉到他們的聲音，把兩人的對話一字不漏地聽進耳裡。

「本來以爲今晚是個沉悶之夜，得到這個有趣的消息，事情可就變得有趣多了。」那人輕啟嘴唇，喃喃自語，如同羽毛般輕盈的聲音裡盡是饒富興味，「既然在這裡碰到你，那我是不是很應該爲老朋友送上一份見面禮呢？」

說完，一抹不懷好意的笑容自那人的嘴角咧開，視線瞬間轉移到戴維娜所坐的位置上，眼神變得耐人尋味。

◇◇◇

隨著樂團的表演結束已經來到晚上八點。傑森獨自先到停車場取車，打算駛到酒吧門口接載兩位女生。

今晚的夜色非常暗沉，月亮和星光都被雲層完全遮蓋，只有昏暗的街燈照射著距離酒吧不遠的停車場上。與外面喧鬧的街道相比起來，停車場的氣氛安靜得有些不尋常。雖然有不少車輛停泊在此，四周卻空無一人，傑森幾乎能清楚聽見自己的腳步傳來「啪嗒、啪嗒」的聲響。

一陣冷風忽地迎面吹來，使他不由得打了個哆嗦，馬上抓緊身上的外套把自己裹得緊緊的。這個停車場的氣氛怎麼那麼奇怪？空氣冷冰冰的，感覺眞詭異。

想到這裡，他的心頭油然湧現一份不安，立刻加快步伐，朝著埃絲特那輛銀色汽車快步走去。打開車門，他繞過車頭坐進駕駛座上，把鑰匙插進點火器裡，然後用力轉動，將引擎啟動起來。

正當他用雙手操控方向盤，準備把車駛離停車場時，一位少女的身影毫無預兆地出現在前方，嚇得他趕緊踩煞車停下來，車輪與地面的摩擦聲響尖銳又刺耳地響起。

傑森的身體猛地向前一傾，大口地喘息著。待穩住心神，他連忙壓下按鈕解開安全帶，想也不想便推門下車，踏著大步走向那位少女。

「嘿！小姐，妳沒事吧？」他一臉慌張地望著她，緊張的聲音裡帶著些微關心，「妳站在這裡做什麼？這樣很危險的。」

這位女生的年紀看起來與他相若，頂多只有二十歲左右。她擁有精緻的五官和線條分明的輪廓，明亮的黑色瞳孔閃耀著動人的光芒，金蜜色的波浪鬈髮如絲綢般順滑，配搭身上的碎花洋裝裙和棕色短靴，渾身洋溢著成熟高雅的氣質。

「嚇倒你真是不好意思，小帥哥。」她對他展露出優雅的笑顏，嘴裡輕聲地吐出幾句話來，「只是該怎麼辦？我的肚子現在有點餓，而你又剛好在這裡出現……」

「小姐，妳還好吧？」傑森面露困惑的神情，有些迷茫地問道，「妳到底在說些什麼？」

她不語，只是垂下眼睫，低頭輕笑。

「小姐？」

再次聽到他的呼喚，她終於把頭抬起來。可當他重新看見她的樣貌，徒然被嚇得面容失色，身體無法抑制地顫抖起來——她的雙瞳被染成可怕的血紅色，臉部浮現出一條條暴突的黑紋，兩顆森白的獠牙自唇間暴露而出，原本漂亮無暇的臉蛋霎時變得猙獰恐怖。

傑森驚恐地睜大雙眼，害怕得退後幾個步履，後背緊緊地抵靠在車頭上。他伸出食指，指向她那雙渴望著血液的紅眼，聲音抖得非常厲害，無法說出完整的句子。

「老天，妳……妳的眼睛為什麼紅……色……」

彷彿意識到危險隨時降臨，他急忙轉身，拔腿狂奔。沒想到，少女輕盈的身形轉眼間晃動到他的眼前，一下子擋住他逃離的路線。

傑森還沒來得及發出求救聲，她已經張開嘴巴，將兩顆鋒利的獠牙對準他的脖頸用力刺下去，輕易便把他的血管刺破，讓溫熱的鮮血洶湧而出。當感覺到少女正大口地啜飲著自己的血液，他的眼睛頓時瞪得老大，試圖伸手猛力推開她。可惜他並不知道吸血鬼的力量有多麼強大，即使用盡渾身的力氣掙扎，都只是徒勞無功。

由於體內的血液被瘋狂地吸噬著，傑森覺得全身劇痛難耐，呼吸變得越來越困難。他發現身體開始軟弱無力，神智模糊不清，強行撐起的眼皮在漸漸下垂……

「真是抱歉啊，小帥哥。」少女緩緩把獠牙從他的脖子裡拔出，雖然艷紅的鮮血弄髒了她的下巴，但她絲毫沒有介意，只是低低地溢出輕笑，佯裝惋惜地說道，「誰叫你跟那位小女孩是朋友，既然你給了我一個這麼好的機會，不找你來下手就太可惜了。」

她的目光狡猾地一閃，伸手掐住傑森的後頸，將他的前額狠狠磕在車蓋上，繼而把他的屍體隨意扔到一旁。少女用舌頭舔了舔唇上的血液，滿足的笑容毫不掩飾地攀上她的唇角。

她旋身，不急不忙地朝著一輛停泊在附近的紅色轎車走近。打開車門，她彎身快速地坐進駕駛座上，拿起紙巾隨意地擦拭著下巴上的鮮血，然後插入鑰匙發動引擎，俐落地旋轉方向盤揚長而去。

她單手握著方向盤，另一隻手拿起被放在旁邊的手機，手指飛快地在螢幕上輕敲著，隨後從通訊錄中找出傑瑞德的號碼，毫不猶豫地按下簡訊欄的發送鍵。

等到簡訊發送成功，她立刻把手機給關機，重新放回副駕駛座上。

「遊戲就是需要刺激一點才好玩。」她把視線轉移到前方的路面上，雙眸微微瞇起，輕聲喃喃道，「你說對嗎？傑瑞德……」

說完，她的唇畔噙起狡黠的笑意，右腳更用力地踩下油門，讓車子以疾風般的速度向前飛馳。

◇◇◇

離開繁華喧鬧的街道，傑瑞德在某條人煙稀少的小巷上找了一張木製長椅坐下來，抱著雙臂，閉目養神。當手機的信息提示音冷不防地響起，他不禁皺起眉頭，像是對於打擾到他休息感到不滿。他緩緩把手機從褲袋裡掏出，看見螢幕上顯示著一條簡訊的提示消息。

他不假思索地解開螢幕鎖，正要點進去查閱內容時，手機又恰時震動起來——是雷克斯的來電。

他馬上滑動接聽鍵，將聽筒貼到耳邊，漫不經心地問道：「怎麼？還有事嗎？」

「不是說要回學校嗎？」手機彼端傳來雷克斯慣有的玩味語調，「我怎麼卻看見你一個人孤寂地坐在小巷裡啊？」

聞言，傑瑞德即時利用聽覺搜索他的聲音，雙眼精準地掃向三點鐘的方向——雷克斯正斜靠在不遠處的燈柱上，故意地朝他揚手挑眉，咧嘴笑起來。

「那你呢？不是說要待在酒吧裡嗎？」說完，他索性掛斷通訊，把手機放下來。

「雖然我是很希望這樣做，錯過結識女生的機會可是會讓我覺得很可惜。」趁著整條小巷沒有半個人影，雷克斯快速晃動身影，轉眼間來到傑瑞德的面前，裝模作樣地聳聳肩，用一種輕鬆的姿態對他說道，「不過嘛，有時候還是兄弟比較重要。」

傑瑞德從長椅上站起身，不帶任何語氣說道：「既然玩夠就回去吧。我有點累了。」

雷克斯無奈地翻了個白眼，他總覺得傑瑞德最大的缺點就是過於正經，一點都不懂得開玩笑。

正當傑瑞德要把手機塞回褲袋，瞥見紅色提示燈仍然瘋狂地閃爍著，恍然回想起剛剛收到一條簡訊。他皺眉，略微猶豫了一下，最後還是點進去查閱。

但他沒想過收到的消息會是那麼震撼，雙瞳猛然放大，捏著手機的手指微微發緊。

「你在看什麼啊？」察覺到他的臉色變得異常緊繃，於是雷克斯把頭湊上前，目光投落在他的手機螢幕上，「露出一副被嚇倒的樣——」

尚未把話說完，他的眼睛已驚詫地瞪大，臉上的不正經瞬間消失得無影無蹤，取而代之的是肅然的表情——

『酒吧附近的停車場裡充滿著鮮血的味道，要過來一趟嗎？』

「是誰發給你的？」雷克斯斂起眉頭，謹慎地問道。

「不知道。」傑瑞德面露凝重的神色，帶以一種確信的口吻說道，「但我相信，停車場那邊一定是有事發生了。」

眼看他收起手機，轉身要往停車場的方向奔去，雷克斯連忙在身後叫住他。

「喂，我跟你一起去吧。」

「不，幫我聯絡吉爾伯特先生。」他陡然停住腳步，轉回頭對他說道，「要是那邊眞的發生什麼意外，或許需要他利用精神控制向警局和醫院那邊編作故事的。畢竟不會有人相信，在小鎭的鬧區出現野獸襲擊人類這麼荒唐的事。」

接著，傑瑞德沒有絲毫猶豫，繼續朝著通往停車場的方向前進，一股強烈的不祥預感驟然竄上他的心頭。若然眞的有吸血鬼肆意在停車場上殺人，要處理整件事就會變得相當頭痛。

在奔跑的同時，他再次把手機翻出來，嘗試撥打給剛剛發簡訊過來的號碼。可結果正如他所料——對方已經關機，根本沒有辦法打得通，讓他忍不住低低地咒罵了一聲。

吸血鬼。

發簡訊過來的一定是吸血鬼，只是……到底會是誰？為什麼會知道他的手機號碼？又為什麼要故意這樣做？

◇◇◇

戴維娜和埃絲特仍站在酒吧的門口，等待著傑森把車開過來與她們會合。然而十五分鐘已經過去，她們還是沒有看到他回來的身影，心裡開始產生不對勁的感覺。明明停車場離這裡只有五分鐘的路程，照道理來說並不需要花那麼久的時間。

「怎麼樣？還是沒有聯絡到傑森嗎？」看見埃絲特持續撥打著傑森的手機，但似乎一直沒有接通，於是戴維娜忍不住開口詢問。

「嗯。眞是奇怪，他明明說先去取車，卻一直沒有看見他回來，電話又沒有人接聽。」埃絲特將手機從耳邊拿下來，困惑地皺起眉頭。

正當戴維娜準備要答話時，一陣輕微的震動聲突兀響起，令尚未出口的話被硬生生截斷。她下意識地將手機從口袋裡翻出來，看見出現在螢幕上是傑瑞德的名字，心臟不禁漏跳一拍。

他很少會主動聯絡她的，更何況是在她拒絕與他們來往之後，那……會是因爲什麼事而突然打來找她呢？

想到這裡，縱使她的心裡還有些猶豫，但最後還是選擇接聽他的來電。無論原因是什麼，直覺告訴她，他找她肯定是有很重要的事。

「埃絲特，妳等我一下。我先去接個電話。」

言畢，她背對著埃絲特，稍微走遠幾步才把手指滑動至接聽鍵，將聽筒靠放到耳邊。

「嘿！」她小心翼翼地啟唇出聲，或許因爲現在與他的關係變得有些僵硬，她的語氣顯得不太自然，「找我有事嗎？還是因爲……」

「埃絲特在妳的旁邊，對吧？」

「欸？」聽見他劈頭就問起埃絲特，她不由感到一絲古怪，但依然照實回答，「是啊。怎麼了？」

「聽著，有件事我需要妳冷靜下來聽我說。」她能夠從傑瑞德的語氣中聽出些許沉重。停頓半晌，他繼續開口補充，「是關於妳的朋友傑森。」

不知道爲什麼，從他口中聽見傑森這兩個字，戴維娜沒由來地感到不安。莫非是傑森出了什麼事？

「傑森他……」戴維娜用鼻子深深吸一口氣，嗓音無法抑制地顫抖起來，「他怎麼了？」

「他——」她不喜歡這樣。她不喜歡他明明要明確交代話裡的意思，卻在說出一個字後莫名地停頓一下，這樣只會讓她心裡的不安感越發強烈。過了約莫十秒，她終於聽到他用生硬的語氣艱困地擠出剩餘的兩個字，「死了。」

死了——

這兩個駭人的字眼令戴維娜感到如雷轟頂，雙眼猛然瞪得滾圓，表情盡是難以置信的震驚。接著，她快速用眼角的餘光斜瞄埃絲特一眼，避免引起好友的注意，盡量壓低自己的聲量，語氣中卻是前所未有的焦急與慌亂。

「你在開什麼玩笑？傑森不久前才說要去取車，無端端的又怎麼會——」

「妳很清楚我沒有在開玩笑，這件事我不方便在電話裡跟妳講清楚。總之……妳們最好先過來停車場一趟。我想救護車應該很快就會到。」他的語氣從頭到尾都很正經且嚴肅，明顯在證明著這不是一場玩笑。

電話還未掛斷，戴維娜已經率先把手機從耳邊拿下來。她覺得整個腦袋都在嗡嗡作響，思緒被炸得四分五裂，難以正常思考。

「戴維娜？」

發現她一直僵在原地，沒有回過身來，埃絲特顯然感到很困惑，於是出聲呼喚她。不過戴維娜並沒有任何反應，埃絲特索性走過去輕拍她的肩膀，沒想到她卻被嚇得縮起肩膀。

對於她表現出受驚的反應，埃絲特錯愕地眨眨眼睛，關心地問道：「妳沒事吧？有必要嚇成這樣嗎？」

「沒……沒事。」

戴維娜的表情看起來很僵硬，聲音裡洩漏出無法抑制的慌張，但埃絲特沒有特別在意這一點，因爲她心裡始終擔心著傑森的情況。

「不如我們去停車場找傑森吧？我看他這麼久沒有回來，不知道會不會是發生什麼事了，或許他會需要我們的幫忙。」

如果沒有收到傑瑞德打來的電話，她的想法或許會跟埃絲特一樣，認爲傑森只是遇到麻煩需要幫忙。然而這一刻，傑瑞德剛剛說的那句話卻不斷在她的腦海裡重複播放著——

『妳們最好先過來停車場一趟。我想，救護車應該很快就會到。』

戴維娜張開嘴巴想要說話，結果聲音全都卡在喉嚨裡，連半個字都講不出口，最後只是發出「嗯」一聲來回應她。

在前往停車場的路上，戴維娜的心情煎熬到極點，整個胸口都被焦慮與恐懼壓得喘不過氣。儘管她不願意相信傑瑞德的話，卻又清楚他絕對不會拿這種事情來開玩笑。可是她眞的搞不懂，傑森無緣無故又怎麼會……死掉呢？會不會是他們搞錯了？

一陣尖銳刺耳的鳴笛聲由遠而近傳來，劃破了戴維娜凌亂的思緒。順著聲音抬頭望去，她看見一輛救護車和兩輛警車緩緩開到前方不遠處的路邊停下來，刺目的紅色警示燈在車頂上閃個不停，如同在暗示著附近有傷亡的出現。

當救護車的後車門被打開，幾位穿著白色制服的救護人員匆匆抬著擔架床降落地面，朝著停車場的方向急速趕去。

看見救護車突然停靠在路邊，不少路人都懷著好奇心上前圍觀。兩位身穿深藍色制服的警員手疾眼快地來到停車場前，圍上黃色警示帶封鎖現場，阻止任何新聞記者和鎮民試圖進入案發現場。

「噢，怎麼會有救護車和警車停在這裡？是停車場發生什麼意外嗎？」埃絲特疑惑地蹙起雙眉，略感奇怪地問道。

戴維娜陡然停下腳步，忍不住倒抽一口涼氣，翠綠的眼眸裡蕩漾著無盡的恐慌。她不認為自己有勇氣繼續前進，親眼面對那個疑似事實的真相。然而看見埃絲特繼續邁開步伐，想要過去看個究竟，她別無選擇，只能咬牙跟上對方的腳步。

她不能讓埃絲特獨自承受這個打擊。她很清楚傑森對她來說有多麼重要，這件事鐵定會讓她崩潰的……

圍觀的人群以及舉著專業相機的媒體全都聚集在警示帶前，令前面的路變得寸步難行，兩人只能停滯在原地，無法繼續前進。

一股冰冷的恐懼猶如利刃般瘋狂刺著戴維娜的胸口，她用力地吞嚥著口水，像自我安撫般的低喃道：「老天保佑，出事的千萬不要是傑森……」

「嗯？妳是在說什麼嗎？我剛剛有聽到妳提起傑森。」埃絲特側過頭望向她，眼底浮現出疑惑。

「我……傑森他……」

面對著她猜疑的眼神，戴維娜一時答不出話來。她始終說不出口，她沒有辦法把傑森發生的意外告訴她，連她自己都接受不到這麼荒謬的事，埃絲特又怎麼能夠冷靜面對？

「就是這個是男生嗎？」

「長得這麼年輕，眞是可憐。」

就在這個時候，救護人員迅速抬著傷者從停車場走出來，周圍的民衆開始討論紛紛，有的臉上更是露出惋惜的表情。

剛剛隱約聽到戴維娜提起傑森，現在又聽見前面傳來一陣陣嘆息聲，埃絲特無法繼續站在原地等待。她像是猜到什麼似的，不由自主地邁開雙腿，想要從人群中擠到最前面。

她要進去，她需要進去找傑森。

堅定的決心瞬間化成前進的動力，令她左推右擠地鑽到警示帶的最前排。然而當她看到眼前的畫面，整個人卻遭到凍結般僵在原地，表情布滿震驚和錯愕。她的喉嚨像被什麼哽住似的，完全發不出半點聲響。

是傑森——

她淸楚看見躺在擔架床上的人是傑森。他緊閉著雙目，臉色慘白得宛如粉筆一樣，額頭和脖子上都有著滲出血液的傷口。

「我的老天！」埃絲特震驚地瞪大雙眸，抬手掩住嘴巴，高聲呼喊道，「傑森——」

她不顧一切衝進警戒線的範圍，提著急速的步伐走到救護人員的身旁，用雙手緊緊抓住擔架的邊緣。救護人員因爲她的舉動而怔愣一下，稍微放緩前進的動作。

「傑森，這是怎麼回事？你清醒一點，快點睜開眼睛！」

埃絲特用手抓住他的雙肩，使勁地搖撼著，歇斯底里地哭喊起來。但他不但沒有把眼睛張開，更沒有出聲回應，整個人如同失去生命氣息一樣，只是安靜地躺在擔架上。

她急得眼眶發紅，滾燙的淚水在裡面打轉，雙手顫抖得非常厲害。她整顆心被揪痛得難以喘息，不知道傑森到底是遭遇到什麼事情，好端端的他怎麼會傷成這個樣子？

旁邊的救護人員不敢再耽誤工作，連忙著急地詢問：「抱歉，小姐。請問你是死者的……」

「死……死者嗎？」埃絲特手邊的動作頓時僵住，僵硬地抬起頭來看著他，張開顫抖的嘴唇重複道。

「我們對於他的遭遇感到很遺憾，只是……他已經沒了呼吸和心跳。」該名救護人員難過地對她搖頭，口吻裡盡是滿滿的惋惜，「我們證實他已經死亡。」

「不，不會的——」埃絲特不願相信的拚命搖頭，情緒已經接近崩潰的邊緣，激動地對著救護人員喊道，「我是他的女朋友，拜託你們讓我跟上救護車。求求你們快點送他去醫院，一定會有方法救活他的，醫生一定會找到方法的——」

說著說著，她的聲音驟變沙啞，眼底的熱氣最終化為淚水沿著她的臉頰滑落，神情悲痛欲絕。

看見她哭得泣不成聲的，在場的救護人員也於心不忍，互相點頭，像是同意讓她跟上救護車。在他們合力把傑森送進救護車後，埃絲特便立刻走到車上，二話不說地坐在傑森的旁邊，緊緊地握住他冰涼的手，一臉痛心地看著他那張毫無血色的臉龐。

「埃絲特——」

站在救護車外面的戴維娜弱弱地呼喊著她，邁開步伐想要跟上去，希望與埃絲特一同前往醫院。

但其中一位救護人員及時展開手臂攔住她，一臉正色地對她說道：「不好意思，我們只能讓一個人跟上來。」

說完，他快步走上救護車，俐落地把兩扇後車門緊緊關上。戴維娜只能呆呆地站在原地，看著救護車徑直地駛離現場，眼睜睜看著埃絲特和傑森的身影漸漸消失在她的視線中。

微涼的夜風在空中輕輕拂過，讓她忽然覺得很冷，不僅僅是身體感到冰冷，就連心靈都變得空虛寒涼，沒有半分溫度。

「戴維娜。」

聽見一道熟悉的磁性嗓音冷不防地從身後傳來，她僵硬地轉過身，發現映入眼簾是傑瑞德那張深沉凝重的臉孔。他正站在警示帶前望著她，幽深的藍眸裡晃動著一種她讀不懂的情緒。

就在兩人視線交會的瞬間，她再也無法克制自己的情緒，淚水洶湧地奪眶而出。傑瑞德見狀，表情驀然僵住，並沒有想過她會那麼毫無顧忌的在他面前哭出來。只見她粗魯地用手背抹去淚水，然後彎身走出警示帶，踏著急速的步伐朝他走近。

原本圍觀的人群已經被疏散，只剩下警察仍逗留在現場進行搜證和調查。

「你知道什麼的，對吧？告訴我，傑森的事——你一定是知道什麼的，對不對？」不等傑瑞德開口，戴維娜已經急不可耐地詢問著他，嗓音因哭泣而變得沙啞。

直覺發出訊息，讓她覺得傑森的死並不是單純的意外。她需要知道眞相。而她清楚知道，傑瑞德是唯一能夠解答她疑問的人。

「這裡不太方便我們說話，先上車再說吧。」傑瑞德謹慎地偷瞄著幾位站在不遠處的警員，壓低著聲量對她提醒道。

雖然車內的溫度沒有外面那麼冷，戴維娜卻不由自主地拉緊身上的外套。不知道爲什麼，她渾身都覺得很冰冷，彷彿四周的空氣凝結成一層薄霜，讓她產生一種快要窒息的感覺。

經過短暫的沉默，傑瑞德終於張開嘴唇，沉重地擠出一句話：「我懷疑……傑森是被吸血鬼殺的。」

他馬上從口袋裡翻出手機，打開半個小時前收到的簡訊，然後把手機遞給戴維娜。當她看完裡面的內容，不敢置信地瞪大雙眸，眼底明顯劃過一抹驚愕。傑森是被吸血鬼殺的？這怎麼可能？怎麼可能會有吸血鬼明目張膽地在小鎮的鬧區殺人？

「倘若是事實，那這個吸血鬼會是誰？」她側過臉，語帶緊張地追問。

「我不知道。當我回撥這個號碼時，對方已經關機。」傑瑞德懊惱地搖了搖頭，接著凝起神色，換上確信的口吻，篤定地說道，「但顯然這個吸血鬼是有意圖這樣做的。」

「等一下。」戴維娜像是想起什麼一般，急切的聲音顯得頗爲激動，「既然你說傑森是被吸血鬼殺的，我明明記得上次在樹林的時候，你不是用你的血把那個女人救回來嗎？那你爲什麼不——」

「戴維娜，妳要知道當時那個女人尚未斷氣，我的血液能夠讓她的傷口自動復原。」傑瑞德毫不猶豫地截斷她尚未講完的話，神情異常嚴峻，「但我趕到停車場的時候，傑森已經死了。如果硬要把吸血鬼的血液灌輸到他的身上，他到最後只會變成吸血鬼。我相信這樣的結果，也不會是妳想要的。」

戴維娜緊緊地咬著下唇，一股酸澀的痛楚如同潮水般洶湧而上，快要把她給淹沒。這麼說來，是連唯一的方法都不能把傑森救回來嗎？

最後，她不願意再看著他，把視線轉投窗外，努力地深呼吸，強忍著想放肆大哭的衝動。理智告訴她，就算哭也無法改變傑森現在的情況。

傑瑞德側過臉，一言不發地凝望著她。在他印象中的戴維娜是很開朗樂觀，時常都會把笑容掛在嘴邊，現在看到她這麼傷心欲絕，讓他難受得莫名感到悶疼。可是他不懂安慰人，也不懂該說出什麼安慰性質的言語，對於要怎麼平復她的情緒毫無頭緒。想到這裡，他把頭往後仰靠在椅背上，無奈地輕嘆一口氣。

突然間，一陣輕微的震動感從戴維娜的手心傳來。她垂下眼眸，發現握在手裡的手機螢幕發出亮光，來電通知上顯示著「佩恩先生」這個名字——是埃絲特的爸爸。她不假思索地滑動接聽鍵，將聽筒靠放到耳邊。

「佩恩先生，你好。請問埃絲特怎麼樣了？」戴維娜劈頭便詢問好友的狀況，聲音顯得焦急難耐，後來聽聞對方的話，她的神情再次轉為黯然無光，「是嗎？她……需要回家裡住一陣子嗎？沒問題，放心吧，我明天會跟學校那邊交待一聲的。」

切斷通訊，她無力地放下手機，雙眼流露出深切的哀痛。看來醫院那邊已經正式宣布傑森的死訊，那埃絲特該怎麼辦？失去了傑森，失去了一個對她這麼重要的人，她要怎麼承受這種傷痛？

「她住在哪裡？」傑瑞德沉穩的嗓音喚回她的注意力，看見她面露迷茫地望著他，於是不自然地補充一句，「我指埃絲特。」

原來他知道，她希望過去找埃絲特……

她愣怔地看著他，微微張嘴，生硬地擠出兩個字：「謝謝。」

「眞搞不懂，明明不想把妳牽扯進來，可爲什麼發生在妳身邊的事卻總是與吸血鬼有關？」丟下這番充滿挫敗與無奈的話，他便發動引擎，輕踩油門，雙手轉動方向盤，讓車子緩緩向前行駛。

由於埃絲特現在尚未離開醫院，於是傑瑞德便載著戴維娜先在附近的街道繞幾個圈。等她收到對方已回家的消息，他才改變行駛的方向，朝著她提供的地址平穩駛去。

一路上，戴維娜心不在焉地看著窗外急速倒退的風景，腦海裡不停迴盪著傑瑞德剛剛說的那番話。他說得一點都沒錯，夢裡的事跟吸血鬼有關已經讓她覺得很困擾，所以她才會那麼不想與吸血鬼再扯上任何關係，不想和傑瑞德他們再有任何接觸。可現在呢？傑森卻是因爲吸血鬼而死去，這點眞是有夠諷刺。

而傑瑞德的雙眼則守法地注視著路面，偶爾會有意無意地瞄她一眼，但兩人全程都保持沉默，沒有交談半句。傑森被殺一事，讓他們的心情都異常沉重，根本沒有任何言語能夠表達兩人此刻的感受。

隨著時間緩緩流逝，車子在不久便順利抵達位於埃絲特家門前的車道上。

「需要我在這裡等妳嗎？」推門下車後，傑瑞德把雙手插進褲袋裡，對著從另一端下車的戴維娜問道。

「不用了，我今晚大概會在埃絲特的家裡住一個晚上。發生了這種事，我也不希望讓她自己一個人胡思亂想。」戴維娜想也沒想便搖頭拒絕，從嘴角扯開一抹僵硬的弧度，語帶感激地對他說道，「謝謝你載我來這裡，你就先回去吧。」

說完，她便轉身，邁開沉重的腳步朝著埃絲特的住所前進。來到門廊前，她伸手按下門鈴。約莫等待十秒，原本緊閉的大門被緩緩打開來，映入眼簾是一位身穿棕色外套、黑色長褲的中年男人。他的臉色看起來有些憔悴，眼裡帶著濃厚的疲憊和憂傷。

「佩恩先生，你好。」戴維娜禮貌地朝他微微鞠躬，臉上盡是掩不住的憂色。

「進來吧。」

他輕啟嘴唇，用乾澀的嗓音說道，然後微微側身，讓她跨越門檻走進室內，接著把門從身後關上。

「埃絲特就在房間裡。從醫院回來後，她一直把自己關在裡面，不吃不喝的，只是坐在床上發呆，也沒有哭過，更沒有說過半句話。」佩恩先生的表情很是痛心。想起女兒那副傷心到麻木的模樣，他不由深深嘆息一聲，緊鎖著眉頭說道，「戴維娜，請妳幫我勸勸她吧。」

「我會試試看的。」

戴維娜雖然口裡是這樣說，事實上對於如何安慰埃絲特完全沒有頭緒。傑森的死訊對她來說是個很沉重的打擊，換作是誰，都無法在短時間內平復這份傷痛。

踏上樓梯的每一步，她覺得雙腿都像灌鉛般舉步艱難，尤其知道傑森的死是跟吸血鬼有關，心情更爲複雜。即使面對埃絲特，卻又不能把事情的眞相全盤托出，這種感覺眞是他媽的糟糕。

順利抵達二樓，她發現埃絲特的房門半開著沒有關上，於是曲起指節輕輕敲門，沒有等對方回應便徑自推門而進。

只見埃絲特雙手抱膝的坐在床上，金色秀髮顯得頗爲凌亂。她從醫院回來後並沒有更換衣服，上面還沾染著星星點點的血跡。而她此刻正呆滯地望著前方某一點，目光像失去聚焦般空洞無神，布滿乾涸淚痕的臉龐不見一絲情緒。

看著她這副失魂落魄的模樣，戴維娜感覺心臟像被一隻無形的大手狠狠揪住一般，痛得快要窒息。

「埃絲特……」她小心翼翼地走到對方的身旁坐下，輕輕呼喚著她的名字。

埃絲特沒有半點反應，也沒有抬眼望向她，彷彿當她是空氣一般透明，並不是眞實存在。

「埃絲特，傑森的事……沒有人希望發生的，妳不要太難過。」戴維娜出聲試圖安撫她悲傷的心情，眼中的擔憂沒有減少過半分。

埃絲特依然沒有給予任何回應，可當聽見「傑森」兩個字，戴維娜察覺到她的身體在微微發抖，像是感到很害怕似的。

「埃絲特，拜託妳不要這樣好嗎？妳可以抱著我大哭一場，也可以選擇說說話。不僅僅是我，妳爸也很擔心妳，妳知道嗎？」她抬手輕撫著埃絲特的後背，心疼地安慰著她。

「戴維娜……」埃絲特艱澀地張開嘴唇，用沙啞且顫抖的聲線呼喊著她的名字，晶瑩的淚水在眼眶裡不停打轉著，「妳說過……就算我媽不能經常陪在我身邊，我還有妳、爸和傑……傑森，可是現在傑森死了，他……他死了。爲什麼他會死的……」

說到這裡，她忍不住哽咽起來，眼淚像斷線的珠子般潸然而下，看得戴維娜一陣心酸，馬上輕擁著她的肩膀，柔聲哄道：「哭出來吧，哭出來會舒服一點的。」

埃絲特毫不猶豫地撲進她的懷裡，雙手緊緊抓住她的衣領，嚎啕痛哭道：「到底怎麼會這樣？怎麼……突然會這樣的？傑森他……他……」

她再也無法繼續往下說，情緒再次潰堤，纖細的雙肩隨著抽泣而不停抖動。戴維娜難過地咬緊下唇，用手輕輕拍著她的後背。她知道現在沒有任何言語，能夠撫平埃絲特心中的悲痛，能做的只是給予她無聲的慰藉。

而戴維娜並不知道，其實傑瑞德依然站在屋子外面，一直沒有離開。他背靠車身，抬頭看著那扇亮著燈的窗戶。通過吸血鬼敏銳的聽力，他自然將兩位女孩全程的對話一字不漏地收進耳裡。尤其聽到埃絲特放聲大哭時，他的神情更是漸漸黯淡下來。

傑森……

不久前，這位人類男孩才跟他分享了自己的故事，以及對於報導事情眞相的看法，沒想到他還沒等到機會實現自己的理想，就已經……

眞是他媽的該死！

即使他是吸血鬼，擁有不可思議的超自然力量，卻始終沒有辦法阻止人類不斷被同族殺害。看來他從一開始就不應該接近戴維娜，吸血鬼只會給人類帶來無盡的傷害，這個道理他是十分清楚的，難道不是嗎？

懷著沉重的心情回到宅邸，傑瑞德一直坐在客廳的沙發上，把雙手交疊在大腿側，露出沉思的神色。他就這樣靜默地坐著快將近一個小時，沒有開口說過半句話。

雷克斯和卡瑞莎默默站在一旁，快速地互換一個擔憂的眼神。雖然傑瑞德向來不愛說話，可他很少會陷入這種讓人窒息的沉默中，一點都不像平常冷靜處事的他。

「傑瑞德，你……沒事吧？」卡瑞莎小心翼翼地邁開雙腿走近他，試探性地問道。

他只是搖頭，沒有抬眼看她，也沒有出聲回應。

「其實那個男生的事你也不用過於自責，你也不希望這件事發生，我們……也沒有辦法來得及阻止。」雷克斯實在難以忍受這種壓抑的氛圍，忍不住出言安慰。

「如其說自責，倒不如說是擔心。」傑瑞德總算開口對他們吐露出心聲，聲音聽起來既疲累又無力，正如他此刻的心情，「本來接近戴維娜，只是想盡快查出萊特爾先生的死因，沒想過會令她的朋友遭遇不測。我只是怕，下一個受到傷害的會是她。」

雷克斯張開嘴唇，本來還想說些什麼，但看見他整張臉被一層陰沉的晦暗覆蓋著，最後決定把話全都嚥回喉嚨裡。

「對了，吉爾伯特先生還沒回來嗎？」傑瑞德抬頭看著卡瑞莎，略顯疑惑地問道。

「還沒。」她把雙手交疊在胸前，輕輕搖頭，神情轉為認真，「今晚的事，警方似乎懷疑不像是普通的交通意外，所以他需要穩定那邊的情況，打消他們這種念頭。」

就在卡瑞莎的話音剛落，一部被放置在白色茶几上的手機忽然發出輕微的震動。傑瑞德將它拿起來一看，發現螢幕上顯示著一連串陌生的電話號碼。他輕蹙眉頭，猶豫片刻才謹慎地按下接聽鍵。

「誰？」

他沒有預期得到回應，只是聽見彼端傳來一陣優美悅耳的鋼琴聲，節奏時快時慢，旋律輕柔，同時又帶著淡淡的憂傷——

是貝多芬的《獻給愛麗絲》。

聽著耳熟的鋼琴旋律，傑瑞德的腦海裡自然而然地浮現出一幕片段，那是一段遙遠卻清晰的記憶。

在一台黑色三角鋼琴前坐著一位年輕貌美的女子，她纖細的手指在黑白琴鍵上輕輕躍動著，清澈柔美的琴聲從她指縫間流出，而她當時彈奏的歌曲正是《獻給愛麗絲》。

回憶起這幕畫面，一個震撼的想法自他的心底油然而生，雙眼頓時瞪得滾圓。不可能的，彈琴的人該不會是——

伴隨著最後一個音符緩緩落下，一道如銀鈴般清脆的女聲迅速傳進他的耳際，語聲裡溢滿著淺淺的笑意：「還記得這首曲子嗎？那可是我最喜歡的。」

「尤妮絲？」

傑瑞德的眼底掠過一抹驚愕，下意識地呼喊出這個久違的名字。果然是她。曾經的尤妮絲最喜歡彈鋼琴，他記得以前常常會聽到她彈奏這首曲子。

「嗯哼，你沒有把我給忘記，看來我在你心目中還是占據著一個很重要的位置。」尤妮絲的聲音愉悅到提高幾個音階，語氣裡分明帶著濃厚的得意，「喜歡今天的見面禮嗎？純正的人類鮮血總是令人愛不釋手啊。」

她的話讓傑瑞德震撼到極致，臉色霎時難看到極點：「這麼說來，難道殺他的是……」

「就像你想的那樣，本來我還在考慮今晚要挑誰下手，沒想到給我在停車場上遇到那個傻小子，讓我享用了一頓美味的晚餐。」尤妮絲輕佻的言語蘊含著毫無掩飾的輕蔑，「你不會是覺得很驚訝吧？吸血鬼喝人血不是很正常嗎？該不會你到現在還是靠著動物血液來維持生命吧？」

「妳到底想怎樣？」傑瑞德沒有被她挑釁性的話語影響，恢復一貫的冷靜，直截了當地問道，「妳這樣做的目的是什麼？你來這個小鎮又是爲了什麼？」

「也沒什麼。」她用漫不經心的口吻回應他，「只是塞貝斯覺得布克頓鎮是個很好玩的地方，打算在這個鎮上待上一段時間。這樣看來，我們之後應該會有很多見面的機會。」

「妳居然和塞貝斯混在一起？」傑瑞德微微瞇起眼睛，聲音裡沒有透出半點情緒。

「起碼跟他站在同一陣線上，我不需要像你一樣壓抑吸血鬼的本性，難道不是嗎？」尤妮絲每一個字都說得理直氣壯，並不認爲自己的想法或做的事情是錯誤的。

「所以就應該要傷害無辜的人類來換取妳的快樂？」傑瑞德冷言反問。他簡直覺得尤妮絲很不可理喻，對於她現在做的事情完全無法理解，明明他曾經認識的她……並不是這麼無情的。

「傑瑞德，哪有吸血鬼會不傷害人類的？想想看，曾經的你不也是這樣嗎？」尤妮絲企圖喚起他過往墮入黑暗的回憶，刻意把音調拉高幾分，「曾經的你，不也是爲了人血而瘋狂得喪失理智嗎？」

傑瑞德的身體猛然一震，並沒有想過她會提起這件事，提起他……曾經殺戮過人類的事實。

「你知道嗎？塞貝斯總是說，很想用一種特別的方式跟你見面。」尤妮絲低低地輕笑出聲，語調略帶幾分誘惑的味道，「我很想念你，傑瑞德。真期待我們見面的日子。」

下一秒，手機彼端傳來的僅剩「嘟嘟」的機械語音。毫無疑問，對方已經把電話給掛斷了。傑瑞德緩緩放下手機，表情變得冷硬緊繃，全身散發著冷冽得令人凍結的氣息，讓室內的氣氛剎那間嚴肅凝重起來。

「我的上帝，沒想到居然是尤妮絲。」卡瑞莎的聲音聽起來頗爲驚訝。她會產生這種情緒並不奇怪，畢竟以前的尤妮絲是絕對不可能隨意殺人的。

「更讓我意想不到的是，她竟然會跑去加入塞貝斯的陣營。」

雷克斯有意無意地把視線投射到傑瑞德的身上，但後者沒有回望他一眼，也沒有參與他們的對話。

不過很明顯，他們兩個已經將他跟尤妮絲的談話內容聽得一清二楚。

傑瑞德一語不發地從沙發上站起來，轉身往樓梯的方向前進。雷克斯和卡瑞莎互相對視一眼，眸中同時劃過些許迷茫。

「傑瑞德，你是要去哪裡？」卡瑞莎疑惑地問道。

「我很累，現在只想休息。」他沒有停下步履，只是簡潔地出聲回應。

她看著他安靜地沿著樓梯往上走，直到背影消失在轉角處才把視線收回來，表情透露出無法掩飾的擔憂。

「今晚的事讓他不知道以後該怎麼面對戴維娜，怎麼面對她朋友被殺的事。而現在又知道事情是尤妮絲的所作所爲，我想他的頭已經痛到快爆炸了。」雷克斯長長地吐出一聲嘆息，將兩手插進上衣的口袋裡，看著卡瑞莎說道，「就隨他吧。現在他最需要的，是獨自思考的空間。」

「你覺得尤妮絲是因爲知道戴維娜認識我們，才會向她身邊的人動手嗎？」卡瑞莎皺眉回望著他，盤踞在心頭上的不安久久都無法消散。

雷克斯聳聳肩表示沒有頭緒：「我想傑瑞德也在擔心這個問題。」

說完，他的目光轉投到窗外，望著暗沉的夜色，眼神顯得若有所思。月亮躲藏在薄薄的雲層中，令天空沒有半分光彩，只有一片漆黑。在這種孤寂的時分，每個人的心情都複雜至極，看來會是一個既漫長又難熬的夜晚。

第七章　接受「他們」的世界

早晨時分，和煦的陽光從天空灑落下來，爲大地覆上一層金色耀眼的光芒。在一片湛藍無際的天空中，幾片如棉花似的雲朵在輕輕飄浮著，看來是個風和日麗的美好天氣。

透過車窗望著外面美麗的天空，戴維娜卻無法感到開心起來。現在只要想起昨晚發生的事，她心裡就會感到難過沮喪。本來是希望能跟朋友擁有共同美好的大學生活，想不到來到學校還不夠一個月，傑森卻死了。她不知道到底是什麼吸血鬼要殺傑森，難不成也是和她的夢境有關嗎？

她真的不知道，現在的她根本什麼都想不透——

「小姐，已經到了。」突然間，一道粗厚的噪音將她從混沌的思緒中拉回來。

「噢。」戴維娜茫然地四處張望，恍然發現原來已經抵達學校。她馬上從口袋裡翻出三十塊錢遞給前面的司機，有禮地說道，「謝謝，不用找了。」

之後她便推門下車，將紅色手提包掛到肩上。本來佩恩先生提議開車載她回去學校的，但她始終不放心讓埃絲特獨自待在家裡，所以拒絕了他，自己乘坐計程車回來。

在前往教學樓的途中，兩位打扮簡約清爽的女生迎面走來，與戴維娜擦身而過。看著她們愉快地聊著天，露出開懷大笑的臉孔，讓她不由自主地回想起開學當天，與埃絲特一同走進校園的情形。只是此刻，她的心情已經不像當時那麼快樂、那麼安心。想到這裡，她重重地嘆了口氣，緊接著加快腳步，向著通往教學樓的路徑繼續前進。

帶著疲憊的心情走進教室，戴維娜隨意找了一個空位置坐下來，周圍的同學都在有說有笑地閒聊著，只有她擺出一副悶悶不樂的模樣。不久，她彷彿想起什麼一般，連忙抬起頭，眼睛往左右來回張望。奇怪的是，她沒有在教室裡找到傑瑞德的身影。起初，她以爲他只是沒有心情來上課，因此沒有特別在意。

然而日子一天一天過去，傑瑞德和雷克斯始終沒有在學校裡出現過。她當然有嘗試聯絡他們，但手機持續沒有人接聽。她不知道爲什麼他們會突然一聲不吭地消失了，只知道內心覺得很空虛寂寞，明明發生了一場令人難過的意外，卻沒有一個人……可以陪在她的身邊。

晚上，她獨自待在寢室裡，雙手抱膝坐在床上，雙眼一直盯著放在旁邊的手機。她在心裡猶豫了許久，最後還是決定要再次打給傑瑞德。她覺得就算只是在手機裡留言給他，也希望讓他知道一些心底話。

「嘿！傑瑞德，是我啊，戴維娜。我知道，我曾經說過不想跟你們再有任何關係，只是在發生傑森的事情後，我每天都覺得很不安，擔心和恐懼的情緒不停纏繞著我，讓我沒有一天能夠放鬆下來。」戴維娜把堆積在心底的話全都傾訴而出，最後重重地吐出一口氣，緩緩補上一句，「就……請你回個電話給我，好嗎？」

就這樣，一個星期靜悄悄地過去了。戴維娜依然沒有看到傑瑞德和雷克斯的身影，他們兩個就像人間蒸發一樣，沒有人知道他們的消息，更沒有人看過他們在學校裡出現。但她沒有放棄，每天還是會堅持留言給傑瑞德，每天都在等待他的來電，期待著他會打一通電話過來。

當然，那只是她希望而已。

另一方面，埃絲特也重新回到學校裡上課，可她不再像平常那樣，會主動跟戴維娜聊天說話，只是偶爾才會開口回應一兩句。她也不像從前那樣開朗愛笑，反而變得有些沉默寡言，甚至有時候只是在強顏歡笑。戴維娜作為她的摯友，除了默默陪伴在她的身邊，也不知道能為她做些什麼。或許現在就只有時間才能夠沖淡一切，讓所有的悲傷都隨著時間慢慢消失。

某天深夜，戴維娜深陷在柔軟的床鋪中，本來正睡得深沉安穩。可惜那個夢偏偏再度前來打擾她，令她的雙眉緊緊地蹙起，面容因痛苦而變得扭曲。沒想到這一次，它居然直接將她帶進上次斷掉的畫面裡。

那個男人從萊特爾身上取出一顆晶瑩璀璨的鑽石後，一直沉默地蹲在地上，雙眼專注地端詳著那顆鑽石。直至聽見身後傳來一陣輕細的腳步聲，他才站起來，但沒有轉身面向來者，所以戴維娜依然只能捕捉到他的背影。

「弗羅拉，這就是妳口中說的那顆鑽石嗎？」他的聲音沙啞難聽，如同破損的金屬在互相摩擦，令人聽著很不舒服。

他沒有即時得到對方的回應，不過身後的腳步聲已經離他越來越近。終於，戴維娜能夠清楚看見出現的是一位膚色黝黑的女人──她的黑色短髮屬於自然蓬鬆的爆炸鬈，一雙深棕色的瞳孔正散發著幽深的光澤。她一路走到男人的身旁停下來，接過他手中的鑽石，並帶著一種審視的目光看著它。

片刻後，她的視線才轉移到他的身上，很確定地點頭，用幽幽的聲音回答：「就是這顆鑽石。」說完，她安靜地蹲下身，以食指指尖隨意沾上萊特爾的血液，用他的血在地上畫了一個圓圈，然後在裡面畫上一個五角星圖案，最後在每個角內畫上不同的希臘符號。

完成後，她輕輕把鑽石放在五角星的中央，從容地站起身，並從口袋裡掏出一把短匕首，在掌心上狠狠劃下一刀，色澤如紅寶石般鮮艷的血液隨即洶湧而出。她緩緩閉上雙眼，嘴裡喃喃地重複著幾句深奧難懂的咒語。

伴隨著咒語聲響起，血液往下一滴一滴地滴落在鑽石的上方。神奇的是，它居然像融化般慢慢滲入到鑽石裡，繼而消失不見。

不一會兒，她把眼睛睜開，聲調平穩地說道：「完成了。現在不會有人再追蹤到這顆鑽石的下落，你可以放心。」

隨著她的話音落下，戴維娜驀然睜開眼睛，慌亂地從床上坐起身，用力地吞嚥著口水，腦海裡不停回想著剛剛夢到的畫面。弗羅拉？她是誰？女巫嗎？那跟她說話的男人又是誰？在夢裡出現的鑽石又到底是什麼東西來的？

想到這些問題，她兩道眉毛皺得越來越緊，心底剎那間湧現出一連串的疑問。雖然現在越來越接近夢境的祕密，可她始終搞不清楚當中牽涉的人物，以及當時發生的事情。如果她現在能夠找到傑瑞德，那該有多好？

各種煩心的事一直困擾著戴維娜，讓她無論做什麼都無法提起勁來。就算她想要思考，腦中的思緒卻像漿糊一樣黏稠混亂，不管任何問題都無法得到解答。

隔日早晨，戴維娜到盥洗室梳洗完畢後，回到書桌前收拾著待會上課要用的物品。她習慣性地點亮手機螢幕查看一下，但上面依然沒有顯示任何來電通知，心裡難免感到失落。她沮喪地輕嘆一口氣，把手機重新放回口袋裡，然後離開寢室。

走出宿舍大樓，她一臉沒精打采地朝著教學樓的方向前進，沒想到卻在中途發現一抹熟悉窈窕的身影——穿著深藍色絲質上衣，配搭淺色牛仔褲的卡瑞莎正站在前面的路上。當後者察覺到她的時候，對她露出淺淺的笑容，轉身慢慢朝著她走去。

「卡……卡瑞莎？」戴維娜的眼中微露驚訝，下意識地呼喊道。

「會耽誤到妳上課嗎？」卡瑞莎來到她的面前停步，嘴角泛起溫柔的微笑，對她說道，「我們找個地方聊一聊吧。」

接著，她們來到旁邊一條寧靜的小徑並肩緩步而行。走著走著，卡瑞莎在一棵茂密盛開的大樹前收住腳步，轉過身來面向戴維娜。由於現在沒有人經過這裡，她認為是個最適合她們談話的時機。

「妳是特地來找我的嗎？」戴維娜抬頭看著卡瑞莎，不確定地問道。

「難不成我是來這裡參觀校園嗎？」卡瑞莎無奈地瞥她一眼，撇撇嘴反問。

「那……傑瑞德和雷克斯呢？」戴維娜小心翼翼地開口探問，一邊謹慎地觀察著她臉上的表情，一邊繼續追問下去，「他們整個星期都沒有在學校裡出現過，是發生什麼事了嗎？」

那絕對不是她的錯覺，卡瑞莎的表情變得略顯凝重，慢慢收起嘴角上揚的弧度。她沒有馬上回答，而是陷入一陣短暫的沉默中。坦白說，戴維娜實在很討厭這種突如其來的寂靜，彷彿在暗示著發生了某種不好的事情，自然會讓她產生一種莫名的不安。

「他們不會再出現了。」卡瑞莎把視線飄向不知的遠方，意味不明地回答。

「什麼？為什麼？」戴維娜先是感到愕然，待反應過來後，急切地補充道，「我的意思是，不會是因為我之前說過不想跟他們有任何關係而……」

「不關妳的事，真的。」卡瑞莎毫不猶豫地對她搖頭，無奈的語氣中摻雜著難以說明的擔憂，「是因爲我們怕如果再接觸妳，會讓妳的處境變得更危險。」

「什麼意思？」戴維娜面露迷茫的神色，困惑地追問。

「本來我是沒有打算要細說的，但如果妳對這件事感興趣的話，讓妳知道也不是一件壞事。」卡瑞莎無所謂地聳聳肩，然後轉身面向粗壯的大樹，語聲溫和且沉重，「七十多年前，我們有一個朋友叫塞貝斯。他本來是跟我們一樣，願意跟人類和平共處，不希望吸血鬼的出現會影響到他們的安全。可惜後來他在一次意外中，被人類發現了吸血鬼的身分。他們把他抓起來，關進一個密封的地牢裡，迫他供出其他吸血鬼所在的位置，想要一併把我們給收拾掉。」

戴維娜安靜地聆聽著卡瑞莎訴說的往事，沒有發出半點聲音打擾她。

「塞貝斯不肯說，他們就用盡所有殘酷的方法，以大量馬鞭草和木樁來折磨他，甚至脫走他的破曉指環，利用太陽來燒傷他。雖然塞貝斯最後成功逃脫，但經過那次意外，他變得十分痛恨人類，於是決定不再壓抑吸血鬼的本性，隨意撕破人類的喉嚨進食他們的血液，因爲他認爲就算他對人類保留該有的仁慈，人類一旦發現他的身分就會出手傷害他。由於他跟我們的想法出現了分歧，最後就選擇離開我們。」

戴維娜的表情浮現出些許疑惑，改以慎重的語氣探問：「妳會告訴我這件事，是因爲他殺死傑森的嗎？」

「不，不是他。而是一位叫尤妮絲的吸血鬼，她曾經和傑瑞德的關係很親密的，他都把她當成妹妹看待，只是她和塞貝斯一樣都很痛恨人類。她的父母是人類來的，只有她一個被轉化成吸血鬼，然而她的父母最終是被人類逼到走上尋死的絕路。她恨人類的殘忍，恨他們的自私。就因爲抱著這種怨恨的情緒，導致現在的她根本不在乎人類的死活，對於殺人這種行爲很樂在其中。」話到此處，卡瑞莎不禁喟然嘆息，轉回身面對她。

「可傑森是無辜的，他從來沒有做過任何傷天害理的事，她這樣濫殺無辜，難道妳不覺得很有問題嗎？」戴維娜的音量不自覺地拔高了一些，情緒變得頗爲激動，「這是一條人命來的。」

「這就是問題所在，戴維娜。我們就是怕他們注意到妳跟我們一直有聯繫，才會刻意傷害妳身邊的人，打算利用妳來威脅我們。傑瑞德認爲如果不是因爲他的話，妳的朋友或許就不會……」

卡瑞莎沒有繼續說下去，因爲她知道人類都不喜歡聽到「死」這個字眼，於是選擇把話題轉移開來：「他不想妳因爲我們而遇到生命危險，因此認爲不應該再跟妳有任何接觸。更何況，我們都希望能夠盡快找出尤妮絲和塞貝斯的位置，在他們試圖傷害更多人類之前。」

「這麼說來，難道之前那些動物襲擊……」

「我們暫時無法查證是不是他們做的，要是能夠找到他們問個清楚當然是最好。」

「那……或許我可以試著幫你們，我的意思是任何事情都可以。再怎麼說，我已經知道你們的事，而一直以來纏繞著我的夢境又是跟你們有關的，我現在又怎麼能假裝什麼事都沒有發生過一樣？更何況傑森也是因爲……」

說到這裡，戴維娜驟然停頓下來，略顯哀傷地垂下眼簾，緊緊咬著自己的嘴唇。這麼說也是，傑森就是因爲吸血鬼而死的，她根本就不了解吸血鬼，不了解他們的世界。雖然她很清楚，卡瑞莎他們是不會傷害人類，可就像她剛剛說的，他們的世界可是存在著會殺人的吸血鬼。而她只是一個人類，身爲人類又怎麼有能力跟吸血鬼對抗？

「戴維娜，妳不懂我們的世界。站在吸血鬼的角度，人類就是獵物。簡單點來說，人類跟吸血鬼接觸通常不會有什麼好下場的。」卡瑞莎搖著頭繼續解釋，目光直直地投向戴維娜，複雜的眼神裡晃動著她讀不懂的情緒，「妳不屬於我們的世界，也不應該接觸我們的世界，這是爲了妳好。」

「可是……」

戴維娜很想找理由反駁，但實際上根本沒有任何具說服力的理由，因爲她心裡很清楚卡瑞莎講的是實話。人類又怎麼能跟把他們當成獵物的吸血鬼以朋友的方式相處？又怎麼能夠清楚理解他們的世界？

最後她選擇暫時撇開這些想法。因爲此刻，她必須要先把一件很重要的事情告訴卡瑞莎。

「卡瑞莎。」戴維娜抬起眼眸看著她，一臉正色地說道，「因爲我一直找不到傑瑞德，所以有件事需要拜託妳轉達給他們。」

「是關於妳的夢境？」卡瑞莎微微皺眉，進一步問道。

「嗯。」

與戴維娜分開後，卡瑞莎快步朝著一輛銀色私家車走近，利用遙控鑰匙將車門打開，並迅速坐進駕駛座上。關上車門，她馬上掏出手機，毫不猶豫地撥打給她的父親。

「喂，爸，你認識一位叫弗羅拉的女巫嗎？」待電話被接通，卡瑞莎急不可耐地率先發問。稍微停頓一下，她以愼重的語氣繼續說道，「或許萊特爾先生的事，與她有關。」

◇◇◇

坐在教室裡的戴維娜單手托著頭，眼神放空的望著窗外，卡瑞莎剛才的話一直在腦海裡盤旋著。她說萊特爾從來沒有向他們提過關於鑽石的事，那藏在他身上那顆鑽石到底是怎麼得來的？爲什麼弗羅拉和那個男人會需要得到這顆鑽石？

當一陣沉穩規律的腳步聲自教室門口傳來，她陡然從沉思中回過神來，抬頭一看，發現穿著黑色西裝的葛蘭教授踏著大步走進來。

他把一本厚得如字典般的書籍放在講桌上，眼鏡後面的雙眸飛快地環顧教室一周，看起來像是在尋找某個人的身影。

「看來賽柏特先生今天還是沒有出現，對嗎？」葛蘭教授推了推鼻樑上的黑色粗框眼鏡，望著坐在教室裡的學生們問道。

一股沉寂頓時在空氣中瀰漫開來，大家只是面面相覷，沒有開口回答，顯然沒有人看過傑瑞德的出現，更沒有人知道他到底身在何方。

「這樣嗎？已經連續第八天了。」葛蘭教授無聲地輕嘆口氣，嘴裡喃喃自語道。接著他轉身，拿起黑色墨水筆在白板上寫上文字，重拾平穩的聲調開始授課，「好了，我們就在上一節還沒講完的課題開始……」

儘管戴維娜已經把桌上的書本打開，視線卻是看著旁邊空空的座位，心思完全不在課堂上。以前傑瑞德走進來都會很自然地坐在她的旁邊，但以後……

他卻不會再出現了。

下課後，戴維娜抱著厚重的課本走在喧囂嘈雜的走廊上，恰好碰見埃絲特正站在不遠處跟兩位女生輕鬆地交談著。雖然她不知道她們在聊些什麼，但難得看見埃絲特的臉上露出久違的笑容，著實讓她打心底裡感到安慰。

當埃絲特瞥見好友的身影，便有禮貌地朝兩位女生揮手道別，然後向著戴維娜的方向邁步而去，微微提起一邊嘴角。

「妳的心情看起來好像很不錯。」戴維娜主動迎上前去，笑著對她說道。

「妳又不是不知道，自從大家知道傑森的死訊後，都會想盡辦法逗我開心。」埃絲特無奈地聳聳肩，嘴角的笑容滲透出一絲苦澀。

「這就足以證明，妳身邊是有很多人在關心妳的。」戴維娜很自然地挽住她的手臂，希望透過這個動作讓她感受到一絲溫暖。

「我知道，只是我還需要一點時間整理情緒，讓自己試著忘記那份哀傷，重新回到正常的生活。」埃絲特對她擠出一抹沒有那麼難看的笑容，隨後眼睛往四周掃視一圈，略感奇怪地問道，「對了，我怎麼最近都沒有看到傑瑞德？」

「他……」當聽見傑瑞德這三個字，戴維娜的神色悄然黯淡下來，聲音裡隱含著些許沮喪，「我也不是很清楚。」

說不清楚當然是在撒謊，可她又怎麼能向埃絲特解釋關於傑瑞德的事？她可以用什麼理由解釋他不會再出現這一點？

況且，現在只要提到傑瑞德，她很自然便會想起早上與卡瑞莎的對話。想到以後再也不會看見他，胸腔莫名瀰漫著一股失落和悵然。

或許在她的心裡，早已經把他放在朋友的位置上，只是她不願意承認而已。

◇◇◇

莫爾瑪第五大街是一條高級住宅林立的街道，四周的環境幽靜舒適，道路相當寬敞，而且距離大型市集只需十五分鐘的路程，位置非常便利。

在街道中段，有一座兩層高、紅白相間的獨棟房屋矗立在馬路邊緣。它的設計風格古樸簡約，屋頂呈人字形陡坡，上面鋪蓋著棕色的瓦片。外牆用紅色的磚塊砌成，濃厚的懷舊色澤看起來充滿著英倫的風情。

此時此刻，房屋裡正傳來與建築格調互相配搭的優雅古典旋律。對於懂得欣賞古典樂的人來說，自然是一份很享受的樂趣，但對於不鍾情的人來說，卻會生起煩厭的情緒。

聽著樓下傳來古典音樂作曲家——莫札特的「小步舞曲」，待在房間裡的男生明顯露出不耐煩的表情。他正站在一面全身鏡前，謹慎地整理著往後梳起的黑色短髮，外貌在鏡子的反射下一覽無遺——白皙的臉龐稜角分明，美麗的茵綠色瞳孔閃爍著自信動人的光芒。雖然他的雙眼下緣有著淺淺的臥蠶，卻絲毫不影響俊秀的面容，反而增添一份深邃的味道。

他轉身拿起床上一件黑色皮褸，把它穿上後，便扭開門鎖，步伐穩健地離開房間。他緩緩步下樓梯，一路向著客廳的方向前進，看見尤妮絲正坐在沙發上，一邊靜靜地聆聽著從黑膠唱盤流瀉而出的樂聲，一邊休閒地修理著指甲。就連他走過來，她都沒有抬頭看他一眼。

「尤妮絲，聽音樂有必要開到這麼大聲嗎？」他不滿地睨她一眼，語氣裡分明帶著不悅。

她並沒打算回答他的問題，只是抬起眼皮望向他，眼神帶著幾分慵懶。見他身上套著黑色皮褸，她佯裝隨意地問道：「要出去嗎？」

「計劃要到某個地方一趟。」他漫不經心地回應。

「不會是去找傑瑞德吧？」她的雙瞳投射出質疑的光芒，接著把雙臂交叉抱在胸前，刻意拉高音調提醒道，「塞貝斯，不要忘記你答應過我，要是你跟傑瑞德見面的話，要帶上我的。」

「放心吧，尤妮絲。雖然我知道妳很期待跟傑瑞德見面，但我暫時還沒有找他麻煩的打算。」塞貝斯朝她挑高眉毛，唇瓣掀起一抹瞭然的笑意。

「難不成……你要去找那個女孩？你不總是說，傑瑞德會那麼頻密找她，背後肯定是隱藏著某個祕密嗎？」

「雖然我不清楚他們到底隱藏著什麼祕密，但可以確定的是，他們會無緣無故接近一個人類，原因肯定非比尋常。」塞貝斯微瞇起雙眼，目光變得如刀鋒般精銳。身爲吸血鬼卻跟某個人類來往頻密，想必那個女孩身上擁有著什麼特別的地方。他必須要親手揭開這個神祕又有趣的謎團。

沒有等尤妮絲啟唇回應，塞貝斯便旋身，徑直向著門口前進。正當他要擰開門鎖時，赫然發現身上遺失了一樣很重要的東西。

「噢，尤妮絲。」塞貝斯下意識地摸摸自己的口袋，然後轉回身，裝作嚴肅地對她說道，「妳不應該拿走我的車鑰匙。」

尤妮絲慢條斯理地從沙發上站起身，踩著平穩的步伐走到他的面前，把手中的車鑰匙遞給他：「我把車鑰匙給你，你可要答應我，如果從那位女孩身上發現任何事情的話，都必須要告訴我。我也很好奇，到底她身上擁有什麼特別的地方。」

「當然，我知道妳對她相當感興趣。」塞貝斯對她展露出頗有深意的笑容，有意無意地補上一句，「因為傑瑞德的關係。」

◇◇◇

傑瑞德獨自坐在宅邸門廊的黑色長椅上，輕輕摩挲著指上的破曉指環紋路，腦海裡清晰地迴盪起尤妮絲在不久前對他說的話——

『曾經的你，不也是為了人血而瘋狂得喪失理智嗎？』

他的臉龐陡然蒙上一層憂鬱的陰影。她說得沒錯，曾經的他也是一個殺人不眨眼的吸血鬼。這樣的他，確實沒有資格指責任何人。

他的思緒漸漸被帶回到一八二零年，那是他最不想憶起的往事，同時也是他人生中最可怕、最黑暗的記憶。當年，他被萊特爾先生轉化成吸血鬼沒多久，還在學習如何控制對人血的慾望，暫時也沒有破曉指環能夠保護他，只能等到夜晚才可以到戶外活動。

那時候的他很想回家裡看看，哪怕只是看他父母一眼，也想知道他們是否安好。然而沒想到，當他回到昔日居住的宅邸，卻在房間裡發現了父母的屍體。沾滿在他們身上的鮮血刺痛著傑瑞德的眼眸，他感覺到自己的眼眶些微濕潤起來，全身因為震驚而不停發抖，思緒徹底陷入一片空白。

「父親……」他抬手捂住嘴巴，跌跌撞撞地走上前，跪坐在他們的屍體旁邊，絕望地呼喊出聲，嘶啞的嗓音顫抖得非常厲害，「母親……」

後來經過一番查探，他發現父母當初是爲了保護他，才會讓他離開原本居住的小鎮——不希望連累他遭到殺害。意識到這一點，憤怒和恨意如同排山倒海般朝他襲來，尤其成爲吸血鬼後，感官會變得異常敏銳，自然令這種感覺顯得更爲強烈。

當時，他整個腦海都被報復的心態給占據。當然，要查到殺害他父母的人是奧斯特伯爵絕對不是一件困難的事。就在某天晚上，他爲了要替父母報仇，毫不留情地吸盡奧斯特伯爵的血液，繼而殺掉他身邊的親信，甚至每一位跟他有血緣關係的親人，只爲求斷絕他的血脈。

傑瑞德發誓要他血債血償，付出更慘重的代價。

可惜正因爲這樣，他變得無法自我控制，只要有人類出現在他的視線範圍內，很容易就會挑起他的嗜血神經。在那段期間，他數不清自己到底殘殺了多少人類，只知道唯一能夠滿足他的，就只有人類溫熱的鮮血。

再次憶起那個嗜血成魔的自己，傑瑞德沉重地閉上眼睛，用力地吞嚥著口水。對他來說，這始終是一段儘管努力想要忘記，卻永遠都無法擺脫的回憶。

「你還好嗎？」一道輕柔的嗓音驀然躍進耳廓，將他從深切的痛苦中喚回來。

傑瑞德睜開雙眼，順著聲音的來源望去，發現卡瑞莎正微笑著朝他慢慢走來，於是張嘴呼喚她：

「小莎？」

她走到他的身邊坐下來，棕色的瞳眸轉投向前方，望見顏色形狀各異的花朵在青綠的灌木叢中恣意綻放，她的心情顯得輕鬆愉悅。

「找我有事？」傑瑞德側過頭看著她，主動開口詢問。

「我以為你會對戴維娜的事很感興趣。沒想到從我回來後，你都沒有向我問起她的狀況。」她沒有回望他，只是聳著肩膀說道。

「妳沒有跟我特別說明她的狀況，就代表她沒有發生任何事。既然她沒事就是一件好事，難道不是嗎？」他的語氣依舊平穩，沒有絲毫起伏。

卡瑞莎聞言，不禁抿嘴一笑。果然還是她認識的傑瑞德，絕對不會輕易將關心的情緒表露出來。

「笑什麼？」傑瑞德露出不明所以的表情，明明他剛剛的話就沒有笑點。

「沒什麼。」她只是一笑而過，沒有多說什麼。

「對了，妳說戴維娜在夢裡看到一位巫師叫弗羅拉，對吧？」傑瑞德隨即換上認真的神態，把話題轉移到戴維娜的夢境上。

「嗯。我爸已經在詢問其他巫師關於弗羅拉的事，我想很快會得到消息。」

「所以萊特爾先生的死根本與狼人無關，反而牽涉到一位吸血鬼和女巫。」傑瑞德的臉龐掠過一道意味不明的陰影，語氣驟然陰沉了幾分。

「可你不覺得奇怪嗎？」卡瑞莎側頭回望他，困惑不解地拋出心中的疑問，「萊特爾先生從來沒有向我們提過關於鑽石的事，那他身上的鑽石到底是什麼東西來的？」

「我不知道。我只知道那顆鑽石一定是具備某種作用，只是我不明白他為什麼要瞞著我們。」傑瑞德緊鎖著眉頭，面露凝重地回答。稍作停頓，他再度開口補充幾句，「不僅僅是鑽石的事，我覺得還有很多事，萊特爾先生都沒有向我們坦白。而這些事情，是我們從來都不知道的。」

雖然卡瑞莎很想說些什麼，但無可否認他說的是事實，萊特爾先生確實隱藏著某些他們並不知道的祕密。只是——

他不告訴他們的理由到底是什麼？

◇◇◇

天空如同調色盤一般，由原本的湛藍轉變成紅澄，最後被黑夜完全籠罩覆蓋。伴隨而來的銀白月光和幾顆稀疏的星星時隱時現，躲在夜空中偷偷窺視著人間的活動。

由於下午沒有課堂，埃絲特早已經來到飯堂找了一個空位置坐下來。而在等待戴維娜下課的時間，她握著炭筆，專注地在素描本上繪畫著各種類型的植物，細心地描繪出每一根線條。埃絲特自小就很喜歡畫畫，特別對繪畫植物情有獨鍾。她很享受當中的時間，覺得能暫時把煩惱全都拋在腦後。

「有考慮要成爲第二位畢加索嗎？佩恩小姐。」

聽見這道熟悉的聲音響起，她不禁抿唇一笑。就算不抬頭，她都絕對能認出聲音的主人是誰。此時，戴維娜已經伸手拉開她對面的椅子坐下，開始欣賞著她剛剛繪畫的「作品」。

「噢，很高興妳這麼看得起我，貝拉米小姐。」埃絲特被她的話逗得逸出笑聲，當她無意間瞥見牆壁上的時鐘，馬上收起笑臉，改爲疑惑的表情，「怎麼那麼晚啊？妳不是應該在半個小時前就下課了嗎？」

正當戴維娜準備開口回答時，有人從身後輕拍她的肩膀。她下意識地轉頭回望，發現眼前是一位留著齊瀏海的短髮女生。

「很抱歉打擾妳，請問妳是戴維娜嗎？」她很有禮貌地問道。

「我是，但妳是……」戴維娜有些困惑地看著她。她不認識眼前這位女生，可爲什麼對方會知道她的名字？

「剛剛我經過花園的時候，有位男生說是傑瑞德的朋友，要我跟妳說一聲，他會在那邊等妳，請妳過去會面。」

戴維娜登時一怔，男生？傑瑞德的朋友？是雷克斯嗎？可卡瑞莎今天早上才來過學校找她一趟，雷克斯爲什麼現在又會過來？想到這裡，一股不好的預感霎時竄過她的心頭，該不會是出什麼事了吧？

「奇怪，爲什麼是傑瑞德的朋友來找妳，而不是他出現啊？」埃絲特把視線投向戴維娜，眼中透出幾分迷惑。

「我過去看看，妳先點餐吧。」

說完，戴維娜迅速從座位上站起來，轉身往門口的方向離去，留下埃絲特一臉茫然地望著她漸漸消失的背影。

◇◇◇

晚上的艾迪林街依舊人潮洶湧，形形色色的酒吧和夜店全都籠罩在熱鬧喧囂的氛圍中。其中一間用狼爪圖案做成霓虹燈標誌的夜店正傳來震耳欲聾的音樂聲，店內的光線極爲昏暗，僅投射著紅綠交錯的炫光照亮環境，營造出一種迷幻神祕的氣氛。

在夜店裡，女性們都打扮得嬌艷動人，臉蛋化著濃厚的妝容，有些更穿著性感的服裝，露出引人遐想的胸部線條以及白嫩的長腿。大部分男性都穿著潮流帥氣的衣服，一些把頭髮往上梳起來，一些則把瀏海梳成中分式的。還有某些人的造型可以說是相當獨特，不是在皮膚上塗上夜光顏料，就是把頭髮染得像彩虹般七彩繽紛。

傑瑞德和雷克斯穿梭在來來往往的人群中，目光不斷左顧右盼。從他們嚴肅的神態來看，一點都不像是來這裡玩樂，反而像來——

找人。

「你真的確定，她今天會在這裡出現？」傑瑞德一邊掃視著擁擠的人群，一邊向雷克斯問道。

「拜託，我已經連續兩天在這裡看到她向一位小男生調情。難道你不覺得，她已經把他當成獵物了嗎？」雷克斯環視著四周的環境，似乎想從人群中尋找某個人的身影。

沿著通道一路往前走，他們不經不覺來到夜店最核心的位置——舞池。這裡聚集的人潮更多，大部分屬於年輕男女，他們有些在跟隨著音樂拍子擺動著腦袋，有些則在扭動腰臀，放肆地享受著這段不受約束的狂歡時分，彩色聚光燈照耀著每一張歡樂沉醉的臉孔。

而此時，唱片騎師更是把令人著魔的音樂調得更爲響亮，刺目的燈光像是配合音樂節奏閃個不停，把現場的氣氛推到最高峰。

「發現目標人物了。」

順著雷克斯的視線望去，傑瑞德終於在舞池中央發現一抹熟悉俏麗的身影。今晚的尤妮絲身穿性感惹火的衣著——紅色低胸背心配搭黑色迷你短裙，毫無掩飾地展露出纖細雪白的美腿，惹來不少男士投以色瞇瞇的目光。

她正在跟一位打扮有型的年輕男子跳著親密的貼身舞，臀部貼著他的身體不斷擺動。當她轉身面向他時，主動張開雙臂攬住他的脖子，大膽地把嘴唇湊上去，與他纏綿地熱吻起來。後來，尤妮絲離開他的嘴唇，將目標轉移到脖頸的位置。細碎的吻逐一落在他的肌膚上，兩顆尖銳的獠牙漸漸從她的唇間暴露而出，毫不猶豫地刺進他的血管裡，滋味地啜飲著他的血液。

「咳咳。」看著這種令人血脈沸騰的畫面，雷克斯尷尬地乾咳一聲，以一種別有意味的眼神瞥向傑瑞德，「現在的尤妮絲果然變得跟以前很不一樣。」

傑瑞德沒有對他的話給予任何反應，逕自邁開雙腿，筆直地朝著尤妮絲的方向走去，從嘴裡簡潔地吐出五個字：「做正經事吧。」

尤妮絲彷彿是感應到他們的到來，嘴角微微往上揚起，把額頭抵在男子的額頭上，伸手輕輕撫摸著他的臉頰，冰涼的氣息全吐在他的唇上。

她直視著他的雙眼，以一種曖昧的語調對他說道：「小帥哥，忘記剛剛發生的事，現在給我馬上離開。」

當接收到尤妮絲的指令，他的表情驟變呆滯，身體像是不聽使喚地轉身，一步一步地遠離她的視線範圍。很快，他的身影便完全消失在人群中，再也不見蹤影。

「你們是要來找我喝酒嗎？為什麼不直接打給我？」尤妮絲把視線轉投到傑瑞德的身上，抬起手指擦掉唇邊的血液，半笑著問道，「你不是有我的手機號碼嗎？傑瑞德。」

接著，尤妮絲穿過那些在瘋狂舞動的人群，順利離開舞池，朝著旁邊的黑色小圓桌走去。她直接拿起桌上的酒杯輕抿一口，轉身面對傑瑞德，含著笑意把酒杯遞到他面前。

「要來一杯嗎？」

「不要給我繞圈子了，尤妮絲。」傑瑞德冷硬的臉龐不帶絲毫表情，聲音明顯有些不耐煩，「直接進入正題吧。」

「好吧。」她無奈地聳聳肩，把酒杯放回桌面，背靠著圓桌邊緣，一臉漫不經心地問道，「所以，你現在是為了那個叫戴維娜的女孩來找我麻煩嗎？因為我把她的朋友當成晚餐？」

「不僅僅這件事吧，尤妮絲。」一直沉默不語的雷克斯終於啟唇出聲，口吻變得極其認真，「之前那幾樁吸血鬼襲擊人類的事，都是妳和塞貝斯做的吧？」

「啊，原來你們是說之前那些所謂的動物襲擊人類事件嗎？」尤妮絲抬起雙手至頭兩側，伸出中指和食指並彎曲兩下，刻意強調「動物襲擊人類」六個字，之後故意露出惋惜的模樣，說道，「雖然我也有聽過那些新聞，但只能抱歉告訴你們，在那些事情發生的時候，我跟塞貝斯根本不在布克頓鎮。不過我想，這大概不是你們期待得到的答案吧？」

「真的不是你們做的？」

「你要是鐵定了心不相信我，又為什麼要來跑來這裡問我？」尤妮絲微微向前傾身，順勢將臉龐湊近傑瑞德，伸出食指挑逗他的下巴，「輪到我告訴你一件有趣的事了，傑瑞德。塞貝斯好像對那個叫戴維娜的人類女生挺感興趣的，所以現在不應該是你來找我麻煩的時候。」

傑瑞德聞言，表情略顯驚詫，隨即抬手用力抓緊尤妮絲的雙肩，聲音裡蘊藏著莫名的緊張：「他在哪裡？塞貝斯現在在哪裡？」

儘管尤妮絲被他突如其來的舉動嚇倒，卻假裝鎮定地對視著他那雙染上慌亂的藍眸，挑眉反問：「你不是應該很清楚那位人類女孩在哪裡的嗎？」

聖帕斯大學——

這五個字很自然地從傑瑞德的腦海裡掠過。他一言不發地鬆開尤妮絲的肩膀，嘴唇抿成嚴峻的直線，心底浮現出一個強烈的念頭——

絕對不能讓塞貝斯傷害她。

「等等，傑瑞德。你該不會是想……」

不等雷克斯把話說完，傑瑞德已經快速移動身影，眨眼間消失在他和尤妮絲的視線內，速度快得如同閃電一般。雷克斯見狀，只能無奈地嘆口氣，看來他這個決定是堅定到無人可以動搖。

尤妮絲依然緊盯著傑瑞德消失的方向，久久沒有將視線收回來。她不明白，她不明白「戴維娜」這三個字對他來說到底意味著什麼，更不明白他爲什麼要爲了這個人類露出緊張的表情。後來她深吸一口氣，試圖整理自己的情緒，絕不容許自己在任何人面前輕易洩露出最眞實的情感。

「妳不應該變成這樣的，尤妮絲。」雷克斯把日光轉投到她的身上，眼神裡晃動著複雜的光芒，「妳知道的，傑瑞德……從來不希望妳變成現在這副樣子，這不是以前的妳。」

「是嗎？」尤妮絲的唇角彎起諷刺的弧度，嘴裡發出隱含著淒苦的輕笑，「可這有什麼辦法？是這個世界、這個身分逼使我改變的。」

「妳到現在都還是無法忘記……」

「忘記？你要我怎麼忘記？他們害死我的父母是鐵一般的事實。如果當初不是他們利用我父母的善良欺騙他們，他們就不會死得那麼可憐。」一種純粹的痛恨在尤妮絲的臉上表露無遺，用冷硬的口氣說出在心中已經認定的事實，「貪得無厭就是人類的特性。就算曾經的我是屬於這個身分，都無可否認，人類和吸血鬼其實沒有什麼兩樣，都只不過是個兇殘的生物罷了。」

說完，她冷冷地瞥了雷克斯一眼，然後決絕地轉身離開，僅留給他一道倔強的背影。

◇◇◇

學校的花園僅有四盞路燈分布在不同的角落，稀稀落落地投下暗淡的光線。因爲沒有足夠的照明度，基本上一到晚上，就很少人會特地過來這邊。一路上，戴維娜只看到零星的人影，四周的環境無比寂靜，氣氛與通往飯堂的路截然相反。

但她的腳步並沒有因此放慢下來，甚至顯得有些急促。如果來找她的是雷克斯，說不定是有什麼緊急的事情要告訴她。她是這樣相信著。

走著走著，戴維娜終於在前面某棵大樹下發現一抹高挑的身影，不自覺地加速腳下的步伐，急不可耐地朝著對方走近。

「雷克斯？是你嗎？」她語帶試探地問道。

對方沒有回應，也沒有回過頭望她一眼。這個狀態讓她感到很不尋常，倘若這個人是雷克斯的話，他肯定會對她露出平日那種嬉皮笑臉的模樣。

一步，兩步，三步……

當戴維娜朝他再靠近五步時，她已經可以很確定，這個人並不是雷克斯！除了髮型不一樣，就連身材也比他壯碩得多，總之這個背影一點都不像雷克斯。

「你不是雷克斯，你是誰？」她警戒地退後一步，小心翼翼地問道。

「我從來沒有說過，我是雷克斯那個蠢貨。」男人緩緩轉身面對她，唇角勾勒出一抹充滿深意的笑容，「人類果然就是那麼天真愚蠢。」

「那你到底是誰？爲什麼會認識傑瑞德他們？」戴維娜的眼神充滿戒備，謹慎的聲音裡透露出幾分慌亂。她知道他是吸血鬼，因爲他剛剛是說「人類」，而不是「妳」。

「嘖嘖，妳要是認識傑瑞德，又怎麼可能會不認識我？」他從喉間發出輕笑，邁開雙腿朝她踏前一步，刻意挑高一邊的眉毛。「我就不相信他們沒有向妳提過我的存在。」

某個在不久前從卡瑞莎口中聽過的名字從腦海裡閃現，令她震驚得瞪大眼瞳，露出愕然的神色：「我的上帝，你該不會就是——」

「妳應該知道我的名字的，不是嗎？」他輕啟薄唇，咬字清晰地說出她的全名，「戴維娜．貝拉米。」

「你是……塞貝斯？」戴維娜幾乎不由自主地喊出他的名字，眼底洩漏出一絲驚慌。她並沒有想過，其中一個會殺人的吸血鬼居然會直接找上她。

「看來妳並沒有我想像中那麼愚蠢。」塞貝斯的笑意變得更深，抬手用指尖輕輕滑過她的臉頰，令她頸背上的每根寒毛剎那間全都豎直起來。他刻意拉高音調對她問道，「妳知道嗎？我眞的很好奇，是因爲什麼事情會讓妳需要跟傑瑞德他們保持著聯繫。」

「這應該與你無關吧？」戴維娜擺出故作鎭定的神態，強行壓抑著湧現於心頭的惶恐。

「我說，要妳告訴我跟傑瑞德他們之間的祕密。」塞貝斯直視著她的雙眼，一字一句地說出自己的指令，企圖透過精神控制強迫她說出一切。

可惜——

他並不知道這種催眠技倆，對戴維娜來說根本沒有效用。

戴維娜緊張地吞嚥著口水，鼓起勇氣對上他的眼睛，毫不倔服地說道：「就算你問我多少遍，我都不認爲有理由要告訴你。」

剛開始，塞貝斯確實感到有些愕然，下一秒卻讓他產生一種前所未有的趣味感——她居然能夠抵抗吸血鬼的精神控制，眞是很不可思議。但如果她認爲這樣，他就會甘願罷休，就實在是太天眞。

「呵，是嗎？」他發出一聲冷酷的輕笑，雙眼危險地瞇起，眸中閃過如刀鋒般冰冷的寒光，「那麼我只能告訴妳，妳的處境將會變得更危險。」

瞬息間，無數根細微的黑紋攀上他俊秀的臉龐，一雙鋒利的獠牙從唇下漸漸暴露而出，他的眼睛毫無預兆地轉變成血紅色。眼前的情景嚇得戴維娜全身發抖，恐懼像冷硬的冰塊在她的胸口凝聚。她想放聲尖叫，聲音卻全都卡在喉嚨間，連一個音節也發不出來。

看著他這副變得猙獰的面貌，她不禁害怕得緊閉雙眼，不敢猜想接下來會發生的事情。她要死了嗎？就像傑森一樣，被吸血鬼活生生吸乾血液而死？

上。

就在塞貝斯張開嘴巴，準備要把獠牙刺進她的脖頸時，一道黑影迅速撲上來，把他狠狠推倒在地

聽到一陣混亂的撞擊聲響起，戴維娜感覺到有些不對勁，於是慢慢把眼睛睜開。待看清眼前那道熟悉的男性身影，她的雙眼猛然瞪大，下意識地張嘴呼喊出他的名字。

「傑——傑瑞德？」

只見傑瑞德擋在她的身前，用一種仇視的眼光瞪著塞貝斯，像是表明對方做的事情正在遷怒於他。

「你要找食物應該滾遠一點，而不是在這種地方。」傑瑞德的藍眸裡閃過一抹厲光，語氣中帶著濃厚的警告意味。

「我可沒有想過今天要跟你見面的，傑瑞德。」看見他的出現，塞貝斯露出頗覺有趣的神情，不緊不慢地站起身，輕輕拍掉衣服沾上的灰塵。

「那你往後可能要多想一點，因爲從現在開始，我會做更多讓你意想不到的事，」傑瑞德的雙眼瞇成一條細縫，如同挑釁般繼續說道，「去妨礙你要做的事情。」

正當他準備要和對方進行一對一的肉搏戰，腦袋彷彿想起什麼似的，立刻回過頭瞄戴維娜一眼。

「走吧，這是屬於我跟他之間的事。」他將視線重新投放在塞貝斯的身上，瞳孔緊緊收縮起來，更正道，「準確來說，是吸血鬼的事。」

「可是……」

「沒有可是，妳不回去的話，埃絲特會起疑心的，到時候就會更麻煩。」傑瑞德壓低聲量催促她，語氣裡透著些微焦急。

戴維娜張了張嘴，本來想開口反駁，但又知道自己在這裡根本幫不上什麼忙。於是，她只是憂心地看了傑瑞德一眼，便轉身飛快地朝著回飯堂的路奔去。

「你就這樣放走我的玩具，我可是會生氣的。」雖然塞貝斯口上是這樣說，臉上卻沒有絲毫怒意，反倒帶著玩味的神情看著他。

「她不是你可以隨便惹的人。」傑瑞德把視線從戴維娜的背影上收回來，陰沉著臉說道，「換個地方再說吧，塞貝斯。」

語畢，傑瑞德轉眼間消失在他的眼前，動作快到只留下模糊的殘影。塞貝斯自然不甘示弱，從鼻孔裡發出輕蔑的哼聲後，旋即跟上他的速度。

兩人像光束般剎那間來到聖帕斯大學對面的樹林，一股強風隨著他們抵達某片空地刮起，令四周的葉子被吹得簌簌作響，嚇得在樹梢上棲息的鳥兒四散飛起。

塞貝斯將雙手插進褲袋裡，隨意地聳肩問道：「既然你放走了我的玩具，那不如就由你來告訴我吧。傑瑞德，你到底與那位可愛的小女生收藏著什麼祕密？」

「先回答我這個問題吧，塞貝斯。」傑瑞德轉過身來面向他，目光覆蓋上一層冷冽的寒霜，語氣冰冷得毫無溫度，「是你指示尤妮絲做的吧？是你指示她殺掉戴維娜的朋友，對吧？」

「傑瑞德啊，傑瑞德。」塞貝斯輕笑著搖頭，聲音裡的諷刺意味非常明顯，「不要告訴我，你到現在還是認爲尤妮絲不會做這種殘忍的事，她已經不再是以前的尤妮絲，不會再那麼懦弱。不過當然啦，我從來不覺得懦弱的性格符合她。」

「你不懂尤妮絲，你根本只是想利用她而已，利用她向人類報復。你知道的，這樣的她根本就不是原本的她。」傑瑞德的雙手不自覺地緊捏成拳頭，咬著牙說道。

「那又怎樣？尤妮絲選擇站在我這邊，理由不是很明顯嗎？」塞貝斯不甚在意地聳聳肩膀，口吻盡是理所當然，「因爲她很清楚一個道理，即使我們不傷害人類，人類也自然會傷害我們。」

塞貝斯踏著從容的步伐朝他走近，脆薄的樹葉踩在他的腳下發出如骨頭般碎裂的聲響。他一路來到傑瑞德的身前停步，綠色的瞳孔直視著他那雙藍眸，眼神裡隱含著一種難以猜測的情緒，嘴角卻依然噙著輕佻的笑容。

「傑瑞德，你的父母都是被人類所殺的，你應該也跟我一樣，很憎恨人類才是。」

可惜塞貝斯的如意算盤沒有打響，傑瑞德的表情紋風不動，完全沒有被他影響到情緒。

「可你好像忘了，人類曾經也是我們的身分，塞貝斯。」

「或許你不應該提起我曾經是人類的事，因爲我非常痛恨這個身分。」塞貝斯的臉色變得異常難看，語氣裡染上些許惱怒。

話落，他隨即單手掐住傑瑞德的脖頸，將他整個人提到半空中，再狠狠地把他重摔在地面上。傑瑞德痛得發出悶哼，身體連續在地上翻滾兩圈，表情因疼痛而扭曲起來。塞貝斯不屑地冷笑一聲，脖子關節隨著他的扭動發出「喀喀」的聲響。

傑瑞德緩緩坐起身，手隨意地擱到曲起的膝頭上，朝他揚起一邊眉毛，問道：「你是因爲知道這是不可改變的事實，才會這麼生氣吧？」

塞貝斯聞言，一個箭步衝到他的身前，惡狠狠地揪起他的衣領，臉上的怒意如同一隻即將發飆的野狼：「我想你還沒搞清楚一點，現在我的實力可是增長了不少，要殺你一個根本不成問題。」

「是嗎？」傑瑞德的唇角牽起輕蔑的弧度，並露出自信的表情說道，「儘管試試看。」

他不費吹灰之力甩開塞貝斯的手，迅速從地上站起身，單手提起他的衣領用力拋出去。塞貝斯的後背硬生生撞到結實的樹幹上，疼得他悶哼出聲。

他順勢彎下身，隨手拾起地上一根長樹枝，輕易折斷成兩截，並把其中一根向著傑瑞德飛射過去，可惜被他敏捷地側身躲開了。塞貝斯不禁低聲咒罵，直接朝對方飛撲過去，把他推倒在地上。

傑瑞德試圖掙脫他的掌控，結果換來一記火辣辣的拳頭迎面砸來。塞貝斯用手肘壓住他的喉嚨，絲毫不給他站起來的機會。下一秒，他舉起手上另一根樹枝，毫不留情地插進傑瑞德的胸口，深紅的血液馬上洶湧而出，令他痛得擰起雙眉，忍不住哀嚎一聲。

「痛嗎？當年的我就是這樣受盡人類的折磨，身為吸血鬼的你居然癡心妄想想要保護人類？真是可笑！」塞貝斯面露痛快且舒爽的表情，猙獰的笑容充滿著殘忍的興奮，「這樣的你，也應該要體驗一下被人折磨的感覺到底是怎樣。」

傑瑞德緊咬著牙關，伸手想把樹枝從胸口拔出來，想不到塞貝斯反而刺得更深，卻始終沒有觸碰心臟的位置。

傑瑞德艱辛地喘息著，感覺整個胸口痛得快要撕裂開來。就在這個時候，一道靈光從他的腦海中閃過，連忙從褲袋裡拿出一個裝著金黃色液體的透明玻璃瓶，用拇指頂開軟木塞後，將裡面的液體潑灑到塞貝斯的臉上。

「啊——」

塞貝斯的皮膚隨即因被液體濺中而灼傷變紅，發出滋滋的聲響，同時冒出陣陣白煙。一股辣燙的刺痛感瞬間傳來，讓他不得不鬆手，搖搖晃晃地站起身。

「操你媽，居然拿馬鞭草來當武器？」他怒罵髒話，氣得臉容扭曲。

與此同時，傑瑞德忍耐著痛楚，拔出胸口上的樹枝，敏捷地從地上躍起。他眼中寒光一閃，以光影般的速度衝上前，將塞貝斯壓倒在地上，單手掐著他的脖子，並把樹枝對準他的胸口，只要稍微再往前移動就會把它插進去。

「我勸你在三聲後給我馬上消失，否則你剛剛對我做的，我會對你重新做一遍。」傑瑞德微瞇著眼，冷聲地警告著他，「一、二……」

塞貝斯不忿地咬咬牙，就在第三聲快要落下時，眨眼間從傑瑞德的眼前消失，沒有留下半點痕跡。

◇◇◇

戴維娜安靜地站在寢室的窗口旁，雙手抱肘默默注視著窗外，彷彿是在等待著什麼東西出現，強烈的焦慮將她的心緊緊揪成一團。

「妳到底在看什麼啊？從回來宿舍後，妳就一直往窗外看，外面有什麼特別的東西嗎？」埃絲特踏著大步地來到她的身旁，順著她的視線望向窗外，結果並沒有任何發現，隨即露出奇怪的表情。

「沒什麼啦。」戴維娜的注意力依然停留在窗外，心不在焉地回答道。

伴隨著話音落下，她終於從窗外看見傑瑞德朝著宿舍前來的身影。只見他抬頭往寢室的方向看過來，目光不偏不倚地落在她的身上。戴維娜微瞇起雙眸，意外發現他胸前的衣服沾上了一團血跡，瞳孔急遽收縮，整顆心頓時提到嗓子眼上。

「埃絲特，我出去一下，很快回來。」說完，她便衝到門前扭開門鎖，急忙奔出寢室。

「嘿，妳要去哪裡？」

埃絲特著急地向著她的背影喊道，但她沒有理會，只顧往前直奔。戴維娜飛快地跑下樓梯，一股憂慮像巨大沉重的鉛塊壓在她的胃底，令她感到難以呼吸。說不擔心他根本不可能，畢竟他是爲了救她而受傷的，她的心又怎能安穩？

當她拉門走出宿舍，發現傑瑞德已經來到門口等待她出現。他雙臂環胸，背靠在灰色的外牆上，像是疲累地閉目養神。似乎是聽到輕緩的腳步聲靠近，於是他把雙眼睜開來，抬頭看著眼前那道熟悉的嬌小身影。

「嘿，」戴維娜咬著下唇，慢慢朝他走近，視線快速地掠過他衣服上的血跡，眉頭禁不住皺起來，擔心問道，「你受傷了，是嗎？」

「沒什麼，你們人類不都很愛看吸血鬼電影嗎？應該知道我們平常受傷，一般都會自動癒合。」傑瑞德雖然用半開玩笑的口吻回應，臉上的表情卻沒有太大變化。

「你會這樣開玩笑，就證明你眞的沒事。」戴維娜安心地吐出一口氣，頗爲慶幸地說道。不久，她再度皺起眉頭拋出疑問，「可你怎麼會突然來的？我的意思是，你怎麼知道塞貝斯會來找我？」

「我本來是和雷克斯去夜店找尤妮絲的，卻從她口中得知塞貝斯要來找妳的事。」說到這裡，他有意無意地瞥她一眼，意味不明地繼續開口，「聽小莎說，她已經告訴妳關於塞貝斯和尤妮絲的事。」

「嗯。」

「我沒有跟妳說，傑森的死跟尤妮絲有關，妳不怪我嗎？」或許因爲心虛，傑瑞德沒有勇氣直視她的眼睛。

「就算你告訴我又能怎樣？她是吸血鬼，而我只是人類，難道我說想要替傑森討回公道，就有能力跟她對抗嗎？」戴維娜有些挫敗地搖搖頭，無力的語氣中隱藏著看不起自己的嘲意。

「妳不是一個普通的人類，戴維娜。」傑瑞德說的是眞心話，他向來都認爲戴維娜很特別，身上擁有一種不知名的力量，從第一天遇見她開始，他就這麼認爲，「絕對不要少看自己的力量。」

「剛剛的情形，你不都已經看得很清楚嗎？如果眞有吸血鬼要殺我，我也只能認命。」可惜她沒有停止自嘲，唇畔牽起頗爲苦澀的弧度。如果她眞的有傑瑞德說得那麼特別，就不會連傑森的死也幫不上忙。

「不，那是因爲我。」傑瑞德緩緩啟口，視線沒有投落在她的身上，而是仰起頭，靜靜地凝望著乾淨無雲的夜空，「都是因爲我，才會讓妳遇到剛剛那種危險。」

「傑瑞德？」

戴維娜錯愕地瞪大眼睛，一臉訝異地看著他。他……是在責怪自己嗎？

「我以爲不再跟妳有任何接觸，妳就會很安全……」傑瑞德低垂下目光，晚風輕輕拂過他細碎的瀏海，覆蓋著額頭的邊緣，令她看不清他此刻的眼神，「我從來都不想傷害人類，卻沒有想過反而會讓妳陷入危險中。一開始接近妳，並沒有想過會讓妳受到傷害，所以傑森的事一直讓我很抱歉……」

說到這裡，沉重的愧疚感登時占滿他整個心頭，令他無法繼續說下去，最後只是用沉默來代替言語。面對戴維娜，他沒有辦法不自責，畢竟事情演變成現在這樣，他不能說自己不需要負上責任。

戴維娜一時間也不知道該如何回應，只能沉默地低頭望著地面。雖然說，這一切都是在傑瑞德出現後才發生的，可是殺死傑森的人又不是他，現在要傷害她的人也不是他，這樣他又有什麼錯？當初，他也只不過是想透過自己了解萊特爾的死因而已。

想到這一點，她深深地吸了口氣，不由自主地用感慨的語調說道：「或許這世界上真的存在著宿命這種東西吧。」

此話一出，傑瑞德的視線重新回到她的身上，用一種她未曾見過的眼神看著她——包含著驚訝又意外的情緒，大概是沒有想過，她會說出「宿命」這個沉重的詞語。

「本來一開始知道你們的事，我是真的不想和你們有任何來往，可到後來傑森的死、剛剛塞貝斯的出現……我才慢慢發覺，身邊發生的一切已經跟你們脫離不了關係，就像冥冥中注定要我夢見你養父被殺的情景，注定要認識你們一樣。」戴維娜慢慢走到傑瑞德的身旁，背倚靠著外牆，眼睛凝視著前方，說話的聲音放得極其輕柔，「所以現在的我，不想再刻意和你們保持距離。」

「妳的意思是……」

「事實上，我還是有點害怕，或者不只是一點吧，畢竟你們是吸血鬼。但我要說的是，經過傑森的事，我越來越覺得自己的生活已經不能回到從前那樣。儘管我跟自己說不要管、不要理會，我卻沒有辦法不去想你們的事，假裝從來沒有認識過你們一樣。我想要了解你們，甚至可以的話，我想成為你們的朋友。所以傑瑞德，我們重新認識一遍好嗎？」戴維娜側頭望著他，嘴角滑出一抹爽朗的笑意，並主動向他伸出左手說道，「你好，我叫戴維娜。」

傑瑞德當下完全愣住，眼裡流轉著不敢置信的神色。說實話，他還是第一次遇到這種情形——沒有頭緒該如何應對沒有設想過的回答。她剛剛說什麼？不再拒絕跟他們來往？想跟他們成為朋友？難道她認爲跟吸血鬼接觸是正確的決定嗎？

「呃……好吧。」見他遲遲沒有回應，她不由感到尷尬，「你一定是覺得這樣的行為很幼稚吧？」

「不是——」察覺到她打算把手抽回去，他連忙伸出手與她相握，語氣出奇的生澀，一點都不像他平常說話的方式，「我是……我是傑瑞德，很高興認識妳。」

戴維娜感覺到他有些用力地握緊她的手，稍微怔愣一下，半晌後才反應過來，臉上綻放出愉悅的淺笑。

她很高興傑瑞德沒有拒絕她，縱使她知道這是一個很瘋狂的決定——與吸血鬼成為朋友，但她深深明白，自己的生活已經跟「吸血鬼」三個字脫離不了關係，更何況她還要透過自己的夢境，幫助他們找出萊特爾死的真相。

既然已經無法避免，她就更應該接觸他們，試著了解他們的世界，搞清楚那個夢境到底是怎麼回事，以及避免她身邊的人再因為吸血鬼而受到傷害。

「那你和雷克斯會回來嗎？」她刻意讓語調聽起來像往常般輕鬆隨意，試圖趕走圍繞在兩人間不自然的氣氛，「我的意思是，回來學校。」

「或許吧。」傑瑞德的表情改為嚴峻，緊繃著聲音說道，「塞貝斯和尤妮絲根本是衝著我而來的，如果不是因為知道妳認識我們，也不會把目標轉向妳。」

「我記得卡瑞莎說過，他們曾經是你們的朋友，那他們也認識萊特爾先生的，對吧？」話落，她將視線瞄向傑瑞德，見他點點頭後，語帶疑惑地繼續問道，「那他們知道他死去的事嗎？」

「應該還沒。不過對於現在的他們來說，又怎麼會在乎？」傑瑞德的語氣冷得毫無溫度，言語間盡是譏諷的意味，彷彿認爲昔日的好友早已變得冷血無情，不再對他們有半點情義。

望著傑瑞德那副淡漠的表情，戴維娜的好奇心頓時被勾起，想知道他們當初跟塞貝斯和尤妮絲是怎麼結識的。她記得卡瑞莎說過，傑瑞德和尤妮絲曾經的關係就像兄妹一樣，雖然已經是許多年前的事，但她實在很難相信他會跟這個殺人兇手曾經當過朋友。

「走了。」

清淡簡潔的兩個字清晰地傳進戴維娜的耳邊，喚回她飄遠的思緒。當她回過神來，已經看見他轉身邁著步子離開。

戴維娜本想開口叫住他，但又發現根本不知道要跟他說些什麼，最後只是停留在原地，怔怔看著他的背影逐漸遠去。

「對了，電話——」傑瑞德走到一半突然停下來，回過頭看她，語氣似乎因爲尷尬而顯得不太自然，「有事就打給我，不要獨自冒險。」

說完，他便繼續邁步往前走，沒有再回頭。

聽聞他的話，戴維娜不禁一怔，胸腔內翻湧著一股難以言喻的感動。自從發生傑森的意外後，她一直都打不通傑瑞德的電話，她以爲他是把號碼給換了，原來……他只是沒有接聽而已。

這麼說來，他是有聽到她之前發送出去的留言的，對嗎？

第八章　奧斯汀家族

隔天早晨，戴維娜和埃絲特離開宿舍後，並肩走在通往教學樓的步道上。金色的陽光從高空灑落下來，將兩旁綠油油的草坪照射得如閃亮精緻的織毯般亮麗耀眼，與從樹葉間隙投射到地面的斑駁樹影形成鮮明的對比。

三三兩兩的學生談笑風生地從她們的身邊掠過，聽著從他們口中發出的歡笑聲，戴維娜的心情顯得頗爲納悶。一路上，埃絲特的眼角總是有意無意地瞥向她，卻始終保持沉默，沒有開口說話，令兩人之間的氣氛隱約有些怪異。

戴維娜實在有點受不了她的視線壓力，於是忍不住啟唇出聲：「妳是有話想跟我說的，對吧？」

「沒有啦，只是想確保妳沒事而已。」埃絲特收回日光，垂眼看著腳下的路面，聲音聽起來有些悶悶不樂。

「爲什麼這樣說？」戴維娜皺著眉頭，不明所以地追問。

「因爲妳昨晚變得很奇怪啊，整晚都心不在焉的，又無緣無故離開寢室，隔了一陣子才回來，問妳去哪裡又不肯說，整個人神祕兮兮的。」

埃絲特的語氣裡帶著明顯的抱怨，似乎對於她有所隱瞞感到沮喪。其實她並沒有要怪戴維娜的意思，只是對方是她最好的朋友，倘若遇到什麼事卻無法坦誠說出來，她不僅會擔心，甚至還會猜疑對方是否不再信任她。

「我很抱歉，埃絲特。」戴維娜霎時間也找不到合適的理由，只能急著向她道歉，「昨晚確實是發生了一些事情，跟傑瑞德有關的，但原諒我沒有辦法向妳詳細說明。」

「我沒有要追問妳啦，只是……」埃絲特搖著頭否認，表情變得晦暗不明，「我現在只剩下妳這位值得信賴的朋友，所以只是想確保妳很好而已。」

「嘿，」戴維娜聽出她語氣裡的不安，於是停住腳步，輕輕扣住她的手臂，言語間盡是滿滿的肯定，「我很好。眞的，妳眞的可以不用擔心，也不要再胡思亂想了。」

看見戴維娜面露緊張的表情再三保證，埃絲特也不希望讓自己疑心過重，況且她並沒有權利過問傑瑞德的事情，於是露出寬心的笑容，輕輕地拍了拍她的手背。

「好吧，我知道了。」

說完，她把視線瞟向坐落於左邊一棟四層高的鵝黃色建築物上。那是藝術大樓，位於教學樓的對面，除了是給修讀藝術科的學生用來上課，所有大型的藝術表演和展覽都會在裡面舉行。

「我待會要上插畫課，往這邊走了。晚點見吧。」向戴維娜揮手道別，她便踏著輕緩的步伐，朝著通往藝術大樓的方向走去。

站在原地看著她逐漸遠離的背影，一股濃厚的愧疚感油然在戴維娜的心底升起，令她覺得有些難受。她知道是因爲傑森的意外，埃絲特才會那麼容易被不安的感覺纏繞。可她現在卻還要瞞著她事情的眞相，假裝什麼問題都沒有，這種感覺簡直是糟糕透頂。

「要對朋友隱瞞眞相，讓妳覺得很難受吧？」一道清朗的男聲倏然鑽進戴維娜的耳邊，準確無誤地道出她的心聲。

聽見頗爲耳熟的聲音在身後響起，她頓時一愣，毫不遲豫地轉頭看去。當發現站在眼前是一位熟悉的栗髮少年，她瞬間圓睜雙眸，瞳中流轉著詫異的光芒。

「雷……雷克斯？你怎麼會在這裡？」

「唉，我可是從妳們離開宿舍後就開始跟著妳們，沒想到妳居然會那麼笨，完全沒有半點洞察力。」他提起腳步朝她走近，並發出一聲誇張的嘆息，裝作嫌棄地睨著她。

「嘿，你這話是什麼意思？」雖然她知道雷克斯是故意說出這種難聽的話，但聽見他的語氣裡充滿著嘲弄，自然會讓她感到不爽。

「別在意他的話，他向來就是這麼幼稚。」

說話的是傑瑞德，只見他從雷克斯的身後走過來，有意無意地斜睨他一眼，然後把視線鎖定在戴維娜的身上。他的打扮如往常般隨意——白色T恤配上黑色緊身褲，肩上斜背著一個黑色背包。

「傑瑞德？」戴維娜的表情略顯錯愕，視線來回地掃視著兩人，頗為訝然地問道，「你們兩個難道……」

「既然塞貝斯會來這裡找妳，就代表一定會有第二次。」傑瑞德把兩手插進褲袋裡，換上平靜的語氣解釋，「我很清楚他的個性，一旦鎖定目標，就會追著不放。」

「所以說，我們到底為什麼又要為她而回來這裡？搞得像是要當她的貼身保鑣似的。」雷克斯把雙手交叉抱在胸前，上下打量著戴維娜，微瞇眼睛補充道，「我的意思是，就算真的要當貼身保鑣，也應該要找個長相好一點或身材好一點的對象吧。」

正當戴維娜要開口反擊時，傑瑞德已經搶先一步替她說話。

「閉上你的嘴，雷克斯。」傑瑞德斜斜地瞪著他，眼裡帶上警告的意味，「你不覺得自己很像蒼蠅，讓人覺得很煩嗎？」

「你說我像蒼蠅？你這傢伙……我……」雷克斯擺明想反駁，無奈卻找不到任何適當的字句，於是只是攤攤手，無所謂地說道，「好吧。這裡顯然沒有我的位置，我還是去找討人喜歡的潔西卡聊天去好了，反正我剛剛就看到她坐在花園裡。」

說完，他撇撇嘴，把雙手交疊枕在腦後，獨自走向前往花園的路徑，不再理會身後兩人。

「潔西卡？」戴維娜的視線隨即轉向傑瑞德，疑惑地問道，「誰是潔西卡啊？」

「上課總是坐在我隔壁的紅髮碧眼女生，嗯……」雷克斯即時回過頭解答她的疑問，然後故作思考地稍停片刻，面露得意的神色繼續說，「又或者說，她將會是我下一任的女朋友。」

言畢，他轉回頭繼續往前走，身影漸漸遠離他們的視線範圍。

戴維娜無奈地翻了一個白眼，納悶地對傑瑞德問道：「雷克斯從以前開始就這麼喜歡泡妞的嗎？」

「嗯，可以說是他的嗜好。」傑瑞德回答得很隨意，彷彿對於這種情況已經習以爲常。接著，他不著痕跡地掃她一眼，再度啟唇，「走吧，距離上課還有十五分鐘，現在過去應該差不多了。」

看著他已經邁開長腿朝著教學樓前進，戴維娜連忙踩著細碎的步伐跟上，與他並肩而行。

踏進教學樓，兩人沿著寬闊明亮的走廊往前走，其間不時聽見兩側的教室裡傳來教授們語調抑揚頓挫的授課聲。順利抵達樓梯口，他們大步踏上梯級前往二樓。

「關於之前那些吸血鬼襲擊人類的事，你們還是沒有任何頭緒嗎？」戴維娜主動打破沉默，好奇地詢問。

「沒有，相信都是由剛被轉化的吸血鬼做的。可每當找到他們的時候，不是被人殺掉，就是他們選擇自殺，完全沒有留下半點線索，要找出轉化他們的人並不容易。」傑瑞德搖搖頭，有些懊惱地回答。

「其實你有沒有懷疑過……」戴維娜略顯猶豫地停頓片刻，不甚確定地繼續問道，「會是尤妮絲或塞貝斯做的？」

「我不是沒有懷疑過他們，但若然眞的是他們做的，尤妮絲當天就不可能選擇在小鎭廣場殺人。妳想想看，既然連續三次的襲擊案件都是在森林裡發生的，突然間把犯案地點轉移到鬧區不是很奇怪嗎？就算警方派出人手在森林裡加強巡邏，以吸血鬼的能力是絕對能夠利用精神控制催眠他們忘記所看到的事情，根本就不需要擔心身分曝光的問題。再說，如果他們的目標是人類，理應由自己來動手，爲什麼要大費周章地將人類轉化成吸血鬼，再由後者去獵殺人類？」當傑瑞德考慮到這些不合理的因素，已經暫時撇除兩人的嫌疑。當聯想到最後一個可能性，他的臉色變得格外深沉凝重，「吉爾伯特先生和我都認爲，事情有可能跟弗羅拉和那個不知名的吸血鬼有關。」

「但我不明白，他們的目的到底是什麼？」她扭過頭望向傑瑞德，聲音中透露出對於未知事情的擔憂，「他們先是殺害萊特爾先生，之後取走一顆神祕的鑽石，到現在更向人類下手，感覺就像是一連串預定好的計劃。」

「我想不透。但我相信他們的目標並不是要獵殺更多的人類，要不然他們就不會把人類轉化成吸血鬼後，再任由其他人殺死他們，只是……」說到這裡，傑瑞德稍微停頓下來，沉重的神情裡摻雜著不易察覺的挫敗，「我們現在手頭上掌握的線索不多，就算想查出他們的計劃或阻止他們，根本都無從入手。」

「關於弗羅拉那個巫師，你們還沒有找到什麼線索嗎？」

「還沒，我們對巫師界的事並不熟悉，需要靠巫師的幫忙。雖然吉爾伯特先生已經向相熟的巫師查探過，但他們都說，只有名字沒有姓氏很難查到對方是誰。」傑瑞德聳聳肩，語氣略顯無奈，「至於其他巫師都表示不願意插手我們吸血鬼的事。」

「要是她身上擁有某種特徵，或許就會比較容易找到她。」戴維娜若有所思地喃喃低語。

「昨天吉爾伯特先生向我提過，有一位巫師主動聯絡他，說能夠幫忙找出弗羅拉的身分，我想應該很快會得到可靠的線索。噢，對了……」他彷彿想起什麼似的忽然停步，從背包裡拿出一個深棕色的方形小木盒遞給戴維娜，口吻極其認真，「這個是要給妳的。」

戴維娜困惑地看了他一眼，然後伸手接過木盒，輕輕把它打開。只見擺放在盒子裡的是一個透明玻璃瓶，裡面盛載著一種色澤淺黃的液體。

「這是……」她抬頭望向他，皺眉問道。

「馬鞭草。」傑瑞德以平穩的目光看著她，不緊不慢地開口解釋，「雖然妳擁有一種特殊的體質，不會被吸血鬼的精神控制影響，可萬一有吸血鬼試圖要喝妳的血液，馬鞭草能夠傷害他們。」

戴維娜這才恍然大悟，原來這種液體是馬鞭草——她之前在不同的影集和書本上看過，知道這是一種能夠對吸血鬼造成傷害的草藥。很明顯，傑瑞德是爲了避免她會因爲昨晚同樣的事而遭遇危險，才會提出讓她喝馬鞭草的方案。

「妳可以把它加入到水中飲用，我只是想確保妳體內的血液有馬鞭草的成分，讓其他吸血鬼沒有辦法傷害妳。」

察覺到他的話裡隱藏著憂慮，戴維娜自然不作多想，堅定地點頭承諾：「放心吧。既然是能夠保命的話，我又怎麼敢不喝。」

她小心地關上小木盒，把它塞進肩上的紅色斜掛包裡。

當她再次抬起頭，無意中瞥見葛蘭教授止邁著穩健的步伐走進他們的教室。他一如既往是黑色的忠實粉絲，身穿整齊的黑色西裝和皮鞋，配戴著那副象徵性的黑色粗框眼鏡，臉上的表情如同他的衣著打扮，顯得死板且無趣。

「噢，這一節課是心理學，對吧？」戴維娜語帶慌亂地問道。

「有問題嗎？」

「有問題的不是我，而是你。」她擔心地瞟了他一眼，開口解釋，「我想你最好找一個充分的理由向教授解釋，這一個星期多沒有出席課堂的原因。你要知道，葛蘭教授最不喜歡有人缺席課堂，卻沒有交代理由。」

正如戴維娜所料，當看見傑瑞德神奇地回到學校裡上課，葛蘭教授第一個反應自然是質問他。不過傑瑞德只是隨便胡謅一個理由給他，說最近很缺錢，而自己也沒有興趣來上課，於是整個星期都在鎮內的某間餐館裡打工，沒有回來學校。

他此話一出，全班的視線不約而同地投落到他的身上，連戴維娜都一臉訝然地看向他。這是當然啦，他這個理由比瞎說自己生病還要更離譜，但當事人依然擺出一副理所當然的樣子，根本不覺得有什麼問題。然而最奇怪的是，葛蘭教授並沒有再說些什麼，只是勉爲其難地接受他這個「爛理由」。

「不知道教授讓我留下來的理由是什麼？」傑瑞德從座椅上站起身，把黑色背包隨意地斜掛在肩上，冷峻的面容幾乎沒有一絲表情，「你好像已經得到需要的解釋。」

下課後，葛蘭教授要求傑瑞德繼續留在教室裡，但沒有告訴他原因。戴維娜本來是想留下來等他，卻被他拒絕了。

「當然，你要因爲工作而不來上課，我也阻止不了你。」葛蘭教授的語調聽起來平平無奇，沒有蘊藏責怪的意味。他把雙臂環在胸前，背靠著講桌，挑高眉毛繼續說道，「畢竟你的成績並不差，我在批改你的論文時，發現你是所有學生中寫得最好的一個。不僅僅是對心理學有很深入的研究，就連我還沒講到的課題都有運用在論文當中，清晰地表達出來，讓我很好奇當中的原因。要知道，可是連擁有相關家庭背景的學生，都無法寫出這麼高水準的論文。」

「很感謝教授對我有這麼高的評價。唯一的原因，是我向來對心理學很感興趣，願意比其他人花更多時間翻閱和搜查資料。」傑瑞德的表情依然紋風不動，只是不以爲意地聳肩回答，「如果教授沒有其他重要的事，我就先走了。」

說完，他沒有再多看葛蘭教授一眼，直接往門口的方向走去，準備離開。

「每個人就像一輪月亮，不願意將黑暗的一面讓別人看到。」

正當傑瑞德要伸手扭開門把之際，葛蘭教授卻在他的身後說出一句蘊含深意的話。

「什麼？」

聞言，傑瑞德的身體驀地一怔，握在門把的手緩緩放下來，然後回過頭，狀似不解地看著他。

「這句話是馬克．吐溫說的。」葛蘭教授推了推掛在鼻樑上的眼鏡，擺出一副樂意解釋的模樣，「任何人都擁有屬於自己最黑暗的一面，我們往往都不願意被人發現那個可怕的自己。但坦白說，掩飾又是否眞的有用？」

「我不懂你是什麼意思，你到底想向我表達什麼？我有沒有屬於自己的黑暗面應該與你無關吧？」傑瑞德的語氣帶著淺淺的不耐。他向來就不喜歡別人要他猜啞謎，像是搞神祕似的。

「也沒什麼。我只是想盡教授的責任，關心自己的學生而已。」葛蘭教授隨意地聳聳肩，輕描淡寫地回應，「你是個聰明人，我相信你會明白我的意思。」

他用意味深長的目光瞥了傑瑞德一眼，並拿起桌上的教學書，緩緩來到他的身旁停步。只見他抬手，輕輕拍了拍傑瑞德的肩膀後，便扭開門把走出教室。

望著葛蘭教授遠去的背影，傑瑞德的瞳孔微微收緊，眼底瀰漫著些許警惕。直覺告訴他，這個教授有些古怪，話裡分明是意有所指。他剛剛提到的黑暗……到底是要表達什麼？

◇◇◇

卡瑞莎悠哉地靠坐在寬大柔軟的沙發上，一邊細口地啜飲著玻璃杯中的血液，一邊目不轉睛地盯著電視螢幕，觀看著她最心愛的偵探連續劇《神探福爾摩斯》。

「叮噹。」

清脆的門鈴聲驀然在室內響起，將卡瑞莎的注意力從電視上轉移開來。她覺得一定是母親回來了——昨天她收到母親的電話，提到會在這幾天內回家的。於是，她快速走到玄關口，輕輕轉動門鎖。

隨著門被打開，映入眼簾的卻不是她母親的身影，而是一位光頭的男人。他擁有一雙深褐色的瞳孔，唇上長著稀疏的黑色小鬍子，外貌看起來已經有四十多歲。他身上穿著深棕色皮夾克和黑色皮褲，配上一對灰色的尼克球鞋，打扮得簡約乾淨。

「相信妳就是魯珀特的女兒，對吧？」男人沒有露出笑容，用平緩的聲線開口。

「你是……？」她帶著戒備的眼神打量他。

「噢，洛爾，很歡迎你的到來。」就在這個時候，吉爾伯特先生朝著玄關口走過來，做出標準的邀請手勢，微笑道，「請進來吧。」

待這位叫洛爾的男人走進屋內，卡瑞莎把門在身後帶上，皺起眉頭，露出大惑不解的樣子。吉爾伯特先生當然不難理解她臉上的表情，於是耐心地向她解釋著。

「我嘗試向認識的巫師打聽弗羅拉的事，他們都無法從單單一個名字而知道她是誰。」話到此處，他把視線轉移到洛爾的身上，「後來洛爾主動聯絡我，說他或許會知道我要找的人是誰。」

「我的家族對於巫師界的歷史有很深入的了解，他們平常會向我提起一些巫師界裡不爲人知的事跡。我認爲，我所掌握的資訊有可能幫助到你們。」洛爾把雙手交疊在背後，平和的語氣沒有分毫惡意。

「但你爲什麼會想幫我們？」所謂「無事獻殷勤，非奸即盜」，更何況是面對著一個不認識的陌生人，卡瑞莎自然會產生強烈的不信任，「巫師向來都不會主動無條件地幫吸血鬼的。」

「小莎！」吉爾伯特先生略顯責備地看著她，暗示她這番話非常無禮。

「沒關係。」洛爾對他露出大方的微笑，表示自己毫不介意，繼而將視線轉向卡瑞莎，坦承地回答她的提問，「也不能說無條件，最主要的原因，是我想和那位人類女孩見個面。而我也必須要與她碰面，才可以確定我猜想的人，是不是就是你們口中說的弗羅拉。」

◇◇◇

接近中午時分，圖書館裡只剩下零星的學生坐在裡頭翻閱著參考書或複習著寫滿筆記的課本。戴維娜正坐在某排長桌前，單手托著腦袋，專注地翻看著一本關於夢境的書籍，表情苦惱得連眉毛都皺成一團。

事實上，除了弗羅拉和那位吸血鬼的身分，在她的夢境裡還有一點是長久以來都讓她百思不解——到底為什麼萊特爾會知道她的名字？他當時又為什麼要說出，她能夠拯救一切那些令人摸不著頭腦的話？在遇見傑瑞德他們之前，她根本沒有跟任何吸血鬼接觸過，更別說曾經與他碰過面。那他到底是怎麼知道她的存在？

「為什麼還要繼續看關於夢境的書？妳不是已經很清楚當中的緣故了嗎？有什麼還需要知道的？」傑瑞德的聲音毫無預兆地自她的背後響起，嚇得她的心臟都快要跳出來。

「噢，我的老天！」戴維娜立刻伸手拍著胸口，皺眉對他咕噥道，「拜託你下次出現說一聲好嗎？真的會嚇死人的。」

「什麼書來的？」傑瑞德沒有理會她的抱怨，直接拉開她旁邊的椅子坐下，有些好奇地問道。

「這個……」戴維娜一副欲言又止的模樣，後來仔細地思索一番，始終認為是應該要告訴他的。於是，她深吸口氣，換上頗為認真的口吻繼續往下說，「是這樣的，其實有件事一直都讓我覺得很奇怪。」

「是什麼？」他追問。

「你還記得我之前看過一本關於吸血鬼夢境的書嗎？它當中有提到，我之所以會夢到腦海中的景象，是因爲當中有些東西或人物跟我有關連。」戴維娜的語聲帶著濃厚的迷茫和困惑，並把盤踞在心中的疑問說出來，「可我一直以來都不懂那是什麼意思，我從來沒有跟吸血鬼或巫師接觸過，那他們又怎麼會跟我有關？而萊特爾先生當時又爲什麼會知道我的名字？我根本就不認識他的啊。」

「我記得吉爾伯特先生說過，萊特爾先生在遇害前找過巫師施展綁定術，把他發生的意外記錄到某個人的腦海中，而現在很明顯那個人就是妳。自從知道萊特爾先生身上收藏著那顆鑽石開始，我就覺得他隱藏著很多祕密。他像是一開始就知道妳的存在，知道妳具備某種神祕的能力，所以才會喊出妳的名字。但我不明白當中的原因。」他的眉頭不自覺地蹙起，神色稍顯凝重，對此同樣抱著滿腹疑惑。然而，他知道就算想破頭也想不出個所以然來，於是稍微調整一下情緒，向她問道，「那妳在這些書上有什麼發現嗎？」

「如果直接叫你去看心理醫生的話，我不覺得算是一個多麼了不起的發現。」戴維娜輕輕嘆了口氣，無奈地搖著頭說道。接著，她把書本闔上，側過臉看著他，「對了，剛剛葛蘭教授叫你留下來做什麼？」

「算是訓話吧。」傑瑞德聳聳肩，展現出難得的幽默。

「哈，小學生嗎？」戴維娜被他逗得笑出聲來，故作打趣地問道，「那他是跟你分享豐富的人生經驗，還是只是沉悶地說一堆大道理？」

正當傑瑞德要開口應答時，感覺到口袋裡傳來輕微的震動。他下意識地掏出手機，發現是卡瑞莎發送過來的簡訊，於是毫不猶豫地用手指滑動螢幕，點擊查看。內容大致說，有一位叫洛爾的巫師到訪，並且希望與戴維娜見面，透過法術連接她腦海裡的夢境，從而找出弗羅拉的身分。

看完簡訊的內容，傑瑞德剛剛鬆開的眉頭又再度皺起來。見他再次緊鎖眉頭，神色變得複雜難懂，戴維娜不由擔心起來。

「怎麼了？」她看著他，疑惑地問道，「是發生什麼事了嗎？」

「妳猜——」傑瑞德把手機重新塞回口袋裡，語帶試探地問道，「妳可不可以找到一個理由，向埃絲特解釋今晚會離開學校一陣子？」

「這是什麼意思？」她不解地追問。

「剛剛小莎傳簡訊過來，說有一位叫洛爾的巫師想跟妳見面。他希望透過法術進入妳的夢境，讓他能夠查證弗羅拉的身分。」

戴維娜沒有即時開口回應，彷彿在思考著什麼。她心裡不禁想起埃絲特，想起她今天早上對自己說的那番話。幸好今晚她會去參加學系舉辦的聯誼派對，這樣就可以隨便編個謊言混過去。要不然，她還眞的不想讓埃絲特獨自留在學校裡，免得她會胡思亂想。

發現她突然沉默下來，傑瑞德以爲她是打算拒絕，於是主動開口：「如果妳不想去的話，我們可以用其他方法……」

「沒關係，我會去的。」還沒等他把話說完，戴維娜便二話不說答應下來。她抬眼望著他，聲音堅定無比，「是我說過要幫你們的。如果他能夠透過我的夢境找出線索，應該沒有比這個更實質的方法了吧？」

◇◇◇

夕陽慵懶西沉，令整片天空鋪滿橙紅的晚霞。一輛藍色吉普車沿著郊外寬闊的道路，一直駛到宅邸的私人車道上停下來。關上引擎，取出車鑰匙，傑瑞德和雷克斯率先推門下車，戴維娜則緊隨其後。

把車門關上，她緩緩轉過身，眼睛定定地投放到聳立在不遠處那棟充滿復古韻味的宅邸上。還記得上次來這裡，是剛得悉傑瑞德他們是吸血鬼的身分，當時她對這一切還是感到很陌生、很害怕。雖然她現在依然有著相同的感覺，但起碼她已經選擇接受這些超自然生物存在的事實。

穿過芳香幽靜的庭園，三人踏上門廊前的台階，來到鑄造精美的棕色雕花大門前停下腳步。正當傑瑞德抬手準備按下門鈴，厚重的大門已「咔嚓」一聲被打開來。映入眼簾是卡瑞莎那道纖麗的身影——她斜斜地靠在門框上，面露苦悶的神色。

「感謝上帝，你們總算來了。」她努著嘴巴說道，「我快被我爸與那位巫師聊的話題悶得發瘋了。」

「門鈴都還沒按，你怎麼知道我們已經來到？」雷克斯驚訝地眨眨眼睛，問道。

「她當然會知道。」傑瑞德把雙臂環在胸前，有意無意地掃了戴維娜一眼，裝作好心地解釋，「你忘了？我們可是能夠感應到人類的氣息。」

「雷克斯，你是在人類世界混太久了吧？我想，我要開始懷疑你到底是不是吸血鬼了。」卡瑞莎瞇起眼眸打量著雷克斯，故意挖苦道，隨後將目光轉到戴維娜的身上，唇畔揚起一抹淺淺的笑意，「很高興再次見到妳，戴維娜。」

說完，她收回視線，轉身回到屋裡，只是打著呵欠對他們拋下一番交代的話。

「進來吧，他們就在客廳裡。記得把門關上。」

「這女人……她算什麼意思？在嘲笑我嗎？」面對卡瑞莎刻意的嘲弄，雷克斯竟發覺毫無反駁的餘地，於是只能不滿地發著牢騷，「真是的，我到底怎麼會認識一個這麼不可愛的女人？」

「少在這裡說廢話，你也不見得很可愛。」傑瑞德毫不客氣地丟給他一個嫌棄的眼神，之後不再理會他，雙眼望向戴維娜，輕聲對她說道，「進去吧。」

「嗯。」

戴維娜回應一聲後，便抬起腳跨進門檻，踩進屋內的大理石地板上，而傑瑞德和雷克斯則跟隨在她身後。

她一邊順著廊道向前走，一邊左右張望，默默地欣賞著擺放在兩側的古董擺設和壁畫。這裡基本上沒有太大變化，只是牆壁上增添了一幅新購回來的水彩畫，四周的環境依舊充滿濃厚的文藝氣息。

當他們轉彎來到客廳，戴維娜看見沙發上正坐著兩道身影，一位是吉爾伯特先生——在他的眼睛看過來時，她禮貌性地朝他展露微笑。而坐在他對面是一位翹著二郎腿，悠閒地喝著泡茶的中年男人。她心裡猜想，他應該就是他們口中說的巫師，洛爾。

只見洛爾放下手上的茶杯，緩緩抬起雙眸，恰巧對上戴維娜投射過來的視線。他將雙眸微微瞇起，以一種審視的目光盯著她，那種意味不明的眼神活像是要把她給看穿似的，令她不由緊張起來。

「我想，妳一定就是他們口中提到的戴維娜，對吧？」說話的同時，他慢悠悠地站起身，一步一步地走向她，頗覺有趣地說道，「我還是第一次聽到，會有人類牽涉到吸血鬼的事件裡。」

「那你覺得這是好事，還是壞事？」

戴維娜的問題幾乎是脫口而出，這個舉動讓她感到非常後悔。她顯然不知道自己爲什麼會這樣問，只認爲第一次與對方見面，不打招呼就問出這種奇怪的問題，是一件很沒有禮貌的事。但洛爾似乎沒有放在心上，臉上反而露出親切的笑意。

「好與壞都是要靠妳自己來判斷的。說實話，妳絕對有權利拒絕參與到這些事情當中，只是……」洛爾若有所思地看了她一下，挑起濃密的眉毛問道，「妳並沒有作出這樣的選擇，所以才會到這裡來，希望能知道弗羅拉是誰，不是嗎？」

「說眞的，我很不喜歡這樣的開場白。」感覺到兩人的對話中籠罩著隱晦的味道，雷克斯忍不住小聲地嘀咕道。

雖然旁邊的傑瑞德沒有出聲回應，卻持續用極度不友善的目光望著洛爾，心裡總認爲他來這裡是另有目的。

「既然貝拉米小姐已經來到，洛爾你應該可以開始施咒了吧？」爲了消除這種尷尬的氣氛，吉爾伯特先生站起身來到他們身旁，出言提醒。

「當然。」洛爾似笑非笑地回答道，然後往後退開幾步，向戴維娜做出一個請的手勢，「那麼請妳先躺到沙發上吧。」

儘管戴維娜感到有些迷茫，但還是聽從他的指示，徑直地走到沙發上躺下來，把雙手交疊在腹前。她深深吸了口氣，試圖舒緩心中的緊張，眼睛注視著正朝她走過來的洛爾。

「我的家族有一種法術稱爲連接術，它能夠讓巫師以第三者的方式進入對方的腦海裡。妳待會只需要一直回想著夢境的畫面，這樣我就能夠連接妳的大腦，看見相同的畫面。不過我需要提醒妳，這個過程或許會有點痛，像是有種刺痛的感覺，但妳必須要專注。」看見戴維娜點點頭表示明白，於是洛爾蹲下身，伸手握住她的手腕，語帶慎重地對她問道，「妳準備好了嗎？」

戴維娜用力地吞嚥著口水，把眼睛緩緩閉上，回答道：「準備好了。」

聽見她的回答，洛爾稍微加強握住她手腕的力度，接著輕輕閉上雙眼，緩啟嘴唇，口中喃喃地唸出一連串的咒語。

「Capti domini in somnis clavibus apperire jam…」

隨著唸咒的速度持續加快，洛爾的眉頭不禁輕輕蹙起，顯然在全神貫注地投入施咒中。戴維娜感覺到有一股強大的力量頃刻間湧進她的頭頂，令整個腦袋痛得像快要撕裂開來。

「啊——」她忍不住痛呼出聲，五官因爲疼痛而擰成一團，晶瑩細密的汗珠不斷從她的額頭滲出。

戴維娜開始想掙脫被洛爾握住的手，企圖從這種痛苦的感覺中脫離出來。

「老天！」看見戴維娜的表情那麼難受，卡瑞莎不禁抬手捂著嘴巴，略顯擔憂地問道，「戴維娜不會有事的吧？她只是人類，能承受這麼強大的力量嗎？」

「無論如何，她都需要靠自己來接受這股力量。」吉爾伯特先生目光專注地鎖在戴維娜的身上，低沉著聲音說道，「因爲她必須要讓洛爾進入她的意識裡，這個魔法才會見效。」

「專注，戴維娜，集中想著夢境的情況。」洛爾的額角同樣滲出密密麻麻的冷汗，他吃力地從齒縫間擠出聲音來，「妳越是反抗這種力量，我更沒有辦法進入妳的腦海。」

就在他話音落下的瞬間，一幕幕曾經在夢境中出現的畫面霎時從戴維娜的腦海間呈現出來——從那個不知名的吸血鬼殺掉萊特爾，再到弗羅拉的出現，並對那顆鑽石施下咒語，而這些片段同樣清晰地在洛爾的腦海中閃現。

下一秒，洛爾猛然地睜開眼睛，慌忙鬆開戴維娜的手腕，步伐搖晃地站起身，一抹錯愕的表情凝固在他的臉上。察覺到他的神色出現異常的變化，傑瑞德感到奇怪不已，蹙眉緊盯著他，直到戴維娜發出一聲悶哼，他才把視線轉投到她的身上。

戴維娜努力地睜開眼睛，依然感覺到頭部傳來輕微的痛楚，於是抬手捂住額頭，虛弱地低吟一聲。

「嘿，妳沒事吧？」卡瑞莎見狀，連忙閃身來到戴維娜的身旁，小心地扶著她坐起來。

「我沒事，謝謝。」她搖搖頭，禮貌地向卡瑞莎露出感激的微笑，隨後將目光投向洛爾，著急地詢問道，「怎麼樣？弗羅拉她到底是——」

「果然是奧斯汀家族。」洛爾還沒等她把話問完，便直接回答。令人意外的是，他的臉色變得異常僵硬，語氣中隱藏著些微難以置信，「我還以為他們不會再出現，沒想到過了八百年，會再次聽到這個家族的名稱。」

「奧斯汀家族？那是一個什麼家族？」傑瑞德的藍眸染上幾分困惑，拋出一連串的疑問，「八百年又是什麼意思？」

「這是八百年前的事，奧斯汀家族當年因爲使用了黑魔法，差點導致巫師創造出來的世界陷入一片混亂。你們也知道，黑魔法是一種很危險的法術，所有巫師都嚴禁使用這種魔法，不過總會有人貪圖它所帶來的強大力量。當時奧斯汀家族的最高領導人是艾薩克，他的性格向來比較偏激，不喜歡服從命令。在一次意外中，他五歲的兒子不幸身亡，之後他就一直尋找起死回生的法術。可是這世界上根本就不存在所謂的起死回生，因爲這是違反大自然的規則。於是艾薩克就偷偷地與自己的族人鑽研黑魔法，試圖透過黑巫術復活他的兒子。進行這個儀式需要有一樣東西連接兩邊的結界，奧斯汀家族擁有一樣家傳的寶物——一顆碩大的鑽石，能夠用來匯聚強大的魔力。當時，他把他兒子的骨灰灑在鑽石的周圍，然後進行施咒，將自己的血液融入鑽石之中，讓自己走進另一邊世界，把他兒子的靈魂帶回來。」

洛爾靜靜地訴說著八百年前的故事，在他的眼睛深處隱含著一種難以解懂的光芒。雖然事情已經過去八百年，但他的家族曾經向他提過，這件事是巫師界的恥辱，因爲黑魔法對於巫師來說是一種禁忌，使用它會帶來危險性，而奧斯汀家族的行爲嚴重損害了巫族的聲譽，所以大部分的巫師都會選擇避談此事。

「可你們要知道，使用這種顛覆自然法則的魔法是不會沒有人發現的。它會讓整個空間突然風雲變色，花兒無故凋謝，海水被染成詭異的黑色，令所有海洋生物因此而無故死亡，有一種世界末日來臨的感覺。當時的巫師界存在著巫師協會這個組織，他們繼承著歷代巫師流傳下來的魔力，負責監測違反使用魔法的巫師。當巫師協會發現這件事，立刻合力用魔法硬將艾薩克從另一個世界拉回來，並且取走他的魔力以示懲罰，之後也下令不准其他巫師再與奧斯汀家族有所接觸。」洛爾的面容持續繃緊，以極其嚴肅的語氣說道，「不過整個故事最奇怪的地方是，當時用來連接兩個世界的結界石卻突然消失不見，有人認爲它是掉落了在另一邊的世界裡，也有人認爲是因爲魔法被破解，所以結界石也隨之而消失。不過現在很明顯，這兩個猜測都不正確。」

「你的意思是，戴維娜在夢裡看到他們手上拿的那顆鑽石，就是你剛剛提到的結界石？」傑瑞德隱約猜到兩件事的關聯，謹慎地向他求證。

「沒錯。我曾經有在古舊的巫師手記上看過關於這顆鑽石的描述，當中正正提到，只有屬於奧斯汀家族的血液才能融入鑽石中，以啟動當中連接兩邊結界的咒語。儘管當時艾薩克沒有利用結界石成功把他兒子的靈魂帶回來，但那顆鑽石已經打破了兩邊的結界，利用它來進入另一邊的世界[1]並不是一件困難的事。」說到這裡，洛爾低頭沉思片刻，最後得出一個結論，「我懷疑弗羅拉是打算啟動結界石進入另一邊的世界，把某個人從那裡帶回來。」

「等等。」卡瑞莎感覺事情有些不對勁，困惑地皺眉問道，「你剛剛不是提到有一個叫巫師協會的組織嗎？那現在弗羅拉跟一個邪惡的吸血鬼密謀著危害世界的計劃，他們不是有責任做些什麼嗎？」

「巫師協會早在五百年前，因當中兩位接班人死去而瓦解。現在的巫師界跟我們一樣，不受任何權力的統治。」回答她的並不是洛爾，而是吉爾伯特先生。除了戴維娜，沒有任何人對於他作爲回答者感到意外，畢竟他一直有跟兩位相熟的巫師保持聯繫，自然會對他們某部分的歷史略知一二。

「沒錯。現在就算弗羅拉試圖要利用黑魔法啟動結界石，也沒有任何人或律法可以阻止她。」洛爾緊接著補充道。

「所以事情就是，一個消失了八百年的巫師家族現在重新出現，而且還要用結界石把一個死去的人從另一個不知名的地方帶回來嗎？」戴維娜把所有相關的線索組織起來，然後重新敍述一遍，但當中仍然有一點困擾著她，於是丟出疑問，「可我不懂，這跟殺掉萊特爾先生的那個吸血鬼有什麼關係？」

「好的，我明白研究弗羅拉跟那個吸血鬼的關係是很重要啦，但是……」雷克斯忍不住插嘴，將

---

1 另一邊的世界是指靈魂世界。人死後靈魂將會送往天堂或地獄，但在等待審判之前，人的靈魂會暫時寄存在一個虛無的世界裡。

視線掃射眾人一遍，目光裡閃過些許疑慮，「難道只有我不明白，爲什麼萊特爾先生身上會有那顆叫什麼……結界石的東西嗎？」

他此言一出，所有人都陷入沉重的靜默，顯然他帶出另一個問題來，卻沒有人知道當中的答案。

「我相信不會只有你一個想知道答案。」傑瑞德不著痕跡地掃了他一眼，不帶任何表情地說道。

「聽著，我不知道爲什麼結界石會落在他的手上，但我相信絕對不可能是偶然。一個遺失了八百年的邪惡寶物突然在一個吸血鬼的身上找到，當中一定不簡單。」此時，一抹銳利的鋒芒自洛爾的眼底射出，分明對萊特爾抱持懷疑和不信任的態度。

「你這樣說，難道是認爲他本來在密謀著什麼邪惡的計劃嗎？」傑瑞德目光陰沉地盯著他，冰冷刺骨的嗓音裡透露出明顯的不悅。

「我是在提醒你們事情的危險性。如果弗羅拉只是想利用結界石將死去的人從另一個世界帶回來，事情還比較容易解決。只是……」話到此處，洛爾的神情變得更爲嚴肅，鄭重其事地繼續說道，「既然那個吸血鬼能夠嚥下同族的血液，相信他的力量絕對非同小可。弗羅拉會跟一個這麼可怕的吸血鬼扯上關係，事情恐怕沒有那麼簡單。」

「聽著，我不否認萊特爾先生的確是隱瞞著我們某些事情，但我絕對不相信，他當初是想利用這顆所謂的結界石來做什麼違反定律的事情。」傑瑞德以尖銳的語氣反駁。對他來說，萊特爾如同家人一般的存在。不管發生什麼事情，他都不可能懷疑身邊親近的人。

「你相信與否都與我無關，反正我已經完成要做的事情。」洛爾不甚在意地聳了聳肩，視線繼而轉向吉爾伯特先生，改以和善有禮的態度對他說道，「魯坦特，我希望奧斯汀家族的事能夠幫助到你們了解弗羅拉的身分。至於那個吸血鬼，我沒有辦法看清楚他的模樣，而且你也明白，我不了解你們血族的事。」

「別這麼說，你已經幫我們解答了一個很大的疑問。」吉爾伯特先生主動向他伸出手，面露感激的微笑，「非常謝謝你的幫忙，洛爾。」

「我送你吧。」

洛爾禮貌地伸手回握，接著收回雙手，隨意插進口袋裡，說道：「如果沒什麼事，我就先走了。」

「不必了。而事實上……」洛爾故意稍作停頓，把目光一轉，投向坐在沙發上的戴維娜，「我希望她可以跟我出去一下。」

「我？」戴維娜困惑地眨眨眼睛，不解地問道，「爲什麼？」

「我有些話需要單獨跟妳說。」他沒有直接表明原因，看著她的眼神顯得隱晦不明。

「有什麼事是我們不能知道的嗎？」傑瑞德話中帶刺地提問道，眼神尖銳得可拿來切割東西，「巫師。」

「我想，要找她是我的事，我沒有必要向其他人交代。」

意識到傑瑞德想開口回駁，戴維娜趕緊出聲攔截：「沒關係的。」

他側過臉，轉落到她身上的藍瞳閃過一絲訝異。戴維娜抬眸回望他，但沒有說些什麼，只是輕輕點頭，示意讓他放心。

她快速收回眼神，緩緩站起身，望向洛爾說道：「我跟你出去。」

她的答覆讓洛爾感到相當滿意，接著帶著悠然自得的表情轉身離開客廳，往玄關走去。戴維娜有意無意地瞥了傑瑞德一眼後，便跟隨著他的腳步而去，漸漸消失在衆人的視線裡。

「現在的巫師都這麼喜歡搞神祕的嗎？」雷克斯把雙臂交抱在胸前，奇怪地皺眉。

「我倒認爲他會來這裡，是因爲戴維娜的關係。」卜瑞莎提著緩慢的步伐來到他的身旁，語氣裡沒有太多的驚訝，「他今天來找我們的時候，已經很淸楚表明需要跟戴維娜見上一面。」

看見傑瑞德緊鎖著眉頭，陰鬱的面容掠過複雜的神色，吉爾伯特先生會意地來到他的身旁，抬手輕輕搭上他的肩膀。

「放心吧，我不認爲洛爾會傷害她。要不然，他是絕對不會主動來幫我們。」

「我知道。」

只是——

傑瑞德微微瞇起雙眸，暗自在心裡補充。小莎說得對，這個巫師主要的目的是來找戴維娜，說來幫他們只是一個恰巧的理由，但這是爲什麼？

他有什麼理由需要認識戴維娜？

◇◇◇

「我記得你剛剛是說，有話要跟我說的，對吧？」戴維娜略顯納悶地停下腳步，將眸光投落到洛爾的背影上，主動開口提醒。

從離開宅邸來到庭園，洛爾一路上都保持沉默，沒有和她說過半句話，而她只是默默跟在他的背後。這個畫面不是很奇怪嗎？明明有話要單獨跟她說的人是他。

「妳知道爲什麼巫師不願意參與吸血鬼的事嗎？」聽見她的抱怨，他總算停下腳步，轉身面對她，輕描淡寫地拋出提問。

「呃……」面對這個突如其來的提問，戴維娜感到有些愕然，低頭思索半晌，不太確定地問道，「是怕會惹上麻煩嗎？」

「是因爲跟吸血鬼接觸必定會讓自己身陷險境。」洛爾的語氣平靜無波，彷彿在訴說著一件平常合理的事，「自保永遠都是第一，不管是人類還是巫師都一樣。」

「但我不懂。」幾分迷茫從戴維娜的眼底劃過，不明所以地問道，「爲什麼要跟我說這個？」

「身爲人類的妳，難道不怕跟吸血鬼接觸會讓妳陷入不幸嗎？」

她聽不出他語氣裡隱藏著任何含意，似乎眞的是出自於純粹的好奇。

「我想，世界上不會有不怕吸血鬼的人類吧？」戴維娜的嘴角牽起若有似無的弧度，輕淡的嗓音從她的唇瓣間緩緩傾出，「自從認識傑瑞德，我才知道我的夢境是跟他們的人有關。雖然我都不知道，要我夢見當時的情形到底是有什麼含意，但這個夢一直在纏繞著我，我沒有辦法控制或停止它。所以我認爲現在唯一能做的，就是靠它來幫助傑瑞德他們，幫他們搞淸楚萊特爾先生的死因。還有一點就是……」

說到這裡，她的眸光不自覺地黯淡下來，聲音陡然染上幾分憂傷。

她深吸一口氣，試圖平復情緒，然後繼續開口：「我的朋友不久前才因爲吸血鬼而死去，那時候我就知道，無論與他們接觸與否，我都無法避免那些……所謂的危機。但我相信傑瑞德他們，我知道他們不會傷害任何人，我可以信賴他們。而且你剛剛也說，事情的好與壞是要靠我自己來判斷的。雖然我不敢說這是一個正確的決定，但我也不認爲會是壞事。」

「你眞的跟他很像……」看著她堅定的眼神，洛爾不禁發出無奈的嘆息，「願意相信那群吸血鬼，甚至幫助他們。」

「他？」戴維娜雙眉微蹙，面露不解地追問，「他是誰？」

「相信我，我們還會再見面的。如果到時候妳已經搞清楚事情的來龍去脈，我再告訴妳。」

他沒有多作解釋，只是淡淡地掃她一眼後，便轉身踏著大步離去。

「等一下，你剛剛那是什麼意思？」戴維娜著急地追問。

然而洛爾並沒有理會她，也沒有要停步的意思。戴維娜見狀，立刻提步跟上去，但不知道他是否偷偷施展了魔法，她竟然發現自己無法趕上他的速度。

看見他已經走到停在車道上的白色轎車前，並且打開車門坐進駕駛座裡，她只能無可奈何地停步，眼睁睁看著他把車子駛離車道。

望著車影逐漸消失在道路的盡頭，她眼底的迷惑越發濃烈起來。他剛剛的話到底是什麼意思？什麼叫搞清楚事情的來龍去脈？他說的是關於她夢境的事……

還是另有所指呢？

◇◇◇

白色轎車一路沿著寬敞的柏油公路平穩地行駛著，當順利繞過前面一條彎道，洛爾忽然減慢車速，將車輛停泊在側面的道路旁。只見他從口袋裡翻出手機，快速地從通訊錄中點選某個人名，然後按下撥通鍵，把聽筒靠到耳邊。

隨著短促的等待音結束，電話便被接通。

「是我。」尚未等對方開口，洛爾已經迫不及待說出剛剛獲得的資訊，「妳果然猜得沒錯，那個叫弗羅拉的巫師確實是屬於奧斯汀家族的。這一點，到現在都讓我覺得難以置信，畢竟這幾百年來已經再沒有聽到他們的消息。」

「奧斯汀家族的行蹤自古以來都非常神祕，自從八百年前的事發生後，他們就被趕出巫師界，之後所有巫師典籍再也沒有記錄他們的事蹟。而在八百年後，卻突然有一個叫弗羅拉的女巫與一位吸血鬼莫名扯上關係，倒是挑起我的好奇心，想知道這八百年來，奧斯汀家族到底經歷過什麼事。」手機彼端傳來的是一道年邁有力的女性嗓音，她的語氣裡倒沒有半分驚訝，態度表現得非常淡然，「你都跟戴維娜說了嗎？」

「我已經向她表明，要是她搞清楚所有事情，我會告訴她要知道的答案。」

「這個傻女孩……」她幽幽吐出一聲嘆息，聽起來像似自言自語，又像在說給洛爾聽，「真希望她意識到需要面對的事情有多麼危險。」

「但這樣做好嗎？」洛爾的眉頭微微皺起，言語間帶著些許憂慮，「妳不是說過，她絕對不希望讓這位女孩與吸血鬼扯上半點關係嗎？」

「我當然尊重她的意願，但不代表她能夠干涉這個女孩的選擇。既然是戴維娜自願接觸這群吸血鬼，那她也沒有權力去干涉這個決定。」

「我明白妳的意思。」洛爾理解般點點頭，接著低頭思索片刻，不甚確定地問道，「那妳會著手調查弗羅拉的事嗎？」

「事實上，我認為調查弗羅拉是其次，那個吸血鬼的身分才是重點。」說到這裡，她的聲音轉為凝重，試著提出對事情的觀點，「弗羅拉很明顯是在幫這個吸血鬼做事，他想讓弗羅拉啟動結界石的力量，從而打開另一邊結界把某個人帶回現實世界裡。只是我猜不透弗羅拉為什麼會願意幫助一個吸血鬼，而他們又是想讓誰回到世界上。」

「妳的意思是……」洛爾若有所思地停頓一下，語氣裡夾雜著迷茫和疑惑，「要參與吸血鬼的事？」

「我不會說這是在參與吸血鬼的事，洛爾。」她的語氣是慎重，不是抗拒。雖然無法猜透她對吸血鬼的態度，但她在意的明顯是解決事情，而不是對於是否需要與這種生物接觸，「你必須要知道，萬一他們進行的復活儀式會影響到世界運行，我們是不能袖手旁觀的。畢竟這件事，不僅僅牽涉到吸血鬼那麼簡單。但請你務必要記住，在戴維娜還沒清楚知道所有事情之前，你絕對不能向她透露那個眞相。」

「我知道了。」

◇◇◇

夜晚的森林幽深寂寥，瀰漫著陰森詭異的氣息。沿路來到密林的深處，穿過一座低矮狹窄的木橋，有一間風格簡樸的獨棟木屋坐落其中。

此刻，一位身穿黑袍的神祕男人來到窗前，抬頭仰望天上的彎月，眼神若有所思。一隻皮毛蓬鬆柔軟的黑貓慵懶地躺在他的臂彎上，正閉眼安靜地休息著。

由於屋內沒有亮燈，只能靠著月光透過窗戶灑落的銀光，隱約看見男人的臉部輪廓——

在側梳的粗糙黑色短髮下是一張尖削乾淨的臉龐，兩側頰骨處明顯有些凹陷。他上半邊臉被深色的面具遮蓋住，僅露出一雙深不見底的黑瞳，渾身散發著令人捉摸不透的神祕感。

在他身後不遠處的長桌上，並列擺放著六根處於燃燒狀態的白蠟燭，橙紅的火光將同樣放置在桌上一顆碩大的鑽石照耀得閃閃發亮。一位頂著爆炸鬈髮、膚色黝黑的女人正站立於桌前，舉起手中的金屬碗，小心翼翼地將裡面黏稠的暗紅血液圍繞著鑽石四周倒在桌面上，組成一個圓圈。

完成後，她放下金屬盤，伸出右手，以掌心貼在鑽石的表面層上，然後緩緩閉上雙眼，嘴裡開始喃喃唸出拉丁文咒語。

「Ostende mihi faciem imaginis peccatis nostris in passione dominus.」

伴隨著咒語聲落下，在蠟燭上舞動的火苗陡然升高，燃燒得更爲猛烈。一團黑色的煙霧逐漸在鑽石裡頭集結，繼而湧上平滑的表面層滲入女人的掌心，令一幕來自久遠年代的畫面在她的腦海裡顯現出來。

四位身穿古舊服飾的巫師手牽著手圍成圓圈站著，他們緊閉著雙眼，鏗鏘有力地吟誦著同樣的咒語。被他們包圍在圓圈內，是一位露出鋒銳獠牙的男性吸血鬼。他正跪倒在地上，仰頭發出痛苦的嚎叫聲，胸前插著一把散發著淡橘色魔光的匕首。刀柄呈古樸的棕色，雕刻著繁複古樸的花紋，其中的薔薇標誌最爲顯著，似乎帶著某種獨特的意義。

畫面來到此處被切斷，她能看到的只是無盡的黑暗。發現鑽石的力量沒有辦法再提供更多的畫面，她無可奈何地睜開雙眼，將放在鑽石表面層的手鬆開，那團黑色煙霧隨之消散不見。

「妳看到什麼？」意識到身後的火焰悄然減弱，身穿黑袍的男人緩緩轉身看著她，從唇縫間逸出一個名字，「弗羅拉。」

「一把匕首。」弗羅拉應答的語氣沉穩有力，每一個音節落下都清晰無比，「他當時是被一把刻有薔薇標誌的匕首給封印住，要將他的靈魂帶回來，我們需要這把匕首。」

「妳知道匕首現在在什麼地方嗎？」

「我聽到那群巫師當時說，爲了避免魔法失效，沒有將匕首從他身上拔出，只是用藤蔓將他的身軀捆綁起來，然後關在一個棺材裡，找了一個洞穴把它封印起來。不過我還需要一點時間，才能夠確定那個洞穴的位置。」

「那得到那把匕首後，又要怎麼做？」

「整個儀式需要三種超自然生物作爲獻祭，分別是吸血鬼、狼人和巫師。但絕對不能是新生，他們的力量並不夠強大。在我踏進另一邊的世界，帶他的靈魂穿越回來時，需要用那把匕首將他們逐一殺掉。之後，他們的血液會自動融合起來圍繞在鑽石的四周，讓他能夠從中獲得足夠的力量，穿過兩邊的界線，順利回到他的身軀裡。只有這樣，整個儀式才算完成。」弗羅拉的神情沒有絲毫波動，聲音聽起來只是在平鋪直敘，不帶半分情緒。

「需要三種生物的力量嗎？這樣看來，事情將會變得很有趣。」他收回投放在她身上的目光，轉移到像撒嬌一樣躺在他懷裡的黑貓上，眼神閃動著意味深長的光芒，「你說對嗎，梅格？」

那隻叫梅格的黑貓像在回應他似的發出一聲喵叫，睜開那雙如綠寶石般漂亮的瞳孔回望著他。男人狀似滿意地輕柔撫摸著牠的頭，唇瓣拉開一抹令人心寒的詭異弧度。

◇◇◇

補充資料：巫師與吸血鬼相關的歷史

巫師自人類出現在這個世上已經存在，但他們原本不是生存在人類的世界裡，而是與吸血鬼生活在一個由巫師創立出來的空間裡。

巫師的責任是維繫大自然的平衡和保護人類的土地。為了能夠更集中力量，維持世界的平衡和監測巫師違規的行為，巫師界挑選了四位代表的巫師組成一個稱為「巫師協會」的組織。他們分別是來自馬丁內斯家族、嘉德納家族、福斯特家族、迪納塔萊家族。他們會繼承著歷代巫師流傳下來的魔力，可以說是當時魔法最強的四大家族。

本來巫師界一直處於和平安穩的狀態，直至八百年前發生奧斯汀家族一事，破壞了巫師界的寧靜，展開黑魔法盛行的先鋒。

奧伯倫·道格拉斯是當時血族的最高領導者，屬於一位邪惡且很有野心的吸血鬼。他向來就很不滿巫師把吸血鬼困在一個沒有人類鮮血的地方，只為他們提供淡而無味的動物血液，以致他一直在計劃逃離，甚至破壞這個由巫師創造出來的虛構世界。只可惜吸血鬼實在難以與巫師的法術對抗，尤其是身處在集結著他們力量的空間裡。

得悉奧斯汀家族被驅逐出巫師界，他認爲這是一個對他非常有利的機會，於是招攬他們加入他的計劃。奧斯汀家族因當時對巫師協會心存不滿，自然願意利用自身的法術幫助奧伯倫。

由奧伯倫領導的血族與奧斯汀家族聯手後，多次企圖破壞這個虛構空間，以踏入人類世界爲目標。巫師協會知道事態嚴重，儘管他們不希望與吸血鬼變成敵對關係，但在沒有其他選擇的情況下，他們只好把對付的目標集中在奧伯倫身上。

馬丁內斯巫師家族借用他們祖先流傳下來的力量，製造出一把封鎖靈魂的匕首，聯合三大家族的力量，把奧伯倫的靈魂帶到一個虛無的空間，將匕首插入他的胸膛，把他的靈魂永遠封鎖在這個空間裡。

可惜就因爲巫師協會這個舉動，引來血族界巨大的怨恨，最後爆發出一場傷亡慘重的戰爭（戰爭內容將會在本故事第二集提及）。

第九章　嗜血是吸血鬼的本性

金黃色的太陽緩緩從東方地平線升起，將暗沉的黑夜驅散開來，很快便迎來晴空萬里的早晨。一群體態輕盈的小鳥振動著翅膀，從聖帕斯大學上空盤旋飛過，直至來到戶外籃球場，牠們合拍地發出精力充沛的啼聲，彷彿在爲球場上的人加油打氣。

此時此刻，六位身穿輕便運動服的少年正在球場上來回奔跑跳躍，其中一位手持著籃球，不斷左躲右閃，拚命向著前方的籃筐進攻。儘管猛烈的太陽曬在頭頂上，汗水使他們的衣服都濕透，也沒有讓他們因此而停下來。

雖然對六人來說，這只是一場普通的練習，卻依然打得相當激烈，絲毫不讓對方有投球的機會。察覺到時機的來臨，擁有高挑身材、頂著亞麻色短髮的少年迅雷不及掩耳地從某人手中奪過籃球，然後一邊嫻熟地運著球，一邊快速朝著籃筐直奔而去。

一路上，他的身體不停左右晃動，靈巧地避開其他人的防守和阻攔，最終順利運著球來到籃球板底下。只見他從地上輕輕躍起，將手中的球呈一道弧線向前拋出。球來到籃筐上空，繼而呈直線急速下降，準確無誤地穿過籃筐，落回地面。

就這樣，持續一個多小時的練習，終於在這個乾脆俐落的投球下就此告一段落。

亞麻色短髮少年輕喘著氣，向著旁邊的觀眾席走去，拿起放在長椅上的水瓶，扭開瓶蓋，大口大口地將清水灌進喉嚨裡。一位梳著飛機頭、臉上布滿雀斑的男生朝他走近，把掛在一旁的毛巾拿起來，擦拭著額頭上的汗水。

「嘿，艾登，你剛剛的投球動作毫不拖泥帶水，果然厲害。」他毫不掩飾對艾登的欣賞和讚嘆，雀躍的情緒在他臉上表露無遺，「下個月的校際比賽有你在，我們肯定贏定了。」

「你這樣說，我可是會有壓力的。」艾登把水瓶放下，對著他淺笑道。

「對了，你剛剛不是說有看到傑瑞德嗎？他怎麼回覆你的提議？」想起昨天隊友們一致通過招攬傑瑞德加入籃球隊，飛機頭男生顯得更爲興奮，語氣中夾雜著不少的期待。

「我看還是算吧，那傢伙直接跟我說一句沒興趣，就不再理會我。更何況，要是讓他加入籃球隊，我相信他一定不會服從指令的。」艾登低頭收拾著運動包，滿不在乎地回應道，「如果你有看過他上葛蘭教授的課堂，自然會懂我在說什麼。」

「那蠻可惜的，上次我看他獨自在這裡練習射球，幾乎每次都投中。」得悉對方毫不考慮地拒絕他們的邀請，他不禁惋惜地嘆息一聲。

艾登拿起運動包挎在肩上，抬手拍拍他的肩膀說道：「先走了，我去洗個澡就要去上課。」

說完，他便旋身，緩步離開籃球場。

「嘿，明天你還會來練球吧？」他才剛踏出幾步，身後便傳來飛機頭男生帶著期盼的詢問聲。

艾登回頭望他，唇畔滑出爽朗的微笑：「當然啦。」

當他再次轉回頭，繼續往前離去之際，一位披散著蜜金色鬈髮的少女毫無預兆地出現在他眼前。身穿碎花洋裝裙，配搭帥氣黑色短夾克的她，正面帶優雅沉穩的微笑看著他。

「噢，我的老天！」艾登明顯被嚇了一跳，趕緊捂著胸口抱怨道，「小姐，妳嚇倒我了。」

「眞是抱歉，我不是有意的。只是有件事我必須要跟你確認一下。」她連忙爲自己的失禮表示歉意，順勢把握機會，拋出一個帶著目的性的提問，「不知道你是不是認識傑瑞德．賽柏特？」

「認識啊，我們是同一個學系的同學。」他回答得爽快直接，完全不假思索，後來才感到有些疑惑，不明所以地問道，「有什麼問題嗎？」

「這實在是好極了。」她旋即露出滿意的神色，用那雙烏黑的美瞳直視著他，兩片塗上彩蜜的唇瓣緩緩開啟，咬字清晰地再次提問，「你知道我可以在哪裡找到他嗎？」

「兩個小時前，我在教學樓的走廊上遇到他，但不確定他現在是否還在那邊。」望著她那雙沒有眨動的眼瞳，艾登的眼神陡然變得呆滯散渙，不由自主地照實回答。

「謝謝。」少女的唇角悄悄拉開得意的弧度，輕聲說道，「你現在可以離開了。」

艾登完全聽從她的話行事，毫不猶豫地繞過她身旁離開。想不到在這個瞬間，他瞳孔的顏色突然轉變成耀眼的金黃，但只是一閃即逝，之後便轉回原本的淺棕色。

「對我使用精神控制？哈，竟然又來了一個吸血鬼。」

他張開薄唇，低聲喃喃著，眸中閃爍著微覺有趣的色彩。

◇◇◇

秋天的來臨，將校園的樹葉都被渲染成金黃色。傑瑞德和戴維娜跟隨著人群從教學樓裡魚貫而出，沿著寧靜的林蔭小徑向前走，落葉踩在他們腳下，發出清脆的沙沙聲響。忽然間，一陣帶著清爽涼意的秋風迎面吹來，讓戴維娜不禁打了個哆嗦，下意識地裹緊身上的外套。

「看來你的神祕魅力，已經成功擄獲米歇爾教授的芳心了。」她故意朝著旁邊的傑瑞德眨眨眼，打趣般的說道，「早前你缺席課堂的時候，她授課總是顯得死氣沉沉的，現在看到你重新回來，她整個人馬上變得神采飛揚，比起之前正常許多。」

「可以別在我面前提起她嗎？一想起她那種戀子情結的眼神，我就覺得渾身不自在。」

基本上，全校都知道米歇爾教授有戀子癖，自從她二十五歲的兒子結婚搬出去住後，就開始變得對校內的男學生異常友善。傳言說，她是希望透過對男學生的關懷，來慰藉被兒子「拋棄」的寂寞心靈，而傑瑞德正成為她其中一個目標。每次只要上米歇爾教授的課堂，他都會因為她投射過來的怪異眼神而感到雞皮疙瘩。

要知道在戴維娜的印象中，傑瑞德的表情向來不動如山，無論遇到任何事都能沉穩面對，現在發現他臉上布滿萬般無奈的神色，實在令她忍不住笑出聲來，半開玩笑地說出接下來的話。

「面對中年女性向你拋媚眼的情況，看來你是束手無策了。」

倘若這句話是出自雷克斯的口中，傑瑞德一定會毫不猶豫用眼神讓他不敢再出聲。但現在對象換成戴維娜，卻讓他尷尬到不曉得該如何回應，只能不自然地抬手摸著鼻子，刻意清清喉嚨。

見他的面容罕見地浮現出窘迫，於是戴維娜決定不再逗弄他，迅速收拾心情，把話題轉移到正經事上。

「對了，話說回來，現在知道弗羅拉想藉助結界石進行復活儀式，你們接下來有什麼計劃嗎？」

「昨天吉爾伯特先生向我們提到，進行復活儀式需要消耗龐大的魔力，結界石只是用來連接兩個世界的界線，只靠弗羅拉的力量是不足夠把某個人的靈魂從另一個世界帶回來的，除非她能藉助祖先的力量。」話及至此，傑瑞德的語氣倏然正經起來，不疾不徐地繼續解釋，「不過正如昨天洛爾所說，復活已經死去的人是一件違反自然定律的事，祖先的力量是不被允許這樣做。如果她要獲得力量，只能用另一種方式。」

「什麼方式？」她急不可待地追問。

「祭祀。如果他們要復活的是人類，倒不需要進行這個儀式，但畢竟事情不僅僅牽涉到弗羅拉，還有一個吸血鬼，我認爲他們的計劃應該是要復活某個超自然生物。這樣的話，他們就必須要將其他超自然生物拿去獻祭，藉助他們的力量來增強弗羅拉的魔力，從而讓對方的靈魂穿過界線，回到所屬的身軀裡。」

說到這裡，傑瑞德的眉心略微蹙起，濃厚的憂慮隱藏在他的言語間，「也就是代表，他們下一個目標有可能是吸血鬼，有可能是狼人，也有可能是巫師。如果沒有辦法盡快找到他們，那麼下個受害的，就會是我們這些超自然生物。所以我現在只希望可以找到任何蛛絲馬跡，從而知道他們的儀式會怎樣進行、在哪裡進行，讓我們可以來得及阻止他們的計劃。」

「不過我想，就算不是要阻止祭祀儀式的進行，你也應該很希望盡快找到弗羅拉和那個吸血鬼吧？畢竟他們才是最後接觸萊特爾先生的人，只要找到他們，或許就能解開所有疑團。」話到此處，戴維娜稍顯猶豫起來，小心地觀察著傑瑞德的反應。雖然察覺到他的臉色隱隱有些難看，但她還是決定把話繼續說出來，像走鋼索般謹慎地選擇用字，「包括爲什麼他會獲得結界石，爲什麼那個吸血鬼會殺他，而我相信這些答案都一定是與他們有關的。」

傑瑞德靜默不語，心情像是打翻調味罐一般，五味雜陳。老實說，他都不確定自己想不想知道這些答案。自從知道萊特爾先生隱瞞著一些不為人知的祕密，他已經覺得很難以置信。倒不是說他不相信萊特爾先生，只是……

如果眞相並不如想像的那樣，他又該如何接受？

想到這裡，他深深地吸了口氣，從唇縫間擠出一句簡短的話：「我也不確定。」

看見他的表情蒙上一層陰鬱，戴維娜微微張開嘴，卻發現無法說些什麼。她不能說自己了解傑瑞德的心情，但知道萊特爾對他來說是一位很親近的人，發現對方隱瞞著這些重要的事情，卻不清楚背後的原因，這種感覺絕對是非常煎熬和難受。

但傑瑞德並沒有再讓此事困擾自己，他飛快地斜瞥戴維娜一眼，假裝不經意地問道：「昨天那個洛爾說有話要單獨跟妳講，他沒有對妳說些很奇怪的話吧？」

他此話一出，戴維娜的身體猛地一怔，腦中不自覺地回想起昨晚與洛爾的談話內容。儘管他當時說的話確實很奇怪，但在還沒搞清楚當中的意思之前，暫時還是先不要讓傑瑞德知道。要不然，他肯定會追著洛爾不放，找他當面解釋清楚，恐怕到時候會引起不必要的衝突。

「沒有啊，只是很普通的對話而已。」她聳肩否認道，語氣略顯輕鬆隨意，「可能是他覺得我擁有這種異常能力，對我感到特別好奇吧。」

「不知道為什麼，我總覺得他這個人深不可測，來的目的一定不單純。」他顯然很不信任洛爾，口吻裡的懷疑非常濃烈。

「可是再怎麼說，也是他幫我們搞清楚弗羅拉的身分以及她家族的事，我想就算他眞的有目的，也不會是來害我們的。」戴維娜一邊認眞地忠忖著，一邊合理地分析道。

與此同時，他們不經不覺來到小徑的岔路口前，一條向右通往圖書館，另一條向左通往飯堂和酒吧。戴維娜緩緩停下步伐，並抬起手指指向右邊的路徑。

「噢，我要往這邊走了。埃絲特一大早去了圖書館翻找與美術課相關的參考書，我跟她約好在那邊等。你呢？順路的話就一齊吧。」

「不了。雷克斯現在在酒吧，我要過去找他。」傑瑞德把雙手插進褲袋裡，輕輕搖頭拒絕。

「你們這麼早就去酒吧嗎？」她只是輕鬆地隨意問問，沒有夾雜驚訝的成分。

「還不是因爲雷克斯，他說最近酒吧來了一位美女調酒師，決定要在今天內把她的電話號碼拿到手，我可不希望他長時間待在那邊，妨礙別人做生意。」面對雷克斯這種不成熟的舉動，她顯然聽出傑瑞德的語聲充滿煩悶，甚至懷疑他已經生起想揍對方的衝動。

「無時無刻都在想著泡妞，不才是符合他本來的性格嗎？」對於雷克斯慣常的行爲，戴維娜早已經不感到詫異，反倒覺得非常正常。發現他們的目的地並不相同，她只好在此向他道別，「那好吧，我就先走了。明天在課堂上見，拜拜。」

話落，她便揚手，笑著對他做出再見的手勢，接著提起步伐，沿著右邊的小路慢步離去。

傑瑞德並沒有馬上離開，依然站在原地目送她漸行漸遠的背影，藍瞳出奇地流轉著一抹淺淡的柔光，連他自己都沒有發覺在不經意間洩漏出這種罕見的情感。

直至她的背影完全消失在視線內，他才收回目光，轉身往另一邊的小路前進。就在這個時候，他分明感覺到一道身影如光速般從背後飛快地掠過，於是下意識地轉頭回望，然而並沒有任何發現。

一股強烈的預感油然自他心底升起——

這裡有吸血鬼的氣息，而他知道這股氣息絕對不是屬於雷克斯的。

傑瑞德毫不猶豫地轉身往回頭路走，小心謹慎地踏出每一步，雙眸銳利地掃視著四周。

沒想到，那抹像鬼魅般的身影再次從他背後悄然掠過。儘管傑瑞德已經火速轉頭回望，卻依然無法捕捉到對方的蹤影。他不忿地握拳咬牙，暗自低咒一聲。與此同時，一道聽起來頗為愉悅的女聲冷不防地自他背後傳來。

「在找我嗎？」

對方的字句間蘊含著輕佻的意味，彷彿在嘲笑他於這場追逐遊戲上表現差勁。傑瑞德不假思索地轉身，萬萬想不到映入眼簾會是一張嬌俏美麗的容顏。

他不敢置信地睜大眼睛，驚詫的神色悄然攀上眼瞳，下意識地呼喊出她的名字：「尤妮絲？」

「嗨，傑瑞德。」尤妮絲的嘴角勾勒出飽含深意的笑容，抬手晃動著手指跟他打招呼，「我們又見面了。」

「妳怎麼會在這裡？」他微瞇起眼眸，以警惕的眼神打量著她。

「如果我說是特地來找你的，你會相信嗎？」她把雙手交叉抱於胸前，踩著慢悠悠的步調朝他走近，挑高眉毛問道。

傑瑞德的臉色毫無變化，只是漠然地斜瞥她一眼，壓根沒有回應她的打算。

「要去飯堂陪我喝杯飲料嗎？」面對他的冷漠，尤妮絲並未知難而退，反倒表現出無所謂的態度。

「聽著，這裡不是給妳來玩樂的地方。」傑瑞德的銳眸迸射出犀利的寒光，冷硬的語氣帶著些微不耐，警告意味非常明顯，「我勸妳給我馬上離開，尤妮絲。」

「你就這麼不願意相信，我是來找你聚舊嗎？這樣吧，要我離開很簡單，除非……」話到此處，尤妮絲故意稍作停頓，伸出食指戲弄地挑起他的下巴，越發加深唇角的笑弧，「你肯陪我去飯堂。」

「我沒有多餘的時間陪妳。」

傑瑞德厭惡地甩開她的手，口氣淡漠地回絕道。他實在是懶得再與她浪費唇舌，於是旋身欲要離開。

「是嗎？」尤妮絲出奇地沒有追上去，依然停留在原處，用食指漫不經心地捲動著柔順的髮尾，刻意拉高音調說出隱含威脅性的話語，「既然這樣，我只好在這裡選定一個美味又可口的食物，來塡飽我感到飢餓的肚子。」

傑瑞德聽言，身體猛然一僵，旋即停下向前邁進的步伐。他知道她口中說的「食物」是指人血，他相信她絕對說得出做得到。而他也很淸楚，要是她在這裡胡來的話，後果肯定會很麻煩。

思及至此，他只能暫且忍耐下來，轉身面對她，極度不情願地接受她的要求：「聽著，妳只有十五分鐘的時間，之後給我馬上從這裡滾蛋。」

「那還等什麼呢？我們走吧。」

一抹滿意的微笑自尤妮絲的唇邊綻放開來，她以勝利者的姿態洋洋得意地聳聳肩膀，然後邁著悠然的步伐，筆直地朝通往飯堂的路徑前進，並沒有回頭察視傑瑞德的舉動。因爲她很有信心——

他一定會跟上來。

◇◇◇

卡瑞莎手持著剪具在宅邸前的庭園上漫步，一邊細心地給花草修剪枝葉，一邊享受著秋蟬的啼鳴。自很多年前以來，打理庭園的工作都是由卡瑞莎一手負責。對於熱愛種植的她來說，在照料植物的背後其實隱藏著很深重的意義，也是她從未向任何人訴說的祕密。只要看著庭園裡盛開的植物，她的心境總是能自然回歸平靜，趕走所有煩躁不安的情緒。

「是因爲秋天的來臨嗎？最近的花都凋謝得特別快，真令人感到沮喪。」她踏著輕緩的步伐，來到某簇青綠的灌木叢前停下，微微俯身，注視著其中一朵開始泛黃乾癟的花朵，面容露出些微惋惜。

當卡瑞莎重新挺起背脊站直時，感覺到有種東西呈直線型急速地迎面飛射過來。於是她連忙抬頭，機敏地伸手把它接住，當發現握在手中是一根尖型的木樁，雙眼瞬間瞪得滾圓，似乎對於在居住範圍內受到襲擊感到難以置信。

她快速回過神來，目光愼重地觀察著四周，利用靈敏的聽覺捕捉所有動靜，眼中充滿著對未知危險的警戒和防備。

頃刻間，她聽到一陣急促的腳步聲由遠而近自身後傳來。待準確地感應到對方來到背後，她迅捷轉身，伸手掐住對方的咽喉，猛力地將眼前的人推到粗糙的樹幹上，同時展露出齜牙咧嘴的猙獰臉孔。

然而待看清來者的面容，卡瑞莎眼裡飛快地掠過一絲訝異。因爲出現在她眼前的並不是其他人，而是她的母親——珍妮弗．吉爾伯特。她披散著與卡瑞莎一樣的金色秀髮，方正的臉龐上有著兩道濃密的眉毛，黑褐色的瞳孔清澈明亮，卻隱隱帶著一種威嚴的氣勢。

卡瑞莎稍微的分神讓吉爾伯特夫人有機可乘，抬手抓住她的手腕用力扭動，清脆的關節脫臼聲隨即響起，痛得她忍不住低呼一聲。然而夫人沒有就此鬆開她，反而毫不留情地把她重重甩到地上。

卡瑞莎蹙起雙眉，疼痛地悶哼出聲。不過由於她是吸血鬼，痛楚自然不會維持很久，很快便敏捷地從地上站起身。

「面對敵人的時候，妳不應該分神的，小莎。」吉爾伯特夫人來到她的身前停步，眉間微微皺起，認眞嚴肅地提醒道。

「那是因爲我一點心理準備都沒有。」卡瑞莎不滿地撇撇嘴，抬手輕拍著沾在衣服上的灰塵，語氣裡帶著幾分抱怨，「而且我也沒有想過對方會是妳來的。」

「妳要知道，敵人從來不會給妳心理準備的。」她單手扶額，無奈地嘆息一聲。

「剛回來就這樣考驗她嗎？」

這道聲音是來自吉爾伯特先生的，只見他正走下門廊的台階，慢步朝著兩人走來。他將視線投放到妻子上，眼裡交織著思念和喜悅的情緒。

「珍妮弗。」

「沒有人知道敵人會在什麼時候攻擊你，無時無刻都應該讓她保持警覺才對。」雖然吉爾伯特夫人語重心長地說著，聲線卻明顯放柔了許多。她緩緩轉身面向卡瑞莎，主動對她張開雙臂，嘴角微微上揚，漾開一抹溫和的微笑，「好久不見了，我親愛的女兒。」

卡瑞莎一語不發地直接投進她的懷裡，雙手輕擁著她，把下巴擱在她肩膀上，安靜地感受著母親久違的懷抱。待兩人鬆開彼此後，吉爾伯特先生走過來，伸手把妻子擁入懷中。

「歡迎回家。」他在她耳邊輕聲說道。

夫人微微淺笑，伸手回抱著他。

「在外面一切都順利吧？」鬆開懷抱後，他以平穩的聲調對她問道。

「算是和住在其他城鎮的吸血鬼達成共識，畢竟我們現在有著共同的敵人——弗羅拉和一位神祕的吸血鬼。他們很清楚事情的嚴重性，知道進行復活儀式會有超自然生物被犧牲，大部分都表示在我們需要支援的時候，他們會毫不猶豫提供幫助。」吉爾伯特夫人的視線來回投放在他們的身上，稱心滿意地分享著這個令人感到歡喜的消息，「而我今天回來，也是有個重要的消息要跟你們說。」

「什麼消息？」卡瑞莎率先疑惑地追問。

「事實上，我已經從妳父親口中知道所有關於弗羅拉和結界石的事。」她發現母親漸漸斂起臉上的笑意，取而代之的凝重令她的神經不由緊繃起來，屏息地聆聽著母親接下來要說的話，「而我大概猜到他們想要復活的人是誰。」

卡瑞莎和吉爾伯特先生默契相當地互相對望一眼，接著把目光轉回吉爾伯特夫人的臉上，心裡感到震撼不已。

◇◇◇

時間來到十一點正，校園飯堂裡的人潮已經減退不少，只剩下零零星星的客人仍坐在裡頭用餐。與門口相隔不遠的某張方形餐桌前，正坐著一對關係疑似疏離的男女，儘管他們看似認識的坐在一起，氣氛卻像兩個不認識的陌生人，完全沒有絲毫交流。

「你真的不點杯飲料來喝嗎？」尤妮絲用吸管津津有味地喝著餐桌上的草莓汁，用輕鬆的語調說道，「反正我們只是無法消化固體的食物[2]，喝流質的東西對我們來說又不會有影響。」坐在旁邊的傑瑞德沒有理會她，只是專注地翻閱著手上的書本，彷彿當她不存在一般。

「噢，所以你是打算不再跟我說話了嗎？」他的不瞅不睬讓尤妮絲感到相當無趣，她單手托著腦袋望向他，略微抱怨地出聲，「拜託，傑瑞德。我們都這麼久沒見面，就不能當做是老朋友一樣聊天嗎？」

「在我看來，我們之間並沒有什麼好說。」從坐下來到現在，他自始自終都沒有看她一眼，現在也只是從唇縫間冷冷吐出一句話來。

「好吧，既然你不想輕鬆地聊天，我們就來聊一些有趣的事情。」尤妮絲毫不在意地聳肩，饒富興味地將視線掃向四周，刻意用惡魔般的誘惑語調衝擊著他的理智，「要看看坐在你後面的那位教授嗎？她的手指頭不小心被包裝紙割傷，血液正在緩緩流出，你沒有聞到那誘人的香味嗎？再看看坐在你九點鐘方向的那位男生吧，我坐在這裡都能聽見血液在他血管裡流淌的聲音，你難道都沒有感覺嗎？」

「夠了。」傑瑞德大力地闔上書本，極力壓抑著胸口翻騰的怒氣，語氣尖銳得如同冰凌，「對妳來說，這些都是一場遊戲嗎？殺人、吸食他們的血液在妳看來真的有那麼有趣嗎？」

「這從來都不是有趣與否的問題，而是那是我們的本性。」尤妮絲說得理所當然，對於他提到的行為毫不感到羞恥，甚至將臉龐湊近他，清晰明確地補充道，「身為一個吸血鬼該有的本性。」

---

2 吸血鬼沒有人類的消化系統，如果他們吞嚥固體食物，會因無法消化而嘔吐出來。不過有吸血鬼避免令人類產生懷疑，會尋求巫師的協助，為他們調製消化藥水，用來溶解進入口腔的食物，但不會感受到食物的味道。相反，流質的液體對他們沒有任何影響，只要吸血鬼進食了足夠的血液，多餘的液體將會被血液吸收和蒸發。

「所以我們就應該要殺人爲樂？」聞言，他的瞳孔微微收緊，藍色眼睛冷如冰塊。

「你知道嗎，傑瑞德？你會這樣說，只是因爲你到現在都把自己當成是人類，一個正常人，可顯然不是。」尤妮絲仰後靠著椅背，淡然地挑眉揶揄道，「吸食人血從來都是我們的本性，那才是我們眞正的食物。如果在你餓到快失去力氣的時候，你還會這麼堅持不進食人血嗎？我擔保到時候，你一定會狠不得撕開他們的喉嚨，大口大口地品嚐他們的血液。」

「我不是妳，我不會做這麼殘忍的事。」他撇開臉不再看她，堅決地否認道。

「殘忍？哈。」尤妮絲像是聽見有趣的笑話一般，諷刺地輕笑出聲，繼而收起笑臉，毫無保留地指出他的軟弱之處，「你以爲我不知道嗎？你到現在還堅持喝動物血液只是因爲你害怕，害怕自己會再次變得不受控制，再次受到可笑的良心責備，所以你才會變得這麼弱。而你弱並不是因爲喝動物血，而是你不肯面對自己。儘管壓抑你自己吧，傑瑞德，我倒要看看你能撐到什麼時候。」

說完，她便推開椅子站起來，踏著平穩的步伐轉身離開。

傑瑞德依然默默地坐在原位，放在書本上的手漸漸緊握成拳頭，思緒停留在尤妮絲剛剛說的那番話上。縱然她的話聽來很刺耳，卻是徹底地把他給看透了——他不是不想喝人血，而是不敢。他沒有辦法相信自己，害怕如果再次品嚐到人類的鮮血，只會讓他渴望得到更多。

他不希望變成這樣。他不想讓自己，再次變得這麼可怕。

◇◇◇

吉爾伯特夫人雙臂環胸，安靜地站在宅邸客廳的落地窗前，目光定定地遙望著遠方的山巒，眼神深沉複雜，令人難以揣摩她此刻的心思與想法。

「媽，妳剛剛說的到底是什麼意思？妳知道弗羅拉他們想要復活的人是誰？」

從他們走進室內到現在，吉爾伯特夫人始終保持沉默，沒有爲先前的話做出任何解釋。要知道長久的寂靜往往最折磨人心，而卡瑞莎實在無法繼續忍受，於是急不可耐地率先打破沉寂。

「魯珀特，不知道你還記不記得萊特爾在很多年前提過，曾經的血族是由某位領導者所統治的？他是純種的吸血鬼之一，一位生存了千年以上的古老吸血鬼。直到六百年前，他才被馬丁內斯的巫師家族用一把施咒的匕首，將他的靈魂封鎖到另一邊的世界裡，不讓他繼續在世上作惡。」吉爾伯特夫人沒有回答她的提問，只是緩緩轉身把視線投向丈夫，語調平淡無波。

「記得，妳是說奧伯倫．道格拉斯吧？」聽見她提起血族久遠的歷史，吉爾伯特先生的神情陡然嚴肅幾分，連聲音都變得異常凝重，「萊特爾當時說過，他是一位很邪惡的吸血鬼，生性兇殘，性格也相當傲慢，要求所有吸血鬼無條件服從他的命令。而一直以來，他都希望組成一隊強大的吸血鬼軍隊，從而支配人類，將他們的世界完全變成吸血鬼的世界。」

卡瑞莎的眼瞳在她父母身上來回流轉，默默地聆聽著這些她從未聽聞過的事情。她父母很少會將吸血鬼過往的歷史告訴她，一來認爲她並不需要知道，二來是覺得他們不會接觸到那些古老的純種吸血鬼，根本沒有必要爲這些事而煩惱。但事實證明，這是非常錯誤的想法。

「要知道吸血鬼不能生育，唯一擴大我們族群的方法只能靠不斷的轉化，將人類轉化成吸血鬼。奧伯倫是一位很有野心的吸血鬼，他一心只想擴大血族的勢力，控制人類的思想，讓人類成爲吸血鬼的傀倔。」看見卡瑞莎的臉色蒙上一層迷茫，於是她父親耐心地為她解釋著，「這些事情都是萊特爾告訴我們的，當然是在我們轉化成吸血鬼之後。因為他曾經跟一位古老的吸血鬼有過聯繫，才會如此了解這些事情。」

「所以妳認為他們是企圖復活奧伯倫？」卡瑞莎疑惑地把眼光轉向母親，語氣不甚肯定地問道，「那位生存了千年以上的吸血鬼？」

「暫時只是我的猜測而已，不排除他們想復活的是其他人。只是自古以來，有不少古老派的吸血鬼都試圖想要復活他，讓他重新成為血族界的主人。當然他們並沒有成功，要知道巫師的魔法不是那麼容易被破解的，尤其馬丁內斯算是在巫師界裡數一數二擁有強大魔法的家族。要不是八百年前奧斯汀家族創造了結界石這種黑暗的物品，我想世界上也不會找到任何喚醒他靈魂的方法，只因為結界石裡蘊藏著一股黑魔法的能量。不過結界石一直以來都下落不明，直到現在才落在弗羅拉他們的手上，也因為這個緣故，讓我不由得產生他們想讓奧伯倫回到世上的想法。」

吉爾伯特夫人慎重地將心中的想法有條不紊地道出，雙眉不自覺地擰起，一抹擔憂自眼底傾瀉而出：「我之前就在想，既然殺害萊特爾的吸血鬼是能夠吞噬同族的血液，估計他也是屬於比較古老的吸血鬼。」

「但我不懂，為什麼他們都要費盡心思復活這麼邪惡的吸血鬼，讓他繼續成為我們血族的領袖？」卡瑞莎困惑地皺眉，不解地追問，「像我們現在這樣，自由自在地生活不是更好嗎？」

「小莎，妳要知道古老派的吸血鬼都不會這樣想，他們從來都認為血族應該像狼人一樣，有一個屬於自己的族群，應該透過族群來增強自己的戰鬥力，不應該像盤散沙一樣。狼人可以透過繼承或打鬥成爲族群裡面的頭領，也就是阿爾法狼。但吸血鬼不一樣，只有純種的吸血鬼才能成爲領導人，而大部分吸血鬼都認爲，只有在領導者的帶領之下，血族的勢力才能得以壯大。」

聽見父親微帶嘆息的解答，卡瑞莎不由得想起一個永恆的定律——「年紀越大的人，思想越是古板守舊」。老實說，來到現在這個年代，任誰都渴望能夠無拘無束地生活，誰還會願意接受極權者專制的統治？

對於這一點，她相信無論是人類還是正常的吸血鬼，都會抱持著相同的想法。

「假設他們要復活的是奧伯倫，那麼人類世界將會變得不堪設想。儘管在這世界上有一部分的吸血鬼是希望與人類和平共存，但如果他重新回到這個世界上，我們也只能無條件地聽命於他——」說到這裡，吉爾伯特夫人再次將視線投向窗外的遠方，不安的語氣中隱約摻雜著些微憂懼。良久，她才繼續開口把話說下去，「因爲他能夠完全操控吸血鬼的思想，迫使我們完成他的命令，是一位力量非常強勁的吸血鬼。」

在卡瑞莎的記憶中，她未曾見過母親這麼擔心某件事情的發生。這一點令她意識到敵方的計劃非同小可，心情顯得頗爲沉重，沒有再出聲發言。而吉爾伯特先生同樣靜默不語，只是若有所思地望著妻子的背影，眼裡閃爍著暗晦不明的情緒。

◇◇◇

補充資料：狼族階級

狼人幫派主要分爲三個階層，分別是阿爾法狼、貝塔狼和歐米伽。

每個幫派都會由阿爾法狼擔任領袖的位置，負責帶領由自己所轉化的狼人。他們屬於狼族中最優秀、經驗最豐富的雄性狼，眼睛呈紅血色，代表力量的象徵。

排在第二層的是貝塔狼，他們的眼睛有些是金黃色，有些則是幽藍色，普遍是被阿爾法狼咬傷而轉化的。因此論實力，自然排在阿爾法狼的後面，必須要聽從阿爾法狼的命令，幫助他們鞏固他在群體中的地位和權威。

而歐米伽是排在最低等的位置，也是實力最弱的狼人。他們通常是被貝塔狼咬傷而轉化的，眼睛呈琥珀色。歐米伽必須要完全聽從阿爾法狼和貝塔狼的命令，不得挑戰他們的權威。

狼人之間可以透過繼承或者對戰成爲幫派裡的頭領。換而言之，只要任何貝塔狼能夠打倒阿爾法狼，就可以取代後者的位置，成爲幫派新一任的領導者。但歐米伽並沒有越權的資格，只能從頭到尾擔任服從的角色。

◇◇◇

明亮的自然光線透過玻璃窗傾灑進教學棟的某間教室內，埃絲特在課堂結束後仍獨自坐在裡面，雙目專注地盯著桌上的筆電螢幕，纖細的手指「啪嗒啪嗒」在鍵盤上飛快地敲打著。

當看見螢幕上彈跳出一個顯示「成功遞交」的通知欄，她總算如釋重負似的鬆一口氣。恰好這個時候，她的眼角瞥見右下角的小時鐘跳到十二點整，於是在關機後快速闔上筆電，把它塞進電腦包裡。

埃絲特從座位上站起來，準備動身過去飯堂與戴維娜會合。就在她即將踏出門口之際，一抹女性身影毫無預兆地從某側走過來，嚇得她的心臟幾乎要跳出來。

與此同時，那位女子略帶興味的嗓音像風輕輕拂過她的耳旁：「爲什麼走得這麼急？我還需要找妳幫忙做個實驗的。」

待穩住心神，埃絲特定睛一看，發現眼前是一位陌生的金髮黑瞳少女——

尤妮絲雙臂交叉抱胸，以高傲的姿態睥睨著她，意味深長的眼神似在盤算著令人難以捉摸的詭計。

「什麼實驗？我不太聽得懂妳在說什麼。」埃絲特聽得一頭霧水，眼底浮現出濃厚的迷惑，「而且，我不認識妳。」

「妳不需要聽得懂。」尤妮絲的唇角噙起玩味的笑意，那雙烏黑明亮的眼瞳一瞬不瞬地注視著她，字句緩慢清晰地自她的唇瓣間溢出，「妳只需要按照我說的話去做就可以。」

「呃……」埃絲特不明白她這份自信從哪裡來，奇怪地皺眉，用怪異的眼神打量著她，「我爲什麼要聽妳說的？」

「噢，眞是該死。爲什麼要讓我碰上這種狗屎般的事情？」發現精神控制沒有順利發揮效用，尤妮絲不顧儀態地直接蹦出髒話，聲音裡帶著毫不掩飾的煩躁，「妳們的身體是有什麼特別構造嗎？怎麼可能連妳都不受精神控制的影響？」

她記得塞貝斯提過，精神控制對戴維娜沒有效用，但他並沒有聞到她的血液有馬鞭草的味道，而這種情況竟然同樣出現在她朋友的身上。

處理這種麻煩事，此刻的她只能用最乾脆直接的方式。

尤妮絲抬手，一把抓住她的頭髮，將她的額頭猛力地撞向旁邊厚實的牆壁，動作乾淨俐落，快到只是眨間眼的事情。突如其來受到強烈的衝擊，一股頭痛欲裂的噁心感伴隨昏沉的眩暈猛烈襲來，令埃絲特瞬間覺得天旋地轉，眼冒金星。最終，她的眼皮不受控制地閉上，意識被拖進黑暗中。

要讓她昏倒，對身爲吸血鬼的尤妮絲來說簡直是輕易而舉。從嘴角挑起得逞的弧度，她隨意地鬆手，讓埃絲特變得軟弱無力的身軀順勢倒在地上，大片青紫色的瘀血清晰地出現在她的額頭上。

「真是抱歉，小甜心。我本來沒打算要用暴力的方式對待妳，但面對這種突發的情況，也只能用特別的手段。」她單手叉腰，挺胸傲然地俯視著埃絲特，語氣裡盡是虛假的同情。

說完，尤妮絲轉身走到門邊，謹慎地來回張望著走廊的兩側。發現沒有半個人影，她自然感到稱心滿意。

要知道，她可是看準快接近中午的用膳時間，才會那麼放心走進教學樓尋找這位目標人物。而在這之前，她已經向學校的職員查探過，知道這棟教學樓在午膳時段沒有安排任何課堂，同時已經利用精神控制支開在樓下巡邏的保全。也因如此，她這場精心策劃的遊戲，才能夠這麼順理成章地進行。

當然，現在還尚欠主人公的登場。

想到這一點，她重新回到埃絲特的身旁，從容地蹲下身，從她的口袋裡翻出手機。利用她的指紋解鎖後，尤妮絲迅速點開通訊錄。

當滑到「戴維娜」這個名字，她纖細的指尖隨即在螢幕上輕輕移動，打開一個新簡訊的頁面。她流暢地在鍵盤上地敲打著，編寫著一則看似平淡無奇，實則詭計重重的簡訊：

『嘿，戴維娜。我今天戴了一雙很心愛的粉紅色耳環，但我發現在教室裡弄掉了一隻。我找了好一陣子都沒有找到，妳能過來教學樓405室幫我找一下嗎？拜託！』

尤妮絲刻意在「拜託」後面加上一個楚楚可憐、合十雙手的表情符號，讓這條簡訊看起來更像是她朋友發送出去。同時，她不禁在心裡暗自嗤之以鼻：幼稚的人就喜歡做這種老套又噁心的舉動。

看著簡訊成功發送出去後，她把手機放回埃絲特的口袋，唇角漸漸掀起宛似狐狸般狡黠的笑容。讓獵物自投羅網比起親手捕捉獵物，相信會來得更有意思。

◇◇◇

戴維娜在收到埃絲特的簡訊後，有試過撥電話給她，但始終無人接聽，於是只能根據她在簡訊中提到的位置去找她。

順利抵達教學樓四樓，戴維娜竟發現周遭空無一人，整條走廊寂靜無聲，令人感到有些怪異。一股難以言喻的壓迫感像煙霧般緊緊包圍住戴維娜，使她不自覺地加快步行的速度，彷彿不願繼續待在這條走廊上。

她順著廊道一路來到405教室，發現門半掩著並沒有關上。於是，她把門輕輕推開，沒想到居然會看到如此驚駭的畫面——

埃絲特低垂著頭，坐在最前排的座椅上，雙手被麻繩反綁在椅背，金色的髮絲散亂地垂在臉頰兩側，遮蓋住大部分的五官。

「老天在上！」

戴維娜的雙眼瞪得如銅鈴般大，心頭猛然劇震，整個大腦剎那間陷入空白，失去該有的思考能力。她急忙邁開雙腿，如離弦的箭一般衝進教室，奔到她的身前蹲下來。

「埃絲特，妳還好嗎？快點醒醒！」

然而她依然垂著頭，沒有發出聲音，宛如陷入意識昏迷。戴維娜的內心慌亂不已，對於這個情況毫無頭緒。是誰？到底會是誰想要對埃絲特動手？

她一邊費力地思考著這個問題，一邊抬起手，準備要解開埃絲特手腕上的繩索。不料此時，一道略帶諷刺的聲音冷不防地傳入她的耳中，令她警兆頓生，動作猛然僵住。

「該說妳天真嗎？妳不會認為我讓妳過來這裡，是為了帶她離開吧？」

戴維娜迅速轉頭望去，當尤妮絲那張陌生的面孔映入眼簾，她的腦袋裡馬上浮現出一大堆疑問。她是誰？她不認識這個人，而她相信埃絲特也不認識她，那這個人到底是哪根神經出了毛病？為什麼要這樣對待埃絲特？

「妳是誰？為什麼要傷害埃絲特？」戴維娜小心謹慎地站起身，眼神裡湧現強烈的戒備。

「噢，我還以為妳是個聰明人。」尤妮絲的眼珠子往上翻了翻，嗤之以鼻地說道，「沒想到妳的第一句，居然是問出這種白痴的問題。」

戴維娜拼命在腦海中搜索著各種記憶，無奈她對眼前這位女生毫無半點印象。她讓自己冷靜下來細想，倘若不是她認識的人，但對方卻認識她，那麼最大的可能性就只有一個——

她的雙眼倏忽睜大，緩緩開啟唇瓣，說出心中猜想的名字：「尤……尤妮絲？」

「我就知道，傑瑞德一定有在妳的面前提起過我。」尤妮絲瞭然地挑高雙眉，嘴角往上微翹，滑開一抹意味不明的弧度。

得悉對方身分，戴維娜心中的恐懼開始後退，一股冰冷的怒火漸漸居於上風，在她的胸腔內不斷燃燒和攀升。尤其看見尤妮絲對她毫無半分愧疚之意，更讓她情緒變得頗為激動，雙手在身側握緊成拳。

「妳這個人到底是有什麼毛病？」戴維娜的雙眼閃爍著熾熱的怒火，一臉氣憤地指責著她殘忍的行徑，「無緣無故殺了我一個朋友還嫌不夠，現在還要繼續傷害我的朋友嗎？」

「殺了妳的朋友？」尤妮絲略顯迷茫地歪著頭，分明是在故意裝糊塗，後來才恍然大悟地回應道，「啊，我想起來了。妳是說，我當晚把妳的朋友當成血袋一樣，津津有味地進食他的血液嗎？」

聽著她用這麼不尊重的字眼說出殺死傑森的事，戴維娜不自覺地攥緊拳頭，眼冒怒火地狠瞪著她，磨著牙說道：「妳……」

「我很好奇，妳憑什麼認為用妳的拳頭可以對付我？」尤妮絲不禁發出輕蔑的笑聲，不屑地睥睨著她，冰冷的話語飽含譏誚嘲諷，「想打我的話，我猜妳也沒有這種本事。」

她這副傲慢的態度徹底惹惱了戴維娜，令她再也無法壓抑心中的怒氣，不假思索地直接揮出拳頭。可惜在尤妮絲的面前，她的力量如同螞蟻般卑微渺小，對方毫不費力地輕易接住她的拳頭，繼而抬起另一隻手緊掐著她的脖頸，把她狠狠摔倒在地上。

戴維娜的背脊重重撞擊在堅硬的地板上，痛得她皺眉蹙額，忍不住哀叫出聲，感覺肺部的空氣都快要被擠壓出來。

「嘖嘖。我就說了吧，妳是不可能傷到我的，真是個蠢貨。為什麼明知道結果，卻還要做這種傻事？」尤妮絲擺出女王般高傲的姿態，居高臨下地俯視著她，唇畔咧開的譏諷弧度越發濃烈，「妳要知道，我可是比妳強大很多。」

戴維娜強忍著背部的痛楚，掙扎著從地上坐起身，從緊咬的齒縫間擠出憤怒的話語來：「所以妳的目的到底是什麼，尤妮絲？」

「放心吧，我並不是要殺她。」尤妮絲的語氣雖慵懶，卻蘊含著不可忽視的壓迫感，「只是要做個實驗而已。」

「實驗？」戴維娜的雙眉微微皺起，完全無法理解她話中的意思，「妳在說什麼鬼東西？」

「把妳的手機解鎖後給我。」尤妮絲沒有作出解釋，只是直接朝她伸出手掌，帶著命令的口氣說道。

戴維娜鄙夷地瞥她一眼，撇開臉不埋會她。她無聲的拒絕自然惹得尤妮絲不高興，俏麗的臉孔旋即覆蓋上一層陰暗，不過這種情緒只是維持三秒，很快就被狡猾的笑容給取代。

「當然，妳可以選擇不這樣做。」尤妮絲無所謂地聳聳肩，雙唇間卻吐出帶著惡意的威脅性話語，「可別忘記妳朋友還在這裡，只要我稍微用力扭動她的脖子，她的頸脈就會瞬間斷掉。妳知道我的速度一定比妳快，力度一定比妳強的，不是嗎？」

她的話讓戴維娜心頭一緊，雙目有意無意地瞥向埃絲特。儘管她心中有一萬個不甘願，但考慮到自己現在明顯處於下風，只能把對她的憤恨全都往肚子裡吞，從口袋裡拿出手機，手指俐落地解開螢幕鎖後，一臉不爽地遞給尤妮絲。

「妳到底拿我的手機來做什麼？」

「只是借來用一下，」尤妮絲漫不經心地回答著她，手指直接點開通訊錄，從中翻找出傑瑞德的手機號碼，隨即按下撥通鍵，「為了證明用妳的電話打過去，傑瑞德一定會接聽的想法。」

而就在數分鐘前，傑瑞德和雷克斯剛推門走出「雙頭蛇」——於聖帕斯大學裡經營的酒吧，緩慢地行走在校園綠樹成蔭的石板路徑上。

「話說回來，你真的確定尤妮絲不會在學校裡搗亂嗎？」每當想起剛才傑瑞德提到尤妮絲來這裡找他，雷克斯自心底升起的憂慮直到此刻都沒有消退的跡象，「我始終不認為，她只是單純來找你用餐那麼簡單。」

「如果她眞有打算要對人類下手，早就在來找我之前動手了，否則她又怎麼會刻意來找我？」與他相比，傑瑞德反倒顯得氣定神閒，並沒有在懷疑或擔心尤妮絲的意圖，「況且我在半個小時前，已經跟戴維娜通過電話，尤妮絲也似乎沒有去找她麻煩。」

雖然他的分析不無道理，但始終無法讓雷克斯放下心來，小聲地咕噥著：「最好眞的是這樣，我們要煩的事情已經夠多。我可不想她跟塞貝斯惹出什麼麻煩，卻要我們來替他們善後。」

就在好友說話的同時，傑瑞德感覺到一陣輕微的震動自褲袋傳來。把手機掏出，他發現來電者是戴維娜，於是毫不猶豫地按下接聽鍵，把聽筒靠放到耳邊。

「嘿，有事嗎？」

「嗨，傑瑞德。讓你失望了嗎？回答你的並不是那位女孩。」

「尤妮絲？」聽見她略帶調侃的聲音自聽筒裡傳來，傑瑞德猛然煞住前行的步伐，雙瞳因震驚而微微睜大，聲音罕見地透露出些微緊張，「她的手機怎麼會在妳這裡？」

「你放心，我沒有對她怎樣。」尤妮絲的語調慵懶輕佻，隱含著濃厚的玩味色彩，「我只是覺得，如果用她的手機打給你，你肯定會毫不猶豫接聽。而事實證明，確實如此。」

「妳答應過我會離開的。」傑瑞德的臉色突轉陰沉，連帶語氣都尖銳起來。

「是啊，但我後來改變主意了。」尤妮絲壓根沒有爲不遵守協定而感到愧歉，反倒顯得理直氣壯，「因爲你的關係。」

「我？」傑瑞德對她的話感到一頭霧水，毫無溫度的聲線表現出他耐性盡失，「妳到底在說什麼鬼東西？我可沒有心情跟妳猜啞謎。」

「過來教學樓四樓吧。我爲你準備了一樣很特別的東西，你會喜歡的。」

不等傑瑞德再開口回應，她徑自地切斷通話。聽著彼端傳來冰冷的機械語音，他的嘴唇抿成嚴峻的直線，臉龐每處的線條都繃得死緊，渾身散發著攝人的寒氣。

「噢，別告訴我戴維娜的手機在尤妮絲手上，是因爲她……」

還沒等雷克斯把話講完，傑瑞德已經拔腿向著通往教學樓的方向奔跑。

「嘿，先把話給我說清楚啊。」雷克斯對著他的背影高聲喊道，未見他因此停下狂奔的步伐，於是連忙跟上他的速度，語帶煩躁地抱怨道，「哎，就說尤妮絲是個麻煩的女人吧。」

◇◇◇

「還妳。」

尤妮絲把手機拋還給戴維娜，接著轉身，踩著從容的步調走到埃絲特旁邊的課桌前，輕輕一躍坐上桌面。她把雙手環抱在胸前，用勝利者的姿態望著不堪一擊的戴維娜。

「現在的妳，就留下來給我好好看戲吧。」

「妳到底要做什麼？」戴維娜以手撐著地面站起身，雙目怒瞪著她，擺出一副質問的架勢，「爲什麼要故意讓傑瑞德過來這裡？」

「妳覺得自己了解傑瑞德嗎？」尤妮絲漫不經心地聳了一下肩膀，語聲中明顯帶著嘲弄的笑意，「該不會眞的覺得，他是什麼正義派吸血鬼超人之類吧？如果妳眞的這樣想，就大錯特錯了。他終歸到底都是一個吸血鬼，什麼不傷害人類、要保護人類都是空談。唯一會令他陷入發狂的，從來只有人血。」

「儘管他是吸血鬼，但絕對不會把殺人當成是一種樂趣。」戴維娜的語氣堅定不移，充滿著對傑瑞德毋庸置疑的信任。接著，她微瞇雙眸，對眼前的女魔頭露出嫌惡的表情，「他不是妳，殺人不眨眼。」

尤妮絲並沒有因此而動怒，毫不介意對方把她視爲冷血無情的殺人惡魔。她只是咧開嘴角，用那抹譏諷的弧度來嘲笑她的單純和無知：「話倒不要說得那麼肯定。妳會這樣說，只是因爲妳從來沒有看過他吸食人血，對於他黑暗的過往一無所知。不要以爲妳很了解他。」

「那麼請妳也不要以爲很了解我。」

一道熟悉而清冷的嗓音頃刻間傳進教室，令尤妮絲唇邊的笑意越發濃厚。她的視線不以爲意地瞟向站在門口兩抹高大的身影——傑瑞德和雷克斯。後者的出現並未讓她感到意外，他們本來就是一對相當有默契的搭檔，無論發生任何大小事情，都會一起行動。

憑著瞬間移動的技能，他們轉眼間已經閃現到戴維娜的身旁。當發現被綁在座椅上的女生是埃絲特，兩人不約而同地露出震驚的神色，彷彿沒想過尤妮絲會繼續向戴維娜身邊的人動手。

「拜託，幫我救埃絲特。」

就在此時，戴維娜略顯焦急的聲線驀然傳進傑瑞德的耳邊，將他的思緒拉扯回來。

聽出她語聲中的懇求，傑瑞德旋即把視線轉向旁邊的雷克斯。看見他不假思索地頷首回應，一抹默契在兩人的眼神間無聲地傳遞。隨後，他們的身體同時化作一道殘影，用旋風般的速度朝埃絲特的方向衝去，打算採取速戰速決的策略。

可惜他們忽略了一個很重要因素：尤妮絲比他們擁有距離優勢。自察覺到兩人眉來眼去的那一刻，她已經做好應對的準備，眨眼間閃身來到埃絲特的背後。她用單手緊緊扼住埃絲特的脖子，整個動作奇快無比，根本無法用眼睛捕捉。

「再過來的話，我會毫不猶豫扭斷她的脖子。」她惡狠狠地對他們作出警告。

戴維娜被她的舉動嚇得倒抽一口涼氣，整顆心臟緊緊縮成一團，猶如對方掐住的並不是埃絲特的脖子，而是她的心臟。傑瑞德和雷克斯見狀，同時煞住快要接近兩人的步伐，並且小心翼翼地往後退開一步，不敢再輕舉妄動。

「嘿，尤妮絲。聽我說，妳沒有必要這樣做。妳知道的，如果妳是想尋求玩樂，可以有很多選擇，不一定要在學校裡。」雖然雷克斯試圖用輕鬆的語調，打消她計劃進行詭計的念頭，神情卻始終難掩緊張。

「看來我有必要澄清一點，我並不是來這裡尋樂的。」她抬手撩開埃絲特凌亂的髮絲，將其中一側雪白柔軟的脖頸露出來，指節輕輕拂過對方鼓動的頸脈，然後目光含笑地注視著雷克斯，從唇縫間吐出一句意有所指的話，「我是來幫傑瑞德克服他的心理障礙。」

「心理障礙？」她的動作配上這四個字，令雷克斯的心底響起強烈的警號，似乎已經猜到她言語間的含義。

「聽著，尤妮絲，我沒有興趣陪妳玩遊戲。」傑瑞德的眸色變得陰沉凌厲，平板的語聲中透露著刺骨的寒意，「放了她。」

「有本事的話，你可以來救她的啊。」她朝他挑高一邊眉毛，微微上揚的語調夾雜著濃厚的輕蔑和挑釁，「倘若你能夠承受這種畫面。」

話落，她兩顆白森森的獠牙毫無預兆地暴露出唇外，繼而將鋒利的牙尖抵在埃絲特的脖頸處來回摩挲著，像是在感受著正於淡青血管裡湧動的熱血。

她每一個動作都讓戴維娜心驚膽戰，雙眸驚恐地圓瞪著。當看見她張開嘴巴，將脖子微微後仰時，更是忍不住驚呼出聲：「不！」

傑瑞德和雷克斯還沒來得及上前阻止，她那雙鋒利的獠牙已經刺穿埃絲特的皮膚。隨著殷紅的鮮血從她的脖頸緩緩流出，一股像鐵鏽般濃烈的血腥味剎那間在空氣中瀰漫開來。

尤妮絲貪婪地啜吸著溫熱的鮮血，殊不知才剛把第一口血液吞嚥下去，一種如同被火燒的灼熱感猛地從喉嚨處湧上來。她快速抽出獠牙，單手捂住喉嚨，踉踉蹌蹌地後退幾步，一手扶著旁邊的椅背，試圖讓自己站穩身子。

「咳咳……」她持續劇烈地咳嗽著，擠不出隻字片語，雙眉因感到難受而緊皺成一團。

戴維娜的眼神霎時由惶恐轉為迷茫，現在是什麼狀況？她……是被嗆到了嗎？不僅是她，就連傑瑞德和雷克斯都紛紛皺起眉頭，互相對視了一眼，面露難以理解的表情。

待灼痛的感覺逐漸消退，尤妮絲艱難地從齒縫裡擠出幾個字：「搞……什麼鬼？馬……馬鞭草？」她從頭到尾都沒有聞到對方的血液裡有馬鞭草的氣味，到底為什麼她會喝到馬鞭草的？

趁著尤妮絲現時毫無防備，傑瑞德以電光石火的速度閃移到她的面前，單手掐住她的喉嚨，毫不留力地將她推到堅硬的牆壁上。尤妮絲的背脊頓時被撞得生痛，不由發出一聲疼痛的悶哼。

「我看妳最近是真的活得太閒了吧，閒到連別人的事情都要來管。既然這樣，為什麼不選擇早點結束妳毫無意義的生命？」傑瑞德毫不掩飾微慍的怒火，那張緊繃的臉龐覆上一層凜冽的寒霜。

「所以你是打算要殺我嗎？可是怎麼辦？我知道你一定不會。」尤妮絲的眼瞳裡閃爍著自信和得意，笑意盈盈的臉孔完全沒有半點懼怕，「因為你肯定下不了手的，傑瑞德。」

「噢，我當然不會。」傑瑞德似笑非笑，薄唇彎起一抹冷酷的弧度。他朝她挑高眉毛，剛硬如鐵的語氣聽來絕對不像只是單純的裝腔作勢，「不過我可以用更殘忍的方法來折磨妳。說說看吧，妳會希望我用手緊掐著妳的心臟，讓妳痛到無法呼吸，還是希望我脫下妳的破曉指環，讓妳盡情享受在陽光下被燒傷的感覺？」

「我是在幫你啊，傑瑞德。」聽著他說出帶著恐嚇性的話語，尤妮絲的態度依然鎮定從容，黑瞳牢牢地鎖住他，彷彿要看穿他的內心似的，語氣變得極具煽動和誘惑性，「不要告訴我，聞到血液的味道沒有任何感覺，你的喉嚨現在一定無比乾渴，想用純正的鮮血好好滋潤一下。說實話，如果不是因為她體內有馬鞭草，你是不可能忍得住這種渴望的。拜託，傑瑞德，你明明就很清楚自己心裡想要的是什麼——」

話到這裡，她伸出食指在他胸膛上曖昧地畫著圓圈，唇瓣輕輕開啟，清晰地吐出接下來的每一個字。

「只有吸食人血，才能讓你擺脫內心的煎熬。」

「閉嘴！我的事不需要妳來插手。」傑瑞德無情地掃開她的手，稍微加重掐著她脖子的力度，聲音蘊含著被冒犯的憤怒，「妳最好現在就消失在我的面前，這是最後的警告。」

儘管脖子上傳來劇烈的痛楚，尤妮絲唇邊的笑意卻絲毫沒有減少，反倒增添幾分有趣的味道。

「既然你不願意讓我幫你，我也沒有辦法勉強。不過我們之後還會再見面的，希望到時候，我不需要再用這種強硬的手段逼使你面對內心的渴望。還有一點就是——」尤妮絲故意稍作停頓，目光有意無意地掃向戴維娜，然後轉回他的身上，笑容飽含深意，「我始終不喜歡你跟其他女生走得那麼近，尤其是一個軟弱無能的人類。」

說完，她用力扳開傑瑞德的手，身形化作一道模糊的黑色殘影，徹底從原地消失。

現場的氣氛登時陷入一片死寂，沒有人試圖開口打破這股異常的沉默，安靜得戴維娜可以清楚地聽見自己和埃絲特心臟跳動的聲音。

儘管尤妮絲已經離開，傑瑞德卻始終背對著戴維娜和雷克斯。縱使他知道埃絲特和戴維娜的血液都蘊含著馬鞭草，但聞到血液飄散開來的氣味，他的獠牙依然感到疼痛難忍，渴望從雙唇間暴露出來。變得乾澀的喉嚨彷彿在暗示，他需要獲得血液的滋潤。

這種可怕的想法讓他沒有勇氣轉身面對他們，他絕對不願意讓他們知道，尤妮絲說的全都是實話，特別是作為人類的戴維娜。

見他一直待在原地不動，戴維娜自然察覺到他的不對勁，於是關心地開口詢問：「傑瑞德，你……沒事吧？」

「雷克斯，剩下的事……拜託你幫忙處理了。」

他沒有回應她的問題，更沒有轉過頭來望她一眼，只是用力地吞嚥著喉嚨，語氣黯然地對雷克斯丟下一句這樣的話。接著，他晃動身形，從教室裡消失得無影無蹤。

面對傑瑞德不尋常的離開，戴維娜的內心沒由來地湧現一股擔憂。正當她邁開雙腿，企圖要追出去找他時，雷克斯快速地閃現到她的面前，阻止她繼續前進。

「戴維娜，我相信現在不是理會傑瑞德的時候。」雷克斯刻意將視線瞟向她身後的埃絲特，面容罕見浮現出凝重的神色，「妳的朋友……」

「噢，埃絲特。」

他的話讓她猛然醒覺，急忙轉身拔腿奔到好友的面前，意外發現她的雙手已被鬆綁。戴維娜自然猜到是雷克斯的幫忙，於是抬頭對他投以感激的眼神。

「放心吧，我剛剛已經檢查過她的脈搏，並沒有生命危險。我感覺到她體內的血液運行很順暢，大概只是暫時昏倒而已。」雷克斯一邊踱步走向她，一邊耐心地解釋著埃絲特的情況，「不過我建議帶她到學校的附屬醫院進行檢查比較安全。」

「可是她脖子的傷口……」對於他的提議，戴維娜顯得有點顧慮。送埃絲特到醫院檢查當然是最安全的做法，但萬一被人發現她脖子上有兩個不明的刺孔，他們又要怎麼解釋？

「她的傷口不算很深，可以說成是被狗或貓給咬傷。只要接觸她的醫護人員體內沒有馬鞭草，我還是能輕易讓他們相信的。」

說完，他便坐言起行，用強健有力的臂彎將埃絲特橫抱起來，然後轉身，踩著矯健的步伐朝著門口走去。戴維娜見狀，趕緊拾起好友的個人物品，跟隨著他的腳步離開。

在前往學校醫院的路途上，戴維娜始終保持靜默，沉重的情緒持續盤踞在她的心底，根本沒有心情開口說話。雷克斯向來不喜歡這種壓抑的氣氛，決定主動打破猶如令人窒息般的沉默。

「話說回來，妳之前有讓她喝過馬鞭草嗎？」想起尤妮絲不久前在她好友的血液中喝到馬鞭草，自然令他萌生起這個最有可能性的想法。

「沒有。我根本沒有想過，會有吸血鬼企圖在學校裡傷害埃絲特。」

說到這裡，戴維娜愧疚地垂下眼簾，感覺懊悔到極致。傑森的意外明明應該要讓她吸取到教訓才對，可她居然沒有考慮到埃絲特也有可能遭遇到同樣的危險，令一股濃烈的罪惡感油然升起，緊緊揪住她的心臟。

「可這不是很奇怪嗎？她身上的馬鞭草是怎麼回事？」他蹙起眉宇，露出大惑不解的表情。

「我不清楚，但我相信，大概是跟她喝過的飲料有關。等她醒過來，我會再問問她的。」

現在的她根本沒有心思去猜測埃絲特體內出現馬鞭草的原因，只希望能夠盡快確認對方沒事，讓她可以徹底安心。

慶幸的是，經過醫生細心的檢查後，證實埃絲特只是出現輕微的腦震盪，身體並沒有任何大礙，只要留院觀察一晚，沒有發現其他後續的症狀便可出院。

而等到埃絲特從醫院醒來，窗外已經接近暮色。她對於自己身處在醫院感到非常震驚，無奈卻想不起昏倒前發生的片段。關於這一點，戴維娜不敢透露太多，幸虧有雷克斯的幫忙，隨便編造出發現她昏倒的情況，以及脖頸傷口形成的原因。向來心思單純的埃絲特自然沒有生起疑心，輕易便信以爲眞。

可爲了避免謊言會被戳穿，於是等到再晚一點，雷克斯試圖對她進行精神控制，刪改她在失去意識前的記憶。

所幸的是，馬鞭草似乎已經排出她的體外，令精神控制能夠順利發揮作用。來到這一刻，戴維娜才眞眞正正地鬆一口氣。然而，她那顆高高懸起的心始終尚未放下來。因爲直到現在，她依然還不清楚某個人的狀況——

傑瑞德。

自從下午離開後，他一直沒有與她聯絡，她甚至沒有在學校裡看見他的身影。她當然有試過追問雷克斯，可他卻避而不答，隨便找理由離開。

任誰都能察覺到這種異常的情況很不對勁，令原本試著壓抑的不安再次在她的胸腔內翻攪起來。

到底傑瑞德是發生什麼事了？

◇◇◇

吉爾伯特先生沿著梯級步上二樓，徑直地走向自己的臥室，發現房門半開著——他夫人正在把行李包裡的衣物拿出來，井井有條地疊放在床上。他曲起指節輕輕敲門，當她轉頭把視線掃射過去，便對上那雙宛若湖水般柔和的眼眸。

「還在整理行李嗎？」他一邊提起緩慢的步伐走進去，一邊用輕鬆的語調問道。

「嗯，已經差不多了。」她對他綻出淺淡的微笑，柔聲地回答。

「那個……」

看見丈夫的眼神閃爍不定，一副欲言又止的模樣，她會意地一笑，馬上停下手上的動作，並把行李稍微推開，在床邊坐了下來。

「瞧你的樣子，應該是有話要跟我說吧？」她的語氣平緩且溫和，幾乎令人聽不出她的情緒。

吉爾伯特先生沒有即時應答，只是走到她的旁邊坐下來，猶豫好一陣子，才把盤踞在心裡的疑問說出來。

「爲什麼在下午的時候，妳沒有把萊特爾的事說出來？」他直截了當地對她問道，繼而補充一句，「我指的是，他曾經也萌生過復活奧伯倫的念頭。」

「你會這樣問，應該知道我是因爲這個理由，才會懷疑弗羅拉他們要復活的是奧伯倫吧。」夫人對他的提問並不感到驚訝，彷佛早已預料到他會產生這個疑問，面露鎮定地解釋，「一開始萊特爾也是認同那群古老吸血鬼的想法，認爲復活奧伯倫對血族來說才是最好的選擇。不過當初他也只是說說而已，沒有任何實質的行動，所以我當時沒有把這件事放在心上。但現在結界石卻是在他的身上找到的，不排除他是想要在找到結界石之後，才實行這個計劃。萊特爾從來都是一個充滿著祕密的人，我們不是一開始就認識他，並不完全知道他的過去，確實很難不讓我懷疑他。」

「既然這樣，妳爲什麼不把這件事也說出來？」他側過頭看她，平靜地繼續拋出心底的疑問，「難道妳認為小莎不應該知道這件事嗎？」

「你很清楚的，魯伯特。當小莎知道這件事，她自然會毫不猶豫告訴傑瑞德。如果讓傑瑞德知道萊特爾曾經萌生過這樣的想法，說不定就會懷疑他曾經所做過的事情，你認為這樣做真的好嗎？」夫人的臉色明顯凝重了幾分，清楚地表達出自己是在考慮傑瑞德的感受。「況且，我們到現在都尚未確定萊特爾擁有結界石的原因，我不認為在這個時候讓孩子們知道是一件好事。」

吉爾伯特先生微微張嘴，似乎還想說些什麼，最後還是打消了念頭。無可否認，她的話不完全沒有道理。儘管他們仍然猜不透結界石出現在萊特爾身上的原因，可畢竟整件事情的經過尚未明朗，說出來恐怕只會讓孩子們懷疑萊特爾的動機。

「雖然說，我是在懷疑萊特爾沒錯，但傑瑞德——」話到此處，夫人驀然停頓片刻，眸光裡浮動著複雜的光芒，改用隱含憂慮的語氣繼續說道，「對傑瑞德來說，萊特爾的存在很不一樣。當初是萊特爾轉化他，教導他如何成為吸血鬼的。你知道的，傑瑞德一直以來都很信任他，要是現在把這件事說出來，大概只會讓他胡思亂想，甚至對萊特爾感到失望。我相信，這也不會是你想要的結果，畢竟他也算是我們半個兒子。」

「好吧，我明白了。」他幽幽地嘆息一聲，像是理解狀況般點了點頭。接著，他從身後的行李包中拿出她尚未收拾的物品，說出老夫老妻間隱約式的甜言蜜語，「我來幫妳吧。既然妻子出遠門歸來，我也很應該要做回一個稱職的丈夫。」

聽聞此言，夫人不禁漾開一抹微笑，對於丈夫窩心的舉動備覺溫暖。然而只要想到萊特爾的事，她的心情始終難以放鬆。有時候她會想，倘若萊特爾沒有死，並且向他們坦白所有事情，或許她就不會產生這些疑慮。尤其是，至今都尚未查明萊特爾被殺的原因——到底是因爲他不願意交出結界石，導致那個吸血鬼萌生要殺他的念頭？還是當中另有內情呢？

直到目前爲止，她都沒有辦法猜出一個最有可能的答案。

第十章　是同盟還是敵人

深夜，寂靜籠罩著整個校園，宿舍的燈光已經全部熄滅，顯然所有人已沉浸在睡夢中。

戴維娜雙手枕著臉頰，正躺在寢室的床鋪上熟睡著。距離上次做美夢，對她來說已經是很遙遠的事，似乎夢見那些神祕又奇怪的畫面，是命運早已安排好的。她無可選擇，也無法擺脫。

因此，這個晚上也不例外。一幕從未見過的畫面毫無預警地闖入她的腦海，擾亂了原本香甜而安穩的睡眠。

夢裡的地點是一個昏暗空曠的洞穴。地上擺放著許多蠟燭，在微弱的火光映照下，她看見某處的地面上有一個用粉筆畫成的魔法圖騰——左邊是太陽標誌，右邊是月亮標誌，一顆碩大閃亮的鑽石被放置在中間。她能認出，那是結界石。

在圖騰的周邊有著三灘血液，分別是從那三具屍體身上流出來的，可惜她無法看清他們的面容。

一道低唸著咒語的女聲清晰地在她的腦中迴蕩著，每一個音節落下都鏗鏘有力，同時帶有似曾相識的感覺，聽起來像是屬於弗羅拉的。而在受到魔力的影響下，血液猶如獲得靈性一般，自動地融合起來，形成一條直線的血流，並沿著圖騰組成一個倒三角形。

就在這個時候，戴維娜驀然從睡夢中醒過來。她機械似地從床上坐起身，雙目呆滯無神，恍如被某種力量催眠著似的。

她掀開被子走下床，赤著雙腳緩緩走向書桌，然後拉開桌椅坐下來。她抽起夾在書本裡一張雪白的紙張，隨手拿起一支鉛筆，開始在紙上繪畫著線條。

她莫名其妙地沉醉在繪畫的世界中，甚至有點像陷入失控的狀態，一直動著鉛筆，絲毫沒有中斷，令整個空間充斥著紙筆磨擦時響起的沙沙聲。

隨著戴維娜落下一筆一劃，某個圖案不久便清晰地在紙上慢慢浮現。她霍然停下手上的動作，鉛筆從她的指間滑落到桌上，發出清脆的「啪嗒」聲響。

就在這一刻，她終於徹底清醒過來，瞠目結舌地瞪著剛剛畫出來的東西。

「噢，這不可能的。我……我這是在做什麼？」

面對這個匪夷所思的情景，她甚至懷疑自己是眼花看錯，於是立刻打開書桌上的檯燈。在熾白的燈光照射下，她清楚看見一個由三條虛線組成的倒三角形，包圍著擁有太陽和月亮符號的魔法圖騰，中間是以簡單線條畫成的鑽石符號。

當她的視線瞟向右下角時，雙眉悄然緊鎖起來。上面有一行用她看不懂的語言寫出來的句子——

「Idcirco et ego commodavi sanguis tute iubebas animam tuam lava.」

老天！這個被她畫在紙上的圖案，不就是剛剛在夢裡捕捉到的魔法圖騰嗎？但這是怎麼回事？她根本沒有印象自己是在什麼時候下床，來到書桌前畫出這個圖案。

而且最奇怪的是，她未曾試過會把夢到的東西畫出來，爲什麼會突然間做出這個行爲？難道她是被什麼控制住了嗎？是有人控制她，引導她把這些東西畫出來的嗎？

戴維娜用力地吞嚥著口水，強迫自己鎮靜下來，嘗試思考驅使她畫出這個圖案的原因。然而儘管她想破頭，也想不出個所以然來。

看著紙上經過一筆一劃畫出來的魔法圖騰，她心中的疑惑像盪開的漣漪般不斷擴大。她認爲，剛才的夢境並不是跟萊特爾的死有關，反倒像是某種儀式的進行。而且她深信，施術者肯定是弗羅拉，因為她記得很清楚對方唸咒時的聲音。只是──

那個儀式的作用會是什麼？而她這次夢見的畫面又是有著什麼含義？

◇◇◇

破曉的曙光穿透雲層灑落大地，象徵著新一天的來臨。早上的天氣比往日冷了許多，太陽被灰暗的雲層遮蓋住，透不出半分暖光，只有凜冽的寒風毫不間斷地襲來。在校園小徑行走的學生們都紛紛裹緊身上的外套，加快前往室內的腳步，不願意在外面多待一秒。

戴維娜拖著疲憊的步伐，沿著教學樓的長廊往教室前進。受到昨晚事情的影響，她整夜都無法入睡，面容略帶倦色。走進教室，她隨意找了一個空位置坐下來，從手提包裡取出課本放到桌上，神情茫然地盯著眼前的黑板。

昨夜發生的事依然在戴維娜的腦海裡揮之不去，宛如迷霧般纏繞著她。她用力地甩甩頭，試圖把混亂的思緒暫時拋出腦外。現在的她需要提起精神，不應該再胡思亂想。等待會與傑瑞德碰面，再來跟他好好討論昨晚的事吧。

想到傑瑞德，戴維娜立刻抬頭，快速地環視教室一周，然而沒有找到他的身影。她下意識地看向手腕上的手錶，心裡不由生起幾分古怪。明明都快要到上課的時間，他怎麼還沒有出現？

時間一分一秒地過去，直到教授踏進教室，戴維娜始終沒有看見傑瑞德走進來的身影。這個情況當然讓她感到非常奇怪，連忙從口袋裡掏出手機，偷偷在課堂進行期間發送一條簡訊給他——

『嘿，傑瑞德，你現在在哪裡？爲什麼還不來上課？』

在接下來的時間裡，戴維娜的思緒完全不在課堂上。她總是有意無意地瞄向手機螢幕，卻偏偏一直沒有收到他的回覆，憂慮與不安再度占據她的心頭。直覺告訴她，傑瑞德分明是出了什麼問題，但爲什麼雷克斯都不跟她說？

陰沉的天色如同戴維娜鬱悶惆悵的心情。她站在校園小徑某棵茂盛的大樹下，背靠著樹幹，抬頭仰望著灰濛濛的天空，淡淡的愁容籠罩著整張臉龐。

除了上次短暫的不告而別，傑瑞德從未試過杳無音訊，令她很擔心他的狀況，但同時對於他身在何處又毫無頭緒。

想到這一點，她不禁垂頭，長長嘆息一聲。

「妳難道不知道，這副少女心事的模樣很不適合妳嗎？」

熟悉的調侃聲自不遠處傳來，將戴維娜的思緒瞬間拉扯回來。她馬上側過頭，把視線望向正朝著她走過來的雷克斯。

「你覺得這樣說很幽默嗎？」她站直身子，無奈地朝他翻了一個白眼。

「說吧，到底有什麼事？」雷克斯來到她的身前停步，雙手插進褲袋裡，佯裝漫不經心地說道，「我可是很忙的。」

「你知道傑瑞德去哪裡了嗎？他沒有來上課，我剛剛打他的手機也沒有人接聽，我有點擔心他。」

擔憂就像巨石般重重壓住戴維娜的心頭，令她感到焦急難耐，聲音洩漏出難掩的緊張。

「不奇怪啊。當他想一個人獨自待著，妳是不可能找到他的。」雷克斯的語氣出奇鎮定，完全沒有驚訝的成分，從容淡定地繼續回答，「妳也不用太擔心啦，我敢肯定他現在還在學校裡的。」

「你是知道什麼的，對吧？」戴維娜疑惑地打量著他，察覺到他的眼神有些閃躲，她的口氣隨即帶上一絲請求，「雷克斯，請你告訴我，傑瑞德到底是發生什麼事。我知道他從昨天開始就很不對勁，我需要知道他是怎麼回事。」

「我就知道妳從來沒有發現傑瑞德的問題。」雷克斯無奈地吐出一聲嘆息，繼而換上正經的表情，「那麼我來問妳，妳有看過傑瑞德進食人血嗎？我相信妳很清楚，對一個吸血鬼來說，最重要的食物是什麼吧。」

「人類的鮮血……」說出這五個字，戴維娜倏然住口不言，兩眼驀地瞪圓，微微倒抽一口氣，「你會這樣問，難道是因爲他──」

「我認爲妳有需要先知道一件事情。在傑瑞德剛開始變成吸血鬼的時候，他也曾經試過殺戮人類，瘋狂地吸食人血，完全不受控制。我希望妳不會對此感到很震驚，畢竟這才是吸血鬼的本性。而自此之後，他就不敢再喝人類的鮮血，害怕會再次嚐到那種味道，害怕想起當時殺人的情況，害怕……再次陷入絕望的情緒。但妳要知道，人血對吸血鬼來說是一種不可抗拒的誘惑和需求。當他越是抗拒，越是不敢去面對，只會讓內心嗜血的慾望變得更強烈。」

「所以昨天尤妮絲才會對他說出那些話，企圖要喚醒他內心渴望人血的念頭。」戴維娜頓時恍然大悟，對他的心疼溢於言表，「噢，上帝。要壓抑著這種念頭，生活在人類世界的他到底是有多麼痛苦？」

「其實尤妮絲的話不完全是錯的，傑瑞德確實是要面對這個問題，當然不是說隨便找一個人類來，讓他將對方的血液吸得一乾二淨。而是他必須要嘗試重新喝下人血，這樣才能夠消除他心裡的障礙。而且，吸血鬼是能夠透過進食人血變得強大，單純只是喝動物血液，他的力量比起其他吸血鬼可是會弱很多。但就只怕……」話到這裡，雷克斯稍作停頓，憂慮令他原本清澈的琥珀色眼瞳蒙上幾分陰影，「當傑瑞德嚐到人血的味道，會變得不受控制，再次成爲一個可怕的殺人狂。」

聽完雷克斯的話，她終於明白爲什麼傑瑞德每次看到人血，神情都會變得那麼奇怪，迫不及待地想逃離現場。原來他是在擔心無法控制嗜血的慾望，害怕會因此傷及無辜的性命。

卡瑞莎和雷克斯都說傑瑞德只喝動物血液，但其實不是因爲他不渴望人血，只是怕這種需求會讓他喪失理智，陷入無止境殺人的局面。

老天啊，他一直以來是怎麼從這樣的折磨中撐過來的？身爲吸血鬼，卻因爲怕傷害人類而不敢進食人血，可想而知他的心裡是有多麼掙扎，長久以來都備受著痛苦和煎熬。

「嘿。」

發現戴維娜許久沒有回過神來，雷克斯伸手在她的眼前晃了晃，試圖喚回她飄遠的心神。他把雙手交叉抱在胸前，一臉疑惑地看著她。

「我過來這裡，可不是爲了要跟說妳關於傑瑞德的事，是妳在電話裡說，有什麼重要的事一定要當面跟我講。」

他的聲音喚回戴維娜惆悵的思緒，決定暫時收起對傑瑞德的擔憂，趕緊將心思轉回正事上，憂愁的表情隨即被正色取代。

「我有理由懷疑，在埃絲特的血液裡出現馬鞭草的原因，或許跟學校酒吧的飲料有關。」

「怎麼說？」雷克斯微微皺眉，對她的推測略感不解。

「你跟傑瑞德都提過，馬鞭草會在二十四小時後排出人體，既然你能夠在昨晚順利對埃絲特進行精神控制，就表示她是在前天晚上喝下馬鞭草的。當晚埃絲特去了參加由幾個學系舉行的聯誼派對，而場地提供的蘋果酒正正是屬於學校酒吧的。」戴維娜嘗試分析著事情的前因後果，不慌不忙地道出自己的猜想。

「妳認為那些蘋果酒裡混有馬鞭草？」他一針見血地問道。

「我不敢肯定，但不排除這個可能性。」

聽聞此言，一股奇怪的感覺從雷克斯的心底油然而生。他可是常常到學校酒吧裡喝酒，卻從來沒有在任何酒液中喝到馬鞭草。如果只是刻意在當晚這樣做，那不是很沒有道理嗎？

但他並沒有讓這個問題持續困擾著他，很快便整頓好思緒，正經地回答道：「這件事交給我跟傑瑞德去調查吧。要是有任何消息，我會第一時間通知妳。」

「還有一點就是……」

戴維娜連忙低下頭，從口袋裡取出一張被摺疊起來的白色紙張，繼而遞到雷克斯的面前。

「本來我是打算在今天早上交給傑瑞德的，可既然他沒有出現，只好轉交給你。」

雷克斯接過她手上的紙張打開來看。下一秒，他尚未舒展開來的眉宇皺得更緊，彷彿對當中的內容感到一頭霧水。

「為什麼要給我看魔法陣圖？我又不是巫師。」

「你也認爲這個圖案是魔法陣？」她的雙眼頓時一亮，迫不及待地向他確認。

「拜託，我好歹也在世上活了一百多年，自然看過一兩個巫師施展法術，他們通常都會畫這種奇奇怪怪的圖騰，來幫助他們凝聚魔力。」雷克斯不假思索地回答道，並再度低頭看看紙上的魔法陣圖，接著用審視的目光打量著戴維娜，問道，「話說回來，妳手上怎麼會有這種東西？別告訴我，妳是照著谷歌裡的搜尋結果畫出來的？」

「我才沒有這麼無聊。」戴維娜再次翻白眼，不滿地咕噥道。她相信跟雷克斯溝通，絕對要比平常人多出一倍的耐性。她深吸口氣調整情緒，認眞地解釋道，「這是我昨晚夢到的畫面。」

「妳說什麼？」意識到事態不對勁，雷克斯瞬間收起漫不經心的態度，急忙追問道，「妳是夢到的？那是怎麼一回事？」

於是，戴維娜把昨夜發生的事全都一五一十地告訴雷克斯。後者聽言，也對如此詭譎的事情感到百思不解，低頭陷入沉思中。她會夢到弗羅拉施法的畫面倒不奇怪，但眞的想不到是什麼因素，會導致她把夢裡的東西畫出來。如果眞的像她所說，是有人在背後催眠她的話，大概只有巫師才有這種能力，可對方又怎麼會知道她夢境的畫面？

面對雷克斯久久不語，戴維娜的心情越發焦急起來，似乎在擔心他不相信她的話，覺得她是在胡扯。

「聽著，雷克斯，我知道這件事很荒唐，但我眞的沒有印象當時是怎麼畫出來，感覺就像是受到什麼控制一樣，並不是我本意想畫的。」因爲著急的緣故，戴維娜的語速不自覺地加快幾分。她輕皺眉頭，愼重地思索著，「直覺告訴我，當中一定是有著什麼含義，畢竟我從來沒有試過會將夢到的東西畫出來。而且昨晚的夢境，跟萊特爾先生的死似乎是兩回事，更像是另一種的施咒儀式。」

「我也這麼認爲。倘若是跟萊特爾先生的死有關，又怎麼可能無緣無故多了三具屍體？」雷克斯沉穩地分析道，然後抬眼看著她，困惑地提出心中的疑問，「你有看到他們的模樣嗎？他們是人類嗎？」

她搖搖頭，略顯挫惱地回答道：「我不知道，我沒有辦法看得清楚，僅僅看到有三具屍體躺在地上。」

雷克斯低頭，再次把視線投放到魔法陣圖上，凝重的神情看起來若有所思。

發現他眉頭深鎖，再度陷入一陣沉默，戴維娜語帶試探地問道：「你是不是有什麼頭緒，雷克斯？」

「我只是覺得，要是想知道這個施咒儀式代表著什麼，或許——」

他意味不明地拉長尾音，視線轉移到右下角的文字上，眼神有些捉摸不定。

「你寫的那句拉丁文咒語就是關鍵。」

「拉丁文？」他此言一出，戴維娜的表情微顯訝異，立刻急迫地追問，「難道你知道那是什麼意思？」

「不，我只是在很久以前學過一兩句，但我不會拉丁文。不過我相信，有一個人肯定會知道咒語的意思。」雷克斯故意賣弄關子般稍作停頓，看見戴維娜面露迷茫的神情，才繼續開口說下去，「那位叫洛爾的巫師。」

提起洛爾，雷克斯顯然感到不快，馬上擺出一副很不甘願的表情。

「看來我們是有必要去找他一趟。」

他可不怎麼喜歡這個巫師。正確來說，他對巫師都沒有好感，他們總是擺出一副不可一世的高傲姿態，瞧不起吸血鬼這種生活在黑暗中的生物，自認爲自己會魔法就特別了不起。然而無奈的是，他無可否認洛爾是目前唯一能夠爲他們提供幫助的巫師，畢竟他很清楚奧斯汀家族和結界石的事，而且對於咒語的意思和用法都一定瞭如指掌。

聽見雷克斯提起洛爾，戴維娜突然想起那個晚上與他之間的對話，心頭猛地一顫。他當時已經向她提過，他們之後還會再見面的，難道是因爲早就猜到他們還需要他的幫忙？因爲知道她的夢境跟弗羅拉和結界石有關？

她記得他當晚還說，要是她搞清楚一切的來龍去脈，他就會告訴她一些事情，但至今都不明白他指的來龍去脈是關於什麼。最奇怪的是，既然他明明知道某些事情，又爲什麼故意不說出來？爲什麼要選擇隱藏？難道是什麼不可告人的祕密嗎？

儘管一大堆疑問接二連三地湧上心頭，戴維娜卻無法猜透他的心思，也不清楚他是在盤算著什麼。到底他知道什麼事情，同時也是她需要知道的呢？

◇◇◇

沒有太陽的中午顯得格外陰冷，冽風肆意吹襲著布克頓鎮每個角落，爲空氣增添幾絲刺骨的寒意。

一般人對於這種天氣都會感到十分郁悶，塞貝斯卻反而覺得更爲輕鬆愜意。他向來就不喜歡陽光普照的日子，耀眼的光線刺進眼睛會讓他感到很不舒服。此刻的他正翹著二郎腿坐在客廳的沙發上，一手拿著威士忌，一手拿著古典文學的書籍，一邊喝著杯中的酒，一邊安靜地翻閱著手上的書本。

當聽見響亮的高跟鞋聲從樓梯間傳來，他的嘴角微微向上一挑，迅速將視線轉射到樓梯的方向。只見尤妮絲以不快不慢的速度下樓，她顯然是經過精心的裝扮——套上一件杏色皮衣外套，漂亮的臉蛋化上精緻淡雅的妝容，看起來是一副準備要出門的模樣。

「昨天去哪裡了嗎？」塞貝斯微瞇起眼睛，視線順著她的身影移動，故作隨意地說道，「一大早就不見妳，我想夜店應該沒有那麼早開門吧。」

「別裝了，你明明就知道。」

對於他明知故問的問題，尤妮絲自然懶得理會，她直接走到廚房，從冰箱裡把一瓶血液拿出來，絲毫沒有看對方一眼。輕輕扭開瓶蓋，她將瓶中的血液倒進玻璃杯中，一股淡淡的血腥味頓時在空氣中蔓延開來。

塞貝斯不以為意地聳聳肩，用著戲謔的意味問道：「那有什麼收獲嗎？妳的傑瑞德願意理會妳，跟妳說說話嗎？」

尤妮絲把桌上的玻璃杯拿起來，仰頭一口氣飲盡杯中的血液，然後只是用眼角的餘光瞥他一眼，敷衍地吐出四個字。

「無可奉告。」

把血液放回冰箱，尤妮絲轉身邁開步伐，朝著玄關處前行，沒打算再理會他。但下一秒，對方已經瞬間移動到她的身前，阻攔她繼續前進。

「我看妳是有話要跟我說的吧？」他的雙瞳直勾勾地盯著她，眼中隱含著濃重的警告意味，挑眉提醒，「別忘了，尤妮絲，我們現在是一夥的，要是妳有什麼發現，難道不是很應該告訴我嗎？」

看著他那雙犀利得如箭的綠眼睛，儘管心裡有多麼不情願，感到多麼煩厭，尤妮絲只能壓抑著不滿，把昨天的事情如實說出來。

「你知道的，傑瑞德向來只喝動物血液，所以昨天我打算逼使他吸食人血，找戴維娜的朋友下手，沒想到她體內的血液竟然有馬鞭草，但我完全聞不出來，就連戴維娜似乎也對此毫不知情。」

「妳的意思是，她一直在瞞著戴維娜，偷偷喝馬鞭草？」他的眉毛向上一挑，臉上的表情微覺有趣。

「這我不知道，我只知道我的計劃被人破壞掉，讓我感到很不爽。」不悅的聲音洩露出尤妮絲心中的煩躁，她雙手交抱於胸前，表情顯得相當不耐，「現在可以給我滾開一邊嗎？我還約了我的『小男友』出去兜風的，可不想被你破壞心情。」

「當然。」

塞貝斯的唇角勾勒出滿意的弧度，並把雙手放在背後，識相地往一旁退開，隨後更故意地朝她擠擠眼睛。

「祝妳有個愉快的約會。」

看著他那副洋洋得意的模樣，尤妮絲不甘地狠瞪他一眼，她真的很不喜歡什麼事都要向他匯報，要不是因爲他們有著共同的目標——想查清楚戴維娜與傑瑞德他們結識的理由，她才不會選擇跟他一起行動。

想到這裡，她滿肚子都是氣，於是大步地從他身前走過，並刻意用肩膀狠狠地撞他一下，但塞貝斯依然保持微笑的面容，絲毫沒有生氣的意思。他的目光一直放在尤妮絲的身上，直至看見她走出門口才把視線收回來。

「居然懂得掩蓋馬鞭草的氣味，沒想到連戴維娜身邊的人都這麼不簡單。」

塞貝斯的嘴角噙著充滿趣味性的笑意，低聲喃喃道。

◇◇◇

「你有一則新的留言，於早上十點十五分傳送……」

傑瑞德安靜地坐在床上，一腿伸直，一腿屈起，手肘隨意地擱在膝蓋上。他用另一隻手握著手機貼到耳邊，聽著戴維娜在不久前發送過來的語音留言。

「嘿，傑瑞德，是我。我剛剛發了簡訊給你，爲什麼都不回？你不舒服嗎？生病嗎？不管怎樣，回個電話給我好嗎？我……有點擔心你。還有就是——」經過短暫的猶豫，她像是鼓起勇氣般，決定把話繼續往下說，「希望你能告訴我，會出席今晚學校舉行的篝火晚會。」

待留言播放完畢，傑瑞德慢慢將手機放下，無力地將頭仰靠在床頭板上，緩緩閉起雙眼。他輕輕吞嚥著口水，承受著內心的煎熬和掙扎。

他不知道該如何向戴維娜解釋自己的狀況。現在只要看到人血，他的嗜血念頭就會一次比一次強烈。他覺得自己已經快要無法忍受，渴望隨意撕破某個人的喉嚨，一口氣喝光對方體內的鮮血。

但他當然也清楚，自己一旦開始進食人血便會無法停止，整個人徹底被慾望吞噬。而到最後就會演變成，無數條性命死在他的手中，再次成爲那個殺人不眨眼的冷血惡魔。

如果她看到這樣的他，會感到害怕嗎？就算她不害怕，他也不敢擔保自己不會動手傷害她。

此時，外面傳來門鎖轉動的聲音。數秒過後，寢室的門伴隨著「咔嚓」的聲響而打開。不過傑瑞德並沒有睜開眼睛，將視線投向門口，因爲他心裡很清楚走進來的人是誰——

雷克斯。

「我就猜到，你肯定是窩在寢室裡。」

雷克斯把門從身後帶上，雙手插進皮夾克的口袋裡。他走到自己的床上坐下來，伸長雙腿在腳踝處交疊，目光意味深長地投落在傑瑞德的身上。

「有事嗎？」傑瑞德沒有睜開眼看他，只是輕淡地啟唇問道。

「有事找你的人不是我，是另有其人。」雷克斯很隨意地聳了聳肩膀，略帶深意地繼續說道，「而我相信，你很清楚她是誰。」

「戴維娜來找過你。」傑瑞德不是在提問，而是在陳述事實。與此同時，他終於把眼睛睜開來，扭過頭看著雷克斯，臉色平靜如水。

「你知道自己現在變成什麼嗎？」雷克斯斜眼瞄向他，故意揶揄他一番，「壞男人，對女人若即若離那種。」

「很幽默嗎？」

傑瑞德旋即對他投射出銳利森冷的眼神，面容不見分毫情緒。要知道，他可沒有心情開這種玩笑。

「好吧。既然你不喜歡這種比喻，就當我沒說好了。」雷克斯雙手一攤，擺出一副無所謂的態度，然後把雙手交疊置於腦後，漫不經心地繼續說道，「話說回來，我還以爲你會向戴維娜坦白說出無法控制嗜血念頭的事，想不到原來她根本毫不知情，要從我的口中知道你的問題。」

「你這麼說——」他此言一出，傑瑞德驚訝地瞪大雙目，視線隨即掃向雷克斯，語氣罕見地洩漏出一絲緊張，「是把我的事全都告訴她了？」

「呃……」

透過他激動的反應，雷克斯立刻意識到自己做了不該做的事，眼神心虛地四處游移。他迅即跳下床，不自然地清了清喉嚨。

「我……我想起待會還有課，我應該要……呃……」他一邊結巴地說著，一邊轉身邁步走向門口，企圖要離開寢室，「準備過去教室——」

「雷克斯，你腦子到底是有什麼毛病啊？」他的話還沒說完，傑瑞德轉眼間已經出現在他的面前，擋住他的去路。他伸手用力地推了雷克斯一把，令他踉蹌地往後倒退幾步。只見前者面帶怒容，生氣地指責著他，「你認為告訴她對事情有幫助嗎？我告訴你不會，你只會讓我更加不知道該如何面對她才好。」

「她是需要知道這件事的，傑瑞德。她現在是站在我們這邊，雖然我是很不想承認啦，但她的確算是我們的朋友，她有必要知道你的問題。你總不能讓她把你當成是一個拯救人類的英雄，保護他們不會受到吸血鬼的傷害。她終究要明白，你也是吸血鬼，吸食人血才是我們本性。她是需要理解這一點，而你也需要面對這一點。」

雷克斯的語氣比起往日認眞了不少，他朝著傑瑞德踏前一步，神情顯得異常正經，毫無半點開玩笑的意味。

「現在尤妮絲就是利用這個弱點來攻擊你，她知道你一旦嚐到人血的味道，就會陷入失控，不斷殺人來滿足自己的飢餓感，因此你更需要學會控制，這樣她才無法隨意操控你的弱點。」

傑瑞德知道他的話不無道理，臉上的怒意漸漸消退，取而代之是一種沉重的無力感，眸色瞬間變得黯淡無光。

「我知道，但不是我不想，只是我真的不敢。雷克斯，你應該很清楚這種感覺的，只要吸血鬼喝了一口人血，就會想要得到更多，那是一種永無止境的慾望。你知道嗎？現在只要看到戴維娜，我心裡就會產生一種恐懼，害怕有一天會想撕破她的喉嚨，喪失理智地喝下她的血液。如果真的發生這種事情，我是絕對無法原諒自己的。」

看見他的眼瞳蒙上一層灰暗，雷克斯不禁輕嘆了口氣，抬手像是安撫般搭住他的肩膀。

「無論如何，我只是想幫你，不希望再看到你受盡內心的折磨。你硬是強迫自己不正視這個問題，只會讓自己的情況越來越糟糕。我不希望看到你這樣。」雷克斯鬆開搭著他肩膀的手，並朝他舉起拳頭，扯開嘴角說道，「懂嗎，兄弟？」

傑瑞德抬眼望著他，眉毛往上挑了挑，微微咧開唇畔，回應道：「事先聲明，如果你也想聽我說這些肉麻的話，最好不要抱有期待。」

言畢，他才伸拳，輕輕與雷克斯的拳頭碰撞一下。

「切，肉麻的話就省略掉吧。」雷克斯佯裝嫌棄般擺手，快速換上鄭重其事的神情，繼續說道，「我們現在還有一個更重要的話題要討論。」

「什麼意思？」

傑瑞德輕皺著眉頭，藍眸染上幾分不解。但雷克斯沒有即時回答，只是從口袋裡把剛剛戴維娜給他的紙張拿出來，直接遞到傑瑞德的面前。

「看看這個吧，是戴維娜給我的。」

聽見東西是屬於戴維娜的，傑瑞德二話不說便接過他手上的紙，快速打開來看。當他看見畫在紙上的圖案，臉部表情僵如化石，充滿著難以置信和震驚。

「她跟我說，是在毫無意識的情況下，把昨晚夢到的畫面畫了出來。」

「毫無意識？」傑瑞德疑惑地重複這四個字。

「嗯。她說昨晚夢見一個施咒儀式，相信施咒者就是弗羅拉。根據她的話，當時地上躺著三具屍體，從他們身上流出來的血液，在受到咒語的影響下自動匯聚起來，並圍繞著圖裡的魔法陣，組成一個倒三角的形狀，而放在中間那一顆就是結界石。」

「三具屍體？」聽聞這四個字，傑瑞德彷彿想起什麼一般，臉色微微一怔，語氣轉為緊張，「是屬於超自然生物還是——」

「她說看不清楚，暫時沒有頭緒。」他的提問令雷克斯感覺到有些不對勁，於是一臉狐疑地盯著他，「你這副表情看起來，好像是知道什麼。」

「聽小莎說，吉爾伯特夫人懷疑弗羅拉他們企圖要復活的，是一位古老的吸血鬼領導者。如果巫師要進行復活儀式，必須要消耗龐大的魔力，尤其復活的對象是超自然生物。單單依靠弗羅拉的魔力，是不能讓對方穿過界線，回到現實的世界裡，所以必須要利用超自然生物的血液來進行獻祭。這樣不但可以增強她的魔力，同時也能夠讓對方的靈魂吸取到足夠的力量，穿過結界，回到自己的身軀裡。」傑瑞德用不急不慢的語速解釋，隨後再補充一句，「這是很久以前，我跟萊特爾先生去找一位女巫時，從她的口中聽回來的。」

「所以，你是懷疑她用這三具屍體來進行祭祀儀式？」雷克斯認眞地思索著他的話，提出心中的猜測。

「我不敢肯定。最近並沒有聽到超自然生物遇害的消息，不能說這個夢一定跟祭祀儀式有關。況且，我不認爲他們會這麼快就下手，被用來獻祭的超自然生物是需要具備一定的條件，不是隨便找一個來就可以。」

「如果是這樣，你覺得那個叫洛爾的巫師會知道什麼嗎？」儘管他不確定傑瑞德會否喜歡這個方案，但按照目前的狀況來看，他們似乎別無選擇，「我的意思是，無論是對於戴維娜夢見的畫面，還是她會畫出這個魔法陣圖的理由。你也知道，巫師對於各種奇奇怪怪的事總是會一套解釋。而且我相信，他一定會知道右下角那句拉丁文咒語到底是什麼來的。只要能夠解開這句咒語的意思，說不定就能知道那個施咒儀式是關於什麼。」

「沒忘記吧？昨晚我們答應了夫人，後天會回去住一個晚上，到時候再跟他們商量一下吧。畢竟要找那個巫師，我們需要得到他的聯絡方法。」

傑瑞德的態度與雷克斯相差無幾——提起洛爾，他的語氣變得有些硬梆梆的。他倒不至於討厭巫師，只是不希望經常與他們接觸，尤其像洛爾那種神祕兮兮的巫師，特別讓人覺得難以捉摸。

「你這樣說，好像是不打算帶上戴維娜。」雷克斯故意在他的面前再次提起戴維娜。捕捉到對方的眼底悄然掠過些微黯然，他立刻佯裝可惜地繼續說道，「可是她才是夢到各種線索的重要人物，而且我相信，吉爾伯特夫人也會想要認識她的。」

「經過昨天的事，我不認為她會放心讓她的朋友獨自留在學校裡。」傑瑞德假裝沒有被他的話給影響，保持平穩的心情回應道。

「所以你認為，讓戴維娜獨自留在學校裡，是一件安全的事？」但雷克斯始終不肯罷休，語帶調侃地反問，「她只是人類，你認為她可以憑著薄弱的力量，獨自對抗吸血鬼嗎？」

傑瑞德頓時語塞，微微張開嘴，卻答不出話來。雷克斯說的是事實，雖然他已經把馬鞭草液體給了她，但面對吸血鬼，她是沒有辦法保護自己的。可另一方面，他卻因為昨天的事——尤其她現在已經知道他在面對人血時，無法自我控制的問題，更加不知道該如何面對她。

發現他完全無言以對，雷克斯相信已經達到他的目的，於是抿嘴，翹起一抹得意的笑容。他決定暫時先放傑瑞德一馬，把話題轉移開來：「好吧，夥計。這是你的決定，不勉強你。不過說起昨天的事，你還記得尤妮絲在戴維娜的朋友身上喝到馬鞭草嗎？」

「記得又怎樣？」他不明所以地反問。

接下來，雷克斯將戴維娜的推測一字不漏地向他闡述一遍。傑瑞德聞言，眉頭霎時緊鎖起來，心底瀰漫著一股濃厚的困惑。

「可你不是經常到學校的酒吧嗎？我從來都沒有聽你提過，他們提供的酒液裡有馬鞭草。」

「這正正是奇怪的地方。我打算利用下午空堂的時間到酒吧一趟，看看能不能找出什麼線索。」雷克斯同樣沒有半分頭緒，無奈地聳肩回應。

「不用這麼麻煩，反正我今天很空閒，可以現在去問問看。」

傑瑞德的語氣聽來相當隨意，毫無半點猶豫。他更坐言起行，拿起掛在椅背上的外套把它穿上，一副準備要外出的模樣。

「啊哈，看來有人是存心不想跟戴維娜碰面，對吧？」雷克斯的唇角彎起意味不明的弧度，刻意拉高聲調拋出提問。

然而傑瑞德只是斜瞥他一眼，壓根沒打算理會他，直接扭開門鎖，頭也不回地大步離開寢室。

雷克斯見狀，連忙著急地對著他的背影高聲喊道：「喂，去到酒吧，記得幫我向菲妮絲打個招呼，別讓她太想念我。」

◇◇◇

「雙頭蛇」是一間在聖帕斯大學裡取得經營權的酒吧，也是學生在餘暇時間常來消遣的地方，不少由社團自行組織的活動都會挑選這裡作爲舉辦場地。

酒吧的占地面積廣闊，分爲上下兩層，整體的裝潢以實木爲主。數盞巴洛克復古吊燈懸掛在天花板上，爲室內投下柔和的淡黃燈光，呈現出溫暖明亮的環境。

爲了營造高雅的古典美風格，四周牆壁上掛著不少精緻的文藝壁畫，古舊的擺設裝飾隨處可見。除了一般的長吧檯和數十組木質桌椅外，某個區域還擺放著柔軟的沙發和高大的書櫃，裡面主要放置雜誌和休閒書籍，整個空間猶如一個小型的休息室。

帶著目的前來的傑瑞德徑直地走到長吧檯前，隨意挑選了其中一個空位置，拉開高腳椅坐下。吧檯後面站著一位披著粉色長髮、穿著制服的女生，她正用毛巾擦拭著被弄髒的桌面——這位就是雷克斯剛剛提起的菲妮絲，與普通大學生的年紀相差無幾，只是因爲家境問題無法繼續讀書，高中畢業後便投身社會工作。

「嗨，請問需要些什麼嗎？」看見客人到來，她連忙放下毛巾，來到傑瑞德面前有禮地詢問道。

「我之前嚐過你們的蘋果酒，味道一直讓我難以忘懷，能給我來一杯嗎？」他很是客氣地對她問道。

「沒問題，請你稍等。」

她馬上轉身，從酒櫃裡挑選出某個棕色酒瓶放到吧檯上，然後扭開瓶蓋，將裡面的淺黃色液體徐徐倒進玻璃杯裡。利用鉗子加入兩塊冰塊，她拿起酒杯輕輕放到傑瑞德面前，一隻手向前伸出，做出「請」的手勢。

「這是你要的蘋果酒，請慢用。」

傑瑞德先拿起酒杯，湊到鼻子前聞一聞，卻沒有發現當中有馬鞭草的氣味。但他沒有馬上湊到嘴邊飲用，爲了安全起見，他必須要用另一種方式進行測試。

於是，他趁著對方轉身背對他的時候，將一根手指伸入杯中，利用指尖輕輕沾上液面。殊不知，一陣輕微的灼熱感立刻從指尖皮膚傳來，繼而冒起絲絲白煙。傑瑞德見狀，快速將手指抽出，剛剛傳來刺痛的傷口隨即復原。

果然裡面是有馬鞭草，只是氣味被某種東西掩蓋住。

接下來，他皺起眉毛，刻意表現出困惑不解的模樣，問道：「真是奇怪，這個味道似乎跟我之前喝的有點不一樣，是不是有在裡面加了些什麼？」

「我的老天，味道有不一樣嗎？應該不可能的啊。」聞言，菲妮絲顯得頗爲驚訝，緊張地檢查著剛剛拿出來的酒瓶，似乎在查看是否過了飲用的賞味期限。

「不介意的話，能請妳看著我嗎？」

她對他絲毫沒有戒心，毫不猶豫地將視線轉向他，面露茫然的神色。

「我問妳，妳是不是有在酒液裡加入什麼東西？」他的雙眸牢牢地緊鎖著她，將剛才的問題重新複述一遍。

望著他那雙帶有催眠力量的藍眼睛，她的表情變得有些呆滯，啟唇吐出兩個字：「沒有。」

顯然，精神控制有成功發揮作用，證明她對馬鞭草的事確實毫不知情。

稍微運轉腦筋思索，傑瑞德很快想到另一個可能性，繼續探問道：「這個星期除了妳之外，還有其他人在酒吧裡幫忙嗎？」

「老闆最近放假，現在還在招聘服務生，暫時只有我一個人在看店。不過偶爾麥凱莉醫生會來這裡幫忙的。」受到精神控制的影響下，她只能照實回答他的問題。

「麥凱莉醫生？誰來的？」從她口中捕捉到某個陌生名字，傑瑞德的眼神霎時銳利幾分，謹慎地追問。

「她是這間學校附屬醫院的醫生，同時也是這裡的常客。她知道最近只有我一個人處理酒吧的事務，所以每當有空的時候，都會義務來這裡幫忙。」

隨著線索層層遞進，眞相已經近在咫尺，激起傑瑞德難得提起的興致。他揚起眉毛，拋出最後一條問題：「前天晚上，學校不是有個聯誼派對嗎？她當天也有來幫忙，對吧？」

「是的。要是沒有她幫忙，我當天肯定會手忙腳亂。」

「謝謝妳的幫忙，錢不用找了。」

從口袋裡掏出三十塊錢放到桌上，他趕緊離開吧檯，推門走出酒吧，朝著通往醫學院的方向前進。

酒吧和醫學院的距離並不遠，約莫需要十五分鐘的路程。醫學大樓是一幢灰色高大的建築物，樓高六層，正門對面是一片廣闊的綠油油草地，中間有一座水花四濺的噴水池，締造出休閒舒適的環境。隔壁就是學校的附設醫院，從遠處已經看見一個象徵著醫療救護的紅色十字標誌，門口清晰地掛著「聖帕斯大學附設醫院」的銀色名牌。

一踏進醫院，濃烈的消毒水味道瀰漫在整個空氣中，相當刺鼻難聞。坐在候診區的病人有數十位，一位穿著藍色制服的醫護人員坐在其中，正照料著某位流鼻血的中年婦女。

當傑瑞德瞥見鮮紅的液體從她的鼻孔流出，馬上扭過頭，撇開目光，並且加快腳下的步伐，筆直地朝著前面的接待處走去。

此刻的接待處只坐著一位身穿白色制服的護士。他相信，其他的不是在照顧病人，大概就是去了巡查病房。而眼前這位護士正低頭忙碌著，手握原子筆，在一份厚厚的文件上填寫著資料。

「嘿，你好。」

傑瑞德在接待處前停下腳步，故作輕鬆地向她打招呼。聽見他的聲音，護士立即停下手上的動作，抬起頭看著他，露出禮貌性的笑容。

「先生你好，請問有什麼可以幫到你嗎？」

「請問妳知道麥凱莉醫生的辦公室在哪一層嗎？」
「不好意思，請問你有預約嗎？」
「喔，是這樣的。」傑瑞德不慌不忙地從錢包裡掏出學生證展示給她看，並主動解釋前來的目的，「我是這裡的學生。聽說麥凱莉醫生是我們學校的輔導醫生之一，我是想來找她做個病情咨詢。如果她沒有在忙的話，請問我能跟她見一面嗎？」
幸好他剛剛在學校的官網裡搜尋到這項重要的資料，才能夠順理成章想出一個需要與對方見面的理由。
「那我幫你問問，請你稍等。」
接著，她利用接待處上的座機撥打到麥凱莉醫生的辦公室查詢。約莫一分鐘過後，她才緩緩把電話掛上，在獲得許可的情況下，指引傑瑞德乘搭升降機前往五樓的精神科。
抵達五樓，步出升降機，一位膚色黝黑、體型肥胖的護士長迅即迎上前來，帶領傑瑞德來到麥凱莉醫生的辦公室門前，整個過程幾乎順利得讓他頗感意外。
敲門得到應允後，護士長推門而進，他隨即把握機會，不著痕跡地環視著裡頭的環境，卻發現無論是風格還是擺設都是平平無奇，沒有任何異常的地方。
看來要取得有用的線索，他必須要運用技巧拋出提問，讓她非回答不可。
「麥凱莉醫生，妳好。」護士長圓潤的臉龐上帶著禮貌性的微笑，態度顯得尊敬有禮，「這位先生是我剛剛向你提過的學生，說是想過來做個病情咨詢的。」
「噢，小可憐，這麼年輕已經要來看精神科了嗎？」

坐在辦公椅上是一位年約三十歲的女子，她穿著一身潔白的醫生袍，烏黑的捲髮用橡皮筋綁成高馬尾。聽聞護士長的話，原本正對著電腦螢幕的她，將視線轉投到傑瑞德的身上，稍微蹙起雙眉，和藹的眼神染上些許擔憂。

下一秒，她從椅子上站起身，伸手示意他坐下。

「過來坐吧。看看我有什麼能幫到你。」

得到她的允許，傑瑞德不假思索地邁開步子，走到她的辦公桌前，拉開轉椅坐下。他的表情依舊平靜沉穩，沒有洩露出半點情緒。接著，麥凱莉醫生把目光投向仍然站在一旁的護士長，朝她微微點頭，示意她可以出去了。

等到對方完全離開辦公室，她才面向傑瑞德重新坐下。

「在正式開始咨詢之前，不如我們先互相認識對方吧？」她面帶親切的笑容，向傑瑞德伸出一隻手，豪爽的聲音聽來毫無半分架子，「我是瑪姬．麥凱莉醫生，不知道該怎麼稱呼你？」

「我是——」

正當傑瑞德差點脫口說出自己的名字，他赫然警覺到，現在暫時尚未清楚對方的身分，貿然向她透露真實的名字，站在他的處境來看並不安全。

「喬希。」急速思索一番，他決定隨便向她說出一個假名字，並禮貌地伸手回握，「喬希．威蘭。」

「喬希．威蘭嗎？」

瑪姬用極低的音量重複念著他的名字，唇畔微笑的弧度分明在漸漸消退。她忽地挑起雙眉，眼神變得如尖銳的刀刃般鋒利，當中閃爍著碎冰似的寒光。

「呵，你知道嗎？你的說謊技巧實在是太爛了。」她的雙眼瞇成一條細縫，言語間帶著諷刺的嘲弄意味，並順勢吐出他的真實名字，「賽柏特先生。」

下一秒，她抓緊他的手，用力向後一扯，令他的身體失去重心向前傾。只見她將他的手掌攤開放在桌上，舉起握在左手裡一根被削尖的木樁狠狠地刺下去。暗紅色的血液不消一秒從他的皮膚表面湧出，傷口同時冒出縷縷發出滋滋聲的白煙，傳來一股灼熱的刺痛感。

「啊——」傑瑞德遏制不住地發出痛叫聲，眉宇擰成一團，從齒縫間擠出三個字，「馬……馬鞭草。」

剎那間，一個最為合理的念頭從他腦海裡一閃而過。木樁和馬鞭草都是專門用來對付吸血鬼的東西，而且她居然還知道他的真實名字，相信絕對不會是巧合。唯一能解釋的原因就是——

想到這裡，他不敢置信地瞪圓雙瞳，滿臉驚愕地注視著她。

「妳是吸血鬼獵人？」

「你猜對了，可惜已經太遲。」瑪姬得意地揚起雙眉，大方承認。她大概是不願意再跟他浪費唇舌，很快便換上鯊魚般兇狠的神情，聲音鏗鏘有力地質問道，「說吧，吸血鬼，你進來我的辦公室到底想要做什麼？不要告訴我，你是真的要來咨詢病情。」

話落，她狠狠地轉動著他手掌上的木樁，故意讓它刺得更深，令更多血液不斷從傷口湧出。

「啊——」傑瑞德按捺不住痛楚，再度痛呼出聲。他知道自己略處於下風，於是不敢再怠慢，馬上回答她的問題，「我只是來這裡……搞清楚一件事而已。」

「這裡是醫院，我不覺得有任何事會跟你們有關，有什麼事是你需要知道的？」

「把木樁拔出來，我就告訴妳。」

瑪姬不屑地嗤笑一聲，展露出傲慢的姿態：「你似乎還沒搞清楚這裡是誰的地盤，還敢討價還價？」

「妳知道的，我是不可能傷害妳。妳是吸血鬼獵人，平常一定有喝馬鞭草的習慣，所以我不能，也不會喝妳的血。如果我要殺妳的話，相信妳有更多武器用來對付我。況且這裡是醫院，妳絕對不會想這麼張揚獵殺我。要是讓外面的人聽到，在妳的辦公室裡傳來病人的慘叫聲，妳覺得需要怎麼解釋？」傑瑞德緊咬著牙，極力地忍耐著手部傳來的痛楚，每一個字都說得非常吃力。

仔細地忠索著他這番話的同時，瑪姬的眼光有意無意地掃向門口，碰巧聽見兩位醫生的交談聲自門外傳來，於是不甘心地咬咬牙。

她心裡清楚他的話不無道理。儘管她是吸血鬼獵人，但此刻的身分卻是一位醫生。萬一讓其他人發現，她正在傷害「病人」的話，後果確實會很麻煩。

「要是你敢耍什麼花樣，我保證你一定走不出這個門口。」

瑪姬警告性地瞪他一眼，接著把木樁從他手掌上拔出。傑瑞德迅速抽回手，看見上面的傷口已開始自動癒合。隨著疼痛感逐漸消退，他稍微安心下來，悄然鬆一口氣。

「說吧，吸血鬼。」瑪姬將身子仰靠到椅背上，雙手把玩著沾滿他血液的木樁，語調慵懶得根本沒把他放在眼裡，「你只有一分鐘的時間。」

「我本來以爲還需要花些時間來查證。不過現在看來，事實已經擺在眼前。我會在「雙頭蛇」的酒液中發現馬鞭草，是跟妳有關的吧？聽那邊的職員說，妳最近總是假好心，義務到酒吧幫忙。但實質上，妳只是想將馬鞭草混進酒液或冰塊裡，因為妳知道那裡是學生經常聚集的地方，最容易讓他們順勢喝下妳暗中加入的馬鞭草，我沒有說錯吧？」傑瑞德沒有轉彎抹角，直接拋出剛剛在他腦海裡形成的想法，篤定的聲音像是在陳述事實一般。

儘管被他當面揭穿眞相，瑪姬依然沒有顯露出慌亂，甚至表現得理所當然：「是又怎樣？你們這些吸血鬼總是天眞以為，能夠混進人類世界裡為所欲為，卻往往忘記我們的存在。我告訴你，要是你們敢惹毛我，我甚至可以在供應學校的水源中加入大量的馬鞭草，讓你們無法繼續在這裡撒野。」

「不只有妳吧？在這間學校裡，還存在著其他吸血鬼獵人，對吧？」聽著她用狂妄的口氣說出威脅性的話語，令他相當確信她絕對不是單獨行動，分明是有其他同伴的協助。

「這與你無關，反正吸血鬼和吸血鬼獵人從來不會站在同一陣線上，你不需要知道太多關於我們的事。」她稍微揚起下巴，刻意擺出倨傲的姿勢，一抹譏諷的弧度緩緩攀上她的唇角，「還是說，你是在擔心我們隨時會在背後襲擊你？不過也對啦，獵殺你們本來就是我們的工作，我是絕對可以理解你的擔心。」

「妳知道我的名字，也很清楚我的身分，要是眞的存心要找我麻煩，早就已經動手。」向來沉穩冷靜的傑瑞德自然不可能會被她的話影響情緒，他微微瞇起雙眸，眼底閃爍著精銳的光芒，「直接承認吧，妳來這裡是有著什麼目的，對吧？」

「我來這裡的目的，是為了要當救人的醫生，就像你是吸血鬼，但同時也是屬於學生的身分。我們各自有各自的職業，並沒有什麼好奇怪吧？」瑪姬始終面不改色，鎮定自若的神態更夾雜著幾分令人嫌惡的傲慢，「你的時間到了。趁我還沒有改變主意，要在這裡殺掉你之前，最好現在就給我滾出去。」

「既然妳不想回答，我也沒辦法。」傑瑞德不甚在意地聳聳肩，淡漠的嗓音裡聽不出任何情緒起伏，「但妳確實說得沒錯，我們和你們從來就不可能，也不會站在同一陣線上。倘若妳是沒有任何目的的話，希望我們最好不要有任何交集。」

語畢，他從轉椅上站起身，徑直走到門前擰開門鎖，頭也不回地離開她的辦公室。隔了約莫兩分鐘，瑪姬立刻利用辦公室裡的座機，撥出一個內線電話。

「喂，麥凱莉醫生嗎？」座機彼端傳來護士長恭敬有禮的聲音。

「對，是我。」瑪姬連忙啟唇應答，聲音裡帶著難以掩飾的緊張，「剛剛你帶進來的那位男學生是否已經離開了？」

「是的，他剛剛已經乘搭升降機離開。」

「那沒事了，麻煩妳。」

掛線後，瑪姬馬上拿起放在桌上的手機，從通訊錄中翻找出某個人的號碼，毫不猶豫地按下撥通鍵。等待十秒，電話便被接通了。

「嘿，是我。」由於事情的發展令她焦急如焚，還未等對方講話，她便急忙開口丟出一連串的話，語聲中透露出無法抑制的擔憂，「我們恐怕有些麻煩。你的吸血鬼學生爲了調查一些事情，來到我的辦公室裡。我一開始不知道他的目的，在自我保護的情況下，逼不得已地向他透露了我的身分，我擔心他很快會查到你的身上。」

「我不認爲有什麼好擔心的，瑪姬。說實話，他越早知道我的身分，對我來說反而更好。以吸血鬼獵人的身分接近他，總比教授的身分來得更直接、更方便。」

沒錯，電話裡頭傳來的男聲正是葛蘭教授。與瑪姬相比，他倒表現得相當從容淡定，語調非常輕鬆，聽不出慌張或憂慮。

「你眞的覺得無所謂？」瑪姬微皺起眉，用略微嚴肅的口吻說道，「要是他知道你的眞實身分，自然會對你產生戒心。」

「妳還記得不久前，在小鎭的樹林裡，發生接二連三的動物襲擊案件嗎？」

「當然，我們當時還在那裡展開了一場『獵殺行動』。」

「他們全都是剛被轉化沒多久的新生，表示轉化他們的吸血鬼肯定是在這個鎭上。」關於這一點，他知道瑪姬的想法跟他是一致的，於是明確地向她表明唯一的調查方法，「我知道傑瑞德他們也在調查此事，掌握的資訊肯定比我們多。我們必需要從他們的身上獲得更多線索，才能夠順利找出那個吸血鬼，終結他的性命。」

「你憑什麼認爲，他會願意告訴我們一切？」他的信心倒是讓瑪姬感到困惑和質疑，對於他的決定依然有所保留，「要是讓那個吸血鬼知道你是獵人，你認爲他會相信你嗎？」

「我們有著共同的目標，要找出那個在破壞人類世界的吸血鬼。既然目標一致，對他們來說，多一個人幫忙並沒有任何損失吧？至於他相信我與否，說實話，倘若我們打從一開始就有對付他的打算，那麼早就已經動手，又何必等到他發現我們的身分才行動？傑瑞德是個聰明人，他會明白這一點。」

「不要忘記，他是吸血鬼，而他的同伴也是吸血鬼，你就這麼相信他們會不幫自己的同類，反過來協助敵人？你不會覺得這個決定有點冒險嗎？」

「我很明白妳不信任吸血鬼，甚至可以說憎恨他們。但妳曾經也說過，我們從來只會獵殺濫殺人類的吸血鬼，傑瑞德他們並沒有違反這條原則，所以妳才沒有刻意找他們麻煩，不是嗎？」沒有聽見瑪姬反駁的聲音，證明她同意這個說法，於是葛蘭教授試圖繼續說服她，「我們沒有選擇的餘地，我們當時獵殺的吸血鬼根本不清楚所有事情，妳跟我現在就像盲頭蒼蠅一樣，不知道該從哪個方向入手。瑪姬，妳在獵殺吸血鬼方面向來很有經驗，我一直都聽從於妳的，但這一次，我希望妳可以嘗試按照我的方式。要對付最大的敵人，單靠我們的力量是絕對不足夠。就算妳不相信那群吸血鬼，也總該相信我吧？」

「我對你的信任是不用懷疑的，你向來是個小心謹慎的人，我知道你不會做沒有慎重考慮過的事。」

他們已經相識五年，一直以來都是友好的作戰夥伴，她絕對不會懷疑他的處事方式和能力。從頭到尾，她不相信的只是那群煩人的吸血鬼，畢竟他們比人類還要狡猾許多，需要無時無刻提防他們。

「我只是想提醒你，對方始終是吸血鬼，他們終究是我們的敵人。像俗話也說，防人之心不可無。」

「當然，如果他們企圖要攻擊或殺我們的話，我絕對會毫不猶豫解決他們，妳沒有這個擔心的必要。」

「有你這句話我就放心了。我待會和患者還有預約，再聯繫吧。」

聽見聽筒彼端傳來掛線的聲音，葛蘭教授安靜地將手機放回口袋裡。接著，他輕輕打開辦公室的抽屜，從裡面拿出幾份剪報放到桌上，這些全都是與早前「動物襲擊」案件相關的新聞報導。

重新細閱每一份剪報，他的目光變得越發深邃，似是在深思著發生這些事情背後的原因，以及當中牽涉的陰謀。

第十一章　狼人失蹤事件

隨著夕陽西沉，夜幕漸垂，篝火晚會正式拉開序幕，令整個校園籠罩在狂歡熱鬧的氛圍中。在某座屋頂呈三角型、圍著木欄桿的涼亭旁邊有一塊面積頗大的空地，數十根粗大的柴木堆砌在地面上，上面正燃燒著旺盛的烈焰。跳躍的篝火吞噬著柴木，不時發出劈哩啪啦的聲響，紅彤彤的火光映照著在四周聚集的人群。

男男女女三五成群地圍在一起，一邊享用著握在手裡的塑膠杯飲料，一邊愜意輕鬆地閒聊著，歡聲笑語在空氣中四處飄蕩。有些人更熱情地圍著篝火手舞足蹈，盡情浸沉在這個歡喜的時刻，引起群眾歡呼喝彩。

唯獨戴維娜在這裡顯得有點格格不入。她獨自坐在涼亭裡的長椅上，頭斜靠著棕色柱子，露出一副提不起勁的模樣，心情鬱悶不已。

「嘿，給妳。」

一道活潑且充滿朝氣的聲音自她的頭頂上方響起。她下意識地扭過頭，看見埃絲特的手中端著兩杯飲料，並把其中一杯遞到她的面前。

「謝謝。」她伸手接過塑膠杯，微笑道謝。

埃絲特走到她的旁邊坐下來，輕輕嘆了口氣，問道：「還在想著傑瑞德今晚會不會出現嗎？」

戴維娜沒有即時回答，只是轉過頭，把視線掃向站在篝火附近的雷克斯。他正跟一位外貌標緻的女生交頭接耳，狀似親密地談笑著。可惜，她並沒有在四周捕捉到傑瑞德的蹤影，因此很確定他不在現場——儘管她在電話留言裡清楚表明，希望看到他的出現。

「他是不會來了。」她的唇畔牽起一抹苦澀的弧度，聽起來像是回應埃絲特的話，實際上是在提醒自己需要面對這個令人失望的事實。

接著，她大口地喝著杯中的飲料，沒有再說話。

「你們是吵架了嗎？」埃絲特聽出她語氣中的失落，於是皺起眉頭，語帶憂心地問道，「妳的心情看起來簡直是糟透了。」

戴維娜搖頭否認，聲音顯得很是挫敗：「不是吵架，純粹是我自己的問題。我只是覺得，儘管名義上是他的朋友，卻根本沒有試著了解他。他的喜好、過往、痛苦，總之關於他的一切，我統統都不知道。而且有些事情，我應該早就要察覺到的，可偏偏卻沒有。妳覺得這樣的我，還有資格當他的朋友嗎？」

「妳是在說什麼傻話？了解一個人又不是一朝一夕的事，是需要時間累積的。更何況，了解一個人從來都不是靠猜測的啊，很多時候都是需要雙方把話坦誠說出來。不說的話，妳又怎麼知道他在想什麼？像我們不就是很好的例子嗎？不管是開心、難過、煩惱的事，都會主動跟對方說，所以我們才會這麼有默契啊，不是嗎？」埃絲特用肩膀輕輕撞了她一下，微笑著朝她擠擠眼。

聽見她這番話，戴維娜自然感到心虛，不敢開口回應，只是回以一笑。自從知道傑瑞德是吸血鬼，她隱瞞埃絲特的事情就越來越多，甚至還讓雷克斯抹去她的記憶。如果有一天，埃絲特在無意中發現這些祕密，她根本無法確定對方是否會原諒她。

想到這裡，戴維娜在心底暗暗嘆息一聲，然後端起塑膠杯輕輕啜飲一口，視線隨意地掃向小樹林的某個角落。恰好此時，一抹高挑的熟悉身影不偏不倚地闖入她的眼簾，令她雙眼爲之一亮。

她看見傑瑞德雙手插著褲袋，佇立在一棵枝葉茂盛的大樹下。看著站在篝火旁一張張開懷大笑的臉孔，他的眼神漸漸黯淡下來，迅速收起視線，旋身欲要離開。

「抱歉，埃絲特。」見到此狀，戴維娜連忙站起身，把手中的塑膠杯放到長椅上，語氣著急地說道，「我很快回來。」

不等埃絲特開口回應，她已經匆匆地轉身離開，沒有理會好友從背後傳來的叫喊聲。她踩著急促的步伐穿過人潮，鑽進側面的小樹林，沿著傑瑞德離開的路徑往前追。眼看他越走越遠，背影逐漸變得模糊，她只能拚命加快腳下的步伐。然而他是吸血鬼，行走的速度自然比她快得多。不管她怎麼追趕，都無法跟上他的腳步。

「等一下，傑瑞德。」

戴維娜已經感到有些筋疲力盡，急忙出聲叫住他。當她的呼喚聲在耳邊響起，傑瑞德的身體倏地一僵，下意識地停住腳步，但沒有轉身面對她。

其實他早就聞到屬於戴維娜的氣息，也聽到她跟在身後的腳步聲，只是他實在沒勇氣面對她，才會希望迅速逃離她的視線範圍。但該死的是，他始終沒有辦法忽視她的呼喚。

雖然他已經停下來，不過戴維娜並沒有怠慢腳步，一鼓作氣地跑到他的面前。早已累透的她馬上彎腰扶著膝蓋，大口大口地喘著粗氣。待平穩呼吸後，她站直身子望向傑瑞德，對他綻開一抹淺淺的微笑。

「我還以爲你不會出現。」

「我只是來看看而已。」他刻意裝出冷漠的模樣，淡然地簡短回應，「妳回去吧，玩得開心點。」

「那你呢？雷克斯也在那邊，你不一起過去嗎？」

她承認是在明知故問，他現在分明是要離開，當然不可能跟她回去一起參加篝火晚會。只是她不明白，爲什麼他在出現後又要離開？

發現他靜默不語，她改用輕鬆的語調試圖緩和氣氛：「我的意思是，你也可以過來跟我們一起聊天的。」

「這些場合不適合我，我不應該待在那裡的。」傑瑞德的臉龐頓時蒙上灰暗的陰影，藍瞳裡晃動著一絲不易察覺的哀傷，但只是一閃而逝，很快便消失不見。

「我在早上的時候和雷克斯碰過面，他有向我提過你的情況。」

戴維娜終究還是把這番話講了出來——本來心裡還在猶豫著，認爲提到這個話題會讓氣氛變得尷尬，但她不能讓傑瑞德逃避這個問題。他會那麼渴望離開，只是因爲不願意站在人群中，害怕隨時觸發自己的嗜血念頭。

她深吸一口氣，朝他踏前一步，鼓起勇氣繼續把話說下去：「你害怕面對人血，認爲自己會產生嗜血念頭而傷害人類，不是嗎？」

傑瑞德的臉色微微僵住，略顯詫異地看著她，未曾想過她會那麼直接當面指出他藏在心底的恐懼，讓他一時不曉得該如何應對。不過他很快便把所有情緒隱藏起來，再次換上一副沒有表情的面孔。

「那妳應該很清楚我不能待在那邊的理由，我也不需要刻意去解釋。」

戴維娜感覺到他的嗓音變得淡漠冰冷，每個字都像在步步後退，漸漸拉開彼此的距離，心裡不禁因此感到有些受傷。

「傑瑞德，你這是在逃避，不是正視問題。選擇逃走是不能幫你解決問題的，就像雷克斯所說，你越是抗拒，只會讓你更渴望人血。到最後儘管你多麼不想傷害人類，都只會被這個念頭控制住你的思想，難道這樣的結果是你想要的嗎？」

「你當然說得容易，因為妳不是吸血鬼，根本不懂那種感覺，那種無法自我控制的念頭。就算我剛剛只是遠遠站在一旁，但我聽到的不僅僅只是他們的笑聲和交談聲，那種血液在他們血管裡流動的聲音，我都可以聽得一清二楚。妳知道嗎？自從昨天看到埃絲特的血液，那種味道一直縈繞在我的鼻腔裡，揮之不去。或許尤妮絲說得對，倘若她體內不是有馬鞭草的話，我可能早已經衝上去，吸乾她的血液。」傑瑞德不自覺地攥緊拳頭，情緒顯得頗為激動，與昔日冷靜理智的他判若兩人，「戴維娜，我是一個吸血鬼，妳還不明白嗎？世界上是不會存在不渴望人血的吸血鬼，我也不例外。」

「噢，我的老天。尤妮絲說那些話只是想刺激你，你應該比任何人更清楚的，傑瑞德。」她真的搞不懂，為什麼他現在會開始認同尤妮絲說的話。那個女人從頭到尾都只是想刺激他，從而觸發他的嗜血慾望，為什麼他偏偏要選擇走進她的圈套裡？

戴維娜咬著嘴唇，努力穩住情緒，嘗試用較為感性的方式開解他的心結：「或許你說得對。我可能不了解這種感覺，我也不是不清楚你是吸血鬼，自然會對人類的鮮血產生渴求。但你是我的朋友，而我同時也是人類，難道你要因為這個理由而一直不跟我見面嗎？我從來沒有擔心過你會傷害我，你到底在擔心什麼？」

聽到她這樣問，傑瑞德微微張開嘴，卻發現無言以對。她說從來沒有擔心過他會傷害她，連他都無法保證這一點，她到底憑什麼可以這麼信任他？

他的視線逐漸從她的眼睛轉移到脖頸上，當捕捉到那條細微的淡青色血管，以及聽見響亮的脈搏跳動聲時，臉龐開始浮現出縷縷的黑色紋路。兩顆藏在他嘴裡的獠牙在隱隱生痛，渴望暴露出唇外，顯然對鮮血的慾望正在他體內蠢蠢欲動。

傑瑞德趕緊撇開臉不再看她，拚命壓抑著渴望鮮血的衝動，只是從唇縫間丟出一句不帶感情的話。

「我不想再討論這個話題，妳還是回去吧。」

說完，他毅然地轉身，頭也不回的繼續向前離開。戴維娜想開口叫住他，喉嚨卻像被石頭堵住一般，發不出半點聲音。凝視著他決絕的背影，一股落寞和傷感自她的心底油然而生。他們明明是朋友，爲什麼不能讓她分擔他的痛苦？爲什麼要選擇推開她？

她不想，也不能就這樣讓他走。明明知道他心裡正承受著煎熬和折磨，如果要她視而不見的話，她做不到。

她眞的做不到。

下定這個決心，戴維娜不假思索地邁開雙腿，三步並作兩步地追趕在他的身後。

◇◇◇

篝火晚會依然熱鬧喧囂，聚集的人潮越來越多，現場的氣氛更爲高漲。明明這是個很歡樂的時刻，埃絲特的表情卻顯得很苦悶，完全提不起勁。她把視線掃向圍在篝火前溢滿笑臉的人群，再看看坐在她前面那對正在熱情地擁吻的情侶，心裡難免會感到有些寂寞。

她將手肘撐在膝蓋上，單手托住下頷，微微吐出一聲嘆息。戴維娜眞是的，她到底是跑去哪裡了？明明說很快會回來，卻完全不見她的蹤影。

「請問，我可以坐這裡嗎？」

就在這個時候，一道溫厚磁性的嗓音驀然傳進埃絲特的耳邊，將她從飄遠的心思中拉回來。她循聲抬頭一看，發現一位外表溫文儒雅、體型高壯的男子正站在她的旁邊。只見他左手握著塑膠杯飲料，右手食指指向她旁邊的座位。

埃絲特快速地環視周遭一圈，意識到涼亭內的長椅已經坐滿人，僅剩她旁邊的座位是空的，難怪對方會刻意上前詢問。

「噢。」她禮貌性地報以微笑，回答道，「當然可以。」

得到她的允許，他安靜地在她的旁邊落坐，端起手中的飲料，湊到嘴邊輕輕啜飮一口。大概是察覺到埃絲特落寞的心情，於是他側過臉望向她，主動開口攀談：「怎麼一個人坐在這邊？妳的朋友呢？」

「突然離開了，但沒有說明原因。」她聳聳肩，萬般無奈地表示。發現對方同樣是單獨一人，好奇心頓時一湧而出，假裝隨便地問問，「那你呢？怎麼不跟朋友一起玩，獨自過來坐？」

「我是跟籃球隊的隊友一起來的，但他們都玩得太瘋狂，不停起鬨互相灌酒。我只好趁他們不注意的時候，偷偷溜走。」一聽見他吐出一聲重重的嘆息，面露爲難的神情，相信要是剛才沒有順利走開，大概就會面臨被灌酒的尷尬處境。

如此聽來，他應該不太鐘情喝酒，又或許酒量一般，埃絲特不由在心中暗自猜想著。

不過他沒有持續被此事影響心情，轉而對她釋出友善親切的笑容，問道：「不介意的話，我們當交個朋友，互相聊聊天吧？」

「要是不會耽誤到你的時間，我很樂意。」埃絲特本來就屬於外向直爽的性格，喜歡到處結交朋友，自然不會拒絕他的提議，爽快地答應下來。

「我是艾登。」他微微側身面向她，對她伸出一隻手，主動報上自己的名字。

「埃絲特。」她伸手回握，彎唇微笑道。

起初，兩人只是閒談日常的生活點滴，包括修讀的學系以及一般興趣喜好。到後來聊開了，艾登盡顯幽默一面，不時逗得埃絲特開懷大笑，讓她先前的苦悶全被一掃而空。雖然他們才剛認識，卻有著聊不盡的話題，感覺相當投契，相處起來很輕鬆愜意。

◇◇◇

「嘿，傑瑞德！停下來，拜託。」

戴維娜一路追在他的身後，高聲地呼喊著，但他始終沒有理會她，自顧自地繼續向前走。

「拜託，傑瑞德，我只是想幫你。」

當最後一句話飄進傑瑞德的耳中，他猛然止步，堆積在胸腔內的各種情緒霎時像海浪般洶湧翻騰。他馬上轉身，毫秒間晃動到戴維娜的面前，微帶惱怒地朝著她嘶吼道：「幫我？妳要怎麼幫我，嗯？我現在只要靠近人類，都能聞到屬於他們血液的腥甜味，讓我想撕破他們的喉嚨，盡情喝下他們的血液。

不，妳錯了。其實所有一切都被尤妮絲說中了，她就像是可以看穿我的內心一樣。一直以來，我都認為自己可以控制得到，就算不吸食人血，都不會有任何問題。但實際上，只是我從來都沒有正視這個問題。對，我明白，我懂，不面對不代表不存在，而這種感覺，這種他媽的難受感快要把我給逼瘋，這樣可以了嗎？妳滿意了嗎？」

他此言一出，戴維娜整個人頓時愣住，彷彿被嚇倒似的倒退幾步。她從來沒有看過傑瑞德這麼兇惡的一面，甚至覺得剛剛的人完全不像他，不禁讓她感到有些畏懼。

意識到自己的語氣過重，傑瑞德的眼神罕見地流露出慌亂，語氣稍微減弱幾分：「抱歉，我只是對這個話題有些敏感，一時控制不住情緒。」

「不，該說對不起的人是我。」她低垂著視線，用力地深吸口氣，愧疚地自責道，「我不應該這樣逼你的，我又不是不知道你的心裡已經很痛苦。」

傑瑞德深深地看了她一眼，無奈地輕嘆口氣。他抬手抹了一把臉，繼而轉身，邁步朝著旁邊某棵粗壯的大樹走去。他一邊走著，一邊輕聲對她問道：「既然雷克斯將我的事全都告訴了妳，他肯定向妳提過，在我剛被轉化成吸血鬼的時候，曾經殺過不少人吧？」

「他是有向我提過，但不是事情的全部。」戴維娜踩著小碎步跟在他的身後，開口回答。

來到樹蔭下，傑瑞德背靠著樹幹坐下來，左手隨意地擱在曲起的膝上，並抬起頭，用那雙湛藍得宛如海水般的眼睛看著她。

「有興趣知道我是怎麼變成吸血鬼嗎？」他用漫不經心的語調問道。

戴維娜來到他的身旁坐下來，望著他問道：「是因爲被吸血鬼攻擊嗎？」

「差不多。」傑瑞德把視線從她的身上轉開，抬頭仰望著浩瀚無際的夜空，聲音輕得恍如來自非常遙遠的地方，「事實上，我是被萊特爾先生轉化的。還記得當年的我乘坐著馬車到伯父家的途中，殊不知在馬車伕停下來休息的時候，突然有個吸血鬼不知道從哪裡冒出來，吸盡馬車伕的血液。當我從馬車裡探頭而出，那個吸血鬼自然將目標轉移到我的身上，他用尖牙撕破我的喉嚨，一口一口地喝著我的血液。很快，我便完全失去意識。後來，是萊特爾先生將那個吸血鬼殺掉，並且讓我喝下他的血液。在我醒來後，就發現自己變成了吸血鬼。萊特爾先生一直以來都是靠著人血維持生命，所以他從來不覺得把人類當成食物是一件殘忍的事，縱使吸盡他們的血液。也因爲這樣，那時候的我根本不曉得該如何控制自己，每到晚上就會到處覓食，殺死數不清的人類。現在回想起來，我也會覺得當時的自己很可怕。」

傑瑞德用不疾不徐的語調訴說著過往的故事，表情看似平靜，聲音卻微帶顫抖。從他擰緊的雙眉可以看出，這是一段既沉重又痛苦的回憶。

「可是我記得卡瑞莎說過，你只會喝動物血液的。」她微微皺起眉，語氣略顯困惑。

「那是後來的事。要知道變成吸血鬼，所有情感都會被放大，尤其在殺人後，那種愧疚與罪惡感自然會更加強烈，幾乎讓我接近崩潰。有一晚，當我在樹林裡吸食人血的時候，猛然醒覺過來，完全不知道自己是怎麼回事，看著地上血淋淋的屍體，我很害怕、很驚恐。那天晚上，我沒有回去萊特爾先生的住所，只是漫無目的地在樹林裡行走，一旦發現有人經過，我就會迅速躲到一旁，盡量不讓自己產生吸血的念頭。可是沒有人血充飢，我的身體就開始慢慢變得虛弱。恰好在那個時候，我看見一頭野鹿正在樹林裡吃著雜草，當時的我十分飢餓，在沒有其他的選擇下，我只好撲上去，利用尖牙撕開牠的皮毛，大口大口地喝著牠體內的血液。那時候我才發現，原來喝下動物血液也可以填充腹中的飢餓感。雖然剛開始是很難吞嚥下去，但習慣後就變好多了。自此之後，我就用動物血液取代人血當作食物。」

傑瑞德緩緩閉上眼睛，困難地嚥了一下口水，把內心的情緒毫無保留地傾訴而出：「妳知道嗎？在我變成吸血鬼後的第一個感覺，不是慶幸自己能夠繼續生存在這個世上，而是覺得自己變成了一頭怪物，一頭只會吸血的怪物。相信我吧，戴維娜，當有一天妳看見我吸血的模樣，妳也會感到恐懼的。」

「但變成吸血鬼並不是你的錯啊，傑瑞德。」戴維娜伸出溫暖的手掌搭著他的肩膀，柔聲地安撫道，「我想，在你還是人類的時候，一定也沒有想過自己的人生會產生這麼巨大的變化。你心裡存有愧疚感，就代表你並沒有完全失去人性，還懂得分辨什麼是對與錯。」

傑瑞德沒有作聲，只是把眼簾低垂下來，令她看不清他此刻的眼神。

「嘿，傑瑞德，請你看著我好嗎？」

聽言，他緩緩扭過頭，抬起那雙染上憂傷的藍眸注視著她。她在他的眼底捕捉到一份難以言喻的倦意，心疼的感覺悄然自心底深處湧起。

「過往的你長期在壓抑著對人血的需求，導致當你看見人血的時候，只會想著逃避，這樣對要繼續生存在人類世界的你來說，只是一個循環性質的煎熬。或許你是時候要去面對它，接受這個對吸血鬼無可避免的需求，才能夠成功克服這一份埋藏在你心底的恐懼。」

「妳都不害怕的嗎？」聽著她說出開導性的話，傑瑞德只能呆怔地看著她，從兩片唇瓣間擠出一句問話。面對她鎮定的神態，他似乎感到難以理解，眼底劃過濃厚的疑惑，「知道我過往的事，知道我曾經殺過人，妳……爲什麼可以一點都不害怕？」

「我不是不害怕，只是希望試著去理解。」戴維娜無奈地對他咧嘴苦笑，語調中帶著些許感慨，

「我承認一直以來都把你們當作是普通人，有時候都差點忘記你們是吸血鬼，自然會對人血產生強烈的慾望。你們為了要生存，其實根本沒有其他選擇。只要你們不是以殺人作樂，喝人血什麼的，我也是可以理解的。」

「而妳就這麼相信我嗎？知道我一定不會像以前那樣，殺死任何人或試圖傷害妳？」

「傑瑞德，你不是一個殺人狂，這一點我是可以很確定。在我剛認識你的那段期間，你不是有好幾次都在無意中看到人血嗎？但你都忍著沒有傷害任何人，證明你的理智是可以勝過你的慾望，所以我絕對相信你不會試圖去傷害任何人。」讓他頗感意外的是，她的眼底竟充滿著對他堅定的信心，臉上的笑意越發明亮起來，「你也應該要相信自己才對啊。」

「但有一樣東西，是理智無法勝過的。」

「是什麼？」

「感覺。」

吐出這兩個字，傑瑞德微微側過頭，一瞬不瞬地凝望著她，眼底罕見地流轉著柔和的波光，與昔日總是在壓抑情緒的他變得很不一樣。

當迎上那雙如海水般清澈的藍眼睛，戴維娜不禁呼吸一窒，心臟驀地漏跳一拍。她承認自己是對他有感覺的，卻從來沒想過會是這麼強烈。

她張了張嘴，卻無法說出話來，只是怔怔地回望著他。沒想到下一刻，傑瑞德竟情不自禁地朝她的臉龐慢慢靠近，大幅度地拉近彼此間的距離。戴維娜的兩頰頓時泛紅，立刻緊張地閉上雙眼，一邊聆聽著心臟傳來擂鼓般的跳動聲，一邊安靜地等待著即將在她雙唇上落下的吻。

殊不知，一道悠長刺耳的嘷叫聲劃破寧靜的夜空，毫無阻隔地傳進傑瑞德的耳際。他猛地抽開原本在靠近戴維娜的身子，霍然從地上站起身，轉頭將視線飄向前方某個位置。

像是察覺到異狀，戴維娜下意識地睜開雙眼，發現傑瑞德正背對著她站著，渾身散發出警戒的氣息。她不禁感到有些奇怪，趕快從地上站起來，臉上蒙上一層困惑。

「發生什麼事了嗎？」

「狼人的嘷叫。」傑瑞德微瞇著雙眸，一抹犀利的鋒芒自眼底迸射而出。

「那是什麼意思？」他此言一出，戴維娜霎時杏眼圓瞪，面露震驚地問，「你是說，在這裡聽到狼人的嘷叫聲？」

「我也不清楚是怎麼回事，聲音是從對面樹林的山頭傳來的。」傑瑞德沒有回頭望她，目光緊鎖著不遠方的高處，眼神浮現出一絲警惕。其後，他轉身面對她，語氣嚴肅地說道，「我會過去看看，妳回去找埃絲特吧，不要到處亂跑。」

「我可以跟你一起去的。」

「這樣不安全，我無法掌握那邊的情況。要是發生什麼事，妳會有危險的。」傑瑞德堅決地搖頭拒絕。對他而言，她的安全始終是最重要的考量。「聽我說，先回去吧。」

「好吧。但你能答應我，回來後給我打個電話嗎？」戴維娜緊皺雙眉，眸中溢滿止不住的擔憂，「我只是想確保你沒事。」

他對她的請求感到有些訝異，從沒想過她會那麼擔心他的安危，一股異樣的情感悄然湧上心頭，但他很快便把它給壓下去。

現在還是處理正經事要緊。

「我答應妳。」他點點頭，對她承諾道。

言畢，傑瑞德以快得幾乎看不清的速度從她的面前消失。回想起他剛提到的狼嗥聲，隱藏在戴維娜心中的不安越發強烈，充滿著對未知的恐懼。

她無法預測，在這個小鎮上究竟還藏有多少神祕的超自然生物，同時也無法想像，她即將踏入的那個世界有多麼瘋狂。倘若她選擇奮身參與其中，到底將會面臨多少難以預測的危機？

◇◇◇

另一邊廂，艾登同樣以靈敏的聽覺捕捉到自不遠處傳來嘹亮而有力的狼嗥聲，瞳孔倏然收縮，急忙站起身，把視線轉向身後不遠處的山頭，神情驚詫不已。

「你怎麼了？」埃絲特被他突如其來的舉動給嚇了一跳，有些愕然地問道。

「抱歉。我突然想起有事要做，需要先離開。既然我們交換了電話號碼，改天再聊吧。」

放下手中的塑膠杯，他馬上拔開雙腿往前狂奔，匆忙離開涼亭，身影鑽進熙攘喧鬧的人群中。

「嘿，等……等一下！」

儘管清楚聽到埃絲特在身後叫住他，但他沒有理會，只顧急速在人群中穿梭，朝著聲音的來源處狂奔。

他心裡很清楚，這個聲音是代表著族人對他的呼喚。由於事出突然，他必須要趕去與對方碰面，弄清楚發生的狀況。

◇◇◇

傑瑞德循著空氣中飄散的狼人氣味，憑藉快速移動的技能來到學校對面的樹林，恰好發現雷克斯正用肩膀斜倚著某棵老松樹的樹幹。他把雙手交叉抱在胸前，擺出一副慵懶的姿態。

「你的速度似乎慢了一點。」他朝傑瑞德揚起眉毛，刻意拉高聲調說道，唇角翹起明顯的得意弧度。

「我還以為，你只顧著跟女生搭訕，不會有閒情逸致過來惹麻煩上身。」傑瑞德眨眼間閃現至他的身前，口氣帶著濃厚的調侃意味。

「沒辦法啊，誰叫我愛多管閒事？」他雙手向上一攤，笑瞇瞇地回應道。

傑瑞德無奈地翻了個白眼。正當他繞過雷克斯，繼續搜索狼人的蹤影時，一陣急促的腳步聲忽然間從附近某處傳來。傑瑞德迅速豎起雙耳，仔細地分辨著聲音源頭，那雙凌厲的目光最終鎖定某個方向。

「這邊。」

說完，他馬上轉身循聲而去。雷克斯連忙收起散漫的態度，邁開雙腿跟在他的身後。

◇◇◇

一輪皎潔的半月從破碎的雲層中探頭而出，朦朧的柔光傾灑而下，為大地披上一層淡黃的薄紗。一位短髮少女正站在樹林某處寬闊的坡地上，稚氣的外表看起來只有高中生的年紀。身穿紅藍格子襯衫和牛仔短褲的她，緩緩抬起明亮的黑眸，定定地凝望著懸掛在夜幕中銀白色的月光，眼底泛起無盡的擔憂。

「海倫。」

當一道焦急的呼喚聲從身後響起，短髮少女收回心神，忙不迭轉過頭，把視線投向正朝她奔跑過來的那抹身影上。只見艾登敏捷地從地面躍起，避開前面一塊長滿青苔的大石頭，然後邁著大步來到她的身邊。

「能找到你眞是太好了。」看到艾登的出現，海倫重重地鬆一口氣，微帶歉意地表示，「很抱歉用這種方法呼喚你過來，因爲你的手機一直沒人接聽。」

「我剛剛去了參加學校的篝火晚會，但手機放在宿舍裡忘了帶出來。」艾登抬手撓撓後腦勺，簡略地解釋道。察覺到她的眼神透露出焦灼，他的心頭不禁一緊，換上凝重的口氣問道，「到底發生什麼事了？」

「梅森失蹤了。」

她的話宛如一記晴天霹靂，在艾登的腦海裡轟然炸開，整個人頓時僵在原地。

「妳說什麼？」

「我也不知道是怎麼回事。他本來邀請我昨晚到他的家裡約會，因爲他的父母剛好去了外地旅遊。可當我抵達他的住所時，發現他的家門沒有鎖上，裡面被弄得亂七八糟的。」海倫深深地吸一口氣，強迫自己鎮靜下來，把事件的發生過程完整闡述一遍。

「我在家裡找不到他，於是打他的手機，卻聽到他的手機鈴聲從外面傳來，最後讓我在附近的花園發現他。我追上他的步伐，走在他的旁邊，他卻像完全看不到我似的，整個人變得很不尋常。我發現他的眼睛變成純黑色，眼神顯得空洞呆滯。最不可思議的是，當我試圖伸手觸碰他的時候，有一道藍光將我彈飛到地上，令我陷入短暫的昏厥。而在我醒過來後，已經不見梅森的蹤影。」

「妳說是一道藍光？」捕捉到重點字眼，艾登神色一凜，疑惑地重複著。

「沒錯，那是我從來沒有見過的，感覺是一股隱形的強大力量。」提起那道詭異的藍光，海倫同樣覺得相當古怪。然而對她來說，這是一件無關緊要的事，不該浪費時間在這鬼東西上，「可那不是重點，重點是梅森整個人彷彿人間蒸發一般，我完全找不到他。他的手機一直無人接聽，我問過他所有可能會聯絡的人，卻沒有人知道他的下落。我實在沒有其他辦法，才會過來找你幫忙。」

海倫的臉龐覆蓋沉重的憂色，不安的感覺持續加劇，縈繞在她的心頭裡揮之不去。

「再過幾天就是月圓之夜，要是沒有人陪在他的身邊，我擔心他到時候會失控，不知道做出什麼事來。你也知道他的脾氣向來很不穩定，特別是在月圓之夜這種力量最為旺盛的日子，他更加會無法自我控制。倘若不盡快找到他，我實在不敢想像事情會變得多麼糟糕。」

艾登明白事態的嚴重性，神情驟然繃緊，慎重地向她問道：「梅森失蹤的事，你有沒有讓文森特知道？」

「文森特從頭到尾只關心他的權力和地位，哪會管我們的生死？」海倫不禁嗤之以鼻，言語間的譏諷意味非常明顯，「他名義上是我們狼群的首領，但實質上，他只是仗著自己是阿爾法狼來壯大他的勢力，從來沒有關心過我們的需要。你認爲像他這種自私的人，會願意花時間或動用任何資源幫我找梅森嗎？我相信這個答案，你會比我更清楚吧，艾登。」

「我明白妳的意思。聽著，現在距離滿月還有一段日子，表示我們還有時間。」艾登把雙手搭在她的肩上，輕柔的語聲充滿著安撫人心的力量，「我會想想辦法的。妳不要太擔心，先回家吧。太晚的話，我想妳的父母會擔心。」

她緊咬著下唇，抬手覆上他的手背，脆弱的眼神中蘊含著某種迫切的懇求：「那就拜託你了，艾登。」

說完，海倫快速閃動身影，瞬息間如鬼魅般消失得無影無蹤。想起她在離開前那抹黯然的眼神，艾登深深地嘆了口氣，心情如同灌入鉛汞般的沉重。不過他沒有被這份情緒持續困擾，重新整頓好思緒後，將視線精準地瞥向某個陰暗的角落，雙眸投射出像獵鷹一樣銳利的精芒。

「出來吧，不要以爲我不知道你們躲在這裡。狼人跟你們一樣，都是有敏銳的聽力。」

他此話一出，兩抹身材高挑的男性身影從粗壯的樹幹後緩緩走出來——傑瑞德的面容清冷，不帶半點感情，絕對是一副標準的撲克臉。雷克斯則是一臉戒備地死盯著艾登，目光非常不友善，顯然對他充滿著敵意。

「難道你們不知道，偷聽很沒品嗎？」艾登毫不掩飾眼中的鄙夷，似乎是瞧不起他們這種鬼祟的行爲。

「你的表情看起來一點都不驚訝，是因爲早就知道我們的身分，對吧？」傑瑞德挑高一邊眉毛，確信無疑地推斷道。

艾登隨意地聳著一邊肩膀，不甚在意地回應他：「有一次，我無意中聽到你們之間的對話，隱約猜到你們真正的身分。只是我認爲，站在我們雙方的立場來說，沒有必要公開透露彼此的身分。」

「既然你知道我們的身分，我就不需要浪費時間。」傑瑞德也懶得轉彎抹角，索性單刀直入切進正題，「剛才那個女狼人說的狀況，你不覺得很奇怪嗎？」

「看來我需要明確表明一點，雖然我不討厭你們，也沒有興趣把你們當作敵人，但不代表我們的事需要由你們吸血鬼來插手。」艾登的眼底劃過似利刃般鋒利的寒光，聲音驟然變得冷冽陰沉，警告意味十足。

對於傑瑞德越界的行爲，艾登明顯感到相當不快。他是絕對不願意跟他們討論或分享有關狼族的話題，於是冷漠地旋身，準備要離開。

「如果我說，或許我知道那個梅森失蹤的原因，又或者我知道可以用什麼方法找到他現在的位置呢？」傑瑞德的雙目緊鎖著他的背影，頗具深意地拋出這番話來吸引他的注意。

艾登的身體微微一震，猛地煞住步伐，毫不猶豫地轉頭，愕然問道：「你這是什麼意思？」

「你不會是想找洛爾幫忙吧？」雷克斯彷彿聽出傑瑞德話中的含義，目光馬上轉向他，眼裡盡是掩蓋不住的驚愕。

「洛爾？」當這個未曾聽聞的名字鑽入耳中，艾登不解地皺起雙眉，清澈的黑瞳染上些許迷惘，忍不住啟唇詢問，「洛爾是誰？」

「一位不太討人喜歡的巫師。」傑瑞德隨意地聳聳肩膀，漫不經心地回答。

◇◇◇

「噢，老兄，請告訴我，你是不是精神失常了？你打算找洛爾幫忙尋找那個狼人的下落？拜託，對方可是狼人，你無緣無故爲什麼要管他們的事啊？還有，你怎麼能確定那個古裡怪氣的巫師會願意幫你這個忙？」

在回去宿舍的路上，雷克斯連珠炮似的抱怨個不停。他實在對於傑瑞德的「仗義」行徑感到非常費解。狼人的事關他們什麼屁事啊？爲什麼要去蹚這灘渾水？

讓他更爲煩躁的是，旁邊的傑瑞德彷彿當他是個透明人一般，一邊往前走，一邊低頭按著手機螢幕上的鍵盤，並沒有理睬他或回答他任何一條問題。

「嘿，你是認眞的嗎？選擇無視我？」雷克斯見狀，乾脆停步，口氣裡蘊含著濃烈的不滿。

「我看起來像是對狼人那麼關愛的嗎？」等完成需要做的事情，傑瑞德才把手機收回褲袋裡，轉過身來面對他，眉宇間隱藏著些微不耐，「我會想到要找洛爾幫忙，僅僅是因爲我有理由懷疑，那個狼人的失蹤或許跟弗羅拉有關。」

「什麼？這是什麼意思？」雷克斯的表情瞬間被驚疑取代，緊鎖著雙眉問道。

「你不覺得整件事很奇怪嗎？一個狼人的意識無緣無故被抽離，變得像被人操控住一樣，完全認不出身邊的人。而且剛剛那個女狼人不是還說，當她試圖要觸碰那個狼人的時候，出現了一道神祕的藍光阻止她嗎？聽起來就像是一道魔法光芒似的。你說，世上除了巫師擁有這樣的能力，還會有其他人嗎？」傑瑞德把事情的種種疑點搬出來推敲，繼而提出最爲合理的可能性。

「好，就當眞的是巫師做的，也沒有證據證明一定是弗羅拉。說不定只是某個發神經的巫師，想找狼人來做個實驗。」雷克斯顯然對他的推斷有所保留，僅僅因爲魔法出現的跡象，就一口認定跟弗羅拉有關，未免有點過於武斷。

「你還記得吉爾伯特先生說過，巫師要復活超自然生物，必須要同等利用超自然生物進行獻祭嗎？也就是說，吸血鬼、狼人、巫師等等都有可能是他們的目標。說實話，倘若不是因爲戴維娜昨晚的夢境，我也不會產生這樣的懷疑。」

雷克斯聽言，摸著下巴認眞地思索一番，很快便猜出他的言外之意，問道：「你認爲戴維娜夢見那三具屍體裡，其中一具是屬於那個狼人的？」

「嗯。畢竟在戴維娜夢見那些畫面後，就傳來狼人失蹤的消息，確實有點巧合。」說到這裡，傑瑞德的眼底湧現複雜的情緒。直到現在，他對於戴維娜爲什麼會夢到這個情況依然毫無頭緒，不禁感到有些煩心，「這也是爲什麼，我需要靠洛爾找出那個狼人的下落。我必須要確認，他遭遇的情況是否由弗羅拉造成的。」

隨著話音落下，傑瑞德感覺到褲袋裡傳來一陣輕微的震動。他下意識地把手機掏出，看到螢幕上顯示著「卡瑞莎」三個字，毫不猶豫地滑動接聽鍵，將手機聽筒貼到耳邊。

「嘿，小莎？是不是已經拿到他的聯絡方法？」他急不可耐地開口詢問。

「嗯。但在我給你之前，你需要先跟我交代，要找洛爾的原因。」卡瑞莎強硬的語氣裡帶著不容拒絕的意味。

傑瑞德無奈地輕嘆一口氣，知道自己是非回答不可。他不能浪費時間，於是把所有相關的事情一五一十地向卡瑞莎全盤托出，包括剛才發現狼人失蹤的事，以及敵方將會進行祭祀儀式的事，沒有一絲隱瞞。

「即使你的推斷是正確，你又怎麼確定洛爾會願意幫忙？」卡瑞莎對他胸有成竹的態度感到困惑不解，鄭重地對他提醒道，「別忘了，巫師從來都傾向置身事外，不希望招惹麻煩上身，尤其是跟吸血鬼和狼人有關的事。」

「小莎，妳知道我從來不會做沒有把握的事。要是我沒有籌碼在手，也不會主動找他幫忙。」由於事態緊急，他實在沒有時間對她詳細說明，聲音裡透露出幾分急切，「我保證，後天回家的時候，我會向妳解釋所有事情。只是現在的情況確實有點緊迫。」

「不用等那麼久，你待會就可以告訴我。我可以把他的電話號碼給你，但條件是，我必須要參與其中。這次你們絕對不能再撇下我，要我每天只能待在家裡，苦苦等著你們的消息，這種感覺簡直是要把我給逼瘋了。」任誰都能聽出卡瑞莎的話裡充滿抱怨。她絕對無法再承受默默等待消息的煎熬，於是決定跟傑瑞德進行條件交換，「成交？」

「好吧，我知道了。」既然她以他需要的東西作爲籌碼，他只能無可奈何地妥協。

掛斷通訊後，他的手機很快便傳來兩聲短促的震動。發現是卡瑞莎傳送過來的簡訊，他的雙眼頓時一亮，手指連忙點開查閱鍵，一串陌生的電話號碼隨即映入眼簾。

傑瑞德沒有片刻遲疑，直接撥打那串電話號碼。接著，他把手機舉起貼到耳邊，沉穩的表情沒有洩露出任何心思。

◇◇◇

嘎吱。

戴維娜洗完澡後回到寢室裡，沒想到剛推開門踏進去，卻看見埃絲特依然維持著半個小時前的姿勢——背靠枕頭坐在床上，低頭凝望著發亮的手機螢幕，黛眉輕蹙，擺出一副懊惱的模樣。

「我沒記錯的話，在我去洗澡前，妳已經目不轉睛地盯著手機。妳到底是在看手機，還是在發呆啊？」把門從身後關上，戴維娜用白色的乾毛巾擦拭著濕漉漉的髮絲，滿臉疑惑地問道。

「我有件事需要妳給個意見。」埃絲特把手機放到旁邊的矮櫃上，接著在床上盤腿坐起來，用略微生澀的語氣對她坦承，「其實在妳剛剛離開那段時間裡，我認識了一位跟妳同系但不同班的人。」

「所以——」戴維娜刻意拉長尾音，踏著大步來到她身旁坐下，笑盈盈地打趣道，「他是男生？」

「是男生沒錯啦。他是籃球隊的，個性很隨和，說話也很幽默，我覺得跟他蠻投契的。」說出這番話時，埃絲特微微低頭，唇角情不自禁地漾開嬌羞的淺笑，如同一朵含苞待放的花蕾。很快，她清清嗓子，重整儀態，側目看著戴維娜，小心翼翼地徵詢對方的意見，「我們剛剛彼此交換了電話號碼，妳覺得我應該要主動聯絡他，還是坐著等他聯絡我啊？」

「噢，拜託。埃絲特，當然是妳主動聯絡他啊。妳不是向來都主動出擊的嗎？」戴維娜一眼便看穿她的心思，朝她揚起眉毛說道，「更何況，現在分明是妳先對他有意思。」

「才沒有，我只是想試著了解他而已。」雖然埃絲特口上在否認，嘴角上揚的弧度卻明顯加深幾分。

察覺到她臉上羞赧的表情，戴維娜的心裡滿是寬慰。坦白說，如果埃絲特選擇要追求一段新戀情，她自然很替對方感到開心。自從失去傑森，埃絲特變得極度缺乏安全感，也容易感到孤單寂寞。作爲她的朋友，她是眞心希望有一個疼愛她的人陪伴在她的身邊，給予她所需的安全感，讓她能夠一直幸福快樂。

手機震動的蜂鳴聲忽然響起，令戴維娜霎時回過心神。瞥見放在書桌上的手機不停震動著，某個讓她記掛的名字在腦海中飛快地閃過——

傑瑞德。

想起他在數個小時前離開的畫面，她的心頭不由一緊，迫不及待想衝過去查看來電者。

「埃絲特，妳等我一下。」

她急忙跳下床，快步走向自己的書桌，將毛巾隨意地放到一旁。看見螢幕上果然顯示著「傑瑞德」的名字，她不假思索地拿起手機，滑動接聽鍵放到耳邊。

「嘿，傑瑞德。感謝上帝，總算讓我等到你的電話。」戴維娜重重地吁了口氣，語帶關心地問道，「沒有發生什麼事吧？」

「妳方便出來一下嗎？」傑瑞德沒有回答她的問題，而是突如其來地反問一句。稍頓片刻，他平靜地補充道，「我現在在女生宿舍的門外。」

「啊？」她微微一愣，愣怔了幾秒才反應過來，茫然地回答道，「當然沒問題。」

那不是她的錯覺，傑瑞德的聲音聽起來有點凝重，難道是發生了什麼很嚴重的事嗎？

不過戴維娜並沒有想太多，迅速拿起掛在椅背上的灰色外套並把它穿上。接著，她向埃絲特簡單交待一聲後，便離開寢室，快步奔下樓梯，朝著宿舍門口的方向走去。

◇◇◇

微涼的夜風毫無預兆地來襲，令室外的溫度瞬間增添幾許寒意。不過事實上，對吸血鬼而言，這種適宜的溫度更讓他們感到舒適愜意。傑瑞德上身僅穿著單薄的黑色外衣，雙臂抱胸，倚著冰冷的灰色牆壁而立。

他的眼簾微微低垂著，兩片薄唇緊抿成嚴肅的線條，思緒仍停留在半個小時前與洛爾的對話中。

「誰？」

當傑瑞德撥出的電話被接通，彼端馬上傳來洛爾略帶疑惑的聲音。

「是我，傑瑞德。」傑瑞德無意隱瞞，爽快地表明身分。相隔數秒後，他再度開口補充，「我們之前見過面的，在吉爾伯特宅邸。」

「噢，我當然記得你，傑瑞德‧賽伯特。」洛爾毫不客氣地直呼他的全名，口氣顯得漫不經心，「不知道你找我有何貴幹？」

「我需要你幫我一個忙。」傑瑞德跳過無關緊要的開場白，直接開門見山地說出自己的目的，「狼人那邊出現了失蹤者，我懷疑事情與弗羅拉有關，需要你利用定位咒，幫我找出他的位置。」

雖然說，他是在尋求洛爾的幫忙，語氣卻不鋪直敘，沒有半分誠懇的請求，自然讓洛爾覺得他毫無誠意，想也沒想便果斷拒絕。

「我沒聽錯吧？這應該是狼人的事，跟我有什麼關係？我沒有義務幫他們找人。噢，當然，跟你們吸血鬼有關的事情也不要找我。」洛爾擺出一副漠不關心的姿態，言語冷淡帶刺，「我不感興趣。」

「如果我說，這件事或許與祭祀儀式有關呢？」傑瑞德彷彿早料到他會拒絕，於是稍微拉高聲調，飽含深意地問道，「倘若按照你的說法，弗羅拉在企圖復活超自然生物，那你應該很清楚獻祭是意味著什麼。你是巫師，有責任維繫世界的自然秩序，萬一復活儀式被順利完成，影響到的不僅僅是超自然世界，而是整個人類世界。」

「我沒有必要相信你的猜測，你有什麼證據證明這是事實？」

顯然，對於傑瑞德清楚知道祭祀儀式的事，洛爾確實頗感意外，但沒有因此而答應他的請求。除非對方能證明弗羅拉在計劃進行獻祭是事實，否則對他來說，一切只是毫無意義的空談。

「就連戴維娜夢見與祭祀儀式相關的畫面，你也不覺得算是事實？」

「你說她夢見祭祀儀式的畫面？那是什麼意思？」

當洛爾捕捉到戴維娜夢境的最新進展，語氣罕見出現些微緊張，這點倒是讓傑瑞德頗爲意想不到，同時也因爲自己的得勢而感到志得意滿。

「先告訴我你的決定。」他的語調泰然自若，隱約帶著一種屬於勝利者的自信，「條件交換，你懂的。」

洛爾沒有即時回答，令對話陷入一陣短暫的沉寂中。

傑瑞德認爲這是理所當然的反應，要巫師在吸血鬼面前放下高傲的自尊和姿態，對他們來說，絕對是一件無比困難的事，嚴重影響到他們「高貴」的心靈和形象。不過他倒表現出很有耐性的態度，沒有絲毫的催逼，像是很有信心，對方鐵定會答應他的要求一般。

果不其然，半晌後，他終於聽見電話裡傳來洛爾極度不情願的答覆：「聽著，我只會讓你和戴維娜進來我的屋子，其他人一概不准帶來。你要是能做到這一點，我就幫你這個忙。」

他的聲音如鐵塊般堅硬，毫無半點商討的餘地，清楚表明不會再退讓一步。

「成交。」

回想至此，傑瑞德的眉頭不禁疑惑地蹙起。他直覺認爲，這個洛爾有點奇怪，感覺對方最在意的，根本不是弗羅拉的復活計劃，反倒是出現在戴維娜夢境中的畫面。

說不定會答應幫忙，純粹是因爲戴維娜的關係。不單止是這次的事，就連上次他主動過來，替他們解答弗羅拉的身分，也是因爲她的緣故。可這是爲什麼？他跟戴維娜絲毫沒有半點關係，爲什麼要對她的事這麼上心？準確來說——

是關於她夢境的事。

這時，倉促的腳步聲自不遠處響起，將他從紛亂的思緒中拉回來。他側頭一瞧，看見戴維娜正小跑步朝他奔來，臉龐蒙著一層無法掩飾的擔憂。

「嘿，你還好嗎？」

「我沒事。」傑瑞德挺直身子，換上稍微嚴肅的表情，鄭重其事地對她說道，「聽著，很抱歉突然叫妳出來，但我需要妳陪我去一個地方。」

「去哪裡？」

「洛爾的住所。」

「你說那個巫師？」那雙淡綠色的眼眸微微瞪大，不敢置信地盯著他。

「嗯，我已經徵得他的同意。至於詳細的原因，上車後我再跟妳解釋吧。」傑瑞德從褲袋裡掏出手機，發現螢幕上的時鐘已經快接近午夜十二點，距離跟洛爾約定的時間只剩下半個小時左右，「我們時間不多，要馬上起程了。」

「聽著，傑瑞德，我知道一定是發生了什麼事，才會讓你急著要去找洛爾，但是……」說到這裡，戴維娜面露爲難的神色，略顯猶豫地繼續說道，「現在的我不能離開。」

她只是向埃絲特說暫時出去一下，如果要離開這麼長的時間，她不知道該如何向對方交待，而且無論胡謅任何理由，也很難不會讓她生起疑心。

傑瑞德向來有著敏銳的洞察力，自然能輕易看出她心中的憂慮，並且希望試著解決這個兩難的局面：「要是因爲埃絲特的關係，或許我有方法可以幫妳。」

「不行，你絕對不能對她使用精神控制。」

他此言一出，戴維娜的神色陡然一變，堅決地拒絕。回想起昨天要求雷克斯利用精神控制刪改埃絲特的記憶，已經讓她感到相當內疚。她不能夠這麼自私，爲了參與他們世界的事而隨意操控對方的記憶。

「我從來沒有說過要用這個方法，我知道妳一定不會答允。」傑瑞德對她搖搖頭，表示沒有產生這種想法，然後朝她攤開手掌，說道，「把妳的手機解鎖後給我。」

她滿臉困惑地看著傑瑞德，對他的行爲感到不明所以，但他沒有多作解釋，只是再度示意讓她遞出手機來。考慮半秒，戴維娜才把手機從口袋裡掏出，解鎖後遞到他手上。

她心裡很確信，自己是可以信任他的，因此沒有追問人多。

接過手機，傑瑞德修長的手指俐落地在螢幕上飛快敲擊著，一副全神貫注的表情。約莫三十秒過後，他便把手機遞還給她。

「我很有信心，她今晚都不會再過問妳的行蹤。」一抹微不可察的得意自他的眸底掠過，繼而從容地拋出兩個字來，「走吧。」

說完，傑瑞德把雙手插進褲袋裡，轉身踩著穩健的步履離去。戴維娜依然僵立在原地，沒有提起腳步跟上，面容布滿錯愕與茫然，壓根聽不懂他話中的意思。

恰好下一秒，她收到來自埃絲特發送過來的簡訊，驚訝地看見對方寫上一句「絕對沒問題」，而且還在句末添加一個奸笑的表情符號。戴維娜深感不妙，下意識地解開螢幕鎖，點擊埃絲特的簡訊欄。當看見傑瑞德剛才發送出去的內容，她的雙眼瞪得宛如銅鈴般大——

『今晚我會跟傑瑞德待在一起。』

「嘿，傑瑞德，這個玩笑並不有趣好嗎？埃絲特可是會誤會的。」

她趕緊邁開雙腿，趨步追趕在他的身後，朝著他的背影著急地喊道，眼中溢滿止不住的慌亂。老天啊！埃絲特看到那條簡訊，肯定已經在誤會他們有著非比尋常的關係。這下可真頭痛，她之後要怎麼向對方解釋清楚啊？

第十二章　神祕的聲音

凌晨時分，一輛藍色吉普車風馳電掣地在高速公路上呼嘯而過。傑瑞德雙手握著方向盤，專心致志地開著車子，雙目定定地注視著擋風玻璃前的道路。戴維娜安靜地坐在他旁邊，頭仰靠在椅背上，一副滿懷心事的模樣。她兩眼放空地盯著前方某一點，絲毫沒有心思欣賞沿路的風景。

由於洛爾不允許兩人以外的第三者踏進他的房屋，因此傑瑞德很快擬定了以下的策略：他和戴維娜去找洛爾幫忙，至於雷克斯、卡瑞莎以及艾登則留在學校裡，一旦經洛爾查出那個狼人的位置，他會立刻通知他們，讓三人直接啟程趕往目的地，以免耽擱時間。

經過傑瑞德一番耐心的解釋，戴維娜漸漸理清大致的事情脈絡，並且知道了狼人和吸血鬼獵人在學校裡出現的事——

儘管她並不清楚，艾登和瑪姬到底是誰來的。

當聽聞吸血鬼獵人的出現，一份不安感隱隱在戴維娜的心底發酵膨脹。畢竟他們的存在，就是爲了要獵殺吸血鬼。若然他們長期待在學校裡，對傑瑞德和雷克斯來說，無疑是一個巨大的威脅。

而事實上，還有一件更讓她煩心的事——關於昨晚的夢境。傑瑞德告訴她，他懷疑那個夢境是跟弗羅拉進行獻祭有關，萬一現在失蹤的那個狼人眞的是被用來當作祭品；萬一復活儀式眞的被順利完成；萬一黑魔法眞的會帶來不堪設想的後果，那這個世界會變成怎麼樣？他們人類世界會就此被摧毀嗎？

她幾乎不敢再想像下去。

最後，戴維娜選擇閉上眼睛，沉重地吐出一聲嘆息。傑瑞德見狀，只是以眼角餘光瞥她一眼，並未主動開口打破這份沉寂，雙瞳浸染著複雜難懂的情緒。

經過半個小時的路程，車子終於平穩地駛達目的地。這裡是一個偏遠僻靜的郊外地方，位於布克頓鎮的西南面。兩人推門下車後，視線不約而同地投射到洛爾的房子上。

那是一間外觀樸實的獨棟木屋，坐落在某個湖畔的附近。它的建築材料主要採用原始的實木，由於周遭環繞著繁茂的樹木，令房屋看起來猶如與大自然融為一體。秋蟲的鳴叫聲此起彼落，在空曠幽靜的環境下顯得特別響亮。

踏上結實的台階，他們來到寬敞的門廊上，在緊閉的屋門前停住步伐。抬手按下門鈴，兩人耐心地等候屋主的回應。

約莫數秒過後，大門伴隨「喀嚓」一聲向外開啟，映入眼簾是洛爾那副嚴肅正經的臉孔。他單手扶著門框，那雙深褐色的眼瞳先是高深莫測地凝視著戴維娜，最後緊緊鎖定在傑瑞德的身上，目光驟然犀利幾分。

「我希望你清楚一點，我邀請你進來不是因為我信任你。」洛爾傲然地環抱著雙臂，以略為欠揍的口吻說道，「只是逼不得已。」

「我也希望你清楚一點，我是不情願到這裡來的。」他那種傲慢的態度明顯惹得傑瑞德不高興，臉色驟然變得陰沉難看，言語間蘊含著濃厚的不屑和挑釁，「只是逼不得已。」

「嘿，你們都夠了。現在到底是找人重要，還是要繼續在這裡浪費時間？」戴維娜實在受夠他們利用冰冷的言語來刺傷對方的幼稚行為，趕緊插嘴切斷兩人隱約展開的「戰火」，一臉認真地問道。

當洛爾的視線轉落到她的身上時，眼中的銳利頓時消失殆盡，溢出一種難以言喻的溫度，然而只是一閃即逝。接著，他迅速瞥掃傑瑞德一眼，決定暫時不再跟對方針鋒相對，撇頭示意讓他們進屋。

「進來吧。」

收回眼光，洛爾逕自掉頭走回屋裡，沒有再多說什麼。傑瑞德和戴維娜快速交換一個眼神後，便跟隨他的腳步走進去，順手把門從身後關上。

穿過玄關口，他們沿著通道一路來到客廳的位置。木屋內的空間不算大，沒有特別的布置或擺設，格調簡單樸素，乾淨得一塵不染。一盞古舊的歐式吊燈懸掛在天花板上方，投下略爲昏暗的暖橙光線，照亮著室內的環境。

一張暗紅色的皮沙發背對門口放置在客廳中央，地板上鋪著織工精美的綠色條紋地毯，一個小小的壁爐安置在一面牆壁前，熾熱的火焰在裡面舞動跳躍，燃燒著堆積起來的柴木，不時發出「劈哩啪啦」的聲響。壁爐旁邊是一個由胡桃木打造的高大書櫃，可見不同厚度的書籍井然有序地排列在每一層的櫃架上。

就算不用腦子想，也知道這些書的內容是和魔法有關。戴維娜不由在心中暗忖道。

很快，洛爾來到一張木質的大圓桌前停下來。放眼望去，桌面擺放著數根長短不一的白色蠟燭，橘黃色的火焰正安靜平穩地燃燒著，映照著放置在中間的布克頓鎮地圖。一把銀製的短匕首被放在上面，鋒利的刀刃隱隱帶著幽深的寒光。

「我需要的東西，你有帶過來吧？」洛爾微微側身，面向傑瑞德問道。

「這個。」傑瑞德從口袋裡取出一條黑繩項鍊，然後遞到洛爾面前。只見項鍊掛著一個琉璃月牙吊墜，在燈光照射下閃爍著晶瑩剔透的光芒，「這是屬於他的項鍊。」

洛爾伸手接過項鍊，把它擺放在地圖的中心。緊接著，他拿起匕首，利用刀尖在手掌上劃開一道口子，殷紅刺目的血液隨之洶湧而出。誘惑的腥甜香氣毫無阻隔地飄進傑瑞德的鼻孔，不斷刺激著他的嗜血神經，令口舌莫名覺得乾燥起來。他立刻轉頭迴避，拚命地吞嚥著口水，費力壓抑著對鮮血的飢渴。

「噢，傑瑞德，你沒事吧？」察覺到他辛苦忍耐的模樣，戴維娜忍不住擔心地詢問。

「無法忍受的話，最好現在給我離開，別在這裡妨礙我。」洛爾不悅地皺眉盯著他，語調生冷得不帶半點情緒。

「我沒事。」傑瑞德用力地吞嚥著乾澀的喉嚨，從緊咬的牙縫間擠出話來，「給我專心……做你的事。」

洛爾不甚在意地聳聳肩，將沾滿血液的手握成拳頭，高舉在地圖之上。接下來，他把掌心的血液圍繞著項鍊，一滴一滴地滴落在地圖上，繼而閉上雙眼，嘴裡喃喃地吟誦起咒語。

「Oro te ne sacerdotio fungaris mihi dare potentiam ad invenire locum dominus.」

正當洛爾專注地投入施咒時，戴維娜驀然聽到有幾個人同時在她的耳邊輕聲細語。她迷茫地抬起頭，環視屋內四周。這些聲音是從四面八方傳來的，沒有一個確實的方向，聽起來虛無飄渺，毫不真實。

「有問題嗎？」傑瑞德注意到她的不對勁，疑惑地問道。

「你都沒有聽見嗎？」戴維娜沒有回望他，只是奇怪地反問。

「聽見什麼？」

「低語聲。」戴維娜嘗試聚精會神，仔細地聆聽著這些詭異的聲音，雙眉緊皺成一團，「我聽到這裡有幾道細碎的聲音，他們好像在低唸著什麼。雖然我聽不懂他們的語言，但我感覺到，他們是在向我傳遞某種信息。」

聞言，傑瑞德顯得略為驚訝，對於她的話完全摸不著頭腦。除了火柴在壁爐裡燃燒的聲音，以及洛爾的唸咒聲外，他根本沒有聽見其他聲音。那她口中所謂的「那些聲音」，到底是什麼鬼東西？

「不行，我沒有辦法追蹤到他確實的位置。」

洛爾略顯苦惱的聲音將兩人的思緒拉扯回來，不約而同地把目光轉投到他的身上。只見他的雙眼緊緊地注視著桌上的地圖，看見上面的血液絲毫沒有移動的跡象，眉心不禁緊蹙起來。

「我懷疑，有人用魔法將他的位置封鎖起來。」

「沒有方法破解嗎？」傑瑞德猛地踏前一步，語調洩露出少見的焦急。

「不能說沒有，要是真的如你所說，他的失蹤是與弗羅拉有關——」洛爾故作神祕地停頓一會，視線筆直地射向他身後的戴維娜，眼睛細細瞇起，清晰明確地表示道，「我需要她的血液。」

「什麼？」傑瑞德先是一驚，隨即抬手將戴維娜護在身後，雙目警告似地瞪著洛爾，一層冷冽的寒霜自他眼底凝結起來，「不可能，我帶她過來不是為了讓你傷害她。」

「我不是要傷害她。」洛爾的神情稍顯凝重，刻意表現出很有耐性的態度對他解釋，「她是在我們當中，唯一與弗羅拉有連繫的人，她能夠夢見任何弗羅拉出現的畫面。如果這個封鎖的咒語是由弗羅拉所施下，我需要利用她的血液來解開，就是這麼簡單。」

「我說了——」

「沒關係的，傑瑞德。」戴維娜上前拉住他的胳膊，截斷他未盡的話。他馬上回頭，略顯訝異地看著她。說心底話，她是很感激他這麼重視她的安全，但現在這個節骨眼，他們得要嘗試不同方法解決當下的麻煩，於是繼續開口，「不會有事的，別擔心。」

傑瑞德暗自微張開唇，似乎想要說些什麼，然而她眼中的堅定，彷彿已經清楚表明內心的立場。最後，他只能無奈地嘆一口氣，將護在她身前的手慢慢放下來。

拋給他一個安心的眼神，戴維娜鬆開他的胳膊，邁著大步朝洛爾走近。她不帶分毫猶豫，主動向他攤開手掌，雙眸毫不畏懼地直視著對方。

「拿去吧，我的血。」

洛爾眼中頓時湧現欽佩的色彩，他是打從心底欣賞這位女孩，佩服她擁有不畏懼的勇氣與膽量。即使知道自己會面臨痛楚，都沒有選擇逃避或退縮。身為人類的她能有著這種精神，實屬難得啊。

「會有點痛，妳要忍著。」

戴維娜深吸口氣，努力抑制著心中的緊張，點頭示意明白。接著，洛爾將桌上的匕首拿起來，冰涼鋒利的刀刃很快劃過她的掌心，拉出一道清晰明確的淺傷口。尖銳的刺痛旋即自手心處傳來，讓她忍不住痛呼出聲，眼睜睜地看著深紅的血液如同泉水般湧出。

由於室內現時充斥著兩種血液甘甜的香味，強烈的刺激感步步進逼，令傑瑞德的喉嚨像被火焚燒般難受。儘管他極力在心裡進行掙扎，卻始終難以抵抗來自純淨鮮血的誘惑。於是下一秒，他以快得驚人的速度直奔門口，急忙拉開門鎖衝到室外，用力地深呼吸幾次，將飄散在空氣中各種清新的氣味吸入鼻腔，渴望藉此擺脫嗜血念頭的折磨。

戴維娜的目光不自覺地隨著他的身影移動，碧綠的眸底浮現出擔憂與心疼。察覺到她分神懈怠，洛爾立刻皺眉，眼神略帶警告的意味。

「暫時別理會他，專注。」

她把視線重新投回洛爾的身上，慌忙地道歉：「噢，我很抱歉。」

「現在，將妳的血液圍繞著項鍊，滴落到地圖上吧。」

戴維娜點點頭，模仿著他剛才滴血的動作，將自己的手握成拳頭，讓掌心的血液圍繞著項鍊，一滴滴地滴落於地圖上方。待她完成這個步驟，洛爾再度走上前，雙手凌空高舉於地圖之上，輕輕閉上眼睛，口中再次唸出方才的咒語。

「Oro te ne sacerdotio fungaris mihi dare potentiam ad invenire locum dominus.」

隨著洛爾唸咒的速度逐漸加快，咒語開始發揮功效。戴維娜的血液與他的血液神奇地融合起來，形成一條猶如路線般的直線，在地圖上緩緩移動著，最終在某個位置上停下來。

與此同時，洛爾慢慢睜開眼睛，平靜地吐出一句話。

「已經完成了。」

憑藉敏銳的聽覺，站在外面的傑瑞德自然能將他的話聽得一清二楚，於是飛快地奔回屋裡，轉眼間閃至洛爾的身旁，那種速度快到根本無法用肉眼捕捉。

他拚命地深呼吸，撇開視線，盡力忽視兩人掌心的血液，強行以理智壓制住對血液的渴望，聲音裡隱含著些微急不可耐的迫切：「是不是追蹤到他的位置了？」

「這裡。」洛爾緊繃著臉龐，用手指著血液在地圖上停下來的地方，嚴肅地說道，「不能再準確了，我沒有辦法完全破解她的魔法。」

「那裡是……」

「墓地大橋。」開口應答的是傑瑞德，只見他快速從褲袋裡翻出手機，並向戴維娜簡單交代一聲，「我先去通知雷克斯他們，妳等我一下。」

言畢，他便轉身走開，撥電話給雷克斯，把手機舉起放到耳邊。

趁著這個短暫的空檔，洛爾飛快地斜瞄戴維娜一眼，佯裝有意無意地問道：「如果我剛才沒聽錯，妳是說聽到一些低語聲，對吧？」

戴維娜臉色突地一僵，愕然地望著他問道：「你知道那是什麼聲音？」

「妳有聽到他們在說什麼嗎？」他沒有回答她，反而巧妙地用另一條問題堵截她的提問。

「我不知道。」戴維娜毫無頭緒地搖搖頭，眉頭輕輕皺起，甚感奇怪地說道，「我聽不懂他們的語言，那是我從來沒有聽過的。而且他們的聲音很不真實，感覺就像是……」

她稍微停頓一下，努力思考著恰當的形容字句，最後緩緩吐出五個字。

「靈魂的聲音。」

當聽見她這個說法，洛爾的身體微微一震，霎時陷入靜默，沒有再說話。戴維娜發現他的眼神莫名變得深奧難懂，宛似幽深的潭水般深不可測，令她琢磨不透他此刻的心思。

「你是知道什麼的，對吧？」戴維娜偷偷用眼角餘光瞄向身後的傑瑞德，大概是不希望讓他聽見對話內容，她盡量壓低聲量，急切地向洛爾追問道，「不然你當時不會對我說那些話，不會說什麼等我搞清楚一切，自然會把所有事情告訴我。你到底在隱瞞著什麼？爲什麼不能讓我或傑瑞德他們知道？」

一抹焦灼自她的眼底傾洩而出，急促的語氣中夾雜著幾分懇切的意味。直覺告訴她，洛爾肯定是知道什麼。只是她實在無法理解，爲什麼他要選擇隱瞞，而不是把全部的事情和盤托出？

她需要知道他隱瞞的一切——

一切的眞相，一切她應該要知道的眞相。

「雷克斯他們現在會啟程趕往墓地大橋，我們不能耽誤時間，必須要盡快去跟他們會合。」這時，傑瑞德一邊把手機收回褲袋裡，一邊迎著戴維娜走過來，以沉穩的語氣對她說道。就在她抬眼，對上他那雙藍色的眼瞳時，洛爾明顯注意到她的眼神有些閃避。單憑這個小小的舉動，他便知道，她沒有向這個吸血鬼提起他們當晚的談話內容。

「既然我已經遵守承諾，幫你們找出那個狼人的位置，你們也是時候給我相應的情報。」洛爾順勢扯開與戴維娜剛才談論的話題，轉身將後背倚靠著圓桌，朝傑瑞德揚起眉毛，意有所指地說道。

傑瑞德當然知道他在暗示什麼，於是低頭，從口袋裡取出一張被摺成四折的紙張，直接遞到洛爾面前，冷淡的面容不見半分情緒波動。

「看看這個吧。」

那是今天早上，戴維娜轉交到雷克斯手上的紙張，上面繪畫著她在昨晚的夢境裡看到的圖案。剛才傑瑞德在車上向她提過，洛爾希望知道關於這個夢境的事，作爲幫助他們的交換條件。

洛爾接過紙張後，不慌不忙地打開來看。當某個未曾見過的魔法圖騰映入眼簾，他的雙目倏地瞪圓，眼神中帶著難以置信的震驚與駭然。

「不要告訴我，這是妳畫的？女孩。」他的視線沒有投放到戴維娜的身上，只是驚愕地問道。

「是我畫的沒錯，但……並不是我本意想畫的。」戴維娜咬著下唇，一時間不知道該如何解釋這件匪夷所思的事。迅速整頓好混亂的思緒，她再度啟口，緩緩憶述著事情發生的始末，「昨晚，我夢見一個洞穴裡躺著三具屍體，他們都已經死去，血液不斷從他們的傷口流出來。在距離他們不遠的地上，有一個用粉筆畫成的魔法圖騰，一面是屬於太陽的標誌，另一面是屬於月亮的，結界石就被放置在圖騰的中央。後來，我聽到一陣唸咒聲響起，我知道是屬於弗羅拉的。」

戴維娜似乎對此確信無疑。這不奇怪，畢竟她在夢見萊特爾被殺的片段中，聽過弗羅拉說話以及施咒時的聲音，自然有著深刻的印象。

「我不知道是不是因爲受到咒語的影響，那三具屍體的血液自動融合在一起，形成一條直線，沿著地上的魔法圖騰組成一個倒三角形。接著，我便從睡夢中醒過來，在沒有意識的情況下，將夢到的圖案在紙上畫了出來，還寫上了一句我根本就看不懂的拉丁文咒語。」

「Idcirco et ego commodavi sanguis tute iubebas animam tuam lava.」洛爾的視線轉移到紙張右下角的文字上，十分流利地用拉丁語把它唸出來。

「那是什麼意思？」她迫不及待地向他追問。

對於他懂得唸出這句咒語，戴維娜並不感到驚訝，畢竟正如雷克斯所言，他是巫師，自然了解各式各樣的法術。

發現洛爾的眉頭鎖得死緊，臉龐籠罩著一層灰暗的陰影，戴維娜的神經變得緊繃，猶如一根被勒緊的橡皮圈。不僅僅是她，連旁邊的傑瑞德也在默默等待著他的答案。

「現在我把血液奉獻給你，請用來洗滌你的靈魂。」半晌過後，洛爾終於沉聲開口，並刻意放慢語速，讓每一個音節聽起來極其清晰。解釋完畢，他抬起眼睛直望他們，複雜的眼神裡隱含著濃重的憂色。「就是這樣的意思。」

戴維娜反射性地抬手摀住嘴巴，聲音裡有著難掩的驚恐：「老天在上，所以那真的是……」

「不會有錯。」洛爾微微點頭，表示認同她的想法，神情顯得肅穆凝重。「是進行復活儀式需要的獻祭。」

◇◇◇

墓地大橋——顧名思義是一座連接墓地的橋樑，位於布克頓鎮森林的深處。只要穿過一條由石磚砌成的拱橋，便會抵達一片寂寥荒涼的墓園。據說每到深夜，墓地常常會傳來屬於死者靈魂的聲音，非常陰森恐怖，鎮民向來都不敢隨意走近這個令人畏懼的地方，害怕被沾上不知名的邪氣。

黑夜的森林，四周陰風陣陣，杳無人煙，壓根聽不見半點蟲鳴的聲響，氣氛顯得異常詭祕。頃刻間，一群通體漆黑的烏鴉振動著翅膀在上空飛過，放肆地發出刺耳難聽的鳴叫聲，劃破原本靜謐的夜空。

與此同時，三種截然不同的腳步聲正從某條樹木繁茂的林間小路傳來——那裡是通往墓地大橋的唯一路徑。由於艾登是狼人，他比吸血鬼更能追蹤到同族的氣息，因此由他走在前頭帶領著，而卡瑞莎和雷克斯則跟隨在他的身後。

「我感覺到，這裡飄散著一股狼人的氣息，說不定就是梅森。」艾登機警地打量著四周，謹慎地啟唇出聲。

「眞是的。」雷克斯把雙手交握在腦袋後面，一邊邁著散漫的步伐緩緩向前行走，一邊頗感奇怪地問道，「這個狼人好端端的，怎麼會來墓地這種陰森詭異的地方？」

「我倒不認爲，他是根據自己的意識走到這裡來的。」

卡瑞莎並沒有望他一眼，而是跟艾登一樣，雙目警戒而專注地環視著周圍的環境。不知道爲什麼，她總覺得這裡隱藏著危險的氣息，一點都不安全。

「梅森一定是被人控制住。」艾登用低沉的嗓音回應道，語氣裡的確信意味非常強烈。「要不然，他的行爲絕對不會那麼不正常。」

「等等！」

卡瑞莎驟然停下前行的步伐，全身像彈簧般繃緊起來。她豎直雙耳細聽，探索著自附近傳來某種可疑的聲音，目光警惕地捕捉著四面八方的動靜。

「你們有沒有聽到什麼聲音？」

艾登和雷克斯聞言，同時止步，仔細地聆聽著周遭各種細微的聲響。

「嗷……」一陣宛如野獸般的低吼聲在林間清晰地迴盪起來，挑動著三人靈敏的聽覺神經。

「是狼的咆吼聲。」艾登緊鎖著眉宇，愼重地開口答道。

接著，他快速地分辨著聲音來源的位置，半瞇起眼眸，最終將目光鎖定於前方。

「聲音是從前面傳來的，過去看看吧。」

在聽見狼人的低吼聲響起後，他們都本能地提高警覺防備，小心翼翼地踏出每一步，生怕攻擊會隨時從某個方向冒出。稍過片刻，他們終於看見一道高壯的黑色身影，慢慢從前方濃密的樹叢中走出來，伴隨著沉重而響亮的腳步聲逐漸朝他們逼近。

艾登果然猜得沒錯，出現在眼前，確實是一位已經變身的狼人。

他的雙瞳閃爍著像鬼火般幽藍的光芒，耳朵被拉長呈尖狀，臉部和手背覆蓋著濃密的棕色毛髮，手指尖端長著鋒利的黑色爪子，兩顆森白的獠牙從上唇的邊緣露出，面貌看起來猙獰可怖。他此刻赤裸著上半身，只有下身穿著一條淺棕色的休閒褲，渾身都是結實飽滿的肌肉，體格相當健壯。

當捕捉到三人的身影，他毫不猶豫地發出一聲憤怒的咆哮，並且凶神惡煞地瞪著他們，可見對他們生起一股濃厚的敵意。

「嘿，梅森，是我，艾登啊。」艾登朝他靠近一小步，並舉起雙手，示意他們沒有惡意。

「如果他就是你口中說的梅森，我不認爲他現在處於正常的狀態。」卡瑞莎皺緊眉頭，露出警戒的神情。

「好的，卡瑞莎，我不認爲現在是探討他狀況的時候，我們需要趕緊離開。這個狼人好像陷入暴怒狀態一樣，要是被他咬傷的話，妳很清楚將會面對怎樣的後果。」雷克斯緊張地吞嚥著口水，稍微往後退開幾步，聲音裡帶著明顯的急迫。

「你們走吧，我會在這裡阻攔他的。」

艾登沒有回頭望向身後兩人，語氣裡盡是毫不動搖的決心與堅定，明確向他們表明，他絕對不會丟下梅森不顧。

轉眼間，他已經變換成狼人的形態，外型基本上與梅森毫無差別，唯一不同的是——

他的雙眼散發著耀眼的金黃光澤。

梅森似乎已經等不及要大開殺戒，朝著艾登齜牙咧嘴，野蠻兇狠地朝他飛撲過來，幸好後者敏捷地閃身避開。然而梅森像是鎖定目標一樣，硬是追著他不放，不斷揮動拳頭，往他的臉頰出擊。艾登只能拚命地左右閃躲，選擇躲避對方的攻擊，卻完全沒有進攻的打算。

隨著體力漸漸消耗，艾登大口大口地喘著粗氣，胸腔不斷劇烈起伏著，閃避的速度顯然變得緩慢，最後更防禦失當，腹部被梅森狠狠打下一記重擊。他立刻痛得彎腰摀腹，整個眉頭緊擰成一團。梅森自然把握良機加緊進攻，順勢抬腿，重力踢向他的腰側。

艾登發出一聲吃痛的悶哼，還沒來得及躲避，一記勾拳毫不留情地擊中他的下頷，直接將他揍倒在地。而梅森並未打算放過他，整個人撲上來將他壓制在地上，雙手緊緊揪住他的衣領。眼看他再度揮拳，艾登快速抬手接住他的拳頭，雙眼直視著他毫無感情的瞳孔。

「停下來，梅森，你要……冷靜一點。」艾登緊咬牙根，用力從齒縫間擠出聲音來，試圖利用理性的言語讓他找回自我，「你必須要控制自己，別讓狼人的野性……控制你。」

可惜，梅森此刻就像是一頭陷入失控的瘋狂猛獸，渾身翻騰著讓艾登感到陌生的凶暴氣息。他的戰鬥意慾相當強烈，眼睛蘊含著無盡的殺意，活像要親手將對方碎屍萬段似的。

艾登感覺自己快要撐不住，豆大的汗珠不斷從他的額頭頂端冒出。他不能被梅森擊垮，同時又不想傷害對方，心境變得複雜至極。他始終無法理解，明明還沒到月圓之夜，為什麼梅森會變得如此暴戾，毫不受控制？

慶幸在這千鈞一髮之際，一團模糊的灰黑色殘影急速衝到梅森的身後，雙手緊緊抓住他的雙肩，將他從艾登的身上拽開，狠狠地把他甩到旁邊的地面上。

當發現壓在身上的重量瞬間消失，艾登連忙鬆一口氣，急匆匆地從地面躍起，視線望向剛剛替他脫困的那抹窈窕身影。

「雖然被狼人咬傷是很糟糕，但我還不至於見死不救。」卡瑞莎擺出瀟灑的姿態，轉頭回望艾登，飄逸的金色秀髮在空中甩出一道漂亮的弧度。她單手叉在腰間，無奈地睨著他，沒好氣地說道，「倒是你給我打起精神來好嗎？就算他是你的朋友，可現在並不是讓著他的時候，更何況──」

說到這裡，她稍微停頓下來，回過頭面向梅森，雙瞳驀然收緊，迸射出一道冰冷的寒光。

「我不認為他會那麼容易被打倒。」

語畢，她毫不猶豫地朝他擺出猙獰嘶吼的模樣，分明是在故意挑釁他。

梅森生氣地回吼一聲，朝著卡瑞莎往前衝刺。後者自始至終都沒有表露出畏懼的神色，眨眼間閃現到他的身前，揮出一記凌厲的手刀，精準地擊中他的臉頰。緊接著，她伸出右手扣住他的咽喉，將他整個人拽離地面，再隨手用力把他拋出去。伴隨著一記悶響聲傳來，梅森的後背重重地撞上粗壯的樹幹，繼而倒在地上翻滾兩圈才停下來。

望見他狼狽不堪的模樣，卡瑞莎暗自竊喜，眼中飛快地掠過一絲得意，但她當然不敢大意，並未因此而放鬆緊繃的神經。當發現他敏捷地縱身躍起，她馬上擺出繼續迎戰的姿勢。

梅森甩甩頭清醒意識，氣勢洶洶地朝卡瑞莎直逼而來。眼看猛力的拳頭迎面襲來，她連忙側身閃避，然後不甘示弱地揮拳回擊，可惜被他巧妙躲開。她不甘心地咬牙，旋身使出一記俐落的迴旋踢，殊不知他立刻抬起結實的右前臂，順利擋下她的攻擊，沒有對他造成分毫傷害。

接下來，兩人開始展開毫無停滯的較量，拳腳互擊的悶響聲在樹林裡響個不停。梅森將卡瑞莎接二連三的攻勢全都輕鬆無比地抵擋下來，反應速度相當快，更沒有試圖停下來喘氣，像是受過專業訓練似的。

當她再度揮出拳頭，梅森決定不再退讓，伸手抵擋住她的拳頭，並順勢抓住她的手腕，一記過肩摔直接把她重重摔到地面。

卡瑞莎想起身，卻被他按壓在地上。她死命地掙扎，但他的力氣異常強大，不管如何出力都無法推開他，只能徒勞無功地扭動身軀。而就在掙扎的同時，她的手背不慎被他的利爪抓出一道淺淺的傷口，馬上痛得皺眉蹙額，低呼出聲。

梅森瘋狂地朝她嘶吼著，黑暗的野性彷彿已經將他整個人吞沒，毫無半點理智的存在。下一秒，他張開嘴巴，露出兩顆鋒利的尖牙，準備朝她的脖頸咬下去。

艾登見狀，急速利用瞬移來到梅森的身後，打算伸手將他拽開。沒想到，一道快如旋風般的黑影突然毫無預兆地飛身撲過來，將梅森撞得橫飛出去，狼狽地墜落到地上。

卡瑞莎一邊喘著粗氣，一邊用雙手支撐著地面坐起身，同時將視線落在眼前那抹熟悉的身影上——雷克斯。他緊抿著嘴唇，一言不發，表情陰沉地瞪著卡瑞莎，像是在暗示憤怒的情緒即將爆發，但她似乎並未察覺到這一點。

「呼，」她重重地鬆一口氣，趕緊從地上站起來，以輕鬆的語調向他道謝，「謝啦，雷克斯。」

「謝？現在是該說謝謝的時候嗎？」他此言一出，他的怒氣瞬息在體內攀升至頂點，如同火山爆發般洶湧而出，兩眼燃燒著惱怒的火光，氣得朝她大聲怒吼，「拜託，妳的腦子到底是有什麼毛病？妳知不知道要是被他咬傷的話，妳會因此而喪命的？妳平常處事不是很成熟的嗎？怎麼突然間卻魯莽行事了？」

「我只是……」

她應該要出言辯駁的，她是絕對有充分的理由去反駁。就算艾登是狼人，可看到他剛才這麼吃力地應戰，她絕不能夠坐視不理。然而此刻，她所有聲音全都卡在喉嚨裡，無法發出半個音節。

她知道他在生氣。她很少會看到他生氣的，畢竟對方是雷克斯，平常總是掛著嬉皮笑臉的樣子，實在很難讓人聯想到他氣惱時的模樣。

而雷克斯認為自己會生氣是理所當然，他剛剛是真的打算要離開這個鬼地方的。老實說，狼人的事關他們吸血鬼屁事啊？他才不希望被捲進這團混亂中，可後來看到卡瑞莎莫名其妙地掉頭跑回去，自然令他因為擔心她的安全而感到焦急。

只要想到她隨時有可能會受傷，有可能會遭到危險或不測，他就沒有辦法獨自離開，撇下她不管。所以到頭來，他還是要參與到狼人的麻煩事中，真是他媽的該死！

「嘿，兩位，要吵架的話，能不能等事情結束後再繼續？」

艾登略帶急迫的聲線陡然響起，打破兩人稍顯凝固的氣氛。他們同時收起放在對方身上的目光，繼而轉向艾登，只見他和梅森正激烈地扭打在一起，互相掐著對方的脖子，兩人絲毫沒有鬆手的意思。

「見鬼，這天殺的狼人！」雷克斯不禁出聲咒罵。

趁著艾登被梅森壓制在身下，雷克斯疾速衝到兩人身旁，乘勢攫住梅森的後頸，將他整個身體拽起來舉到半空中，再使勁地往旁邊扔出去。

艾登趕緊一骨碌從地上跳起，一邊微微喘息著，一邊義正辭嚴地表明自己的立場：「事先聲明，我同意梅森現在失去理智這一點，我會幫忙制伏他，但你們絕對不能殺他。」

不等兩人作出回應，他便踏出箭步竄到梅森的面前，往他的下巴狠狠重賞一拳。不過這一擊對梅森來說實在是太小兒科，眼見他揮舞著鋒銳的利爪攻過來，艾登馬上靈巧地壓低身體躲開。不料當他再度站直身子，卻冷不防被一記來勢洶洶的踢腿擊中顴骨，火辣的疼痛感傳來使他步履有些不穩，踉蹌地往後連退幾步。

看著艾登和梅森正在展開激烈的搏鬥，卡瑞莎和雷克斯也不再選擇觀戰，全速鑽入戰鬥的陣營中。由於當前的局勢變成三對一，令這場戰鬥變得輕鬆許多。縱使梅森擁有相當敏捷的反應速度，也難以抵擋三人聯手出擊。

卡瑞莎的身影如閃電般來到梅森的身前，雙手緊緊抓住他的肩膀，並抬起膝蓋，瘋狂地連續頂撞他的腹部。一股劇烈的痛楚猛烈襲來，令他疼痛難耐地彎下腰，發出低沉的呻吟。她繼而乘勝追擊，往後稍退兩步，旋身使出強悍俐落的旋風腿，直接掃向他的頭顱，爆出一記沉悶的響擊聲。梅森健壯的身軀當即被踹飛出去，以狼狽的姿勢趴在地上。

令她氣憤的是，梅森竟沒有就此被擊敗，動作俐落地從地上翻身爬起。只見他用爪子緊緊扣住地面，整個背部微微向上拱起，眸光炯炯有神，猶如一頭蓄勢待發的猛獸。

雷克斯不願再浪費時間，決定實行速戰速決的戰略，快步朝梅森直奔過去，採取正面的快攻。後者自然不甘示弱，如離弦的箭一般飛身撲過去，打算將他推倒在地。幸好他急忙側身閃避，讓對方撲了個空。待站穩步伐，雷克斯迅猛轉身，向他揮出一記結實有力的直拳，然而被他向後跳起躲開。當他的雙腳著地，快捷地從下方掃過雷克斯的左腿，令他的身體一時失去平衡，被絆倒在地上。

見到梅森朝他大步逼近，準備發動攻勢，艾登連忙晃動身形，以迅雷不及掩耳的速度繞到他的身後，將兩條胳膊穿過他腋下，再向上一曲，牢牢鎖住他的肩膀。當發現自己的行動受到牽制，他的身體不停地左右搖擺，奮力想掙脫艾登的箝制。

「梅森，拜託你冷靜下來好嗎？」

艾登緊咬著牙根，試圖再度喚回他的理智，可惜依然不成功。

雷克斯趁機從地面躍身站起，恰巧注意到梅森微微曲起手肘，準備要擊向艾登的腹部，於是化成一道殘影來到對方面前。

「給我往後退開，狼人！」

艾登知道他要開始發動進攻，不得已地鬆手，迅速抽身往旁邊閃開。只見雷克斯先用頭頂狠狠地撞向梅森的臉，當捕捉到對方面容扭曲的模樣，簡直讓他感到痛快淋漓，順勢提起左腳，凝聚力量，以最大的勁道凌空使出一記飛踢，精準無誤地擊中梅森的胸口，整個身軀向後被摔飛出好幾米遠，最後筆直地墜落到地上。

梅森顫巍巍地爬起來，勉強地半坐起身。在連番受到重擊下，他終於憋不住從嘴裡吐出一口血來，之後一邊急促地喘息著，一邊強行支撐著身體，搖搖晃晃地站起身。看見雷克斯和卡瑞莎擺出繼續作戰般的架勢，艾登立刻伸手攔截他們，面容盡顯擔憂的色彩。

「夠了，你們不能再打他。再這樣下去，他的情況會很糟糕。」他雙眉緊攏，整張臉孔變得陰沉而緊繃。

「你這是在說什麼鬼話？」聽見他的勸阻，雷克斯不由氣急敗壞，伸手指著渾身溢滿怒意的梅森，語氣激動萬分，「他才是要來取我們的命，你沒有看見他剛才企圖要咬傷小莎嗎？如果我們不反擊的話，受傷的就是我們，你的腦子沒什麼毛病吧？」

艾登的雙瞳迸射出鋒利的寒光，咬字清晰得如玻璃般鋒利：「不要忘記，我剛才分明警告過你們，如果你們敢殺我們狼族的人……」

「嗷──」

他的話還未講完，一道撕心裂肺的嘶吼倏然響起，將他的注意力轉移開來。三人不約而同地轉頭察看梅森的狀態，發現他正用雙手抱著腦袋，膝蓋彎曲滑跪在地上，五官因疼痛而扭曲成一團。

望見他莫名流露出痛苦的表情，他們都顯得十分錯愕，迷茫地愣在原地。直至一陣沉穩規律的腳步聲由遠而近地響起，他們才一同把目光轉移到來者的身上。

緩步朝他們走來的是洛爾。他的雙眼正牢牢地鎖住梅森，向著他舉起右掌，嘴裡沒有吟誦出咒語，相信是靠著念力釋出魔法，從而對他使出無形的攻擊。不久後，傑瑞德和戴維娜從後面追上來。當兩人看見梅森被折磨到抱頭在地上打滾，眸中掠過一絲驚詫。

受到法術的影響，一陣高亢且刺耳的雜音宛如海嘯般淹沒梅森的雙耳。尖銳的劇痛在他的腦海裡一波波襲來，每一下都讓他的神經彷佛被尖刀猛刺，感到痛不欲生。由於先前的激戰已經讓他身負傷勢，渾身變得非常虛弱，實在無力再抵抗來自巫術的攻擊。最後，他再也支撐不住，倒在地上，直接退回人型的體態。

化回人型的梅森只是一位很年輕的少年，外貌雖稱不上俊朗，但五官還算端正，帶著幾分柔嫩的稚氣。此刻，他的臉色蒼白如紙，額角布滿細密的汗珠，樣子看起來已筋疲力盡。

「梅森——」

看見他閉著雙眼，動也不動地趴在地上，一股冰冷的憂懼霎時縈繞在艾登的心頭，促使他邁開步伐，飛快地跑到他的身旁蹲下來，焦急地呼喊著他的名字，表情顯得憂心忡忡。

與此同時，卡瑞莎三步並作兩步地奔向傑瑞德，雙手叉在腰上，長長地鬆一口氣：「幸好你們及時趕來。不過我倒沒有想過，他會願意跟你們一起過來。」

語畢，她把目光悄悄瞥向洛爾，發現他已經將手放下，停止對梅森使用精神念力，但雙眸依然緊盯著他，自始至終都未曾移開過，眼神專注而深沉，彷彿在陷入謹慎的思索一般。

「嘿，妳沒事吧？」

她的注意力很快被一道略顯緊張的聲音喚回來。把視線稍微轉開，瞧見雷克斯正慌張地奔到自己身旁，染上擔憂的雙眸不斷上下來回打量著她，語氣裡充盈著毫不掩飾的焦灼。

「剛剛跟那個混帳打鬥的時候，沒有哪裡受傷吧？」

「呃？」面對他突如其來的關心，卡瑞莎瞬間陷入愕然，張嘴卻答不出話來。

「老天，卡瑞莎，妳的手背——」

聽出戴維娜語氣中的震驚，雷克斯和傑瑞德同時將視線轉向卡瑞莎的手背，發現在她嫩白的皮膚上有一道被抓傷的血痕。雖然傷口不深，卻一直沒有癒合的跡象。傑瑞德見狀，眉頭輕輕蹙起。儘管他沒有說話，眼底卻洩漏出淡淡的憂色。

「噢，這點小傷沒什麼啦，是剛才不小心被那個狼人抓傷的。被狼人抓傷的話，我們的傷口需要一段長時間才會癒合。」卡瑞莎低頭看著手背上的輕傷，從容鎮定地向戴維娜解釋道。接著，她隨意聳了一下肩膀，不甚在意地瀟灑說道，「你們又不是不知道，我母親總是要求我成為一個具備戰鬥力的吸血鬼，長期都在接受她的訓練。這點小痛我絕對能夠忍受的，不用擔心啦。」

雖然她嘴上說沒事，但雷克斯的心始終無法安穩。畢竟她的傷口尚未復元，任何壞情況都有可能發生，他怎麼可能會不擔心？而見鬼的是，她受傷居然是為了解決狼人的麻煩事，真是豈有此理！

想到這裡，他的心中猛地升起一把無名火，以淩厲的眼神瞪著躺在地上的梅森，語氣不爽到極點：「好了，請問現在有誰可以告訴我，這個狼人到底在發什麼神經？今晚又不是滿月，他無緣無故抓什麼狂啊？」

「我認為事有蹊蹺。」

洛爾的眉毛擰成死結，深信無疑地說道。他緩緩提起腳步走向梅森，在他的身旁蹲下來，伸手握住他脈搏紊亂的手腕。接著，他輕輕閉上眼睛，試圖利用魔法的力量，潛入梅森的腦海獲取記憶，尋找任何蛛絲馬跡。

可惜現時，埋藏於梅森腦海裡的片段既破碎又淩亂，他只能盡力挖掘搜索。幸好最後，他總算找到一個極為重要的線索——

在漆黑的樹林裡，梅森彎曲著雙膝，跪倒在一個用粉末圍成的圓圈裡。他用雙手抱著腦袋，仰頭發出一聲淒厲的長嚎。

赫然間，一股強勁的法力殘餘猛烈衝擊而來，硬生生地切斷洛爾所看到的畫面。他不得已地睜開雙眼，面容布滿尚未反應過來的驚詫。

「你是否看到什麼？」傑瑞德大踏步來到他的身旁站定，疑惑地問道。

「他的記憶很混亂，我只能隱約看到他被人施咒的畫面，其他什麼都看不到。」快速回過神來，洛爾無奈地搖著頭，並從唇間吐出一聲嘆息，繼續說道，「他現在的身體狀況很虛弱，沒有辦法承受過強的力量，我不可能繼續對他施法。」

就在他話音落下的同時，一陣細碎不明的低語聲再度侵襲戴維娜的耳邊。她先是一愣，接著將視線掃向左方——她能清楚分辨出傳來的方向。與先前聽到的一樣，聲音依然空洞飄渺，雌雄難辨，聽起來毫無半點眞實感。最神奇的是，這種低語聲彷彿具備某種魔力似的，牽引著她挪動雙腿，茫然地朝著聲音的源頭前進。

「嘿，戴維娜，妳要去哪裡？」卡瑞莎隨即把目光轉落到她的身上，皺眉奇怪地問道。

當「戴維娜」三個字淸晰地鑽進耳邊，傑瑞德不假思索地轉頭，視線精準地落在她的背影上，詫異發現她沒有因爲卡瑞莎的話而止步，更沒有回頭回應對方的提問，只是自顧自地往某個方向前行，絲毫沒有停下來的打算。

察覺出她行爲異常，他的心頭不禁一緊，旋即邁開雙腿，飛也似地追上去，並朝著她的背影呼喚出聲。

「戴維娜——」

按照正常的情況，吸血鬼的步行速度肯定比人類快。然而不知道爲什麼，兩人明明相距不遠，他卻費盡力氣都無法追上她的腳步，像是被一股不知名的力量給牽制住一樣。

面對如此弔詭的情況，傑瑞德越想越感到費解，完全摸不著頭腦。然而此刻的他，並沒有多餘的時間可以去思考，只能一直緊追在戴維娜的身後，並再度朝她的背影大聲呼喊。

「戴維娜！」

更爲匪夷所思的是，戴維娜始終徑直地往前走，沒有回過頭望他，壓根聽不到來自身後的叫喊，只有神祕的低語聲毫不間斷地縈繞在耳際。他們持續重複著一句話，並隨著越來越接近目的地，而更加實在清晰。

「Vin jwenn nou.」

她像是陷入意識抽離的狀態，眼神變得茫然渙散，雙腳全然不受自己控制，只能任由聲音牽引著她一直往前走。她的內心瞬間浮現出無數個問號，那是什麼聲音？是誰在說話？爲什麼要找她？爲什麼要……

帶她到這裡來？

不經不覺間，她走到一條由石塊砌成的舊式拱橋前，藉著月亮灑落的微光，可見橋底下是一條清澈恬靜的河流，河水正在溫柔平穩地流動著，發出清脆悅耳的潺潺聲響。戴維娜放眼向前望去，隱約看見橋的對面是一片空曠開闊的草地，上面整齊地排列著一座座長方的石碑。如此看來，那邊大概就是傳聞中的墓地大橋。

當看見她再度邁開步伐，想要踏上拱橋之際，傑瑞德迅疾晃動身形，眨眼間來到她的面前，用雙手緊緊抓住她的胳膊，阻止她繼續前進。

「嘿，戴維娜，我不建議妳再繼續前進。」他那雙湛藍的眼眸定定鎖住她，急切的聲線中帶著緊張和關心，「妳沒事吧？到底發生什麼事了？爲什麼要走來這裡？」

「我不確定，我不確定我沒事。傑瑞德，我覺得我有些不對勁，我能聽到他們的聲音。我知道這樣說很難讓你相信，但我不是根據自己的意識走到這裡來的，是他們牽引著我。我聽到，他們想要我過去找他們。」她的聲音微微顫抖著，無助的眼神裡飽含著對事情發生的恐懼和迷惘。

「他們？」傑瑞德蹙起雙眉，疑惑地重複道，「他們是誰？」

「他們是……」

恍然間，戴維娜莫名感到暈眩無力，眼前的視野開始陷入模糊不清。她話都還沒說完，便徹底失去力氣，身體虛軟地往後倒下，整個意識被拉進無邊無際的沉寂與黑暗中。幸好傑瑞德眼明手快地接住她柔弱的身軀，小心地讓她靠在他的懷裡。

「戴維娜——」

他焦急地呼喊著她的名字，整張臉龐溢滿憂色。可惜她並沒有睜開眼睛，只是安靜地躺在他的懷抱裡，彷彿失去意識一般。眼看她始終沒有醒過來，他更是心焦如焚，兩道眉毛皺得更緊。

他不懂到底發生什麼事，到底她聽到什麼聲音？爲什麼會一聲不吭地走到這裡來？她剛才說，是「他們」牽引著她來這裡的，那「他們」到底是誰？

種種疑問一直在他的腦海裡盤旋著，但就算他絞盡腦汁去思考，都無法想出任何答案來。

◇◇◇

深夜，天空漆黑得如被墨汁浸染一般，看不見半點璀璨的星光，連原本散發著銀光的月亮，都被薄薄的雲層遮蔽著，顯得格外深沉。一輛藍色吉普車和銀色私家車正緩緩行駛在筆直寬敞的林間公路上，逐漸駛離布克頓森林。

戴維娜安穩地坐在吉普車的後坐，閉著雙眼靠在椅背上，看似陷入熟睡中。傑瑞德默默地坐在她的旁邊，從上車到現在，目光都未曾離開過她。儘管他的面容略顯疲態，依然能捕捉到毫不掩飾的擔心。

畢竟剛才發生在她身上的事，實在過於匪夷所思，讓他的心情難以安穩。

透過車內的後視鏡，洛爾將他的表情盡收眼底，於是淡然開口：「我已經說過，她只是睡著而已，你不需要太擔心。」

「從在你家的時候開始，她已經說聽到一些未知的低語聲。」話到此處，他抬起雙眸，把視線掃向坐在駕駛座上的洛爾，語帶謹慎地探問，「對於她聽到的聲音，你有頭緒嗎？」

洛爾沒有即時回答，陷入凝重的沉默中，先前的從容淡定在他身上幾乎消失得無影無蹤。面對變得有些壓抑的氣氛，傑瑞德更加確信能夠從他口中探出重要的線索，心情更為焦灼。

隔了半晌，洛爾總算從唇縫間吐出五個字來：「靈魂的聲音。」

「什麼？」聞言，傑瑞德顯得頗為驚愕，瞳孔猛然一震。

「我只能告訴你，那是屬於靈魂的聲音。」他的雙目緊盯著眼前的路面，語氣隱晦不明地解釋道，「尤其那邊與墓地的距離相當接近，她聽到的聲音自然更加強烈。」

「但我不懂，為什麼她會聽到這些聲音？」傑瑞德皺起眉毛，不解地追問。

「你要知道我不是神，我不是無所不知的，他們要找她自然有他們的理由。」

傑瑞德罕見地露出忐忑的神色，兩片薄唇緊抿成一條生硬的直線，心頭被濃厚的焦慮不安給占據著。要是連身為巫師的洛爾都無法解釋，那他要怎麼幫她解決這個詭異的情況？

「老實說，你不也這麼認為嗎？」察覺到他的表情變化，洛爾佯裝隨意地詢問。稍作停頓，他再輕描淡寫地補充一句，「覺得她不是普通的人類。」

「某程度上，我倒希望她只是個平凡的人類。」他的目光不由自主地再度投放在戴維娜的身上，語氣裡摻雜著對事情束手無策的無奈。

如果她只是個平凡的人類，就不會被捲進他們的麻煩事中，不需要為未發生的事情感到憂慮，不需要煩惱什麼夢境、結界石、魔法儀式等等的事情，而是像普通的大學女孩一樣，為畢業而用功唸書、交個疼愛她的男朋友、盡情與朋友們瘋狂玩樂，他想——

這種正常的生活才是她想要的。

眼看車子要駛到拐彎處，洛爾不急不慢地轉動方向盤，向左轉彎進入另一段直路。沒想到隨著車子的移動，傑瑞德感覺到一份突如其來的重量自肩膀上傳來，垂眸一看，發現戴維娜的頭歪到他的肩膀上。

他不禁一愣，頓時感到手足無措，渾身僵硬得不敢隨意亂動。不過他並沒有將她的頭從肩膀上移開，更奇怪的是——

他不想這樣做。

他只是維持低頭的姿勢，怔怔地凝望著她，同時仔細地打量著她的容顏——從白皙光滑的臉蛋，到長而微翹的羽睫，最後定定落在淡櫻色的嘴唇上。先前在校園樹林裡企圖要親吻她的畫面，很自然地在他的腦海裡湧現而出。回想起當時快要觸碰到她的嘴唇，某種微秒的情感焉地自他心底蕩漾開來，看著她的眼神不自覺地柔軟了幾分。

「別讓她受到傷害。」

洛爾的聲音毫無預兆地響起，破壞了這份美好的寧靜，同時將傑瑞德的思緒一下子拉回來。

「什麼意思？」他不明所以地問道。

「她只是人類，本來就不應該被捲進這些危險中，既然你決定讓她接觸你們的世界，就有責任保護她。」

「我從來……就不希望讓她受到半分傷害，更不會讓她獨自面對危險的狀況。」

傑瑞德沒有望向他，目光依然停留在戴維娜的身上，語氣裡充滿著肯定，臉上的表情也顯得格外認眞。就算洛爾不把這些話說出來，他都絕對會保護她的安全，一方面是覺得自己需要負上責任，而另一方面是因爲心中那份微妙的感覺。

他不願意看到她受傷。準確點來說，如果看到她出事，他會著急、擔心、緊張，甚至隱隱感到害怕。他也說不清這種複雜的情感，但唯一能肯定的是——

她已經在他的心房裡，占據了一個很重要的位置，是誰也無法取代的。

第十三章　獻祭的詛咒

天色漸漸亮起來，迎來藍天白雲的好天氣，明媚的陽光灑落下來，照亮著布克頓鎮南部的小區。早上八點多，街上的行人寥寥無幾，大部分店鋪尚未開門，只有其中一間坐落在路邊的酒吧已經開始營業，門口掛著一塊「歡迎光臨」的木牌子。

那是一間古樸式的酒吧，內部的裝潢簡潔樸素，主要採用木製的桌椅。一張長型的木質吧檯設置在正中央的位置，前面擺放著一張張高腳靠背木椅，後面則是一個大型的木酒櫃。酒吧裡沒有太多花巧的裝飾，只是在牆壁上掛著幾幅抽象派的油畫，整體的風格以簡約爲主。

由於時間尚早，酒吧裡並沒有坐著很多客人，只有三三兩兩的人群。他們一邊大快朵頤地享用著桌上的英式早餐，一邊悠哉地品嚐著玻璃瓶裝的啤酒。有些是單獨一人，有些則有朋友相伴，氣氛雖然比不上夜晚熱鬧，卻令光顧的客人感到輕鬆愜意。

「啊——」

一陣驚恐的尖叫聲猝然響徹整間酒吧，即時引起全場的注目。順著聲音的方向看去，只見某張靠近門口的餐桌旁站著一位神祕的男人。他穿著棕色皮衣和灰色牛仔褲，並戴著一副遮住上半邊臉龐的灰黑色面具，渾身散發著詭譎森冷的氣息。

然而全場的焦點並不是投落在他的身上，而是握在他手心裡那顆血淋淋的東西——

一顆心臟。

他把人類的心臟活生生的掏了出來。一具已死去的男屍體正躺在他的腳邊，但他連看都沒有看那屍體一眼，彷彿當他不存在似的。

他只是將心臟隨手扔在地上，從口袋裡取出一塊藍色手帕，緩緩將沾滿血的手擦乾淨，視線掃射著四周恐懼的人群。他的眼神冰冷無情，猶如一個冷血的殺人惡魔，讓人心底發寒。

下一秒，他從唇間輕輕吐出一個名字：「弗羅拉。」

隨著他的話音落下，一聲清脆的響指即時從洒吧外面傳來，引領著一股帶有控制能力的魔法像浪潮般撲向整間酒吧。客人紛紛從座位上起身，每雙眼睛都變得渙散呆滯——已從廚房走出店面的廚師以及侍應都無一倖免。

他們毫無意識地邁開腳步，一個接一個地朝著門口的方向離去，動作僵硬得如同機器人一般，整個場面顯得相當詭異。

不一會兒，整間酒吧變得空蕩而冷清，四周寂靜無聲，籠罩著一股強烈又可怕的壓迫感。全場只剩下一位年約三十歲的女子仍站在吧檯裡，她那頭白金短髮相當亮眼，與小麥色的肌膚形成鮮明的對比。一對很大的金屬圈耳環掛在她兩隻耳朵上，隨著她的動作輕輕搖晃。

「你到底在做什麼鬼東西？」她氣憤地將手中的玻璃杯和白色毛巾放到桌面上，怒瞪著眼前的男人，表情宛如看到骯髒物似的嫌惡。「這裡不歡迎你，吸血鬼。」

「我不需要妳的歡迎，只需要妳的幫助。」

他滿不在乎地聳了一下肩膀，並把雙手放到背後，緩緩提起步伐，帶著危險的氣息朝她逼近。

「我相信，妳對巫師協會這個愚蠢的組織並不感到陌生吧？」他朝她挑起一邊眉毛，不疾不徐地繼續往下說，「畢竟妳的家族曾經是巫師協會的一份子，應該也有聽過跟他們相關的偉大事跡。」

「你到底想從我這裡知道什麼?」女人微瞇起眼睛,口氣顯得頗爲尖銳。

「六百年前,馬丁內斯家族利用巫師協會的力量,製作了一把魔法匕首,用來封印住古老的吸血鬼奧伯倫,並且利用法術把他的身軀關在一個洞穴裡。妳一定有聽過此事吧?雖然說,巫師協會在五百年前已經解散,但歷代巫師所流傳下來的魔力卻轉移到四個水晶吊墜當中,分別由當時組成巫師協會的四個家族保管——馬丁內斯家族、嘉德納家族、福斯特家族以及你們的家族。我沒說錯吧?艾芙琳.迪納塔萊。」

對於他如此清楚巫師協會的歷史,這位叫艾芙琳的女子略感詫異。她的瞳孔微微收縮,迅即擺出戒備的表情,心裡響起了警號——這個吸血鬼並不簡單,絕對不能對他掉以輕心。

「我只需要得到其中一個,藉著水晶吊墜裡的巫師祖先力量,以及身爲家族成員的妳替我施咒,幫我解除封鎖洞穴的咒語。」

「聽著,雖然我有聽過關於水晶吊墜的事,但我只能說,那個吊墜不在我這裡,我更不知道被家族的人收藏在哪裡。況且就算我知道,他們也不可能把吊墜交給我。我不認爲自己有能力幫到你。」艾芙琳的臉色宛如籠罩著烏雲般陰沉,斷言地拒絕他的請求。

「要拿到水晶吊墜可以有很多方法,妳可以用偷的,也可以用搶的。」男人不以爲意地發出輕笑,似有深意地說道,「而且只要向妳的家族查探一下,我就不相信妳會找不到吊墜的下落,那可是蘊藏著巫師祖先的魔力,可以說是你們家族的一種寶物吧。」

「哼,你要我背棄家族,反過來幫你們吸血鬼?」她從嘴角扯開一抹鄙夷的笑容,以憎惡的語氣將四個字砸向他,「門都沒有。」

正當她抬手，企圖利用魔法攻擊他時，桌上的玻璃杯毫無預兆地爆裂開來。閃亮而鋒利的碎片四處飛散，其中一塊更淩空飛起來，像是鎖定目標似的插進她的手臂，令大量鮮血不斷從傷口處湧出。她痛得低呼出聲，伸手捂住手臂，眉頭緊皺成一團。

就在這個時候，她聽見一陣響亮的腳步聲由遠而近傳來，空氣中飄散著一股令人作嘔的邪惡氣息。艾芙琳忍著痛楚，下意識地抬頭望向來者，發現迎面而來的是一位膚色黝黑如炭，配搭同色爆炸短髮的女人。那雙烏黑的眼瞳幽深莫測，閃爍著無可匹敵的自信，猶如站在最高的位置俯視著眾生般——弗羅拉。

隨著門在身後自動關上，她昂首闊步地朝著艾芙琳走近，渾身上下都散發著無法忽視的強大氣場。她一邊走，一邊把右手慢慢向上抬高，手背朝地，五指向內屈曲成爪。

下一秒，艾芙琳的雙腳漸漸離開地面，整個人懸浮在半空中，全身如同被繩索緊緊束縛住一樣，動彈不得。

「妳身為一位女巫，居然選擇幫吸血鬼做事？」艾芙琳狠狠地瞪著她，緊咬著牙，氣憤地對她斥責道，「幫……這種黑暗的生物？」

「我沒有幫任何人，只是在幫我自己。」弗羅拉擺出傲慢不遜的姿態回應她，一抹譏諷的笑意自她的唇角挑起，「我想妳並不認識我吧？這也難怪，跟我們家族相關的事，早已經被巫師協會嚴密地隱藏起來。我相信不會有任何巫師典籍，記載著我們家族的歷史。不過，既然當初是他們對我家族無情在先，現在我也無須對他們的後人有禮。」

她的雙眼裡閃過顯而易見的怨恨，每個字都說得無比清晰，聲音冷硬得沒有絲毫溫度。

對於弗羅拉的舉動，男人完全不予理會，彷彿事不關己一般。他只是徐徐地步向巨大的棕色酒櫃，隨手拿起一瓶黑朗姆，將深褐色的酒液倒進乾淨的玻璃杯中。接著，他快速利用尖牙咬破自己的手指，把流出來的血液滴入酒中，隨意地搖晃了幾下，唇角掀起意味深長的弧度。

「就算讓你們得到水晶吊墜，也無法解開封印。當時的施咒者是屬於馬丁內斯家族的巫師，任何封印魔法，如果沒有施咒巫師家族的血液，你是無法解開當中的咒語。而且——」話到此處，她的視線緊緊鎖住弗羅拉，咬牙切齒的語聲中帶著濃厚的警告意味，「倘若我沒有猜錯，你們是想復活那個吸血鬼，對吧？進行這種危險的儀式，白巫師的祖先一定不會坐視不管的，他們一定會懲罰妳。妳一定會——呃——」

她這番話徹底觸發弗羅拉心底的憤怒，狠狠地把五指收緊，凌厲的眼神盡顯無情和殘忍。艾芙琳驟然感到呼吸困難，雙眼瞪得像銅鈴般大，脖子宛如被無形的東西勒緊似的，產生一種快要窒息的感覺。

然而她無力掙脫，只能從喉間發出痛苦的音節。不過弗羅拉並沒有放開她的意思，反而將手掐得更緊，活像要掐死她一樣。

「很感謝妳向我們提供了一個這麼重要的線索。」男人的神情依舊保持淡漠，用平緩的語氣緩緩啟唇，「現在可以把她放下來了，弗羅拉。」

弗羅拉的視線立刻轉向他，眸底劃過一絲難以置信的驚訝。但盧西安的目光沒有落在她的身上，也沒有作出解釋和顯露出任何表情，只是再次輕輕搖晃手中的玻璃杯，沉穩地看著裡面的酒液，讓人捉摸不透他此刻的想法。

「我說，放她下來。」他張開嘴唇，再次明確地表明自己的指令，充滿威嚴的聲音蘊含著不容抗拒的意味。

弗羅拉有些憤恨地咬咬牙，不甘願地鬆開手，垂回身側。艾芙琳的身體隨即從半空中落回地面。她用雙手抓著吧檯的邊緣，大口大口地喘著粗氣，試圖調整自己的呼吸。但男人直接取掉讓她喘息的機會，即時閃到她的身旁，一手抓住她的下巴，迫使她張開嘴巴，順勢將杯中的酒用力灌入她的口裡。

他的力氣甚大，艾芙琳無法將酒吐出來，只能被逼嚥下幾口，讓酒液灼燒她的喉嚨。部分酒液順著她的下巴一直滑落到脖子上，令她看起來狼狽不堪。目睹她的喉嚨隨著吞嚥的動作滾動幾下，男人面露得意的神色，隨即鬆開她的下巴。他隨意地將玻璃杯扔在地上，「呯嚓」的破碎聲頓時響遍整個空間，玻璃和深褐色的酒液四散飛濺。

「咳咳……」

艾芙琳被嗆得彎下腰，捂著喉嚨劇烈地咳嗽，難受得皺眉蹙額。

「給我聽著，酒裡面混有我的血液。也就是說，現在妳的體內流淌著吸血鬼的血液。一旦我結束妳的生命，要麼妳就接受死亡，要麼妳就選擇放棄女巫的身分，轉變成吸血鬼。」他的嘴角咧開狡黠的弧度，伸手揪著她的頭髮往後拉，迫使她抬起頭來面對他。

艾芙琳用力地吞嚥著口水，身體止不住地發抖，整張臉龐溢滿無盡的恐懼。她能感覺到，那張臉孔——那張隱藏在面具下的臉孔帶著無情陰寒的氣息，令人毛骨悚然。

「我不管妳用什麼方法，給我找到那個水晶吊墜，然後幫我施咒，這就是妳要做的事。妳最好不要讓我等太久，要知道我的耐性可是有限的。噢，當然，不要以爲妳選擇逃跑就沒事。如果妳使用隱身咒，我的巫師絕對能輕易破解妳的魔法，順利找出妳的下落。要是到時候讓我找到妳的話，妳的下場只會更慘。」如鯊魚般陰狠的光芒自他的眼底滑過，言語間的威脅意味非常濃厚。接著，他加深嘴角上揚的弧度，清晰且明確地從唇間吐出每一個字，「記住我的名字，我是盧西安．諾里斯。」

語畢，他將她的額頭「嘭」一聲，重重地磕在吧檯上，然後向後一拽，單手把她拋到地上。整個動作迅速俐落，絲毫沒有手下留情。艾芙琳徹底陷入昏迷，雙目因失去意識而緊閉，身體一動不動的，一道淺淺的血痕出現在她的額頭上。

「妳剛才太魯莽了，弗羅拉。」盧西安低頭整理著被弄皺的衣服，聲音雖然平淡，卻隱藏些微責備，「我們還需要利用她。」

「她說那群該死的白巫師祖先會懲罰我？呵。」弗羅拉沒有回應他的話，只是發出譏諷的輕笑，滿懷憤恨地說道，「我倒要看看到底是誰懲罰誰。我就是要替我的家族，證明給那群愚蠢的白巫師看，黑魔法的力量可是比他們所謂的純正魔法強大許多。」

「不需要跟她一般見識，妳剛剛不是已經證明了嗎？妳的力量是足以了結她的性命。我可是很有信心，使用黑魔法的妳絕對會成為最優秀的巫師，沒有必要急於證明這一點。畢竟──」說到這裡，盧西安稍作停頓，抬頭將視線轉向弗羅拉，面容顯得頗為嚴肅，「現在的她，對我們還有利用價值，暫時不值得這樣做。」

「她最好真的能替你拿到水晶吊墜。」她不著痕跡地掃了他一眼，語氣裡毫無半分情緒。

「巫師最害怕的，就是變成我們這種黑暗的生物。吸血鬼這個身分，向來讓他們感到噁心。她不想死的話，自然會用水晶吊墜來換取自己的性命，安心當回能夠隨心所欲使用魔法的女巫。反倒是她剛剛提到，要解開洞穴的封印，必須要利用馬丁內斯家族的血液。那我想，我們得要想想辦法，找出這個巫師家族的人。」

說完，盧西安便安靜地離開吧檯，但沒有走到弗羅拉的身邊，而是徑直地朝著門口前進。

「是時候要離開了，不然那群麻煩的警察很快就會來到，我可不想在這裡大開殺戒。」他輕蹙眉頭，露出厭煩的表情。

儘管聽到他這樣說，弗羅拉依然站在原地不動，只是低下頭，若有所思地看著失去意識的艾芙琳，幽暗的眸底深不可測。不過很快，她便收回視線，轉身跟隨著盧西安的腳步，一同走出酒吧。

沒有人知道剛才在酒吧裡發生的事，也沒有人知道是什麼人的所作所爲，只是被無知的警察列入爲「蓄意謀殺案件」。

◇◇◇

一陣陣曖昧煽情的喘息聲在充斥著情慾氣息的房間裡瀰漫開來。由於室外的光線被窗簾嚴實地遮擋住，令房間的環境顯得頗爲昏暗。一對男女正躺在寬闊的大床上纏綿地翻滾著——兩人全身赤裸，僅用被單遮蓋著下半身。

男人將女人固定在身下，並低著頭，用嘴唇一寸寸地親吻著她細嫩的肌膚，粗糙的大手恣意來回地撫摸著她柔軟的嬌軀。女人被他大膽挑逗的舉動惹得輕喘出聲，調皮的笑意漸漸自她的唇角浮現，最後決定反被動爲主動，翻身跨坐在男人的身上。

她伸出雙手，沿著他平滑的小腹緩緩往上移向結實的胸膛，然後俯下身，主動將飽滿的雙唇湊到他的唇瓣上，與他火熱地激吻起來。男人抬手把五指插入她順滑的髮絲中，牢牢地扣住她的後腦勺，張開嘴唇加深著吻的力度。

纏綿的熱吻持續一段時間後，女人依依不捨地離開他的嘴唇，然後趴伏在他的胸膛上，淺淺地輕笑出聲，說道：「嘿，我只能夠再多待十分鐘，不然等會上課就要遲到了。」

她一邊說著，一邊用手指挑逗性地描繪著他嘴唇的形狀，炙熱的氣息噴灑在他冰涼的唇上。

「遲到？」男人挑高眉毛，微微拉高聲調重複道，然後翻身再次將她壓在身下，磁性誘人的嗓音裡透著些許不滿的抱怨，「妳認爲上課比我還重要？嗯？」

「我不是這個意思，只是……嗯……」

不等她把話說完，他微帶涼意的嘴唇已經吻上她的側頸，再沿著鎖骨一路往下親。女人舒服得閉上眼睛，從嘴唇逸出微微的喘息，忍不住拱起身子，向他獻上自己的身體，雙手忘情地插入他的髮間，露出陶醉享受的表情。

與此同時，男人的臉龐開始浮現出縷縷的黑紋——她體內甘甜的血液在深深吸引著他，誘惑著他去品嚐。他恍然想起自己還沒享用早餐，既然昨晚已經滿足了她，那麼現在很應該輪到她來償還給他了吧。

想到這裡，他毫不猶豫地掀起嘴唇，露出兩顆鋒利的獠牙，抵在她溫熱的皮膚上磨蹭著。就在他準備合上嘴唇，利用尖牙刺破她的皮膚時，「咔嚓」一聲毫無預兆地從空氣中響起。

在女人被嚇得睜開雙眼的瞬間，他連忙把獠牙縮回去，低低地咒罵一聲。當兩人起身，探頭一看，發現映入眼簾是一位金髮黑眼的女人。尤妮絲正一言不發地站在門邊，用銳利的目光掃視著兩人，臉色陰沉難看。

「噢，妳是誰啊？」女人反射性地拉高被單，緊張地遮蓋著自己的身體，滿臉不爽地問道。

「尤妮絲，拜託妳注意一點，這裡是我的房間。」塞貝斯緩緩坐起身，冷眼瞪著尤妮絲，語氣裡的警告意味相當清晰。

「你認識她的嗎？」女人扭過頭，視線轉移到他的身上，不悅地鼓起腮幫子。

「別誤會，寶貝。」他回望著她，抬手溫柔地將她凌亂的髮絲勾到耳後，不緊不慢地解釋著，「我們頂多只是同居者，稱不上有半點關係，況且我對她毫無興趣。」

「把妳的衣服收拾好，給我從這裡滾出去。」尤妮絲倚著門框，雙臂交疊，目光死死地盯著那個女人，以淡漠的語聲吐出話來。

「呵，坐我旁邊的男人都還沒趕我出去，妳有什麼資格趕我走？」女人鄙視地斜睨她一眼，不屑地冷哼一聲，壓根沒有把她放在眼裡。

「該死的婊子。」尤妮絲忍不住低聲咒罵，不願再浪費唇舌與她多言，乾脆晃動身形，閃現到她的身前，用深沉的黑眸緊緊注視著她的瞳孔，咬字清晰地命令道，「我說，現在給我他媽的滾蛋，別再讓我說第二遍。」

對上那雙帶著催眠力量般的眼睛，女人的神情變得茫然呆滯。她像是收到指令的機器人一樣，掀開被單走下床，完全沒有意識到自己還是光著身子。只見她彎下腰，急忙收拾好地上的衣物後，便速速離開房間，目光沒有在兩人身上停留過一秒。

「有必要這樣嗎？」塞貝斯皺眉，不甚高興地說道，「我都還沒開始享用她的血液，妳卻給我把她趕走？」

尤妮絲沒有作聲回應，只是板著臉孔，用陰鬱的眼神瞪著他。不過塞貝斯毫不放在心上，端出一副饒富興味的模樣看著她，嘴角漾起若有似無的笑意。

「不打算轉過身嗎？我現在身上可是沒有穿任何衣服的，還是說——」他意味深長地拖長尾音，玩味的弧度越發加深，語帶戲謔地問道，「妳想看到我全身赤裸站在妳的面前？」

尤妮絲的眼珠子往上翻了翻，毫不客氣地擺出嫌棄的表情。爲免被他的裸體污染雙眼，她不得不轉身，背對著他，傲然地抱著雙臂。

「我希望你還記得，我們說過不能在這裡影響到對方的生活。」尤妮絲的語氣冷硬平板，明顯帶著濃厚的不悅，「如果你要找人做愛，麻煩給我滾出去，不要在這裡影響到我。剛回來就聽見那個女人發浪的叫床聲，簡直讓我感到他媽的噁心。」

聽見她的話，塞貝斯的臉上再度浮現出不正經的表情，繼而用閃電般的速度來到她的身前。此刻的他已經穿上黑色緊身T恤和深色牛仔褲，雖然他的體格不算特別精壯，但在這身衣著配搭下，依然能隱隱突顯出他健朗的胸肌線條。

「這麼說來……」他輕佻地勾起她的下巴，壞笑著問道，「妳的呻吟聲聽起來是否更令人陶醉？」

「少來挑逗我，塞貝斯。」她一把拍掉他的手，眼中盡是厭惡，「我沒有興趣當你的床伴。」

「我當然知道。」塞貝斯不甚在意地聳聳肩，眉毛向上揚起，擺出一副明瞭的模樣，「在全世界的男人裡，妳就只會對傑瑞德感興趣，難道不是嗎？」

「是你說要查出傑瑞德與戴維娜結識的理由，可是到了現在，你又查到什麼出來？」聽見他提起傑瑞德，尤妮絲的臉色顯得有些微慍，語聲陰沉地質問道，「不要忘記，我當初答應來布克頓鎮是因爲傑瑞德。要是知道你到這裡來不是做正經事的話，我情願單獨行動，還倒不至於浪費我的時間。」

語畢，她冷冷地瞥他一眼，逕自繞過他打算離開。

「剛剛那個女人是聖帕斯大學的學生。」塞貝斯冷不防地啟唇出聲，察覺到她止步後，他再有意無意地補充一句，「修讀心理學系的。」

尤妮絲回過頭看他，面露不明所以的表情：「那是什麼意思？」

「不懂嗎？」他轉身面向她，眼睛帶著嘲弄的笑意，並裝模作樣地擺出樂意解釋的姿態，「戴維娜是修讀心理學系的，而她也是修讀心理學系的。妳也不是不知道，戴維娜的身邊擁有傑瑞德和雷克斯這兩位護花使者，如果我們去找她的話，妳認爲他們不會從中阻撓嗎？所以要接近她，就必須要找一個讓他們毫無防備之心的人。」

「你的意思是，想利用剛剛那個女人接近戴維娜，讓她從戴維娜的口中探出線索？」尤妮絲皺眉思索著他的話，語氣不甚確定。

「我已經對她進行精神控制，要她在學校裡監視著戴維娜的一舉一動，然後隨時向我匯報。」一抹狡黠的光芒自他眼底飛快地掠過，語氣聽起來洋洋得意，「這樣一來，我們就能夠輕易掌握戴維娜和傑瑞德接下來的行動，二來又不需要現身，難道妳不認爲這是個相當安全的方法嗎？」

「哼，你故意安排一個寵物待在戴維娜的身邊，就那麼有信心，傑瑞德不會識破你的計劃嗎？」尤妮絲輕蔑地睥睨著他，似乎對計劃的成效有所保留。

「我不否認傑瑞德是聰明人，不過那個女人只是人類而已，傑瑞德向來對人類不會抱持高度的警戒心，這點我可是很清楚。更何況，我只是要她接近戴維娜，跟她做個朋友，又沒有要對方意圖傷害她，試問傑瑞德又怎麼會起疑心？」

塞貝斯微微揚起自信的笑意，輕鬆的神情不見半分憂慮，彷彿很有信心一切都會在他的掌握之中。

「對了，尤妮絲。」他意味深長地喊出她的名字，然後挑高一側眉毛，刻意放慢語速，調侃般地問道，「不知道我這樣，算不算是在做正經事呢？」

尤妮絲張了張嘴，卻發現一時間無話可說，只能抿著嘴唇，硬生生地吞下這口悶氣。雖然看到她不服氣的樣子，實在讓塞貝斯感到有趣至極，但他並沒有繼續出言戲弄她，反而邁開雙腿，直接繞過她，逕自走出房間。

「晚上去夜店的話，算我一個吧。今天的我，特別需要人類鮮血的滋潤。」

臨離開房間前，他低低地笑出聲來，歡愉的語氣像是急不及待要盡情放肆一番。

◇◇◇

戴維娜緩緩掀開沉重的眼皮，意識逐漸清晰過來。她迷糊地四處張望，發現自己身處在某處空曠的林間空地，眼神頓時染上些許迷茫。爲什麼她會在這裡的？

天空似乎才剛破曉，太陽還沒有完全升起來，只有幾絲稀薄的微光穿過雲層灑落下來。她用手肘撐著地面，慢慢站起身，仔細地觀察著周遭的環境。這裡除了一棵棵高大茂密的樹木，基本上是空蕩蕩的。四周瀰漫著淡淡的薄霧，清晨的空氣透著幾分寒意，使她禁不住打了個哆嗦。

「傑瑞德？」她幾乎是下意識地喊出這個名字。對於第一時間想起他，連她自己也頗感驚訝。接著，她向前邁出幾步，再度高聲呼喊，「雷克斯？卡瑞沙？」

但沒有得到任何應答，沒有人回應她的聲音。最奇怪的是，她連一個人影都沒有看到，彷彿只有她單獨置身在這裡。怎麼會這樣？他們都到哪裡去了？

她的胸口不由一緊，內心焦急得猶如熱鍋上的螞蟻，腦海裡此刻只盤旋著一個想法——她要去找他們，現在就要。不料才剛踏出一步，她的耳邊隨即傳來一陣細碎的低語聲。

「Vin jwenr nou.」

她猛地收住腳步，吃驚地倒抽一口冷氣。老天啊，又是這些聲音，又是同一句話，到底是什麼？到底這句話是想向她表達什麼？

戴維娜僵硬地轉動腦袋，將視線飄向聲音傳來的方向，緊張地吞嚥著口水，同時在心裡默默作出一個決定——

到達聲音傳來的地方一探究竟。

她不假思索地轉身，鼓起勇氣踏出步伐，慢慢循著聲音的來源處前進。

樹林內一片寂靜，沒有蟲鳴鳥叫，戴維娜能夠清楚地聽見自己輕微的腳步聲，以及響得像雷一般的心跳聲。她小心翼翼地踏出每個步履，雙眼警惕地掃視著四面八方。儘管心情緊張萬分，她仍努力讓自己鎮定下來。

約莫三分鐘後，她終於在聲音的帶領下，順利來到一條由石塊砌成的拱橋前，橋底下有一條水流平靜的河溪。她能夠清楚看到，在橋的對面是豎立著一排排墓碑的墓園。我的上帝，居然又是這裡，她又走到這裡來了——墓地大橋。難道這些聲音是想指引她走到墓園那邊嗎？

噢！等一下，那是什麼東西？

戴維娜微微瞇起雙目，謹慎地注視著前方。她竟意外發現，在橋的末端有一道透明的屏障，一縷縷奇異的波紋在其中若隱若現。而她聽到的聲音，正是從裡面傳來的。

下一秒，她不由自主地邁開雙腿，踏上拱橋。她屏住呼吸，一步一步地朝著那道屏障走近，心臟緊張得怦怦直跳。

「Vin jwenn nou.」

呼喚聲變得越來越近，越來越清晰……

終於，戴維娜在屏障前停住腳步，緩緩抬起手向前觸摸。接下來發生的狀況讓她感到震驚不已，她整隻手居然就這樣直接穿了過去，完全沒有任何阻擋。

屏障裡面似乎存在著另一個空間，說不定會讓她得到想要找的答案。

事關重要，她不能再默默等待答案自動浮出檯面，必須要親手揭開所有神祕的謎團。思及至此，她不再遲疑，直接邁步走進屏障裡頭。

伴隨著一團刺目的白光湧現，戴維娜悠忽從睡夢中驚醒過來，微微喘著粗氣。她第一眼看見的是米色的天花板，後來垂下眼眸，發現自己正躺在一張柔軟舒適的大床上，身上蓋著溫暖的格子花紋被單。

意識到剛才只是一場夢，她馬上重重地鬆一口氣。然而當回想起那些細碎的低語聲，以及再次到達墓地大橋的情況，她的神經不由緊繃起來。不，她能確定那只是夢嗎？那些低語聲依然是說著那句她聽不懂的話，而聲音同樣是從墓地大橋那邊傳來的，種種巧合難道不是在暗示著什麼嗎？

「嘿，妳醒來了嗎？」正當她陷入懊惱的思索，一道熟悉的男聲冷不防地傳入耳中，截斷了她混亂的思緒。他的聲音聽起來既著急，同時帶著濃厚的關切，「感覺怎麼樣？有沒有哪裡感到不舒服？」

她下意識地將視線投向聲音的主人——傑瑞德。發現她醒過來後，他立即快步地朝她走過去，如海洋般湛藍的雙眸認真地打量著她，皺起的眉宇間透露出難掩的擔憂。

她猜，他應該是聽到自己的喘息聲，所以注意到她醒過來。不對，他一定是聽到了。吸血鬼擁有比常人更加敏銳的聽力，即便是很細微的聲音，都可以聽得一清二楚。

「傑瑞德？」她緩緩坐起身，雙手向後撐在床上，一臉愕然地盯著他。她顯然沒想過，在醒來後會看見他。

戴維娜困惑地四處環視一周，這裡並不是她的寢室，而是一間陌生的臥室。她恍然發覺，現在已經是隔天早上，明媚的陽光透過薄薄的紗簾照射進來，光線溫和而不刺眼。

大床對面放置著一盞歐式立燈，淡黃色的光暈籠罩著整間臥室。立燈旁邊擺放著兩張麻布的單人沙發椅，其中一張上面擺放著棕色的精裝書和透明寶特瓶，只見瓶中的暗紅色液體只剩下一半。

毫無疑問，裝在裡面的是血液。

她暗自猜想，傑瑞德剛才應該是坐在那邊看書，默默等待著她醒過來。而那瓶血液就是他用來充飢的。

「這裡不是學校的寢室，我是在哪裡啊？」她疑惑地向他問道。

「我們居住的宅邸。」此時，傑瑞德已經來到她的身旁，細心地把枕頭立起來墊在她的背後，一臉耐心地向她解釋，「我們本來是計劃明天才回來的，不過昨晚妳突然昏睡過去，我沒有辦法把妳帶回學校。妳知道的，需要向埃絲特解釋。洛爾說，妳需要一個安靜的休息空間，所以我們就把妳帶到這裡來。」

「可我不在學校的話，那埃絲特那邊——」

「我已經跟她通過電話，向她稍微解釋了一下。妳不用太擔心，安心在這裡休息吧，晚點我和雷克斯會載妳回學校的。」傑瑞德緩緩在床邊坐下來，以一種異常溫柔的眼神看著她，連聲音都輕柔得彷彿她從未聽過。

他此言一出，她不禁雙目圓睜，心頭警鐘大響。老天，什麼叫稍微解釋一下？他昨晚才用她的手機給埃絲特發簡訊，說自己會與他待在一起，而她現在又沒有回到學校裡，那埃絲特豈不是誤會他們兩個在外面過夜？而且還會認爲兩人睡在一起？

喔，不，她實在不敢再想像下去。這下可完蛋了，就算她現在有十張嘴巴，也很難向埃絲特解釋清楚跟傑瑞德的關係。

「呃……」她的面容染上些許尷尬，小心翼翼地問道，「你從天亮開始就待在這裡嗎？」

「正確來說，我一整個晚上都在這裡。」他開口更正道，隨後無所謂般聳聳肩，很隨意地說道，「反正我不需要睡覺，吸血鬼始終是夜間生物，本來就沒有睡覺的必要。沒有看到妳醒過來，我始終不放心，雖然小莎昨晚是打算把我趕出去的。」

說到最後一句話時，他不自覺地伸手摸摸鼻尖，流露出不自然的表情。

難得看見他這副有趣的模樣，戴維娜不由得偷偷抿嘴一笑。她想，卡瑞莎大概是擔心他無法控制嗜血的念頭，才會不放心讓他留在這裡吧。也因如此，他整個晚上都在喝著動物血液，希望藉此緩解體內的飢餓感。不過她相信，如果看到傑瑞德被卡瑞莎趕出房間的畫面，一定會忍不住當場大笑出來的。

「昨晚發生在妳身上的情況實在是太詭異，我沒有辦法確定，讓妳獨自待在房間裡是否安全。」他幾乎是不由自主地說出這番話，眼底隱約閃爍著不安的光芒，「我只是怕，妳又會再聽到什麼奇怪的聲音。」

戴維娜重新將視線投放到他的身上，恰好與他的目光相接，整個人頓時愣住，張了張嘴卻沒有說出話來，只能定定地凝望著他。

她很確信，那不是自己的錯覺。他是在擔心她，擔心她會因爲那些莫名奇妙的聲音，而遭遇到危險或發生奇怪的狀況。

正因爲擔心她，他才會整晚留在這裡陪她，等待著她甦醒過來。想到這裡，一股淡淡的暖流劃過她的心間，漾起一波又一波的漣漪。

雖然戴維娜很感激他這麼關心她，但同一時間，她認爲現在需要集中精神處理正事，只能暫時把那份微妙的感覺收藏起來。

迅速整理好思緒，她努力回想著昨晚記憶斷片前發生的事。她依稀記得，自己一路追隨著聽到的聲音，毫無意識地接近墓地大橋，如同剛剛在夢中浮現的情景一般。後來，傑瑞德趕到現場，試圖阻止她繼續前進。但對於接下來發生的事，她完全沒有半點印象，相信她就是在那個時候，無緣無故陷入昏睡狀態。

「傑瑞德，昨晚我聽到的那些聲音……」戴維娜一副欲言又止的模樣，彷彿在思考著該怎麼把事情說出來。在深深地吸一口氣後，她抬起凝重的雙眸望向他，惶惑的語氣裡透露出幾分苦惱，「我沒有辦法聽得懂他們的意思。我只知道，聲音是從墓園那邊傳來的，所以我才會不由自主……不，正確來說，我是被牽引著走到那邊的。那些聲音聽起來虛無縹緲，感覺上像是靈魂的聲音。」

當「靈魂的聲音」五個字從口中溢出，她明顯捕捉到傑瑞德的神情微微一愣，眼中掠過某種異樣的色彩。不過她認爲，那只是他感到震驚而產生的反應，並沒有特別放在心上。

「我知道這樣說很奇怪，但我強烈感覺到，那些聲音是想要呼喚我，向我傳遞某種信息。雖然我都不知道是哪裡不對勁，會聽到這些其他人聽不到的聲音。」

傑瑞德沒有出聲回應，也沒有將視線投向她，但臉色明顯覆蓋上一層陰影。他緊緊閉著嘴巴，表情顯得有些複雜，眼底甚至湧上一份不明的憂慮。

面對他突如其來的沉默，戴維娜覺得很不尋常。這不是很奇怪嗎？照道理來說，他不可能什麼都不問，什麼都不說的。

「洛爾說……」從嘴裡擠出三個字後，他沉重地吸了口氣，然後繼續把話說出來，「妳聽到的，就是靈魂的聲音。」

「靈魂」兩個字令戴維娜徹底陷入驚駭的衝擊漩渦，雙眼瞪得像茶碟一樣大。原來她昨晚在洛爾面前說出的猜測是正確的，但既然洛爾早就知道這一點，爲什麼沒有跟她說清楚？還有，如果那些低語聲是來自靈魂的話，那又會是屬於誰的呢？

戴維娜頓時感到慌亂無比，腦海中湧現出無數個疑問，然而思緒卻紊亂得讓她無法冷靜思考。

「嘿，我答應妳，會幫妳搞清楚這些事情的。」觀察到她的表情變化，傑瑞德立刻伸出雙手，輕輕搭在她的肩膀上，希望能讓她稍微安心一些，繼而輕聲說道，「聽我說，暫時不要想太多。妳需要再多休息一會，晚點我再過來叫醒妳吧。」

眼看他站起來，企圖要把她的枕頭重新放下來，她趕緊抓住他的手，語氣顯得有些著急。

「等一下，傑瑞德。」

傑瑞德手邊的動作頓時僵住，藍眸驚愕地低垂，呆怔地望著被她握住的手，眼底流轉著一絲不易察覺的情感。她手心炙熱的溫度就像太陽一樣，毫無阻隔地滲進他的肌膚裡，爲他冰涼的手帶來一絲暖意。對他來說，這是一種已經很久沒有感受過的觸感——屬於人類的溫度。

相信她並不知道，這份肌膚相碰的觸感，正悄悄牽動著他內心深處最柔軟的那根弦。

「噢。」

察覺到自己失禮的舉動，她連忙鬆開手，尷尬地放回被單上。

「抱歉，我……我只是……」她的臉頰微微泛紅，慌亂地轉開視線，不敢直視他的雙目，連聲音都顯得不太自然，「我只是不想繼續待在床上，我可以跟你一起下樓嗎？」

儘管他依然擔心著她的身體狀況，不過既然看見她已經恢復精神，也不願意逗留在房間裡，他自然不會強求她，只是聳肩回應一句。

「那好吧。」

◇◇◇

卡瑞莎從冰箱裡取出兩包冷藏血袋後，轉身步出廚房，將其中一包拋給坐在沙發上的雷克斯。

「嘿，接住。」

雷克斯馬上舉起右手，讓血袋準確無誤地落到手中，然後扭過頭，對她咧嘴笑道：「謝啦，小莎。」

兩人利用尖牙，快速把袋子的封口撕開，津津有味地喝著血袋中冰涼的液體。與此同時，一陣平穩的腳步聲自樓梯間傳來，鑽進兩人敏銳的耳朵中。

卡瑞莎的唇角微微往上挑起，似乎已經猜到腳步聲是屬於誰的。她一邊啜飲著腥甜的血液，一邊將視線掃向樓梯口，目光不偏不倚地落到戴維娜的身上，唇畔立刻綻放出親切甜美的笑容。

「早安，戴維娜。」

「看到妳醒過來眞是好極了。」雷克斯把視線瞄向走在她身後的傑瑞德，微微揚起眉毛，語帶深意地說道，「我想，某個人總算可以鬆一口氣了。對吧？」

傑瑞德依舊面無表情，沒有給予任何反應。他徑直地走到雷克斯對面的沙發坐下來，並將載著動物血液的寶特瓶放到茶几上，靜靜地翻開手上的書本，繼續沉醉於文字的世界中。

對於他這種無視的行爲，雷克斯顯然感到相當無趣，於是拿起桌上的遙控器，把電視打開，一邊喝著血液，一邊欣賞著某個電視台播出的脫口秀節目。

等了好一會兒，傑瑞德依然沒有看見戴維娜過來坐，不禁感到有些奇怪，於是將手肘擱在沙發靠背上，轉頭望著她問道：「妳不過來坐嗎？」

「我……呃……」

她咬著嘴唇，一副有口難言的模樣，目光並沒有放到他的身上，而是落在卡瑞莎和雷克斯手中的血袋上。儘管她很清楚他們是吸血鬼，也明白血液是他們唯一的食物，但親眼看見他們將鮮紅的液體，一口接一口地嚥進喉嚨裡，她就感到胃部一陣抽搐，產生噁心想吐的感覺。畢竟她是人類，自然難以適應這種場面。

「噢。我想，看見這樣的畫面，妳一定是覺得很不舒服吧。」卡瑞莎彷彿看穿她的心思，低頭瞥了一眼手上的血袋，嘴角的弧度漸漸斂起，撇著嘴說道，「但妳要知道，這裡是吸血鬼住的地方，看到我們喝血液自然是無法避免的事。」

「呃……不，我沒有其他意思的，我只是……就只是有點……」戴維娜慌亂得手足無措起來，深怕對方誤以為她厭惡他們進食血液的行為，於是快步走向卡瑞莎，連忙擺手否認，「我……我真的沒有介意。」

「嘿，沒關係的，妳不需要這麼緊張。」看見她慌張得舌頭打結，卡瑞莎被逗得笑出聲來，改以頗為輕鬆的語調緩和氣氛，「妳真是個很可愛的女孩，也難怪傑瑞德會對妳特別在意。」

話到此處，卡瑞莎扭過頭望向傑瑞德，笑容顯得意味深長，不久重新將視線投放到戴維娜的身上，朝她眨眨眼睛，打趣般的說道。

「老天啊，真希望妳能看見昨晚傑瑞德堅持要留在房間裡陪妳的樣子。要知道，他不曾這麼關心過一個人類，差點讓我想拿出手機，將他的模樣拍下來留念。」

「不需要這麼刻意強調吧，小莎。」傑瑞德的注意力依然集中在書中的文字上，話語聽起來像在抱怨，語氣卻平淡無波，不含任何情緒。

卡瑞莎只是不以為意地聳聳肩，眼中的笑意絲毫沒有減少。雖然傑瑞德從不輕易表露藏於心底的情感，但她可是能看出來，他對戴維娜的感覺並不一般，甚至可以說，她的存在對他來說是非常重要。

「對了，吉爾伯特先生呢？怎麼沒有看見他？」

戴維娜百無聊賴地四處張望著，卻發現不見這位長輩的身影，不由感到奇怪。

「他一早出去了。鎮議會那邊需要開例行會議，作爲成員的他必需要出席。」卡瑞莎面露無可奈何的表情，言語間隱藏著譏諷的意味，「其實說白一點，根本就是一個聽鎮長發牢騷的會議吧。」

「噢，吉爾伯特先生是鎮議會的成員？」戴維娜不敢置信地瞪大眼睛，吃驚地問道。

「是啊。」看見她臉上布滿震驚的表情，卡瑞莎會意地一笑，以緩慢的語速對她解釋道，「因爲我們會在這個鎮上定居，所以必須與警察局和鎮議會維持著緊密的聯繫。妳要知道，要是被鎮上的人發現超自然生物存在的事，我們可是會很麻煩。要是發生任何特別的狀況，例如出現吸血鬼殺人，又或者像昨晚，那個狼人的情況被其他人看到，傳了出去的話，就會由我父親負責編作一個合理的故事，向警察局和鎮議會交代。」稍後，她又再補充一點，「當然啦，必要時會利用精神控制的方法。」

「提起昨晚的事，梅森現在的情況怎麼樣了？」想起梅森昨晚失控變身的模樣，戴維娜的神經不由得緊繃起來，緊張地追問道，「你們有查到什麼線索嗎？確定他就是用來獻祭的祭品嗎？」

「還沒。洛爾現在正在梅森的家裡，他剛才跟我通過電話，說梅森剛剛才恢復意識，清醒過來，但對於昨晚發生的事，以及當時被施咒的情況，卻毫無印象。」開口應答的是傑瑞德，他抬起眼望向她，慢慢解答著她的提問。雖然他的臉上沒有顯露太多情緒，但從言語間可以聽出，事情比想像中還要更棘手。他暗暗地嘆息一聲，繼續補充著，「洛爾打算透過法術，獲取梅森腦海中的記憶，希望他能夠從中查出弗羅拉到底施下什麼咒語吧。」

「現在爲你報導一則特別新聞。在南部小區的某間酒吧，今早發生了一宗謀殺案件，兇徒不但無情地將受害人殺死，更殘忍地將他的心臟掏出來，手法令人毛骨悚然。警方表示在現場沒有找到任何兇器，兇徒行兇的手法還在調查當中。事發當時有一名目擊者在場，對方是酒吧的女職員，懷疑被兇手擊昏後暈倒在地上，目前被送往醫院……」

正當他們討論起梅森的事件，電視突然播報著一則新聞快報，迅速引起他們的注意，一同將視線投向電視螢幕，神情變得專注起來。此時，螢幕剛好播放著救護人員抬著兩張擔架床步出酒吧的畫面——躺在上面的，分別是一具被蓋上白布的屍體，以及一位受傷的女人。

「老天在上，到底是誰這麼變態，會將人的心臟掏出來啊？」看著新聞報導播出的畫面，戴維娜不安地凝緊眉頭，眸中閃爍著恐懼的光芒。

傑瑞德微眯起眼睛，目光變得異常精銳，啟唇說出三個字來：「吸血鬼。」

「你的意思是，這是吸血鬼做的？」

她猛地倒吸一口冷氣，面容布滿驚駭的情緒。天哪，這個消息眞是有夠糟糕，居然又是與吸血鬼有關，不是已經有一段時間，再沒有出現吸血鬼襲擊人類的案件了嗎？可爲什麼現在又……

「你猜，會是他做的嗎？」雷克斯的視線從電視螢幕上移開，轉投到傑瑞德的身上。他緊鎖著眉頭，語氣罕見地正經起來，「你不是一直以來，都認爲他和弗羅拉匿藏在這個鎮上的嗎？」

「不排除這個可能性。」傑瑞德把雙臂環抱在胸前，神情顯得萬分凝重，謹愼地分析著，「如果是一般的吸血鬼，直接將對方的血液吸乾就好了，何必要用這種沒有價值的手段？」

戴維娜起初對於兩人的對話感到一頭霧水，直到後來聽見他們提到弗羅拉，她總算明白過來了。他們口中提到的「他」，是指殺掉萊特爾的那個吸血鬼。一直以來，他們只是知道弗羅拉是屬於奧斯汀家族的巫師，對於那個吸血鬼的身分以及背景卻毫無頭緒。然而現在，他卻肆無忌憚地走出來殺人——

想到這一點，她的內心悄悄升起一股濃烈的不安。

「但你們不覺得很奇怪嗎？」卡瑞莎雙手抱著手肘，眉間的皺紋加深了些，毫不轉彎抹角地拋出心中的疑問，「很明顯，他並不是想把對方轉變成吸血鬼，只是單純殺死對方，但如果是這樣，爲什麼只殺一個呢？不是應該要進行屠殺才對嗎？」

「只有一個可能性，他的目的不是要殺人，而是去找人或尋找某種東西。」傑瑞德的語氣帶著確信的意味，眼底掠過一抹強烈而犀利的光芒，以陰沉的聲線繼續說道，「總之，背後的動機一定不簡單。」

「我們應該去那邊調查一下嗎？」卡瑞莎單手叉在腰間，垂眼看著他，表情剎時變得嚴肅幾分。

「不，去醫院。」他平靜地回答道，語調沒有任何起伏，「剛剛不是提到事件中有目擊者嗎？我們可以嘗試利用精神控制，從她口中探出事情的發生經過。」

「在起啟之前，我們應該先讓吉爾伯特夫人知道這件事的。」說完，雷克斯將血袋中餘下的血液一飲而盡，然後從沙發上站起身，看著卡瑞莎問道，「她還在書房裡吧？」

「我倒認爲，她已經知道這件事情的發生。你們又不是不知道，她的消息向來很靈通的。」卡瑞莎左手拿著血袋，右手的食指無聊地捲繞著髮尾，漫不經心地說道，「更何況，要去找她的不應該是我們，而是⋯⋯」

說到這裡，她停頓下來，把視線轉移到戴維娜的身上。

「我？」戴維娜微微瞪大雙目，下意識地吐出這個單字。

不單止是她，就連傑瑞德也顯得頗爲訝異，馬上轉頭看著卡瑞莎，眼神浮現出一絲困惑，彷彿希望她能夠對此作出解釋。

「噢，別看著我。」卡瑞莎無奈地朝他翻了個白眼，接著聳聳肩膀，表示對原因全然不知情，「她只是說，希望在戴維娜醒來後與她見個面。」

接著，她再度將視線投向戴維娜，刻意強調一句。

「進行一場單獨的談話。」

◇◇◇

離開客廳，戴維娜沿著寬敞的廊道一路走到盡頭，最後在一道深褐色的雙扇門前停下來。她輕輕地深呼吸，試圖穩定自己的情緒。畢竟她從未曾見過古爾伯特夫人，也不清楚對方單獨找她所爲何事，心底自然湧上一股無以名狀的緊張。

正當她準備抬手敲門，裡面突然傳來一道溫和的中年女聲，讓她不禁嚇了一跳。

「不用敲門，我可以聽見妳的心跳聲。請進來吧。」

戴維娜這才想起來，吸血鬼能夠感受到人類的氣息。憑嗅覺，他們能夠聞到人類體內芳香的血液；憑聽覺，他們能夠將人類心臟跳動的聲音聽得一清二楚。

緩緩收回思緒，她伸手轉開門鎖，直接推門而進。

踏進書房，她第一眼便看見坐在辦公轉椅上的中年女子——長及腰際的金色秀髮襯托著一張秀麗的面孔，在兩道充滿英氣的濃密眉毛底下，是一雙美麗動人的黑色眼眸。她身穿優雅的靛藍色連衣裙，脖子上佩戴著一條白色珍珠項鏈，整個人散發著成熟端莊的氣質。

意識到對方朝著自己走過來，吉爾伯特夫人稍微挺直背脊，把手上的平板電腦放到辦公桌上。戴維娜無意中瞥見螢幕上顯示著一則新聞標題，以黑色粗體大字寫著「震驚布克頓鎮：變態殺手，奪人心臟」。

卡瑞莎不愧是她的女兒，猜得果然沒有錯，吉爾伯特夫人已經知道剛剛新聞播出的殺人案件。

「是小莎告訴妳，我想要找妳的吧。」她把視線從平板電腦上移開，轉投到戴維娜的身上，眼裡蘊含著溫柔的笑意，關心地問道，「妳的身體好多了嗎？」

出於戴維娜意料之外，吉爾伯特夫人的性格友善隨和，沒有想像中的正經嚴肅，反倒給人一種親切的感覺，令她原本的忐忑不安剎那間消失得無影無蹤。

「已經好很多了。」她禮貌性地回以一笑，用客氣有禮的語調回應道，「謝謝妳的關心，夫人。」

「妳可以叫我珍妮弗的。傑瑞德和雷克斯只是習慣這樣稱呼我，但我不是一個拘泥於禮節的人。」吉爾伯特夫人朝她莞爾淺笑，聲音聽起來輕鬆悠然。接著，她從辦公椅上站起身，緩步走到書房中間的雙人沙發前，姿勢優雅地坐下來，並抬頭望著戴維娜，伸手示意她坐下，「請坐吧。」

「謝謝。」

戴維娜走到她的旁邊小心翼翼地坐下，雙手平置於膝蓋上，坐姿顯得端正拘謹，看起來有些不太自然。

「妳不需要這麼緊張。」吉爾伯特夫人見狀，馬上露出會意的笑容，試圖用柔和的語調緩解她的情緒，「我會找妳過來，只是想單純跟妳聊天，了解發生在妳身上那些不可思議的事情。畢竟，妳是唯一知道『我們』存在的人類。而且，我很少看到傑瑞德會那麼在乎一個人，我想妳在他的心中，應該占有一個很特別的位置。」

聽到最後一句話，戴維娜的心臟驀地漏跳一拍。她在傑瑞德心裡占有一個很特別的位置嗎？那這個「特別」是意味著什麼？想起今早在房間裡，他對她說的那些話，以及露出那副擔心她的模樣，她可以將「特別」這個詞語，理解為「重要」的意思嗎？

正當她在心裡胡亂猜想著的時候，吉爾伯特夫人的聲音再度響起，將她遠離的思緒拉回現實。

「聽傑瑞德說，妳從昨晚開始，就聽到一些莫名奇妙的低語聲，而且在不久前，更在毫無意識的情況下，畫出於夢境裡見到的事物。對嗎？」她沒有再浪費時間在無關緊要的閒談上，毫不隱晦地直接切入正題，眸光閃爍著意味不明的情緒。不等對方作出回應，她再進一步追問道，「直到現在，妳都認為所有事情只是巧合嗎？」

「這是什麼意思？」戴維娜微皺起眉頭，不明所以地看著她，一抹迷茫自眼底傾洩而出。

「從一開始夢到萊特爾的死況，再到妳最近提到的低語聲，」吉爾伯特夫人定定地注視著她，眼神幽深得如同古井般深不可測，言語裡彷彿暗含著某種深意，「妳認為都只是單純發生的嗎？不覺得背後是隱含著什麼，又或者事件與事件之間有相連的地方？」

「妳是認為，當中存在著某種聯繫。」這不是提問，而是陳述。戴維娜明顯聽出夫人話裡隱藏著另一層意思，面容驟轉正色起來，「妳認爲，每件發生在我身上的事情都是有關連性的，而不是無故發生。」

「我是一個相信哲理的人，從來不相信巧合的發生。希臘的哲學家留基伯曾經提出『世界上沒有無緣無故的事，萬事萬物總有一個因，都是必然的』。我向來都認爲，事情是不會憑空發生的，背後總會有一個原因。」吉爾伯特夫人沒有正面作出回應，只是緩緩道出對事情的看法，聲音平靜如水，不帶任何情緒，「無論是關於妳的夢境，還是妳聽到的低語聲，背後都一定是暗藏著某種意義。它或許是一種預兆，又或許是一種牽引，牽引著妳逐步接近眞相。」

戴維娜深鎖眉頭，反覆地咀嚼著那番話裡蘊含的意思，半晌後才愼重地啟口：「妳是想說，發生在我身上所有奇怪的事情，其實都是一種暗示，而背後是存在著一個眞相牽動事情的發生。妳跟我說這些話，就是希望我去找出這個眞相？」

「我就知道，妳是個聰明的孩子，能夠領悟到我話中的意思。戴維娜，我是希望妳知道，既然事情是發生在妳的身上，那就表示，只有妳才可以解開當中的答案，也必須是由妳親手去解開。」吉爾伯特夫人終於不再轉彎抹角，明確地搬出重點來，並且大方地坦誠道，「我承認，我希望妳找出眞相是有另有私心的。對於萊特爾知道妳的存在，我一直很好奇當中的原因。不過我相信，其實妳也很渴望解開這個謎團的，難道不是嗎？」

戴維娜沒有出聲回答，腦海裡不斷回想著她剛剛說的每句話，心情像打翻調味罐般五味雜陳。就某方面而言，夫人的話確實不無道理，每件發生在她身上的事，背後的確是暗藏著某種意思——夢見萊特爾的死況，是在暗示事件的開端與弗羅拉和某個吸血鬼有關；那時候毫無意識地畫出那個魔法陣圖，就是代表著獻祭儀式的進行。

那麼這次的低語聲，又是代表著什麼呢？

思考至此，她冷不防地想起今早那個似幻似真的夢境，心臟猛地縮成一團——墓地大橋。難道那個夢境是在暗示，她能夠從墓地大橋裡找到想要的答案嗎？

◇◇◇

在小鎮某處的住宅區域，沿路整齊地排列著不同特色的獨棟房屋。這裡的環境清幽寧靜，甚少傳來像鬧區那種令人生厭的噪音。然而此刻，一陣撕心裂肺的喊叫聲卻破壞了屬於這裡原本的寧靜。

一股劇烈的痛楚自梅森的腦袋中炸開，只見他雙手抱頭，面容扭曲地在地板上翻滾著，額頭溢滿豆大般的汗珠。他的上衣已經被汗水沾濕，緊緊地黏貼在背上。

「Queimando na memória do inferno, despertado pelo deus das trevas…」

站在他身前，是一位穿著深綠色馬球衫和卡其色布褲的中年男子——洛爾。他正抬著手，將掌心面向梅森，指關節微微彎曲，緊閉著雙目，並從嘴裡連續不斷地重複著一句咒語。

「不，停下來——」梅森用雙手捂著腦袋，濃密的眉毛緊擰成一個結。他覺得身體快要無法負荷這股外來的力量，不停地發出痛苦的叫喊，「快點給我停下來——」

洛爾並沒有理會他的痛嚎，依然閉著雙眼，繼續專注地吟誦著咒語。

海倫和艾登默默地站在一旁注視著整個過程，看到梅森的表情痛苦至極，他們的內心都飽受煎熬。

尤其海倫作爲他的女朋友，更是感到於心不忍，好幾次想阻止洛爾繼續施展魔法，卻被艾登給勸阻。但來到這一刻，她實在無法再忍受洛爾的行爲，也無法眼睜睜地看著梅森繼續遭受這種折磨，於是急忙開口叫停。

「嘿，夠了！是時候停下來了。」

「海倫。」艾登明顯聽出她語氣中的微慍，於是伸手按住她的肩膀，示意她冷靜下來。

「不，我已經看不下去了。」海倫卻用力甩開他的手，邁開雙腿，大步地朝著洛爾走近，生氣地怒喊道，「我說住手，你沒有聽到他剛剛在喊什麼嗎？」

下一秒，她警告性地朝他發出一聲狼的咆哮，藉此示意自己的憤怒，兩顆鋒利的獠牙已經不自覺地暴露而出。

如她所願，洛爾終於停止唸咒。他睜開眼睛，將手收回來，擦拭著從額頭上滲出的微小汗珠，看來剛才施展的法術，已經消耗了他不少的體力。

當咒語聲停下來後，海倫馬上把目光轉向梅森。只見他渾身無力地癱躺在地上，將左手的手背搭在額頭上，大口大口地喘著粗氣，胸口在不斷地上下起伏，原本緊蹙的眉頭總算稍微舒展開來。

「噢，老天，梅森！」看見他這副虛弱的模樣，海倫不由得感到心疼，快步來到他的身旁，小心地扶他坐起身，眼中流露出擔憂的神色，語帶關切地問道，「你感覺還好嗎？」

「聽著狼人，是你說沒有辦法記起被控制後的畫面，所以我才會利用魔法來獲取你被封鎖起來的記憶，但如果你一直抗拒我的魔法，對事情是不會有任何幫助的。」洛爾的表情陰鬱難看，緊繃著聲音對他說道。

「你這個狗娘養的！我懷疑你是想用魔法來殺我，而不是幫我，該死的巫師。」

梅森扯大嗓門，衝著他怒吼道。他一隻手捂著腦袋，一隻手撐在地板上，目光兇狠地瞪著洛爾，雙眼燃起熊熊的怒火。若然不是被對方的魔法折騰到筋疲力盡，相信他早已變成狼人，撲上去攻擊對方。

「夠了！我認爲夠了，什麼祭品，什麼祭祀儀式，統統都給我見鬼去。我只知道，現在的梅森才剛剛恢復精神和體力，根本無法承受這種強大的魔法力量，更何況，你已經折磨了他快將近半個小時。」海倫蹲坐在梅森的旁邊，雙手扶著他的肩膀。她抬起雙眼，怒視著洛爾，咬牙切齒地對他說道，態度極爲不友善，「除非你是想逼死他。」

「我想，你們這群狼人是還沒搞清楚狀況吧？」洛爾瞇眼瞪著她，眼神顯得凌厲而尖銳，「我能夠透過戴維娜的血液找出他的位置，就證明他先前的失蹤是跟弗羅拉有關的。現在弗羅拉打算利用妳的男朋友，將他的血液當作祭品一樣，奉獻給某種不知名的生物。我利用魔法潛入他的大腦，從而獲取他的記憶片段，就是爲了要查出弗羅拉到底使用了什麼法術，讓他突然間變得躁狂失控，以及她這樣做的理由。而妳現在，卻爲了要保護妳的小男朋友免受一時傷害，反而要將他推入險境之中？呵。」

他譏諷地輕笑一聲，接著隨意地聳聳肩，擺出滿不在乎的表情。

「好吧。如果妳寧願看見他當成祭品一樣被犧牲的話，我是無所謂的，就隨你們吧。」

語畢，洛爾沒有再多看他們一眼，直接拿起放在沙發上的外套，轉身往門口方向走去，打算就此離開。

「嘿，等一下。」

艾登不再選擇沉默，趕忙開口叫住他，三步並作兩步地追上他的步伐。後者隨即停下來，轉身面向他，冷淡的面容不見半分表情。艾登伸手抹了一下臉龐，神情略顯苦惱惆悵。

「好吧。或許海倫和梅森並不理解，但我明白這件事的嚴重性，傑瑞德那群吸血鬼也向我提過關於獻祭的事，我也明白你是想幫梅森的，爲了避免他會成爲復活儀式的祭品。但你也看到他現在的情形，要是你再繼續逼他，說不定只會適得其反，他需要時間——」

「聽著，不是我不想給他時間，只是——」洛爾毫不留情地打斷他未盡的話，目光倏地幽深幾分，語氣變得沉穩而嚴肅，「再過兩天就是月圓之夜，對狼人來說，那是最糟糕的一天，你應該非常清楚的。我必須要在這天來臨之前，搞清楚在他身上發生的事，尤其是經過昨晚的情況，我更加無法確定在月圓之夜當天，他會做出什麼可怕的事情來。」

「可你現在這樣逼他，也不會有任何進展……」

「嘶！啊——」

艾登還沒來得及把話說完，就被一陣痛嚎聲給打斷。兩人同時將視線轉向梅森，發現他正用左手捂著右腕，五官糾結成團，流露出痛苦的神色。

「梅森，發生什麼事了？」海倫見狀，整個人都慌張起來，著急又擔心地問道。

「我的手腕……」

他艱辛地從牙縫裡擠出四個字，接著鬆開左手，將右手的手腕抬起來。只見他的手腕上方冒出幾縷白煙，一股灼熱的刺痛感從皮膚表層傳來，發出像被火灼燒般的嘶嘶聲。

不過，這個怪異的現象並沒有持續很長的時間，白煙很快便消退，令疼痛感隨之而消失。

隨著白煙完全消散得無影無蹤，一個詭異的血色印記逐漸在梅森的手腕上顯現出來。它是由兩個圖案組合而成——空心的彎形月亮符號被一條吞噬著尾巴形成環狀的銜尾蛇包圍在中間。

親眼目睹這個奇異的現象，洛爾震驚到無法說出話來，雙目交織著錯愕和迷茫。他從未見過這種自動烙印在皮膚上的魔法印記，深信印記的出現是跟弗羅拉有關，而且象徵著某種黑暗咒術的形成。

「告訴我，這是什麼鬼東西？」梅森僵硬地抬頭望向洛爾，用力地吞嚥著乾澀的喉嚨，聲音裡略帶幾分惶恐，「你一定知道什麼的，對吧？」

「我不能確定這個印記的作用。」洛爾繞過艾登，踏著大步來到梅森的身前，目光依然緊盯著他手腕上的印記，眼神複雜到令人讀不透他的情緒，「但或許，我知道這個圖案代表的意思。」

「是什麼？」海倫迫不及待地追問，焦急的語氣中夾雜著掩不住的擔憂。

「月亮很明顯就是代表月亮之子，也就是狼人。而圍繞在月亮外面的是一條銜尾蛇，它是一種不斷吞食自己尾巴的生物。銜尾蛇在消滅自己的同時，會再次給予自己生命，那是一個永無止境的過程，是不死之身的象徵。我懷疑，這條銜尾蛇是意味著，他們要復活的人擁有著不死之身。」

「吸血鬼。」

回應他的是艾登。只見他微微斂著眉，神情異常凝重。直覺告訴他，這個印記的出現將會是一個很糟糕的開始——

代表某種可怕的徵兆，令原本壓抑在心底那股不安感越發強烈。

「沒錯。按照圖案的意思，月亮是代表狼人，而銜尾蛇就是代表吸血鬼。」洛爾的表情變得鄭重嚴肅，令三人的神經像拉緊的橡皮圈般緊繃起來。他稍作停頓，繼續開口，一字一句清楚地說明著他所理解到的狀況，「也就是說，梅森現在就像是一頭被困起來的寵物，他的血液將會被困在那個吸血鬼的體內，用來幫助對方獲得重生。這是一種詛咒，成爲祭品的詛咒，而這個印記就是代表被詛咒的象徵。我可以肯定，弗羅拉當時一定是用你的血液，施下某種黑暗的法術，才會導致這個印記的形成。」

「那……那我之後會出現什麼狀況？」意識到強烈的危機感襲來，一股驚恐的情緒自梅森的心底翻湧而起。他顫抖著嘴唇問道，「我……我會死嗎？」

「我不清楚。」洛爾搖搖頭，語帶無奈地回應。面對現在的情況，他毫無半點頭緒，感到有些束手無策，「我從來沒有接觸過與詛咒相關的魔法，那不是一種正統的法術。我需要回去查看相關的魔法書籍。」

「你他媽是在逗我嗎？」梅森馬上撐著地板站起身，氣急敗壞地指著洛爾怒罵道。雖然他表面上在發怒，實際只是想把內心害怕的情緒壓抑下去，「是你一直說要幫我，可你現在卻想不到任何解除這個該死詛咒的方法？」

「聽著，如果你眞的希望解決事情，那麼在滿月尙未過去之前，就不要踏出這裡半步。」洛爾瞇起銳利的眼眸注視著他，嚴苛的語氣裡帶著不容否決的意味。

「什麼？不可能。你是在說什麼鬼話？」梅森的反應顯得非常激動，毫不掩飾心中的不爽。這當然能夠理解，畢竟他是一個正值青春時期的十七歲高中生，不是一頭被關在籠中的寵物，要他待在家裡哪裡都不能去，他是絕對辦不到。於是，他斷然地拒絕，「聽著，我明天還約了朋友一起去看曲棍球比賽的，而你現在卻要我困在這間屋子裡？不行，我絕對不會同意。」

「既然你不願意，我只能用我的方法。」洛爾的聲音堅硬如鐵，彷彿事情輪不到他來做主。接著他旋身，朝著門口的方向舉起手掌，口中喃喃地唸出一句咒語，「Non licet discedere.」

伴隨著咒語聲落下，隱約有一股無形的氣流從他的掌心竄出，並朝著門口直衝而去，輕輕擊打到門板上。奇怪的是，深褐色的門板依然完好無損地聳立在原處，所有事物並沒有產生任何變化。

梅森在腦中快速思索一番，總覺得事情有些不對勁。於是，他毫不猶豫地邁開雙腿，踩著急速的步伐朝門口走去。當他伸手扭開門鎖，試圖踏出門外，竟發現自己無法跨出門檻，猶如被無形的屏障給擋住似的——

他被禁止離開屋子內的範圍。

「你這個王八蛋！」他轉頭怒目瞪著洛爾，憤恨地磨牙問道，「你用魔法將我困在這裡？」

「我很抱歉。」洛爾把雙臂交抱於胸前，不以為然地聳一下肩膀，態度堅決強硬，「但這是最安全的做法。依據昨晚的情況，加上現在出現在你手腕上的印記，我很難確保你會否再次失控，做出任何傷害人的事。站在巫師的角度，維繫世界的自然秩序才是最重要的，我絕不能讓任何事情破壞自然界的平衡，這是我的責任。」

梅森緊咬著牙，垂在身側的手漸漸握緊成拳頭，一股狂暴的怒火自他的胸口處往上竄升。他對著洛爾齜牙咧嘴，露出兩顆潔白閃亮的獠牙，瞳孔從原本的褐色轉為幽藍色，一雙尖銳的利爪同時被釋放出來。

蘊藏在梅森體內的野性張開血盆大口，開始侵蝕著他的心智，令他轉眼間變成狼人的形態。

「不要，梅森！等——」

海倫開口想阻止他，但話語未盡，梅森已經殺氣騰騰地朝著洛爾直衝過去，企圖用暴力的方式宣洩心中的怒氣和不滿。

洛爾的表情不見半分恐懼，保持著鎮定自若的姿態。就在梅森準備要揮舞利爪時，洛爾馬上伸出左掌，一股強勁的無形魔法如同浪潮般狠狠撲向梅森，令帶著撕裂感的痛楚隨即從他的腦袋中爆開。那份痛感就像被無數條蟲子啃咬著神經似的，使他難以忍受。

「啊——」

他屈膝跪倒在地上，抱頭發出哀嚎，面容因痛苦而扭曲變形。

「不要說我沒有提醒你。」洛爾的視線如匕首般鎖定他，冷硬的面容沒有夾雜多餘的表情，「要是你不好好學會控制自己的情緒，只會增加讓你們狼人身分曝光的風險。」

說完，他把手放回身側，恍如收刀入鞘般輕鬆收回魔力。疼痛的感覺終於在梅森的腦袋裡慢慢消散，早已變回人型的他雙手撐在地面上，大口大口地喘息著。

洛爾只是低頭瞥他一眼，不再多說半個字，直接繞過他，頭也不回地走出門外。艾登見狀，急匆匆地提起腳步追出去，似乎有話要對他說。

「嘿，你沒有必要這樣做吧。」他飛快地奔下台階，小跑著追上洛爾的步伐，聲音裡帶著些許急迫，「儘管梅森的情況難以預測，但他是受害者，不是囚犯。」

「我沒記錯的話，你剛才是說意識到這件事的嚴重性吧？」洛爾陡然停步，轉身面向他，擺出相當嚴肅的神態，「任何用來被獻祭的祭品，都必須要達到某個條件，才會讓當中的詛咒正式啟動。現在滿月的日子快要逼近，沒有人可以確定在那天過去之前，你的狼人朋友會做出什麼危險的事情。難道你認為還應該讓他在外面遊蕩嗎？」

艾登張嘴想反駁，卻發現無言以對。他清楚洛爾的話是有道理的，而他暫時也想不出一個更有效的方法，去解決梅森的問題。

「每到滿月來臨，你們都有準備一個將自己鎖起來的地方嗎？」

「有的。」艾登有些無力地回答道，語氣裡火雜著若有似無的嘆息，「在樹林裡某處的地下室。」

「很好。月圓當天，我會過來解開這個咒語，讓你們能夠在夜晚前趕去地下室。但在這之前，他必須要一直留在家裡，這樣才是最安全的做法。」

語畢，洛爾便收回視線，不再理會他，轉身邁步離開。

看著他的背影逐漸遠去，艾登懊惱地吐出深深的嘆息。他用手抹了一下臉，無盡的挫敗像漁網一樣，緊緊糾纏著他，令他無法掙脫。該死的，梅森明明是他的朋友，可現在看到對方出事，他卻無法幫上忙，這種感覺眞是他媽的糟糕。

如果把這件事告訴文森特，是否能夠找到更好的解決方法呢？畢竟他是他們幫派的首領，總不會置自己人的生死於不顧吧？

就在艾登爲此事猶豫不決時，一陣輕微的震動自他上衣的口袋裡傳來，打斷了他紛亂的思緒。他下意識地掏出手機，沒有花費精神查看來電者，便直接滑動接聽鍵，舉到耳邊。

「哈囉，是誰？」無法擺脫的疲憊感令他的聲音聽起來很沒有精神。

「嘿，是我，埃絲特。」手機彼端傳來一道甜美快活的嗓音，或許是擔心他對她並沒有印象，於是著急地補充道，「呃，可能你未必記得我，我是——」

「我記得。」艾登迅速截斷她的話，話語裡帶著淡淡的笑意，「我們昨晚在篝火晚會上聊過天，我記得妳提過妳的朋友戴維娜。」

然而，他沒想過她口中的戴維娜，居然是認識傑瑞德那群吸血鬼，而且還相當清楚他們的眞實身分。不過很明顯，戴維娜並沒有向她的朋友坦白說出關於超自然界的事，讓這個叫埃絲特的女生依然被蒙在鼓裡，對一切毫不知情。

「妳找我有事嗎？」他嘗試讓自己的聲音恢復一些朝氣，不想顯得死氣沉沉的。

「我剛剛去籃球隊那邊找你，但你的隊友說你沒有過去練習，所以我有點擔心——」意識到自己差點說出讓人尷尬的話，埃絲特立刻停住，有些慌亂地改口，「呃，不，我的意思是，因爲昨晚你走得很匆忙，我不確定你是否遇到什麼事。」

「噢。」想起昨晚自己唐突離去的情景，他一時不知道該怎麼解釋，略顯懊惱地抓了抓頭髮，微帶歉意地說道，「對於昨晚的離開眞是很抱歉。當時，我是想起朋友有很重要的事要找我幫忙，才會急著離開。」

「沒關係啦，你沒事就好。」

「妳打給我，就只是想確認我的安全？」

說實話，艾登都不知道自己爲什麼會這樣問。他只是覺得，她才認識他不到一天，如果特地打來關心他的安危，不是很奇怪嗎？

「噢，不。當然不是。」她先是急聲否認，隨後轉爲小心翼翼的語氣探問，「其實我打來是想確認，我們兩個算是朋友的關係嗎？我擔心，那只是我單方面的想法。」

艾登聞言不禁一愣，顯然對她如此直接的提問感到意想不到。後來，當他從失神中恢復過來，便換上半開玩笑的口吻反問：「假如我沒有把妳當成是朋友，會願意把電話號碼給妳嗎？難道妳覺得我像是這麼隨便的人？」

「當然不是。我絕對沒有這樣想。」他的話讓她慌亂得像隻受驚的小鹿一般，急急否認。

「哈，我開玩笑而已。只要妳願意的話，我絕對不介意妳打來跟我發牢騷，或者是聊聊天的。」艾登的嘴角直往上揚，語氣恢復一貫的爽朗。

「真的嗎？很高興聽到你這樣說。」埃絲特的聲音裡洋溢著難以抑制的喜悅，語調比先前明顯輕鬆了幾分，「剛才聽你的隊友說，你們球隊下星期會有一場校際比賽，到時候我會來捧場支持的。我是時候要去上課了，改天找個時間再聊吧，拜。」

「嗯，拜拜。」

切斷通訊，艾登將手機塞回口袋裡，唇邊的弧度越發加深。真是神奇，她那道熱情開朗的聲線彷彿具備某種魔力似的，讓他原本煩鬱的情緒突然間紓解許多。

本來知道她是戴維娜的朋友，他還在猶豫是否該與她繼續來往。不過按照現在的情況，倘若她是有意跟他當朋友的話，他也沒有理由要拒絕吧？

第十四章　厭惡的理由

一輛藍色吉普車在寬闊筆直的大馬路上穩當地行駛著。透過玻璃車窗望出去，可見街道兩側到處都是人流。現值正午時分，陽光熾烈如火，曬得每個人都汗流浹背。儘管天氣如此炎熱，依然有顧客坐在露天咖啡座上，在溫暖的陽光底下休閒地品嚐著濃郁香醇的咖啡。

雷克斯坐在吉普車的駕駛座上，雙手握著方向盤，一邊輕鬆地哼著歡快的曲調，一邊平穩地開著車子。被套在他食指上的銀色破曉指環在太陽照射下，折射出刺眼的光芒。

卡瑞莎坐在他的旁邊，一手拿著小巧的圓形鏡子，一手握著粉色口紅，正一筆一劃地在柔軟的嘴唇上描繪著。她顯然是經過悉心的打扮——金色波浪鬈髮被束成漂亮的馬尾，上身穿著牛仔露肩上衣，與下身的白色蕾絲短裙互相搭配，剛好襯托出她優雅成熟的氣質，同時也保持著少女的青春魅力。

回想起來，戴維娜剛才看見她換上這身衣著時，視線完全無法從她的身上挪開，眼神裡更是帶著幾分羨慕。這不奇怪，卡瑞莎本來就是屬於漂亮類型的女生，尤其在精心裝扮過後，別說是男性，就算是女性與她擦肩而過，也會忍不住回頭看她一眼。

想到這裡，戴維娜不禁低下頭，品評著自己的衣著打扮——非常普通的淺綠色上衣，外面罩上純灰色的外套，下身穿著貼身的牛仔褲。這種穿著看起來毫無特色，卻又是她日常的衣著配搭。

她記得埃絲特總是說，作爲女性一定要跟得上每季的潮流服飾，所以對方的衣櫥裡總會掛滿不同款式的衣服。相反，戴維娜對衣服向來不挑剔，她的看法是：既然衣服是穿在自己身上的，那只要自己穿得舒適便可。

「我們本來是打算待會離開醫院後，就直接回學校的。妳又不同路，到底為什麼要跟來？」雷克斯忍不住翻了一個白眼，無奈地斜瞥卡瑞莎一眼，沒好氣地說道，「更何況，我們現在是要到醫院，有必要打扮成這樣嗎？別人不知道，還以為妳要去勾搭帥哥。」

「你們給我聽著，從現在開始，誰都別打算撇下我。噢，拜託！這可不是你們三個人的事情好不好，憑什麼我不能一起去調查？現在弗羅拉和那個變態吸血鬼已經採取進一步的行動，事情的發展明顯變得更複雜，牽涉的人也變得越來越多。在這種情況下，我是絕對不可能光坐著什麼都不做的。」卡瑞莎的表情陡然正色起來，以一副理所當然的口氣說道。隨後，她斜眼瞪著雷克斯，語氣聽起來非常不悅，「還有，女人愛怎麼打扮是女人的事，輪不到你們男人來插手。」

她心裡鬱悶地補充一句：況且不管做得再多，你根本都不會懂我的心意。

「噢，該死的！」她皺起秀眉，煩躁地低咒一聲。

剛剛顧著跟雷克斯說話，害得她的口紅都塗歪了。她顯得有些緊張，立刻用指尖將塗出唇線外的口紅給擦掉，動作十分小心翼翼，相當注重自己的妝容。

而後車座的氣氛卻是截然相反，安靜得幾乎沒有半點聲響。自上車以來，戴維娜一直沉默不語，眼神毫無焦距地注視著車窗外的街景，樣子看起來滿懷心事。她的思緒顯然不在這裡，似乎被某些事情困擾著。

傑瑞德默默坐在她的旁邊，偶爾會有意無意地望她一眼。雖然她一路上都默不作聲，但他並沒有感到奇怪，反而大概猜到她此刻煩惱的事情。

透過吸血鬼高度敏銳的聽覺，基本上剛才她與吉爾伯特大人的對話，他們三人是能夠聽得一清二楚的。這就是作爲吸血鬼不討喜的地方，明明不是有意要偷聽，但即便是隔著幾道厚牆，別人的談話內容依然能清楚地鑽入他們的耳中。最無奈的是，他們根本無法自由控制這種能力。

「還在想著吉爾伯特夫人的話嗎？」傑瑞德緩啟薄唇，語調輕緩地問道。

他的視線沒有放在她的身上，只是盯著前方未知的一點，眼底隱藏著某種她看不透的情緒。他這樣問並不是因爲好奇，而是出自純粹的關心。自從她從書房出來後，就很少出聲說話，整個人變得心事重重的。老實說，如果她遇到什麼煩惱的事，他倒希望她直接說出來，讓他一起幫忙解決，而不是獨自憋在心裡。

他的話將戴維娜飄遠的心神瞬間拉回來，她先是微微一愣，然後扭過頭，向他投以驚訝的目光。看來是沒有想到，他注意到她不在狀態。

「那些發生在妳身上的事，並不是妳能夠控制的。」他偏過頭，眼光落在她訝異的臉上，聲音輕淡得如空氣一般，「妳不必勉強自己找出一切的答案。」

「那不是勉強與否的問題，傑瑞德。」她很快整頓好自己的情緒，輕輕搖著頭，眉心逐漸緊鎖起來，語氣帶著些許凝重，「你我心裡都很清楚，我聽到的低語聲一定是隱含著某種意思的。正如吉爾伯特夫人所言，每件事發生在我的身上，背後都是有原因和關聯，就好像我夢見萊特爾先生的死，以及夢到獻祭的進行，都是在引領著我，一步步地了解整個復活儀式的事。說不定這次的低語聲，將會是如何打破這個儀式的關鍵。所以我必須要在所有事情發生之前，盡快解開這個謎團，找出這個答案。」

看到她眼中溢滿堅定的神色，傑瑞德只能無可奈何地在心裡嘆息一聲。眞是的，明明這是屬於超自然界的事，可怎麼身爲人類的她卻比他們更上心呢？

「無論如何，我只想讓妳知道，不管發生什麼事，都不要獨自去解決或面對。」他的聲音沉穩平和，帶給她一種既舒服又安心的感覺，湛藍的雙目充滿著溫和的色彩，「現在的妳並不是孤身一人，妳還有……我們。」

儘管他的話已經講完，但視線仍停駐在她的身上，絲毫沒有轉開的意思，表情專注且認真。凝視著他那雙宛如海水般柔和的眼眸，她的靈魂像是被吸進去一樣，一時間竟無法移開目光，只能一瞬不瞬地望著他，一股不明的曖昧氣氛頓時在兩人之間緩緩流動著。

他剛才那番話，讓她生起一種前所未有的安心感，安撫著她那顆惶惑的心。是的，儘管她是人類，對於超自然界的事情依然感到很迷惘，但她絕不是一個人的。

雷克斯嘴巴是有點壞，總愛挖苦她，但其實他並不討厭她；卡瑞莎一開始對於她恐懼吸血鬼的情緒感到很不滿，後來也向她表露出和善親切的一面；還有傑瑞德，雖然他不輕易將內心的情緒顯露出來，但總是會默默關心她，讓她有種可以依靠的感覺。

「噢，現在是什麼狀況啊？」通過後照鏡，卡瑞莎完全將兩人深情凝望的畫面盡收眼底，兩眼無奈地一翻，將目光掃向旁邊的雷克斯，故意帶著抱怨的意味問道，「我們現在是當了電燈泡嗎？」

雷克斯不禁咧嘴一笑，打趣地附和著她的話：「真不懂我們這兩顆刺眼的電燈泡，為什麼要坐在這裡折騰自己。」

聽見前面兩位你一言我一語的調侃起他們來，傑瑞德和戴維娜不由感到有些尷尬，迅速別開臉，將視線轉移到車窗外，並做著不自然的小動作。前者在摸著自己的鼻子，後者則用手指抓了抓微紅的臉頰。

看到他們的反應和舉動，卡瑞莎和雷克斯默契十足地互看對方一眼，同時偷偷地抿嘴一笑。

不經不覺間，車子已經抵達目的地，在一幢棕色建築物前停下來。從車窗望出去，可以看見門口上方掛著一塊長型的招牌，淸楚地寫著「聖波特醫院」五個字，旁邊印畫著一個醒目的紅色十字標誌。

一踏進醫院大門，一股刺鼻的消毒水氣味瞬間迎面襲來，四周的空氣還夾雜著淡淡的人血腥味。放眼望去，不同年紀的患者正坐在大堂候診區裡等待著叫號。或許因爲等候的時間太長，一位長滿鬍子的大叔開始感到不耐煩，於是走到接待處前，不滿地向職員投訴起來。

就在這位大叔發牢騷之際，醫院的自動門再次被打開。只見幾位救護人員匆忙地將一位重傷的患者推送進來，附近的醫生和護士見狀，急忙走上前，一邊檢查著患者的傷勢，一邊推著擔架床奔跑，將患者送往急救室進行搶救。

「醫院眞不是適合吸血鬼來的地方。」卡瑞莎皺起好看的眉毛，有些煩悶地咕噥道，眼睛不停迴避著從那位患者傷口處流出來的血液。

傑瑞德和雷克斯同樣身爲吸血鬼，當然也有著相同的感受。說實話，要不是因爲某些特殊狀況，比如過來偷取血袋，基本上他們都不喜歡來醫院，畢竟這裡的「誘惑」實在是太多。

來到接待處前，通過吸血鬼的精神控制能力，他們輕易便讓護士說出那位目擊者現時身處的位置——位於三樓的E315號病房。成功取得這個信息，他們馬上乘坐大堂的電梯前往三樓。

很快，電梯門「叮」一聲緩緩向兩側推開。四人步出電梯後，發現三樓是分開兩個區域的，左邊是通往E區的病房，右邊是通往F區的病房，接待處則設置於兩邊的中間位置，可見裡頭坐著兩位正處於忙碌狀態的護士。

三樓的空間比地下大堂寬敞許多。除了一般的候診區，靠窗位置更擺放著兩張灰色沙發長凳，黑色的報刊架放置在沙發右邊，架上放著好幾份報紙和一些過期雜誌，供來往的人們閱讀。而左邊則擺設著三株高大的綠葉盆栽，締造出舒適清幽的環境。

當然，他們清楚現在不是欣賞醫院內部的時候，適時收回視線，轉身往左邊E區的方向前進。就在這個時候，戴維娜瞥見一抹熟悉的身影從F區經過，倏地停住腳步。當她轉頭望去，只能捕捉到這抹遠處的身影消失在走廊的轉彎處。

「媽？」戴維娜皺起雙眉，喃喃低語道。接著，她困惑地思索了一下，總覺得自己並沒有看錯，於是急忙朝著前面三人說道，「嘿，你們先過去那邊，我等等再過來和你們會合。」

「妳要去——」

傑瑞德還沒來得及把話說完，她已經轉身拔腿往F區裡頭跑進去，腳步顯得有些倉促。由於不曉得她是要去哪裡，他心裡不由著急起來，連忙轉頭對雷克斯和卡瑞莎交代道。

「你們先向那位目擊者探出當時目睹的情況來。我去追她，待會用電話聯絡。」

語畢，他忙不迭地朝著她的身影追上去，留下雷克斯和卡瑞莎站在原地面面相覷。最終兩人只能無奈地聳聳肩膀，便轉身邁開腳步，一同走進E區的病房通道。

「嘿，戴維娜。」傑瑞德輕鬆地追上戴維娜的步伐，伸手抓住她的手臂讓她停步，然後急速竄到她的面前問道，「妳這是要去哪裡？」

「我……我剛剛好像看到我媽。」她的眼睛仍四處搜索著，聲音略帶些許緊張。

「什麼？妳確定？」傑瑞德眉頭一皺，疑惑地問道。

「我不可能認錯的。」戴維娜將視線收回來，抬頭望著他，表情非常堅定，以確信的口吻繼續說道，「那是我媽，是她撫養我長大的。就算只是遠遠看到她的背影，我也絕對能夠認出她來。」

「戴維娜？」就在她的話音剛落，一道聽起來很驚愕的中年女聲倏然自她的身後傳來。

聽聞此聲，戴維娜反射性地轉頭望去。果不其然，出現在眼前是羅莎琳那張充滿親和力的臉孔，一雙碧綠的瞳孔中流轉著詫異的色彩。

「噢，媽！」戴維娜驚訝地瞪大雙眼，不敢置信地說道，「眞的是妳。」

看到母親莫名出現在醫院裡，戴維娜的腦海中霎時浮現出無數個疑問，心裡更是湧起一股無以名狀的擔憂。

◇◇◇

雷克斯和卡瑞莎沿著寬敞的走廊筆直前進，雙眼來回掃視著兩側病房的門牌編號。整條通道一點都不冷清，來來往往的醫生、護士、病人和家屬與他們擦身而過。無論是他們的腳步聲、心跳聲或交談聲，全都清晰地傳進雷克斯和卡瑞莎的耳中。

很快，兩人便來到十五號的病房前停下來。透過門口玻璃窗望進去，他們清楚看見一位穿著藍色病服的白金短髮女子正躺在床上，閉目休息著，左側額頭上貼著一塊雪白的紗布。

卡瑞莎側過頭望向雷克斯，用目光徵詢他的意見。看見他像同意般點點頭，於是她將手放到門把上，輕輕地旋轉。當耳朵捕捉到門鎖轉動的聲音，女人隨即睜開雙眼，下意識地從床上坐起身，目光謹慎地打量著剛走進來的兩人。

「你們是誰？」她的雙目投射出犀利的光芒，面露戒備的神色。

她會產生這種反應其實不難理解。不論是外貌或裝扮，他們看起來都絕對不像警察。況且，警察早在半個小時前已經替她錄完口供。因此她心裡確信，眼前這兩位陌生人來者不善。

「我們只是想了解早上在酒吧裡發生的事。」把房門關上後，卡瑞莎踏著從容的步調朝她走近，並用雙手撐著床頭桌的邊緣，微微俯下身。她那雙棕色的眼眸一瞬不瞬地注視著她，從唇間吐出的每一個字都格外清晰，「我希望，妳會一字不漏地告訴我們整件事情發生的始末。」

遺憾的是，她並不知道對方是一位女巫。精神控制對巫師是沒有效用的，他們自身的魔法能夠自動解除這種控制能力。透過這個舉動，艾芙琳自然確切掌握他們的身分，眼神陡然幽暗幾分，臉龐蒙上一層灰暗的陰霾。

「怎麼？你們也跟那個盧西安一樣，想從我的身上得到水晶吊墜嗎？」艾芙琳的唇角挑開諷刺的弧度，語氣中帶著濃厚的不屑意味，「很可惜，那個鬼東西不在我的身上。」

卡瑞莎尚未來得及反應過來，整個身體已經往後摔飛出去。伴隨著沉悶的撞擊聲響起，她的後背重重地撞上堅硬的牆壁，繼而狼狽地摔落到地面，痛得她發出一聲悶哼。

噢，不妙。

雷克斯見狀，心頭警鐘大響，連忙衝上前企圖制止她的行動——可惜已被艾芙琳搶先一步。充沛的魔力從她的指間竄出，並將手掌朝下，使他的雙膝不受控制地屈跪到地面上，全身壓根無法動彈。

他抬起頭，狠狠地瞪著她，咬牙切齒地問道：「搞什麼鬼？原來妳是女巫？」

「哼。」她冷哼一聲，居高臨下的表情帶著幾分鄙夷，「你們特地到這裡來找我，難道不是很清楚我的身分嗎？」

語畢，她翻轉手掌朝天，緩緩往上升起，令雷克斯的身體隨之懸浮到半空中。她聚精會神，讓魔法在體內凝聚，然後將手隨意向右一揮，令他整個身軀橫飛出去，直接撞上牆壁再滾落到地面上。一陣劇痛旋即在他的骨頭間炸開，整張俊俏的面孔因疼痛而扭曲變形。

幸好剛才沒有人從門外經過，要不然這種驚人的場面鐵定會嚇到他們瞠目結舌。

「盧西安……」

卡瑞莎迅捷地從地面爬起身，意味深長地複誦著這個名字。儘管後背受到猛烈的撞擊，但身爲吸血鬼的她自然是毫髮無損，就算骨頭斷裂也早已經復原。事實上，面對陌生人突如其來的攻擊，她是感到相當氣憤的。只不過現在情況特殊，她必須要竭力控制自己的脾氣，謹慎行事，絕不能輕率地與對方在這裡開戰。

經過仔細的思考，她已經猜到對方口中的「盧西安」是誰，於是再度啟口：「他就是在酒吧裡殺人的那個吸血鬼，對吧？他來酒吧找妳，就是爲了要得到妳剛剛提到的水晶吊墜？」

「呵。你們果然是認識他的。」

艾芙琳的唇角諷刺地一勾，瞪視著他們的眼神淩厲兇狠，顯然對他們懷著強烈的敵意。她似乎懶得再跟他們浪費唇舌，再次抬起手，打算利用魔法繼續對他們發動攻擊。

「等一下！這裡是醫院，公然使用魔法的話，難道妳不怕被人發現嗎？再說，我們到這裡找妳，並不是要跟妳動手的。」卡瑞莎急忙開口制止她的動作，語氣因焦急而變得急促，「聽著，我們並不認識盧西安。我們只是知道他要進行的計劃，知道他想透過來自奧斯汀家族的力量幫助他進行復活儀式。」

「原來她是奧斯汀家族的人。」艾芙琳的眉心緊鎖起來，喃喃低語道，「難怪會使用帶著黑暗力量的魔法。」

即便是低語聲，但吸血鬼的聽覺相當靈敏，自然被卡瑞莎和雷克斯盡收耳底。他們頗有默契地交換個眼神，腦海裡飛快地閃過相同的想法——

果然，弗羅拉當時也在現場。

「我們向妳保證，只要妳把今天早上的事情說出來，我們也會向妳坦白知道的事情。」

「我憑什麼要相信你們？」艾芙琳精明地瞇起雙眸，眼神猶如匕首一般鋒利，語氣裡盡是純然的厭惡，「你們這種邪惡的生物向來狡猾，殺人不眨眼，只會為世界帶來無盡的危險。」

「噢，又來了。你們巫師的老毛病又開始發作了？」雷克斯的眼睛無奈的往上一翻，不爽地撇撇嘴角，言語間滲透著明顯的抱怨，「我看你們根本就是歧視吸血鬼，認為只要有一個吸血鬼殺人，就把所有吸血鬼統統當成殺人兇手。」

「我會受傷躺在醫院，也是拜你們吸血鬼所賜。」艾芙琳的雙目燃燒著熾熱的怒火，無法熄滅的怨恨夾雜在她咬牙切齒的聲音裡。想起盧西安今早對她做的事情，確實很難讓她消除對吸血鬼的偏見和痛恨。

「雷克斯。」

卡瑞莎望著雷克斯，輕輕地呼喚他一聲，他隨即將視線瞥向她，只見她用左手的食指和拇指撫摸著右指上的破曉指環，像是在給他某種暗示。

「我記得，妳好像不喜歡吉爾伯特先生這種獲取信任的方式。」他馬上意會她的意思，饒富興味地挑高眉毛，語含深意地說道，「妳不是認為，這是一種愚蠢又冒險的行為嗎？」

「如果情況許可，我當然希望能夠用迅速的手段來解決問題。」她交疊雙臂，無奈地聳聳肩膀，嘗試讓自己的語氣顯得頗為理性，「不過某程度上，我爸說的話並不是沒有道理。要別人相信你，首先你得要向對方證明，你是值得被信任的。」

雷克斯只是對她隨意地聳了一側肩膀，沒有再出聲回應。接著，他快速晃動身影，眨眼間閃到窗邊，動作俐落地拉下百葉窗，嚴密地遮擋著從外面傾瀉進來的自然光。

下一秒，整間病房徹底籠罩在幽暗中，僅靠著從門窗投射進來的燈光照明。待確保環境已經安全，雷克斯謹慎地摘下破曉指環，緩步走到床頭桌前放下來，接著咧開嘴巴，投給艾芙琳一記燦爛無比的笑容。

「那麼麻煩妳，在我安全離開這間病房之前，替我好好保管這個代表著信任的證據。」儘管他的面容展露笑顏，言語間卻飽含著諷刺的意味。

說完，他便轉身，走到病床旁邊的白色靠背椅上坐下來，雙臂隨意地搭在椅背上，刻意擺出慵懶的姿態。

「還有這一枚。」

她將目光從雷克斯的身上收回來，轉頭一看，發現卡瑞莎不知何時來到她的身旁，右手的食指與拇指正捏著另一枚破曉指環，直接遞到她的面前。

「你們這是什麼意思？」她警惕地打量著他們，不明所以地問道。

「妳應該很清楚，沒有這枚戒指的保護，我們是無法離開這間醫院的。」卡瑞莎垂眼看著她，語氣極其正色，「我想做到這個地步，妳總可以相信我們了吧？」

老實說，她始終覺得爲了獲取對方的信任而摘下破曉指環，是一個極度不安全的做法。萬一對方眞的不相信他們，用魔法將戒指融掉，他們的處境可是會變得很麻煩。

只是現在情勢所逼，要阻止盧西安的計劃，他們必須要清楚掌握他每一步的行動。想起剛才這個女巫提到的水晶吊墜，她有理由相信，盧西安就是爲了要得到這個物品，才會刻意找對方麻煩的。

因此，她必須要向這個女巫問個清楚。

艾芙琳快速地來回看兩人一眼，雖然表情依然有些緊繃，但藏於眼神裡的銳利總算是稍微放鬆下來，彷彿已經對他們卸下心防。縱然她對吸血鬼從來沒有好感，認爲他們只是殺人不眨眼的冷血惡魔，不過或許……凡事是有例外的。

沉默半晌，她再度啟唇出聲，口氣聽起來明顯緩和許多：「好吧。我可以把知道的事情全都告訴你們。」

◇◇◇

「噢，親愛的，妳怎麼會在這裡？」看見女兒出現在醫院裡，羅莎琳同樣感到相當驚愕，略顯詫異地問道。

「我才要問妳這個問題。妳是哪裡感到不舒服嗎？爲什麼都沒有跟我說？」戴維娜朝她踏前一步，眉頭微微皺起，語氣裡帶著些微抱怨。

「我沒有感到身體不適，只是……」講到此處，羅莎琳驀然住口不語，眼中掠過一抹遲疑。

不行。她不能把這件事說出來──

最近這段日子裡，她幾乎每晚都做惡夢。每當她從睡夢中驚醒過來，頭腦就會痛到像被鐵鎚猛力地敲打，令她總是無法安穩入睡。在飽受這樣的困擾下，她只好到醫院尋求醫生的協助。

然而事實上，她心底是存在著另一個可怕的想法。她認為，那不單純只是個惡夢，而是試圖向她傳遞某種信息或預言。

思及至此，她的內心不由一顫，恐慌與不安的情緒不斷縈繞著心頭。因爲發生這種情況的原因只有一個，但那是不可能的。照道理來說，所有事情早已經回到正點，她不可能再與……

「媽，妳還好嗎？」發現她沒有繼續往下說，戴維娜不禁感到有些古怪，擔憂的聲音裡摻雜著一絲疑惑，「我怎麼覺得妳有點怪怪的？」

「我沒事。」羅莎琳頓時回過神來，從嘴角滑開一抹溫和的弧度。她輕輕拍了拍女兒的手背，柔聲安撫道，「只是最近睡得不太好，才會到醫院做個檢查，讓醫生給我開一些安眠的藥物。」

聽聞她這番話，傑瑞德的眼神不由染上幾分困惑。事實上，他敏銳的觀察力有捕捉到羅莎琳剛剛那抹怪異的情緒，能感覺到她是隱瞞著什麼。雖然他不懂她爲何要選擇隱瞞，但心裡清楚那不是他能插手的事，只能決定暫時裝作視而不見。

「是妳的老毛病又發作了吧？」戴維娜不由逸出一聲嘆息，略帶憂心地問道。她記得母親曾經提過，自從父親離開她們之後，偶爾就會出現失眠的狀況。雖然最近幾年的情況有明顯的好轉，但始終不能保證復發的可能性。想到這裡，她慢慢走到羅莎琳的身側，雙手親暱地扶著她的肩，眼底溢出一絲擔憂，「再過兩個星期，學校就會開始放長假。到時候，我一定要回來好好觀察妳的睡眠狀況。」

「噢，拜託，我是小孩子嗎？」羅莎琳被她的話逗得笑出聲來，語氣聽起來頗感無奈，「明明我才是妳的母親，現在卻要妳倒過來觀察我的睡眠狀況？」

說最後一句話時，她還用手指點了點戴維娜的鼻子，讓後者忍不住露出寵溺的微笑。

看著這種洋溢家庭溫暖的畫面，傑瑞德站在這裡顯得有些格格不入，露出很不自在的神情。趁著這個時間，他將手伸進褲袋裡，打算掏出手機給雷克斯或卡瑞莎打通電話，詢問他們現在的情況。恰巧此時，羅莎琳卻注意到他的身影，眸光不偏不倚地落在他的身上，面容帶著淺淺的笑意。

「你是戴維娜的朋友，對吧？」

聽見她的問話，傑瑞德一愣，隨即抬頭望向她，把準備要拿出來的手機重新塞回褲袋裡，神情陡然變得拘謹。

「喔，他是我在學校裡認識的朋友，跟我同班的。」他尚未開口，戴維娜已搶先一步把他介紹給母親認識。而爲免母親會產生任何懷疑的念頭，於是她順便解釋道，「我會來醫院，就是陪他來探病的啊。」

「你好。我是戴維娜的母親，很高興能看到她在大學裡認識的朋友。」羅莎琳踏步走到他的面前，朝他伸出手，親切地自我介紹著。隨後，她以半開玩笑的口吻補充，「希望你不會介意，我們是在醫院這種地方裡認識。」

「妳好。」傑瑞德禮貌地伸手回握，向她報上自己的名字，「我叫傑瑞德。」

當感受到自他手心裡傳來冰冷的溫度，羅莎琳整個人突然僵住，些許驚駭從眼底洩露而出，握著他的手在微微顫抖起來。傑瑞德自然察覺到她的異樣，俊眉幾不可察地皺了一下，藍眸泛起不解的疑惑。是哪裡出現問題嗎？她爲什麼會感到如此吃驚？

「你是叫傑瑞德，對吧？」下一秒，羅莎琳迅速壓下自己的情緒，語帶關心地詢問道，「你的身體還好嗎？你的手好像有點冷，是不是覺得哪裡不舒服？」

聽見母親問出這個問題，戴維娜兩隻眼睛瞪得像茶碗一樣大，心底很是慌亂，趕忙替傑瑞德回答。

「那是他體質的問題。」她立刻朝他使了個眼色，問道，「對吧，傑瑞德？」

他當然意會到她的意思，用一貫的沉著回答：「對，我從小就是屬於虛寒體質，所以手腳會比較冰冷。」

他的語氣相當平靜自然，壓根聽不出是在撒謊。對於他這種鎮定自若的情緒，戴維娜絲毫不感到意外。她相信，他常常都會面對這種情況——需要解釋手腳冰冷的問題，自然能夠冷靜面對。

「原來是這樣，那你平常可要好好注意身體。」

羅莎琳對他展露出溫暖的微笑，輕柔溫和的語聲頗帶關懷的意味，沒有半點讓人產生不對勁的地方。面對這樣的她，傑瑞德不禁懷疑，剛才是否只是他產生的錯覺。

「媽，我想跟傑瑞德單獨聊一下。」戴維娜的聲音喚回他的注意力，只見她用手勢比了一下旁邊的位置，並把目光轉向他，小心翼翼地問道，「可以吧？」

接收到她暗示的眼神，他馬上心領神會，輕輕點頭，跟隨她的腳步向前走。確保與母親相隔一段距離後，她才停步，轉身面對他，刻意壓低聲量與他交談。

「我很抱歉，傑瑞德。」她露出頗爲困擾的神色，說道，「我沒有想到會在這裡碰到我媽。聽到她剛才的狀況，我想有必要陪她回家裡一趟。你就先過去跟雷克斯和卡瑞莎會合吧。畢竟你到這裡來，是爲了要調查今天早上酒吧發生的事。」

「需要我們來接妳嗎？」令她意想不到的是，他的回應居然不是「好」或「嗯」，而是丟出一句讓她感到窩心的提問。

「噢，我知道你是擔心我，但我不是小孩了，我可以自己坐計程車回去的。」她搖搖頭，露出無奈的笑意回應道。再說，要是他們過來接載她回學校，她的母親肯定會產生誤會或懷疑。

「那好吧，妳自己注意安全。我晚點再打給妳。」

每次聽到傑瑞德說出蘊含著關心意味的言語，她的胸口都會莫名劃過一絲暖意，感到無比心安。

「嗯。」

之後，傑瑞德以趕著探病爲理由，向她們道別後便轉身離開。奇怪的是，羅莎琳依然緊盯著他的背影，沒有移開半分，眼裡晃動著一種深不可測的光芒。

正在這個時候，幾位醫護人員正推送著一位手臂流血的傷者直奔過來，朝著手術室的方向前進。當傑瑞德從擔架床旁邊經過時，她細細地瞇起眼睛，小心地觀察著他的表情和行爲——

飛快地轉開視線，腳步不自覺地加快幾分。

羅莎琳的眼神陡然一沉。單憑這兩個慌亂的動作，她已經能夠確信，自己的猜測並沒有錯。

◇◇◇

「盧西安會找上妳，是因爲他清楚妳是屬於迪納塔萊家族的女巫。他要求妳拿著家傳的水晶吊墜，利用作爲家族後裔的力量，啟動吊墜的魔法，用來解開洞穴的封印，然後取回奧伯倫的軀體。」雷克斯把身體向後靠著椅背，雙手交叉抱在胸前，把艾芙琳的解說重新組織後，一臉若有所思地複述一遍，「我這樣理解正確嗎？」

得悉盧西安計劃要把奧伯倫帶回現實世界，他們並沒有感到特別驚訝，畢竟吉爾伯特夫人早就猜想到這一點。

「僅僅利用水晶吊墜的力量，他們是無法解開封印咒語的。」艾芙琳用鄭重其事的口氣開口補充，「當年，馬丁內斯家族的巫師用自己的血液施下了封印咒語，將奧伯倫的軀體封鎖在洞穴裡。要解封，除了需要水晶吊墜的力量，還必須用他們的血液。」

「妳剛剛提到，在巫師協會四個家族當中，現在只剩下你們和馬丁內斯家族，這是什麼意思？」卡瑞莎的雙眉微鎖，困惑不解地提出疑問。

「那是巫師界的歷史，一段很冗長的故事。我只能說，巫師和吸血鬼原本並非居住在人類的世界，而是生存在一個由魔法創造出來的空間裡。」艾芙琳的語調忽然變得深沉而遙遠，腦海裡不禁回想起過往的種種歷史事件——當然不是她親身經歷過，而是透過不同的巫師典籍知道這些古老的歷史。

「但五百年前，一場由吸血鬼發動的戰爭卻造成了改變。他們爲了要滿足獲得人類鮮血的慾望，策劃逃離那個空間，企圖破壞界線踏進人類世界。當巫族知道他們的念頭後，自然合力阻止他們的計劃，但終究未能成功。吸血鬼破壞了巫師創造出來的空間，使巫師迫不得已需要在人類世界裡生存。而嘉德納家族和福斯特家族就是在這場戰爭中滅亡，令巫師協會因此而瓦解。」

聽聞此言，雷克斯和卡瑞莎不由露出震驚的神色。雖然他們不了解吸血鬼過往的歷史，但對於巫師和吸血鬼曾經發動過戰爭，確實感到難以置信。

「不過在許多古老的巫師書籍中，都沒有提到這兩個家族的水晶吊墜下落，有可能是隨著他們的滅亡而消失，也有可能遺留在世上某個角落。」艾芙琳緊鎖的眉心絲毫沒有鬆開，繼續向他們說出手裡掌握的資訊，「但即使盧西安找到這兩個吊墜，沒有他們家族的巫師替他施咒，他和弗羅拉是絕對無法啟動吊墜的力量。」

「那馬丁內斯家族呢？」卡瑞莎的瞳孔深處浮現出一抹疑惑，謹慎地探問，「既然你們家族和他們當初都是巫師協會的成員，難道現在沒有再跟他們有任何交集嗎？」

「如果你們想從我身上獲取任何關於他們家族的消息，我恐怕沒有辦法幫到你們。」提到這個巫師家族的行蹤，艾芙琳也顯得束手無策，語氣裡蘊含著些許無奈，「自從巫師協會瓦解後，我們家族沒有再與他們有任何聯繫。據我父母所說，馬丁內斯家族的行蹤向來難以捉摸，他們會混雜到人類當中，利用法術隱藏身上的巫師氣息，不希望讓任何人找到他們。說不定，你們在外面看到的某個護士或醫生，都有可能是這個家族的巫師，只是無人知曉。」

「我們能得到妳的承諾嗎？」雷克斯突如其來地拋出問題。只見他從陪病椅上站起身，以嚴肅凝重的神情注視著艾芙琳，字字清晰且明確地繼續補充，「不要讓盧西安得到你們家族的水晶吊墜。相信妳很清楚，萬一讓他們成功將奧伯倫帶回世上，人類的世界將會變得不堪設想。你們巫師是應該維持世界的平衡，而不是破壞，對吧？」

「哈。難道你認為，我會跟你們吸血鬼狼狽為奸嗎？我們生存在世上，並不是為了幫你們做事的。」

儘管她的言語間充滿諷刺的意味，可他們並沒有介意，畢竟她從一開始就清楚表明不喜歡吸血鬼。不過現在得到她肯定的答覆，他們也總算稍微放下心來。只要能確保盧西安無法輕易取得水晶吊墜，他們就可以爭取時間擬定對策。

將破曉指環重新套回指上，他們便離開病房，打算撥電話給傑瑞德，詢問他現時身處的位置。殊不知剛走出門口，一抹熟悉高挑的身影隨即映入他們的眼簾──傑瑞德雙臂抱胸，倚靠在隔壁病房外的牆壁上，低垂的雙目緊盯著地板，彷彿正陷入某種沉思當中。

瞥見兩人從病房走出來後，他緩緩抬起頭，把視線投放在他們的身上。

「傑瑞德？你怎麼在外面沒有進來啊？」卡瑞莎的神色掠過幾分訝異，並未想過他會在外面等候著。接著，她快速地左右張望，卻沒有看到另一抹嬌小的身影，於是疑惑地問道，「戴維娜呢？」

「她在這裡碰到她的母親，說要回家裡一趟。」他挺直背脊，聳了聳一側的肩膀，輕描淡寫地回應。

「喔？那你怎麼不跟著一起去，拜訪她的家人啊？」雷克斯的唇角咧開玩味的弧度，故意調侃道。當接收到對方那道凌厲的眼神，他連忙斂起笑臉，換上較為正經的面孔問道，「不用說，你肯定已經把我們剛剛的對話全都聽進去了，對吧？要分享你的對策嗎？」

傑瑞德沒有馬上回答，只是斜眼瞥了一下他們剛剛離開的病房，似乎有所顧忌。其後，他轉身邁開步伐，沿著走廊向前行走，意有所指地丟出一句話。

「邊走邊說吧。」

雷克斯和卡瑞沙當然能夠理解他的舉動。他們才剛認識那位來自迪納塔萊家族的女巫，所謂防人之心不可無，自然不希望讓她聽見他們的談話內容。於是，他們快速跟上傑瑞德的步伐，漸漸遠離她所屬的病房。

「既然要解開洞穴的封印，是需要利用水晶吊墜的力量和馬丁內斯家族的血液。那很明顯，他們下一步的行動，就是要找出這個家族的巫師。」雷克斯認真地分析著剛剛取得的情報，語氣堅定地說道，「我們必須要阻止他們的計劃。」

「可那個女巫不是也說，根本無法掌握這個家族的行蹤嗎？我們能怎麼找到他們？」卡瑞莎的眉頭糾結起來，表情滲透出無可奈何的苦惱。

「不一定要大費周章把他們找出來。我們可以透過古爾伯特先生，甚至洛爾，將敵方要復活奧伯倫的消息散播出去。這樣一來，就能夠讓各地巫師知道他們的計劃，二來也容易傳到馬丁內斯家族的耳中，讓他們加以防範。」傑瑞德的面容依舊保持不靜，不疾不徐地說出心裡的策略。

「所以說到底，我們還是要靠巫師的支援。」卡瑞莎不滿地撅著嘴，語氣微帶抱怨。倒不是說她討厭接受巫師的協助，只是他們向來最瞧不起吸血鬼，現在需要事事依靠他們，理所當然會讓她感到有些不快。

「小莎，我們現在面對的不僅僅是一個活得比我們久的吸血鬼，還有一個會使用黑魔法的女巫。單靠我們的力量，是沒有辦法解決這件事的。有更多巫師站在我們這邊未嘗不是好事，說不定還能增添我們的勝算。」

老實說，如果情況還在他們控制的能力範圍，傑瑞德也不會願意跟巫師有頻繁的交集。只是事情現在明顯趨向複雜化，站在理性的角度來想，他們都需要暫時放下成見，互相合作解決眼前的問題。

「哼，如果那兩個陰險的傢伙不是暗中行動，而是光明正大地走出來，我們就可以跟他們來一場狠狠的決鬥。」雷克斯憤恨地磨著牙，擺出一副不爽的嘴臉。

「找到他們只是遲早的事。畢竟——」說到這裡，傑瑞德有意地停頓下來，雙眸陡然蒙上暗沉的陰影，冰冷的嗓音裡帶著無法抑制的慍意，「他們需要向我們交代清楚，殺害萊特爾先生的原因。」

「你說找到他們是遲早的事，那是什麼意思？」卡瑞莎壓根猜不透他這番話的含義，一抹茫然自眼底湧現，「難道你有方法追蹤他們的位置？」

「事實上，我暫時還無法確定。」傑瑞德的眉毛微蹙，直截了當地對他們說出自己的猜測，「但我懷疑，戴維娜或許能幫我們找出結界石的下落。只要找到那顆鑽石，我們自然就能掌握他們的藏身之處。」

「什麼？這怎麼可能？」他此言一出，卡瑞莎的表情流露出強烈的驚詫，不明所以地追問，「根據戴維娜夢到的畫面，弗羅拉不是已經對結界石施下隱藏咒嗎？她怎麼可能會找到結界石？」

「還記得我昨晚對你們說，洛爾是透過戴維娜的血液找出梅森的位置吧？當時他提過，既然戴維娜會夢見任何弗羅拉出現的畫面，或許她們之間存在著某種特殊的聯繫，因此能夠用戴維娜的血液來破解對方的魔法。依照他這個說法，說不定戴維娜同樣能夠破解弗羅拉施下的隱藏咒。」

「但結界石始終是一件物品，洛爾總不能透過定位咒，找出死物的位置吧？」卡瑞莎慎重地思索一番後，直接說出湧現心頭的疑慮。

「所以，我不清楚具體能實行的方法。」傑瑞德暗自嘆息一聲，有些莫可奈何地說道，「現在洛爾在處理梅森的問題，結界石的事只能晚一步再說。

就在他話音落下的瞬間，雷克斯感覺到口袋裡傳來一陣震動，於是下意識地掏出手機。他沒有確認來電者是誰，便不假思索地滑動接聽鍵，將聽筒放到耳邊。

「哈囉，是誰？噢，是凱蒂啊。」聽見手機彼端傳來一道熟悉溫柔的女聲，雷克斯直接呼喊出她的名字，唇畔劃開喜悅的弧度。下一秒，他將手機從耳邊稍微移開，朝兩位好友擠擠眼睛，眉開顏笑地說道，「抱歉，我先去聊個電話。待會在車上等吧。」

語畢，他便加快步伐往前走，從傑瑞德和卡瑞莎的身旁走開。

看著雷克斯嘴角含笑，漸漸遠去的背影，卡瑞莎的心裡滿不是滋味的。就算他故意走遠，她還是聽得很清楚，那個叫凱蒂的女生約他周末去看電影，而且還故意挑選一齣恐怖片，意圖相當明顯。

而最該死的是，雷克斯居然想都不想就答應，還跟對方聊得非常開心，害得她憋著一肚子悶氣。

卡瑞莎低頭看著自己的手背，上面的傷口已經癒合得七七八八，基本上看不出半分受過傷的痕跡。她不由回想起，昨晚被梅森抓傷後，雷克斯為她感到生氣和擔憂的模樣。說真的，她當時的心裡確實產生出一股難以言喻的欣喜，從來沒想過他會這麼在乎她。

然而這一刻，她卻清楚明白，那純粹是出自對朋友或家人的關心——儘管她不願相信僅僅是如此而已。其實有時候，她還真搞不懂自己在他心目中的意義，是朋友？家人？還是有著其他的情感呢？

「打算一直都不告訴他嗎？」傑瑞德沉穩的聲線驀然響起，使沉浸於思緒中的她霎時回過神來，將目光轉投向他。捕捉到她眼底的迷惑，他不緊不慢地補充一句，「妳對他的感覺。」

聞言，她明顯愣了一下，微微張嘴卻發不出聲音，只能呆呆地盯著傑瑞德。她當然知道，他早就看穿她對雷克斯的心意，只是沒想到會問得那麼直接。

「告訴他，他會懂嗎？」她微微垂下眼睫，嘴角的笑意顯得苦澀又無奈，「你應該比我更清楚，其實雷克斯根本不曉得什麼是眞正的愛，他從未爲一個人愛得死去活來，大概每當跟女生分手的時候，他都覺得無所謂，反正可以再找下一個。而事實上，他會跟不同女生交往，也只是想獲得更多人的注意和關愛。雷克斯渴望被愛，但永遠不是專注在一個人的身上，這點我是很清楚的。」

「所以才說，妳是最了解他的人。」傑瑞德看著她的眼神變得出奇溫柔，蘊含著屬於哥哥對妹妹的關愛。

「或許吧。或許正正因爲了解他，所以注定只能當他的朋友或親人。」儘管她佯裝出一副瀟灑的模樣，聲音依然有著無法掩飾的失落。但她並不希望讓低落的情緒影響自己，於是強行把它壓回心底，接著朝傑瑞德揚起眉毛，意有所指地問道，「那你呢？」

他微微皺眉，俊臉籠罩上一絲困惑，彷彿聽不懂她話中的意思。

「噢，別裝了，你知道我在說戴維娜的。」卡瑞莎朝他翻了個白眼，饒有深意地繼續說道，「瞧你昨晚那副焦急的模樣，換作誰都看得出你是對她有意思吧。」

聽聞此言，傑瑞德的眼神罕見地流露出慌亂，神情變得極不自然。

「不，我只是……」

「想否認？」她一眼就看穿他的心思，擺出一副瞭然的模樣，「拜託，傑瑞德！我認識你多久了？你認爲自己能夠騙得倒我嗎？」

果然還是逃不過小莎的法眼。

他無奈地嘆息一聲，把眼簾低垂下來，讓她看不出他此刻的情緒。

「我不知道。」傑瑞德如實地對她吐露出隱藏在心底的感受，進退兩難的處境實在令他感到懊惱不已，「我不知道應該怎樣面對這種心情。」

老實說，他從未試過這麼在乎一個人，對於第一次產生這種奇異的感覺，幾乎讓他手足無措。對他來說，戴維娜確實是個很特別的女生，跟她相處的時候，他會覺得很舒服，不需要刻意掩飾自己。每當想起她的時候，心裡總會不自覺地浮現出莫名的暖意，就像綻放光芒的太陽般溫暖著他的胸口。

但只要想到她是人類，而他是吸血鬼的身分，就會令他產生一種矛盾複雜的情緒。他不知道應該接受，還是排斥這種感覺。

「傑瑞德，或許你沒有發覺，但在戴維娜的面前，你總會表露無遺，將最眞實的情緒釋放出來。其實你應該很清楚的，她在影響著你每個情緒，牽動著你每種感受。要你現在捨棄對她的感情，你眞的做得到嗎？你是吸血鬼，但不是神，我們是無法控制自己的情感。不是說你想隱藏這種感覺，它就會自動消失不見的。」

卡瑞莎以旁觀者的身分說出自己的看法，雖然她不能說，她確實清楚他心中的情感。但從認識他以來，她從未見過他對一個人動情，難得戴維娜是第一個，當然不希望他因為顧慮兩人的身分，而逃避自己眞實的情感。

「你要知道，女人的直覺向來很準確的。因此，我可以非常明確的告訴你，戴維娜對你也有著相同的感覺。」她的眉毛俏皮地向上挑起，唇畔的弧度顯得有些意味深長，「至於該怎麼做，就需要交給你自己來做決定。」

聽著她的話，他不由自主地回想起昨晚與戴維娜相處的畫面。當時她知道他黑暗的過去，不但沒有露出嫌惡或害怕的情緒，反而給予他關心，表現出對他百分百的信任。明明清楚他是吸血鬼，她卻沒有刻意防備他，更一次又一次地觸碰他內心最柔軟的部分，讓他徹底無法在她面前掩飾最眞實的情緒。

或許正是這個原因，才會令他漸漸對她產生難以擺脫的情感。

◇◇◇

洛爾安靜地站在家中的書櫃前，閉著眼睛，將右手掌抬起來，繼而從嘴裡喃喃吟誦出咒語。

不一會兒，一本頗有厚度的深棕色皮革書籍猶如長著翅膀一般，自動從書架上飛出來。他立刻睜開雙眼，穩當地把它接住，然後急忙翻開書頁，從裡面翻找出與獻祭相關的資料，專注地細閱起來。

復活儀式的獻祭（適用於超自然生物）：施咒者在進入虛無結界後，將活祭品奉獻給靈魂被封鎖起來的超自然生物，讓他能夠藉助祭品的力量，跨越兩邊的界線，重新回到現實世界中。

首先，施咒者會利用獻祭者的血液進行一種施咒儀式。一旦咒語見效，屬於詛咒的印記會自動在獻祭者的身上形成，並完全受制於施咒者之下。這個印記將會激發獻祭者某種情緒的波動，讓他/她將最珍重之人貢獻出來。完成這個過程後，獻祭者會成爲一個忠誠的祭品，認定復活者爲主人，視完成整個獻祭儀式爲任務，並甘願爲復活者獻上自己的性命。

洛爾的視線從書上移開，微微皺起眉頭，神色變得略顯沉重。顯然可見，梅森的情緒偏向衝動、憤怒以及躁狂。如果在月圓之夜當天，那個印記激發起這三種情緒，相信會是一件很糟糕的事。就算使用魔法，恐怕也無法控制住他。而且——

上面還寫著，他將會獻出最珍重之人，那是什麼意思？對梅森來說，他最珍重的人會是誰？他的女朋友海倫嗎？

正當他陷入苦思之際，震動的聲響忽然從口袋裡傳來。他馬上摸出手機，看見螢幕上顯示著「傑瑞德」三個字。毫不猶豫地用指尖滑動接聽鍵，將手機放到耳邊。

「我知道你想問我關於梅森的狀況，剛好我也有件事情要告訴你。」洛爾完全沒有給他發言的機會，率先開口，語氣相當正經嚴肅，「我想，我大概知道梅森在月圓之夜，會做出什麼事情來。」

◇◇◇

黑夜如同輕紗般籠罩著大地，銀白色的月亮從破碎的雲層後方忽隱忽現，綻放著微弱的光芒。快要踏入冬季，天氣明顯開始轉涼，冷風颼颼地吹著，使空氣瀰漫著清涼的寒意。屋內的氣溫相對暖和得多，儘管涼風依然透過窗戶吹進來，但壁爐裡跳動的火焰卻將這股寒意完全驅散。

羅莎琳站在廚房裡的流理台前，正用勺子攪拌著馬克杯中的熱巧克力，一陣濃郁香甜的氣味隨即撲鼻而來。看著杯中冒出蒸氣的深褐色液體，她的腦海裡不自覺地浮現出某張堆滿笑容的男性臉孔。她記得，他以前很喜歡喝巧克力的，而且最愛榛果口味，每次喝完都會露出心滿意足的表情，簡直像個大孩子一樣。

想到這裡，她的嘴角忍不住牽起淡淡的笑意，流露出懷念的神情。停止攪拌的動作，她捧起馬克杯湊到嘴邊，輕輕地啜飲一口，品嚐著可可香醇的口感。

「叮咚」。

清脆響亮的門鈴聲冷不防地響起，讓沉醉於回憶中的羅莎琳瞬間回過神來。她顯然很清楚到訪者是誰，表情從容鎮定，沒有露出半點驚異。把馬克杯放回桌上，她不慌不忙地朝著玄關處走去，伸手轉開門鎖。

隨著門扉緩緩打開，映入眼簾的是一位年約六十歲的女人，花白的短髮顯得有些蓬鬆，清瘦的臉龐上布滿歲月留下的皺紋，淺褐色的瞳孔流轉著慈祥和善的光芒。

雖然她已步入年邁，依然精通穿衣打扮——鵝黃色的高領毛衣搭配黑色寬管長褲，脖子上隨意地繫著一條米色的花紋絲巾，兩顆珍珠耳環戴在耳垂上，泛著瑩潤柔和的光澤，完全不顯老氣土俗。

「很久不見了，羅莎琳。」她的嘴角微微上揚，露出輕淺的笑意。

「是啊，我們已經超過十年沒見了。」羅莎琳的聲音輕淡飄渺，猶如從遙遠的地方傳來一般，讓人感覺不真實。隨後，她趕緊側身讓對方進屋，「請進來吧。」

待她走進室內，羅莎琳輕輕地把門從身後關上，對她依然保持著有禮客氣的態度。

「需要喝點東西嗎？」

「不必了。」女人微微一笑，以輕鬆的語調拒絕。

沒有等待羅莎琳的帶領，她徑自穿過玄關處，踏進客廳。一盞歐式吊燈懸掛在天花板上，投下溫暖舒適的淡黃燈光，照亮著整個寬敞的空間。

她的目光很自然地環視著四周，眼球很快被某種東西吸引住，直接繞過灰色的布沙發，來到電視機前面的卡其色矮櫃前。櫃面上整齊地擺放著數個純色的相框，照片中每張臉孔都掛著愉悅的笑顏，記載著每個幸福難忘的時刻。

「這裡眞是一點都沒變。」她隨手拿起一個棕色相框，小心翼翼地端到自己的面前。望著照片中那張熟悉的臉孔，她的眼中不禁浮現出思念的神色，「依然保留著很多屬於他的東西。」

「我從來就沒有忘記過克里斯，他永遠是我唯一的丈夫，也是戴維娜唯一的父親。」羅莎琳緩緩踱步到她的身旁，垂頭看著她手中的相框，眸底流轉著溫柔的情意。那是他在農場工作時，與一頭山羊的合照。他在照片中露出的笑容非常燦爛，一看就知道是屬於陽光型的男人，「有時候，戴維娜也會向我問起她父親的事。」

「我想，她一定很想念克里斯。畢竟她對他的印象，應該還停留在四歲那年。」對方將相框放回原本的位置，動作非常輕柔，就像對待自己最珍貴的物品，嗓音聽起來如春風般溫和舒適，「如今戴維娜已經長大成人，相信他在天之靈，一定會感到很欣慰。」

「他原本是可以參與她的成長過程的，如果不是因爲那件事。」說到這裡，羅莎琳的臉色倏然陰沉下來，語氣裡滲透著些許怨恨，「要不是因爲吸血鬼，所有事情就不會發生。」

「我知道因爲克里斯的事，讓妳變得很痛恨吸血鬼。也因如此，妳才會不希望讓她繼續接觸我們的世界。但事實上，那是一場意外，妳跟我也有勸喻他，是他執意要去幫他們，他那種倔強的脾氣性格，妳不是也很清楚嗎？」

「是的，我當然非常清楚。但我更了解吸血鬼是一種自私又陰險的生物。當時，他們明明知道做那件事情是需要付出同等的代價，但他們居然對克里斯隻字不提，一心只希望達到他們的目的。結果呢？

他就是因爲這樣而送命的。」受到情緒劇烈的波動，羅莎琳的聲量不自覺地高亢起來，「而現在最糟糕的是，戴維娜在跟吸血鬼來往，我不知道他們有什麼目的，但我不能讓我的女兒和他們扯上任何關係。所以我需要妳的幫忙，我需要妳將他們趕出布克頓鎮，讓他們遠離我的女兒。我知道，妳絕對有這樣的能力。」

「不瞞妳說，我早就知道戴維娜有跟他們接觸。」對方緩緩側身面對羅莎琳，神情冷靜而鎮定，斷然地拒絕她的請求，「但很抱歉，我沒有辦法幫妳這個忙。我認爲戴維娜現在跟他們相處得很開心，沒有必要破壞他們的關係。」

「莫伊拉，妳腦子到底是有什麼毛病啊？是吸血鬼害死我的丈夫，害死戴維娜的父親，也就是妳的兒子。妳一早知道他們在接近我的女兒，卻連半個字都不提，任由事情繼續發生？現在還要告訴我不應該破壞他們的關係？」羅莎琳的情緒驟然變得激動萬分，雙眸閃爍著如火炬般熾熱的怒光，指責的話語裡盡是無可壓抑的氣憤，「戴維娜是妳的孫女，妳是有責任保護她，而不是將她推進危險的處境裡。」

儘管對方是她丈夫的母親，屬於她的長輩，但內心的怒火早已掩蓋她的理智，語氣和態度都顯得有些無禮，往日溫婉的性格完全消失不見。不過莫伊拉並沒有放在心上，也沒有表現出被惹惱的模樣。她能理解羅莎琳生氣的原因，只是無法認同她的做法。始終這件事，應該是由戴維娜來做決定，而不是作爲母親的她。

「妳認爲他們接近戴維娜是爲了傷害她，但事實上他們沒有這樣做，甚至可以說在保護她。戴維娜不是小孩子，如果她認爲跟他們在一起會有危險，自然會拒絕與他們來往。但她並沒有這樣做，不是嗎？」莫伊拉試著平心靜氣地向她解釋。

「妳什麼時候會變得那麼相信吸血鬼的？妳應該很清楚，跟吸血鬼接觸從來不會有好下場，他們只會害死妳身邊每一個人。因爲他們，我已經失去了我的丈夫，我不能連唯一的女兒也失去。」羅莎琳的語氣冷硬尖銳，夾雜著滿滿的厭惡，對吸血鬼仇恨的情緒格外強烈。她瞇起雙眼，投射出如刀刃般鋒利的銳光，以平板的聲音繼續說道，「如果妳不幫我，我就會用我的方法將他們趕出小鎮。妳知道的，我認識獵人，我曾經拜託過他們幫我獵殺吸血鬼，我相信他們很樂意接下這項任務。」

「如果妳傷害他們，就等同傷害戴維娜的朋友，妳覺得這樣做她會開心嗎？」莫伊拉的臉色旋即暗沉幾分，言語間的警告意味非常明顯。

「聽著，他們不是我女兒的朋友，永遠都不可能是。戴維娜只是不知道他們的身分，如果她知道的話——」

「她知道的。她很清楚他們是吸血鬼。」莫伊拉毫不猶豫地截斷她未盡的話語，語氣相當肯定而清晰，「噢，羅莎琳，她知道的事情比妳想像中的還要多。」

聞言，羅莎琳的臉色瞬間刷白，身體宛若遭到雷擊般僵住，陷入震驚與茫然中，久久未能從對方的話回過神來。難怪下午回到家裡，她向戴維娜追問傑端德的事，她一直避而不談，不肯透露他的背景或者任何怪異的行爲。

原來她是知道他的眞實身分，怕會不小心說漏了嘴。老天在上，既然她知道他是吸血鬼，爲什麼還要——

「妳要明白，很多事情是輪不到我們來做主的，戴維娜跟吸血鬼接觸是無可避免的事。正如她本來是屬於我們的世界，這也是無可避免的。那時候她年紀還小，妳不願意讓她參與我們的世界，我能夠理解，也沒有權利干涉。但現在她已經是成年人，她是應該知道這一切的。」莫伊拉的態度顯得堅決而強硬，絲毫沒有退讓的意思。

「所以呢？妳打算將所有事情全都告訴她嗎？」羅莎琳板著面孔，臉色難看到極點，垂在身側的雙手漸漸握成拳頭，咬牙切齒地對她問道，「破壞她原本平凡安穩的生活，讓她捲進你們那些該死的危險中？」

「不需要由我來說，她自然會知道這一切。因爲那是「他們」的意思，沒有人能夠阻止。相信很快，她就會認清自己的身分，以及她需要做的事情。」莫伊拉斂起眸光，擺出一副鄭重其事的神態，嚴肅地說道，「我必須承認，我們需要戴維娜。羅莎琳，有些不好的事情將要發生。妳知道的，我們能感應到那種不好的預感。整個布克頓鎮都會受到影響，包括妳，也包括戴維娜。她是唯一能阻止事情發生的人，妳需要清楚知道，克里斯的能力有多麼優秀，戴維娜的能力也會有多麼優秀。」

聽聞她這番話，羅莎琳不由一怔，忽然想起某件怪事，於是凝起神色，試探性地問道：「妳說，你們能感應到那種不好的預感，當中也包括我嗎？」

「那是什麼意思？」一聽此言，莫伊拉微微一愕，下意識地追問。

「這陣子我都在做同一個惡夢。那是一個夜晚的時分，有一個男人走在布克頓鎮的街頭上。當他經過的時候，所有人都停下腳步看著他，露出惶恐受驚的模樣，就好像看到某種可怕的東西一樣。然後只是一瞬間，街上所有人就全都被他殺光，有的被割破喉嚨；有的被掏出心臟；有的整個頭顱甚至被扯下來。每次，我就是被這種可怕的場景給驚醒。」憶起那個夢境，羅莎琳仍心有餘悸，聲音帶著輕微的顫抖。她用力地吞嚥著口水，禁不住猜測道，「我想，這個夢境是帶著某種徵兆性的含意，對吧？」

「噢，我的老大。」莫伊拉面露驚訝的神色，不敢置信地說道，「我從來沒有想過，妳也會有這種預示能力。」

「我倒認爲，是克里斯將這種能力傳遞給我。即使他已經不在世上，但我知道他從來沒有離開過我們。他是想藉著這個夢境提醒我，將會有可怕的事情降臨到鎮上。」

「既然如此，妳就更應該明白，爲什麼要讓戴維娜盡快知道自己的身分。」莫伊拉的聲音裡帶著不安和凝重，幽深的日光閃爍著令人無法解讀的情緒。「她必須要找回自身的力量，才可以保護自己，不然她的處境將會變得非常危險。羅莎琳，我向妳保證，就算我拚了這條老命，都一定會保護戴維娜的安全。但我只希望，妳不要出手干涉這件事，讓她能夠順利探索出自己的身分。」

羅莎琳沒有出聲回應，只是抬起手，煩躁地揉了揉額頭。她此刻的心境相當混亂，一方面不希望戴維娜接觸那個危險的世界，另一方面又知道他們的預感從來不會出錯。她實在不知道該怎麼做，才能夠眞正保護到戴維娜。

察覺到她的思緒陷入一團混亂，莫伊拉也不再繼續糾纏這個話題。她小心翼翼地從上衣的口袋裡掏出一個棕色的小木盒，把它放到沙發前的茶几上。只見盒身雕刻著精緻美麗的花紋圖案，並以精巧的銅製鎖扣將它牢牢扣住。

「我記得，再過一個星期就是戴維娜的生日。請妳到時候，替我把這份禮物轉交給她。妳就跟她說，這是家傳之寶，讓她好好的保管著。」

言畢，她沒有再多看羅莎琳一眼，便徑自轉身離開。伴隨著厚重的關門聲響起，屋裡重新回歸沉寂。然而安靜的環境，卻始終無法讓羅莎琳的心情恢復平靜。

〈第一集完〉

番外　初次見面的友誼

一八五五年，貝克爾鎮。

在某個晴空萬里的早上，一輛由兩匹駿馬拖行的黑色馬車正行駛在平坦筆直的大路上。外頭的馬車伕雙手拉著韁繩，穩穩地控制著馬車越過花草簇擁的庭院，最終來到位於中央一幢灰白相間的大型宅邸前停下來。

馬車門打開後，率先走下來的是穿著杏色西裝大衣的中年男性。他頭上戴著棕色的圓頂硬禮帽，底下是一頭鬈曲的烏黑短髮，下巴留著稀疏的絡腮鬍，隱約透出一種滄桑沉穩的魅力。

緊隨著一位俊美的青年步下馬車，緩緩走在中年男子的身旁。身穿深藍色西裝、佩戴花紋寬領帶的他顯得溫文爾雅，給人一種文質彬彬的形象。此刻，他那雙藍色的眼眸目不轉睛地注視著面前那幢華麗優雅的宅邸。

這座維多利亞的建築融合了哥德式和文藝復興式的風格。宅邸的屋頂呈三角形尖頂式，上面覆蓋著灰色的魚鱗狀瓦片。它的外牆結構主要由一層一層白色木片組成，上面雕刻著精細的裝飾花紋。房屋的每扇窗戶都凸於牆體之外，充滿特色的楣樑橫接在窗戶上方，營造出一種典雅貴氣的外觀。

緊閉的雙扇大門前有一個寬闊的門廊，利用兩條厚實的圓柱支撐，四周圍繞著白色的欄杆，連接設置於門廊前的木板台階。一對原本站在門廊上的中年男女捕捉到熟悉的客人到來，便快步地走下台階，朝他們迎面走來。

「歡迎你的到來，萊特爾。」男人主動伸手與萊特爾相握，臉上盡顯愉悅的表情。「之前收到你的來信，提到你們正被獵人追捕，眞是讓我們感到非常擔憂。幸好前兩天收到你的消息，說今天會抵達貝克爾鎭，總算讓我們能夠徹底安心。」

「因爲獵人已經知道我們的住處，以致我們迫不得已要搬離原本的小鎭，希望我們的到來不會對你們造成困擾。」萊特爾微微頷首，以略帶歉意的語氣說道。

「噢，千萬別這樣說。」開口出聲的是站在男子旁邊的婦人——柔亮的金色長髮盤在腦後編成髮髻，兩道濃密的棕色眉毛下，是一雙淸澈明亮的大眼睛。她身穿一條深紫色的蓬蓬裙，配戴著價値不菲的翡翠項鍊，盡顯高貴優雅的氣質。「當初要不是得到你的幫助，我們全家都不知道該如何以吸血鬼的身分生活下去。」

聽聞她這番話，萊特爾只是微笑不語。說幫忙其實不盡然，如果是以交易來形容相信會較爲貼切。在轉化傑瑞德後，他必須透過巫師的魔法製造一枚破曉指環，不然前者將一直無法在白天下活動。這個時期的巫族流行任務委託這種事情——只要能夠完成巫師提出的任務，就可取得他們的幫助。如此自視高傲的行爲確實很符合巫師的形象，曾經的萊特爾的確這樣諷刺過他們一番。

當時他接到的任務，就是要到貝克爾鎭幫助吉爾伯特一家。根據巫師提供的訊息，在一八三零年，有一群吸血鬼肆意在這個小鎭上轉化人類，打算藉此擴大血族的勢力，而吉爾伯特一家正正是於當時被轉化的。巫師擔任著維持大自然平衡的重要角色，自然不希望讓這群新生吸血鬼到處殘殺人類，因此以教導他們如何成爲吸血鬼作爲任務，分別委派給不同需要得到巫術幫助的吸血鬼。

雖然萊特爾當初只是抱持著交易的心態完成任務，不過也多虧認識了吉爾伯特一家，現在輪到自己遇上麻煩，能夠獲得一個尋求幫助的渠道。

「我想，這位大概就是你時常提到的賽柏特先生，對吧？」這時，女人的嗓音把他的思緒從過往中收回來，發現她的眼光正注視著站在他身後的青年，嘴角揚起一抹親切的弧度。

萊特爾順勢轉過身望向傑瑞德，配以手勢爲他介紹道：「這兩位就是剛才在馬車上，我向你提過的吉爾伯特夫婦。」

「你們好，我是傑瑞德·賽柏特。」這名叫傑瑞德的青年摘下頭上的高禮帽，恭敬地朝他們行了一個禮。「叫我傑瑞德就可以，以後還請你們多多指教。」

「以後把這裡當成自己的家就可以了。看起來，你跟我們小莎和雷克斯的年紀差不多，我有預感你們將會成爲很好的朋友。」吉爾伯特先生對他釋出一抹友善的微笑，接著側過身，做出一個請的手勢，引領他們走進宅邸裡，盡顯地主之誼，「別站在門外了，請跟隨我們進來吧。」

當四人來到門廊，站在左右的僕人恭敬地爲他們打開大門，等到他們都順利走進屋內，才把門從身後關上。吉爾伯特夫婦邁著緩慢的步伐，帶領他們穿過偌大的前廳和長廊。傑瑞德和萊特爾一邊跟隨他們的腳步向前行走，一邊靜靜地掃視著周圍的環境。

宅邸內的裝飾設計繁複華麗，牆身貼了貴氣的綠色彩花壁紙。各式各樣的油畫和光線淡雅的壁燈分別掛在兩邊的牆壁上，不同的木櫃上擺放著精緻的工藝品和擺飾，洛可可的卷花紋裝飾和高大的羅馬柱隨處可見，每個角落的裝潢都充滿著宏偉的氣派。

經過一道通往上層的折線型樓梯，他們慢慢步入寬廣雅緻的客廳。首先映入眼簾的，是一盞懸掛在天花板上的捷克水晶吊燈，石雕的壁爐靠著牆壁而放，裡面暫時沒有燃起火焰。白紗的蕾絲窗簾被完全拉上，使室內的光線柔和而不刺眼。

在一張長型的白色雕花茶几上，擺放著四個斟滿紅色液體的陶瓷杯，另有一杯正被坐於沙發上的年輕少女輕輕啜飲著。她披著一頭長及腰際的金色波浪鬈髮，標緻的臉蛋化上了淡雅的妝容，配搭身上的衣著——粉紅色的低胸緊身束衣，上面點綴著綠色的斜紋和皺摺型的蝴蝶結，與連身的深綠色蓬蓬長裙互相襯托，爲少女添上一股優雅俏麗的氣息。

「父親、母親。」發現雙親齊齊步進客廳，少女輕輕放下手上的杯子，從沙發站起來，把雙手交疊於身前，微微前傾上身，朝他們鞠躬行禮。

「她就是我們的女兒，卡瑞莎。」吉爾伯特先生伸出手，爲旁邊的傑瑞德和萊特爾介紹著眼前的少女。

「很歡迎你們的到來，萊特爾先生、賽柏特先生。」卡瑞莎將視線轉向兩位客人，並主動向傑瑞德伸出右手，把手心微微向下。

「很高興認識妳，吉爾伯特小姐。請叫我傑瑞德。」他輕輕握住她的右手，嘴角扯起一抹禮貌的微笑，表現出作爲紳士該有的風範。

「你也不必客氣，請叫我卡瑞莎吧。」她朝他展顏一笑，微微屈膝鞠躬。

「對了小莎，雷克斯人呢？」吉爾伯特夫人環視了客廳一周，卻沒有找到她口中提及那位男子的身影。

「現在這個時間，他應該是去了騎馬吧。三天後，他就要參加迪特馬家舉辦的馬術活動，最近都在頻頻練習。我已經向他提醒過，今天會有客人來訪。不過他大概知道出現的不是小姐，就拋諸腦後了。」

話到最後，卡瑞莎的口吻顯得意味深長，向來了解他性格的吉爾伯特夫人自然明白過來。

「雷克斯這孩子真是的。」她不由得嘆了口氣，語氣中夾雜著些許無奈，隨即面向萊特爾，露出一絲抱歉的神色，「讓你們見笑，真是失禮了。」

「沒關係，感覺上他是個很有趣的孩子。」萊特爾完全沒有表現出介意的樣子，反倒擺出一副隨和的態度，「反正來日方長，要互相認識也不急於一時。」

「我看這樣吧，」卡瑞莎甜美的聲線迅即引起他們的注意，只見她臉上漾起親切的笑容，大方地提出自己的想法，「畢竟傑瑞德對我們這裡的環境並不熟悉，不如由我帶他到處參觀。父親和母親就慢慢在這裡與萊特爾先生談天敘舊。你們覺得如何？」

「這是個不錯的主意，不知道你的意見如何？」吉爾伯特先生把目光投向傑瑞德，帶著體貼的口氣詢問道。

「當然沒問題，這是我的榮幸。」傑瑞德順從地點點頭，絕不可能拒絕淑女一番好意，並頷首應答道，「那就有勞了。」

接著，兩人恭敬地向現場的長輩行禮後，便踏著不急不慢的步伐離開。望著傑瑞德的背影逐漸消失在轉角處，萊特爾的視線依然沒有收回來，眼瞳悄然掠過一抹複雜難懂的情緒。

捕捉到他的表情出現些微變化，吉爾伯特先生語帶關心地問道：「記得你曾經提過，傑瑞德這孩子總是會把所有情緒都收藏起來，對吧？」

「是的，即使他對我表現出百分百的信賴，但無論他經歷什麼事情，都很少會把內心的情緒表露出來。」萊特爾點點頭回應道，言語中蘊藏著幾分感嘆。

「我有信心，在他搬進來這裡後，會跟小莎和雷克斯培養出深厚的感情。到時候，你的擔憂自然就可以消除。」吉爾伯特夫人面容含笑，柔聲地出言安慰道。

「我也希望如此。」

萊特爾的聲音變得如風一般縹緲輕淡，令人捉摸不透他當下的情緒。自從傑瑞德發現親生父母被殺害一事，加上因爲嗜血而殺人爲他帶來的衝擊，讓他總是變得沉默寡言。即使他很感激萊特爾的救命之恩，也願意表現出對他絕對的信任，卻從來不會主動向他提起內心的傷痛。倘若帶他到這裡來，能夠令他忘記過往的悲傷，展開一段全新的生活，也未嘗不是一件好事。

◇◇◇

「剛剛帶你參觀完屋內的環境，現在就給你介紹一下外面的地方吧。你看到園丁在修剪草木那邊就是我們的後花園，有時候我會坐在那裡享受下午茶或者進行休憩活動。對面就是我們家用來釀酒的地方，雖然說我們是吸血鬼，但爲了要在這個世界上生存，也必須要確保一定的收入來源。」

卡瑞莎帶領著傑瑞德走在後花園的小徑上，熱心地爲他介紹著位於宅邸裡不同的地方，以幫助他熟悉這裡的環境。

「再前面一點就是我們家的馬場，如果你閒時想騎馬的話，也可以到那邊挑選馬兒。不過事先聲明，葛蒂絲是我專屬的馬兒，她不習慣被陌生人接觸的。待會經過馬房的時候，我再介紹給你認識吧。」

傑瑞德亦步亦趨地跟隨著她往前走，一路上只是默默聆聽，沒有開口回應或與她聊天的打算。老實說，卡瑞莎從來就不是那種喜歡安靜的人，現在只有她單方面說話，難免會讓她略感無趣。因此，她認爲自己必須要做一些刻意的舉動，調節一下現時這種生悶的氣氛。

「倘若只有我獨自說話，我會很容易感到口渴。」她收回停留在他身上的目光，稍微拉高音調問道，「如果要你泡茶給我喝的話，你會拒絕嗎？」

「很抱歉。我不懂得如何泡茶，還請妳見諒。」傑瑞德向來就是一本正經的性格，自然沒有察覺到她在開玩笑，於是微微頷首，略帶歉意地回答道。

「老天，你這個人也未免過於認眞了吧？」卡瑞莎抬手掩著嘴巴，發出清脆悅耳的笑聲，隨即從容不迫地解釋道，「我只是開個玩笑而已，並沒有要你眞的泡茶，不用那麼緊張。」

「我以爲吸血鬼最愛喝的應該是血液，但這樣看來，妳似乎對茶更有興趣。」傑瑞德不著痕跡地瞄她一眼，縱然聲線有些淡漠，但他願意主動延續話題卻令她顯得頗爲意外。其實從一開始，卡瑞莎就是想利用玩笑激發起他對話題的興趣，沒想到眞的讓她成功了。

「在我還沒變成吸血鬼之前，品茶是我最喜歡做的事，我甚至會親自到市集選購茶葉。」她聳聳肩，用略爲輕鬆的語調回應道，「可以說，人血只是我基本的糧食，品茶才是我眞正的樂趣。」

話落，她把視線轉回傑瑞德的身上，換上一副較爲正經的神態。

「記得我的父母早前提過，萊特爾先生說你是喝動物血液的，於是透過精神控制，吩咐我們家的僕人一定要準備充足的動物血液。說實話，這一點讓我蠻驚訝的，畢竟我並沒有見過不喝人血的吸血鬼。」

「我剛開始也是喝人血維生的，但後來受盡殺人帶來的折磨，才會改成飲用動物血液。」傑瑞德緩緩垂下眼簾，臉龐被一層淡淡的憂傷籠罩著，顯然曾經進食人血是一段令他感到非常痛苦的經歷。

卡瑞莎不喜歡提起別人不愉快的往事，自然識趣地不再追問相關的事情。不過透過他剛才那番話，她隱約猜到他是一位存有人性的吸血鬼。看見他對於自己的行爲感到自責不已，令她的心底油然升起心疼和憐憫。爲免讓尷尬的氣氛無限蔓延，她決定主動打破這個沉寂的僵局。

「不知道爲什麼，我有一種直覺，你會成爲讓我值得依靠的哥哥。」她對他展開一抹坦率的笑容，以眞誠的態度繼續說道，「以後請叫我小莎吧。既然我們往後會變成家人的關係，親切一點反而會讓我更輕鬆。」

不經不覺，他們已經來到馬場的邊緣，順著木製的圍欄一直往前走。只見一位披著栗色短髮、身穿酒紅色騎馬服裝的年輕男子，正騎著一匹健步如飛的黑馬朝兩人的方向奔跑過來，並在接近圍欄時控制速度，讓馬兒及時停下。

「噢，你肯定就是傑瑞德．賽柏特，對吧？」男子俐落地從馬背上跳下來，牽著馬兒朝兩人走近，並主動向傑瑞德伸出左手，熱情地自我介紹道，「你好，我是雷克斯．莫里斯，叫我雷克斯便可。」

「你好，叫我傑瑞德吧。」傑瑞德有禮地伸手回握，眉頭輕輕皺起，略帶困惑地問道，「但你的姓氏是莫里斯？」

「我就知道你會覺得奇怪。」卡瑞莎的嘴角掀起淺淺的笑意，輕描淡寫地說明道，「雖然雷克斯和我們住一起，但我跟他是沒有任何血緣關係的。」

「我猜，你以前大概是沒有兄弟姐妹的，對吧？」雷克斯順勢追問道，語氣聽起來輕鬆隨意，絲毫沒有任何不自然。

「沒有，我是獨生子。」傑瑞德如實回答。

「那你往後可能要習慣擁有兄弟姐妹的感覺。」雷克斯扯開一抹不正經的笑容，嬉皮笑臉地說道，「因為從現在開始，你就會多了一個哥哥和妹妹。」

「別在這裡瞎說，我看他根本才是你哥哥吧，」卡瑞莎的雙眉緩緩挑起，口吻裡明顯帶著諷刺的意味，「你不覺得傑瑞德比你成熟多了嗎？」

「只是開個玩笑而已，當大哥的性格才不適合我。不過老實說，我是蠻高興你往後會住在這裡的。難得終於有個好兄弟陪我，就不需要再感到寂寞了。」雷克斯把手搭在傑瑞德的胳膊上，上身微微前傾，將嘴唇湊近他的耳朵，故意壓低聲量說道，「別怪我沒有提醒你，你一定要隨時隨地提防小莎。當她要去享用下午茶的時間，你可千萬別跟著一起去，不然你以後每次看到茶都會覺得害怕。而且每當看到她繪畫的時候，你都一定要馬上掉頭走，否則你就變得跟雕像沒有分別，直到變成她筆下的畫作才能安全離開。」

「嘿，雷克斯，你是沒把我當成吸血鬼啊？以為我會聽不到嗎？」卡瑞莎把雙手叉在腰間，佯裝生氣地問道。

「那妳肯定是誤會我的意思了。」雷克斯得意的笑容不減反增，隨口胡謅一些好聽的話來，「我是說，作為紳士應該要好好陪伴女士進行藝術性質的活動，這才是對女士該有的尊重。」

望著兩人如此有趣的互動，傑瑞德原本緊繃的臉色登時柔軟了許多。自從發生了一連串難受的事件，他幾乎把內心的情緒都封閉起來，變得不善於跟人相處。起初知道要來這裡避風頭，他本來很擔心無法融入他們的生活，深怕自己的淡漠會拒人於千里之外。但無論是剛才的吉爾伯特夫婦，還是現在的雷克斯和卡瑞莎都顯得平易近人，願意接納他作爲新的家人，讓他心底頗爲感激。

「你好像對騎馬很感興趣。」他將視線落在雷克斯旁邊的馬兒上，突如其來地說出這句話。

「是啊，騎馬除了可以訓練騎術之外，還可以培養與馬之間的感情。這也是多虧巫師的破曉指環，才可以讓我享受到這些樂趣。」話到此處，雷克斯用手輕輕撫摸著馬兒柔軟的鬃毛，瞳中泛起幾許溫柔的波光。忽然間，他像是想起什麼重要的事情一般，滿臉興奮地對傑瑞德問道，「對了，三天後我會參加迪特馬家舉辦的馬術活動，你會來觀賞的，對吧？」

見傑瑞德面帶幾分猶疑，遲遲沒有回應，於是卡瑞莎適時開口搭話，朝他擠擠眼睛說道：「別的東西我可不敢說，但若然是馬術的話，你絕對可以對他充滿信心。」

面對兩人積極的邀請，傑瑞德自然沒有理由拒絕，點頭答應道：「如果你歡迎我到場的話，我會準時出席的。」

「噢，眞是好極了。等我把尼克帶回馬房，馬上回來跟你詳聊。」雷克斯欣喜地咧嘴一笑，愉快的表情在臉上表露無遺。他隨後側過頭，對身旁的馬兒溫和地說道，「走吧，尼克。是時候要讓你吃點東西了。」

言畢，雷克斯手拉轠繩，帶著馬兒轉身離開。看著他一路上不停地與尼克聊天的模樣，傑瑞德的眼底不自覺浮現出淡淡的笑意。他必須要承認，他很欣賞對方擁有與他截然不同的性格，有這麼直爽的一面。明明兩人只是初次見面，他卻好像已經把自己當成是兄弟一樣。雷克斯的形象如此陽光熱情，實在令人難以聯想他是吸血鬼這種黑暗的生物。而這一點，正正是令傑瑞德感到不解的地方——

要是他不屬於吉爾伯特家族，又爲什麼會在這裡出現？

「雷克斯是自願要求我父親轉化他成爲吸血鬼的。」卡瑞莎彷彿看穿他的心思，冷不防地蹦出一句話來。他有些詫異地望著她，卻發現她的視線依然緊緊注視著雷克斯的背影，語調略帶幾分憂鬱，「十五年前，一場疫症奪走了他父母的性命，只剩下他一個人活在世上。因爲他當年已經十八歲，是一個有能力獨立生活的成年人，所以他的親戚都不認爲有收養他的必要。他的父親跟我們在生意上是合作伙伴，當年我父親主動邀請他出席我們家舉辦的晚宴，希望藉此關心他的生活狀況。意想不到的是，雷克斯當時在無意間聽到我父親與牧師的對話，從而得悉他的真正身分，於是自願要求我父親把他轉化成吸血鬼。」

傑瑞德安靜地聆聽著她訴說雷克斯的故事，表情本來沒有太大變化，直至聽到對方自願轉化成吸血鬼時，才不禁微微瞪大眼眸，似乎感到有些難以置信。

「本來我是覺得他這種想法很愚蠢的。」

「爲什麼？」傑瑞德面露困惑的表情，無法理解她這種說法。

「雖然當吸血鬼能夠獲得不同的特異功能，甚至擁有不死之身，但經歷無盡的生命就一定是好事嗎？當我們經歷的一切比普通人類還要多的時候，承受的痛苦都必定更加深重。這句話是我父親告訴我的。在剛被轉化成吸血鬼的時候，我們都跟你一樣，無法控制對嗜血的慾望，幾乎殺光我們家的僕人，我永遠都無法忘記當時那種絕望的感覺。雖然那段日子已經是過去式，但我們做過的事是不可能被抹去的，一直會烙印在我們的心底。」卡瑞莎嘴邊的笑容驟變苦澀，她用力深吸口氣，試圖緩和自己的情緒，並有意無意地對他說道，「你剛才說，自己曾經殺戮過人類，應該很明白這種心情才對。」

聞言，傑瑞德的雙眼蒙上一層濃稠的哀傷。他當然明白她話中的意思。身為吸血鬼，在吸食人血的時候無疑是一種享受，可當思緒清醒過來，那種殺人後帶來的懊悔和罪惡感卻會不斷侵蝕你的內心，讓你日日夜夜都陷入無法擺脫的痛苦中。他知道這是來自上天無形的懲罰，自己一輩子都不可能忘記這種感覺，時時刻刻提醒著他曾經是殺人惡魔的事實。

「不過後來我慢慢了解到，雷克斯會自願成為吸血鬼，並不是因為他真的想當吸血鬼，只是想獲得所謂的家人而已。」卡瑞莎輕淡的嗓音拉回他飄遠的思緒，讓他將注意力重新投放在她的身上，「我母親說過，雷克斯是一個害怕孤獨和渴望得到愛的人。失去父母的他，其實最需要是得到別人的陪伴和關懷，可惜他的親戚只會寒暄問候，根本沒有為他提供最實質的幫助。雷克斯當時向我父親坦誠，與其獨自在家中面對冷冰冰的四面牆，倒不如變成吸血鬼跟我們一起生活。」

聽到這裡，傑瑞德不禁憶起自己雙親被殺害的畫面，一股酸楚頓時在他胸腔內翻騰而起。其實雷克斯和他的遭遇是很相似的，同樣因為承受失去至親的衝擊而感到痛苦。因此他是很理解對方的心情，因為害怕孤獨而渴望獲得他人的愛，其實他又何嘗不是？

「雖然你看起來對所有事情很淡漠，不會主動將喜怒哀樂表露出來。但我知道，你只是因為想保護自己，不希望讓任何人接觸你內心的傷痛。」她的話令傑瑞德整個人霎時怔愣住，只能呆呆地注視著她，喉嚨發不出半點聲音。他很訝異，她能夠輕易看透他內心真實的情緒，甚至在嘗試打開他緊閉的心房。

察覺到他投射過來的目光，卡瑞莎側過頭回望他，唇畔綻開一抹發自真心的笑容，「既然我們往後會生活在一起，我是很希望你能夠對我們敞開心房，把我們當成值得信賴的家人。儘管我們之間沒有半點血緣關係，但既然擁有相同的身分，爲什麼不可以成爲彼此依靠和信任的同伴？」

她的字字句句都是出自於對傑瑞德的關心，讓他的心底溢出一股前所未有的暖意。眞是奇怪，明明他是吸血鬼，照道理不可能感受到溫暖才對。想到這一點，他的嘴角悄然挑開一抹微不可察的弧度。

或許她說得對，畢竟他是吸血鬼，往後將會經歷無數時代的變遷，總不能把自己封閉在無法改寫的過去中。也是時候要放下過往種種黑暗的經歷，全心全意接受這群新的家人，展開另一段全新的生活了。

〈番外完〉

國家圖書館出版品預行編目資料

永恆之血（Ｉ）：神祕夢境／TING著. --初版.--
臺中市：白象文化事業有限公司，2024.3
面； 公分
ISBN 978-626-364-188-4（平裝）

857.7 112018566

永恆之血（Ｉ）：神祕夢境

作　　者　TING
校　　對　TING
發 行 人　張輝潭
出版發行　白象文化事業有限公司
412台中市大里區科技路1號8樓之2（台中軟體園區）
出版專線：（04）2496-5995　傳真：（04）2496-9901
401台中市東區和平街228巷44號（經銷部）
購書專線：（04）2220-8589　傳真：（04）2220-8505
出版編印　林榮威、陳逸儒、黃麗穎、水邊、陳媁婷、李婕、林金郎
設計創意　張禮南、何佳諠
經紀企劃　張輝潭、徐錦淳、林尉儒
經銷推廣　李莉吟、莊博亞、劉育姍、林政泓
行銷宣傳　黃姿虹、沈若瑜
營運管理　曾千熏、羅禎琳
印　　刷　基盛印刷工場
初版一刷　2024年3月
定　　價　510元